關於我轉生變成史萊姆這檔事 15

Regarding Reincarnated to Slime

Kadokawa Fantastic Novels

目錄 一 深淵解放篇

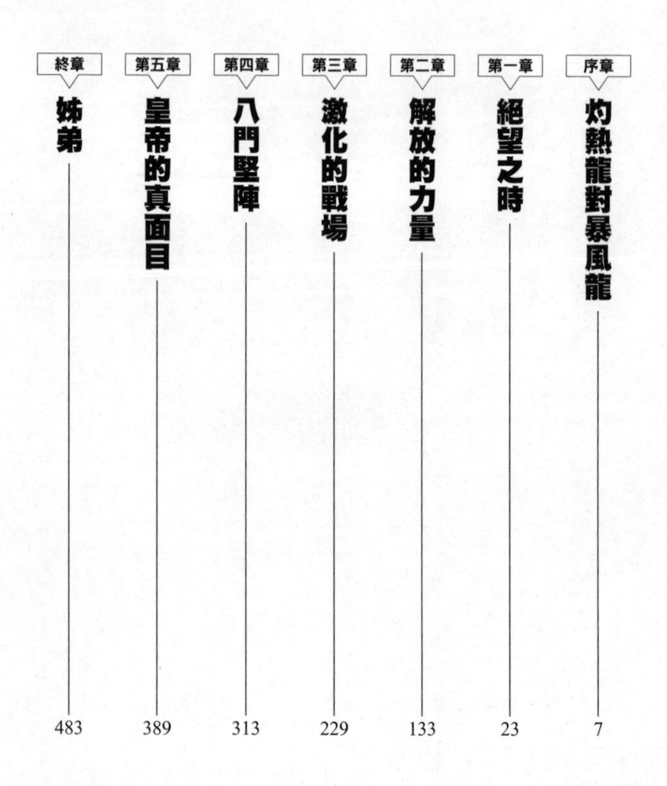

序章 灼熱龍對暴風龍

Regarding Reincarnated to Slime

對維爾德拉來說，這天真的很不走運。

在空無一物的平原上。

為了防範帝國軍，都市還隔離在迷宮裡頭。因此從空中飛過來的那個美女在影像中就格外顯眼。

「姊、姊姊……」

維爾德拉嘴裡念念有詞，看起來很意外。

他的聲音很無力。

若是認識平常的維爾德拉，這樣的反應對那些人而言簡直無法置信。

面對這樣的維爾德拉，卡利斯問道：

「那、那位該不會就是傳說中的令姊……維爾格琳大人？」

「嗯、嗯嗯……就是她。她正是我的姊姊，最強『龍種』之一──『灼熱龍』維爾格琳……」

聽到這句話，留在「管制室」裡頭的人不約而同展開行動。對迷宮內部發布緊急警報，要內部對外敵採取最大限度的警戒。

「等、等等，師父！利姆路又不在這裡，該怎麼辦？」

菈米莉絲很慌張。

平常就派不上什麼用場了，這種時候更是只有吵鬧的份。在研究方面另當別論，但是一到要戰鬥的時候，根本沒有菈米莉絲出場的餘地。

不過，菈米莉絲有值得信賴的夥伴。

那就是目前正在積極行動的迷宮管理者——德蕾妮的姊妹，還有她們底下的樹妖精。

再加上貝瑞塔。

雖然他不再擔任迷宮十傑，但依然處於迷宮統籌者的地位。

何況如今那些值得仰賴的十傑有半數都因為進化陷入沉睡。貝瑞塔身為從前的首席，正是為守護菈米莉絲努力的時刻。

「照這個氛圍來看，似乎來者不善。我們就在迷宮裡頭迎擊吧。」

德蕾妮她們已經掌握各個樓層的狀況了，貝瑞塔確認完便這麼說。

在迷宮十傑之中，目前沒有睡著的就只剩下四大龍王。蓋多拉也醒著，然而他帶著魔王守護巨像前往武裝大國德瓦崗支援。

雖然對付維爾格琳沒把握，但只要利用迷宮這個完美無缺的要塞，就算只靠他們目前這點戰力應該也能爭取時間。貝瑞塔會那樣提議都是基於這層想法。

維爾德拉聽完點點頭，嘴裡「嗯」了一聲。

「雖然不曉得她來這裡幹嘛，但獨自一人過來簡直可笑至極。只要集結眾人的力量，根本不足為懼！嘎——哈哈哈！」

即使維爾德拉說那句話的時候硬是強顏歡笑，臉上的表情依然很僵硬。

他在害怕。

前天維爾德拉才被大姊維爾薩澤凌虐，還記憶猶新，這次換成二姊維爾格琳單槍匹馬打進朱拉·坦派斯特聯邦國的首都——中央都市「利姆路」。

這在維爾德拉看來可不得了，他正拚命絞盡腦汁，看要如何度過這個難關。

因此才會二話不說就答應貝瑞塔的提議。

碰巧在這個時候——

『維爾德拉，你是個好孩子，就乖乖出來吧。』

出現在畫面上的維爾格琳開口了。

不可思議的是，她的目光透過畫面定在維爾德拉身上。而她的聲音則變成一股念力，傳到維爾德拉這邊。

「維爾德拉大人……？」

「卡利斯啊，別慌張！這是陷阱。若是掉以輕心出去，我肯定會死得很難看！」

「這、這樣啊……」

面對大剌剌做出丟臉宣言的維爾德拉，卡利斯似乎也為之困惑。

「咦？既然她的目標是師父，那就跟我們沒關係了——唔嘎！」

菈米莉絲原本打算華麗地閃避危機，但連她的嘴也被維爾德拉用手摀住，心不甘情不願被人拖下水。

就這樣，他們變成一個徹底的抗戰陣線——不過……

『是嗎？你不打算出來？看樣子你還是跟以前一樣笨。好吧。我就先溫柔地給你一次警告。』

光從影像上來看，不曉得維爾格琳在說什麼。然而她身上的氣氛出現變化，在場眾人都意識到這點。

維爾德拉能夠聽到她的聲音，因此他察覺維爾格琳打算採取某些行動。

就算是這樣——

（沒、沒問題。菈米莉絲的迷宮可是用連次元都能夠隔絕的優秀能力做成的。就連我都很難突破。不管姊姊多厲害，只要我待在裡頭，她就沒辦法出手——）

沒錯。

只要待在迷宮裡頭，那他就能持續閃避維爾格琳。對方可能會突破一兩個樓層，可是菈米莉絲的修復能力更勝一籌。如果他把力量借出去，要持續隔離維爾格琳也不無可能吧。

「別擔心。有我跟妳聯手，不管遇到怎樣的對手都——」

維爾德拉原本要做出這段說明，但他的話卻沒能說到最後。

因為他看見維爾格琳手中出現一把紅色的長槍。

「師、師父！那個很不妙。搞不好連我的『迷宮創造』都擋不住！」

這種事情還用得著妳說——維爾德拉也那麼認為。

「我知道啦！大家最好要有應付衝擊的準備！」

沒有人去質疑維爾德拉的話。

大家都照辦，當場採取防禦態勢。

緊接著一陣強烈的衝擊襲向迷宮。

「不、不會吧……」

「已、已確認到五十層都遭受損害……上面的樓層全毀。」

阿爾法和貝塔等人陸陸續續告知損害情形。就在這瞬間，迷宮的安全神話實際地毀於一旦。

說時遲，那時快——

不知道該怎麼辦才好的維爾德拉陷入慌亂，利姆路正好在這個時候透過「思念網」聯絡他。

『喂——你還好嗎？』

聽到那少根筋的聲音，維爾德拉憤慨地回應。

『笨蛋，我現在沒空啦！大、大事不好了。姊姊、姊姊她要修理我。現在她還在迷宮外面，但這樣下去會打進來的！』

如果是利姆路——如果是他肯定有辦法。

維爾德拉相信是這樣，等著對方答覆。

然而對方回的卻是「有辦法應付嗎？」，問話的語氣聽起來很擔心。

聽他那麼說，維爾德拉頓時領悟。

他發現利姆路那邊也沒有餘力。

假如他還有餘力，應該馬上就會回來才對。既然不是這樣，那自己就不能等著利姆路幫忙了。

八成是因為這樣——

維爾德拉不再給自己退路。

既然不能靠利姆路，那他也有自覺，知道這次必須親自出馬。

『只能我出馬了。總比讓她就這樣打進迷宮好吧。』

這樣行得通——維爾德拉這麼想，毫無根據。

都差點忘了，利姆路給他的修行可不是蓋的。既然自己連那些都承受得住，那麼對付姊姊維爾格琳應該也不會輸，維爾德拉是這麼想的。

『我會負起所有責任，拜託你想辦法處理掉維爾格琳。可以交給你嗎？』

看來連利姆路都不覺得維爾德拉會輸。

利姆路說所有責任他來承擔，那就代表不論維爾德拉搞多麼大的破壞都不會被罵。照這樣想，就等同在叫維爾德拉展現至今為止的修練成果。

除此之外——

對方都問能不能交給他了，那答案就只有一個。

『哦？既然這樣，就包在我身上吧！嘎哈哈哈！』

回完這句話，維爾德拉的目光轉到維爾格琳身上。

跟利姆路對話之後，他找回平常心。就在那一刻，維爾德拉突然冷靜下來。

「看來只能讓我親自出馬了。」

只見他用從容不迫的態度說道。

「師父？」

「維爾德拉大人！」

菈米莉絲和貝瑞塔則是驚訝地看著維爾德拉。

維爾德拉一副豁出去的樣子，一臉豁達。

「嘎哈哈哈！我個人也不願意跟姊姊對戰。不過。既然沒辦法利用迷宮爭取時間，就沒有其他辦法了。」

「可是——」

「沒關係，卡利斯。之所以在迷宮內部不會死亡，那是因為空間受到隔離才成立。如今知道這招對我姊姊沒用，想要將傷亡壓到最低，那就只能我親自出馬。」

如果是維爾德拉的話，只要利姆路還健在，他就不會消滅。倘若不想造成犧牲，只能讓維爾德拉親自出馬。

「既然這樣，我也一起過去。」

「不，這就免了。雖然你也變強了，但還是比不上我。換成賽奇翁另當別論，其他人去只會礙手礙腳。」

這話說得難聽，但卻是事實。

而且維爾德拉已經做好覺悟了。

讓人想不到他剛才還是那副沒用的樣子，如今擺出凜凜生風的表情，面向前方。

「沒問題嗎？師父？」

「怎麼可能沒問題！那兩個姊姊可是對我做過光回想起來就讓人發毛的事情……不，這就別提了。我也變強了。遇到利姆路之後，我有所成長。還收了徒弟，而且發現自己火候還不夠。我現在已經跟從前不一樣了。嘎——哈哈哈！」

維爾德拉硬是擠出笑聲，用這種方式來提振士氣，找回平常的步調。

「放心吧。你們只要在那邊欣賞我的英姿就行了！」

他一說完這句話就獨自一人離開迷宮。

維爾德拉想起跟維爾薩澤的戰役。

睽違許久相見，感覺大姊比以前更加強大許多，而且毫無破綻。

如果是從前的維爾德拉，他不會感知到這股氣息。遇到利姆路之後，維爾德拉有所成長，判若兩人。

最終成果就是讓他獲得究極技能。

被封印的時候，他從「胃袋」中觀察利姆路，學習了不少。

然後他發現一件事。

那就是要能夠徹底發揮力量才有意義。

維爾德拉的魔素含量很高，在現有的「龍種」之中高居最多含量。比兩個姊姊更加龐大，因此不費吹灰之力就成了其中一個最強霸主。

然而那樣還不夠。

維爾德拉有所體認。

他發現某些人雖然很弱，但會掙扎到最後一刻，不放棄取勝。

利姆路就是其中一個，在跟他們敵對的人之中，這樣的人也不少。

像是日向、格蘭貝爾和魔王魯米納斯也算是例子之一吧。

這些人不僅僅是仰賴力量，他們會運用所有手段，就為了取得勝利。絕對不能小看這些人。

明白這點的現在，維爾德拉就跟以前不同了。

證據就是即使對上維爾薩澤，他也不會單方面被壓著打，開始能夠反擊。

對維爾德拉而言，維爾薩澤是等同天敵的存在。

就力量的相剋性而言，她是對維爾德拉來說非常不利的對手。

對方先出生，力量上限深不可測。儘管維爾德拉這邊的魔素含量超越對方，他們卻幾乎旗鼓相當，維爾德拉完全沒有優勢可言。

就算認真起來作戰，依然勝利無望。

自從維爾德拉誕生之後，他曾經去挑戰好幾次，可是都被打回來。

維爾薩澤的「冰凍世界」除了能夠構成銅牆鐵壁的防禦，同時也是封住維爾德拉行動的武器。

暴風、破壞、腐蝕、殲滅。

在徹底靜止之前，所有的效果都會持續釋放。

曾跟如此可怕的姊姊交手，竟能稍微跟對方過個幾招，這件事情讓維爾德拉很驚訝。

我挺厲害的！

讓他出現這樣的心情。

維爾德拉學會控制自己的魔力之後，他才發現姊姊維爾薩澤完美抑制自己釋放出的魔力。

雙方的實力差距太過巨大，完全無法相提並論。

維爾薩澤力量的特性，特別著重於「動能的停止」，這也算是難以應付的原因之一，但除此之外，雙方之間依然存在天壤之別的實力差距。

讓人驚訝的是，這樣的維爾薩澤毫不掩飾地誇讚維爾德拉有所成長。

「嗯——我很驚訝。維爾德拉你原本只知道作亂，現在開始懂得在戰鬥中審慎思考。照這個樣子下去，我似乎不用再破壞你了。」

雖然話中參雜一些有點危險的字眼，但那是在誇獎他沒錯。先前都只感到懼怕，如今維爾德拉面對她也開始會感到開心了。

講是這樣講，無法戰勝對方這個事實依然沒變就是了……

那麼，維爾格琳這邊又是如何？

維爾薩澤和維爾格琳的實力幾乎不相上下。對維爾德拉而言，兩邊都是讓他難以應付的姊姊，可以的話，他真心希望不要跟對方打。

然而如今無法做出這種要求，他只好親自出馬。

「維爾格琳姊姊還是一樣厲害。我可沒辦法像那樣輕鬆打出足以貫穿迷宮樓層的攻擊……」

如果只是一兩層，若他靠蠻力來扭曲次元，要破壞也不是沒機會。然而要一口氣貫穿好幾個樓層，就算把現在維爾德拉所有的魔素含量都豁出去打也不可能辦到。

「關鍵在於究極技能。若是想要跟姊姊好好對決，那我也必須徹底發揮『探究之王浮士德』的力量。」

沒錯。若單純比較魔素的含量，維爾德拉還在維爾格琳之上。

總比對付維爾薩澤還好一些——用這句話說服自己，維爾德拉試著克服心靈陰影。

獲勝關鍵在於要如何徹底發揮力量。

他們兩個還沒有真的卯足全力對戰過，但可以肯定維爾格琳的實力八九不離十在維爾德拉之上。

話雖如此，那也是以前的事情了。

因為屬性的關係，維爾德拉難以戰勝維爾薩澤，但維爾格琳就不同。再加上如今維爾德拉託利姆路的福獲得了究極技能「探究之王浮士德」。

那股力量用來對付維爾薩澤有用，既然如此，就算對手換成維爾格琳，維爾德拉認為那也沒什麼好怕的。

想到這邊，維爾德拉突然有幹勁。

（嘎哈哈哈哈哈！我還不一定會輸是吧。既然這樣，就找我的姊姊測試這股力量，讓我試個爽吧！）

＊

維持著人型姿態，雙方在空中盯著彼此看。

在空中靜止不動，對身為「龍種」的他們來說是很自然的事情。

「真聰明，沒想到你能夠正確理解警告背後的意義。看來你是打算協助我了？」

一看到維爾德拉，維爾格琳就開開心心地問出這句話。不過，維爾德拉給出否定答覆。

「我拒絕，姊姊。我不是姊姊妳的道具。拜託不要把我捲進妳們的姊妹之爭。」

「用『捲進』這種字眼還真難聽。假如你願意主動提供協助，那我歡迎你來當夥伴，就只是這樣罷了。這樣一來，我可以教你使用力量的方法，還能讓你盡情肆虐。只不過地點要由我來指定。」

「嘎哈哈哈！剛才已經說過我拒絕了，姊姊。我已經不是從前的那個我。早就能夠完美控制力量。而且作亂也不是我現在唯一的樂趣了。我已經長大了，變成熟了！」

「──好大的口氣。我似乎對你有點縱容過頭了？那好吧。既然如此，我就來試試你成長多少！」

只不過稍微對話個幾句，維爾格琳就被挑起戰意。因此維爾德拉也自然而然進入備戰狀態。

打從一開始，維爾格琳就不認為光靠言語交涉能夠左右維爾德拉。

她要展現力量，讓維爾德拉屈服。

若是這樣行不通，那就趁自己削弱維爾德拉，再讓魯德拉去支配他。

之所以會試著說服對方，都是維爾格琳的一片好心。

因此維爾格琳因為談判破裂感到有些煩躁，毫不猶豫地出手攻擊維爾德拉。她打算盡快讓維爾德拉弱化，等待魯德拉的到來。

不過，右手放出的手刀卻被維爾德拉輕易閃避。不僅如此，對方還回敬她，用腿踢維爾格琳。

維爾格琳心中的焦躁更加強烈，舉起左手擋下維爾德拉的腿踢，不過——

（竟然有這種事情！這股威力一點都不像力量有變弱的感覺！）

維爾格琳還以為維爾德拉受到三百年的封印後，所受的傷害還未完全復原。她只認識總是出全力的維爾德拉，還以為如今這個弱不禁風的姿態是受到封印影響。

在剛才的攻防戰中，她才發現是自己想錯了。

「你的實力似乎有點提昇了？怪不得敢大言不慚。」

「我的『維爾德拉流鬥殺法』戰無不勝！就算是姊姊，碰到我的拳頭也得臣服——等、等一下啦——！」

維爾德拉原本還一臉得意，大肆主張，但維爾格琳可沒理由乖乖聽他講解。她反而火大起來，開始展現更加激烈的攻擊。

紅蓮之火開始寄宿在維爾格琳雙手的拳頭上，還有從禮服裙擺探出的美腿。釋放出的連續攻擊就像在跳舞一般，猛烈到光是掠過都能夠將敵人燒死。

但維爾德拉再怎樣都挺住了。

「好燙，好燙啊！」

如此這般，他難堪地逃竄，可是並沒有受到重傷。

「之前你被調教過那麼多次，那顆沒用的腦袋瓜似乎還是沒長進。竟敢當著我的面說自己戰無不勝，未免太大言不慚了！」

即使燃燒著熊熊怒火，維爾格琳還是很冷靜。她看出維爾德拉其實是徹底恢復，甚至還變得比預料中更強。

（這下棘手了。用目前這個姿態沒辦法拿出真本事，也沒辦法給予太大的傷害。照這樣看來，就算魯德拉來了也沒辦法支配……）

他們原本的目的並不是要教訓維爾德拉，而是要支配他。

等到魯德拉在跟金的對決之中取得勝利後，他們就預計要把維爾德拉放走。然而目前正期待他發揮身為一個重要棋子的作用。

看在這樣的維爾格琳眼裡，小家子氣的作戰一點意義都沒有。

除此之外，維爾德拉這邊也有狀況。

「咕哇——！衣、衣服被……這是利姆路送我的重要衣服，都是姊姊害它燒到！」

目前維爾德拉穿著的衣服，正是利姆路為了感謝他送的禮物。而如此重要的衣服卻在維爾格琳的攻擊下燒了起來。

假以時日，那套衣服也會染上維爾德拉的妖氣，變成他身體的一部分吧。只不過，短短幾日無法期待衣服會起這樣的變化。

維爾德拉本身並沒有受到多大的傷害，然而心靈受到很痛的創傷。

這完全就是維爾德拉自己疏忽。可是他卻認為找對方洩恨也沒關係。

而這對他而言是一件好事。

憤怒讓他不再那麼恐懼。

不管有多麼大的鬥志，他還是無法逃離長年來根深蒂固的恐懼。

對維爾德拉來說，兩個姊姊就是恐懼的象徵。面對這樣的對手，要他出全力挑戰簡直是天方夜譚。

然而如今，這個枷鎖卸下了。

「就算是姊姊也不能原諒。就讓妳親身體會我的怒火吧！」

喊完這句話，維爾德拉解放身上的力量。

緊接著出現一隻強大又充滿威嚴的黑龍。

維爾格琳看了嗤之以鼻，表示正合我意。

「啊？在那說些莫名其妙的話，要笨也該有個限度。看樣子你都忘記了，我要重新教育你，讓你知道自己是無法戰勝我的。」

話一說完，維爾格琳也跟著變身。

她變成窈窕美麗的紅龍。

就這樣，怪獸大決戰就此展開。

Regarding Reincarnated to Slime

正當利姆路準備潛入帝都之時，矮人王蓋札·德瓦崗正處在絕望的戰場上。

遠方可以看見一個散播死亡的美麗化身。

「是『重力崩壞』嗎？理論上據說可以無限提昇威力，你認為能夠靠軍團魔法來抵擋嗎？」

「這是無稽之談。除了魔法支援部隊，就算把魔法打擊部隊也派去防禦，還是沒辦法抵擋吧。所謂的『龍種』真不是蓋的。」

有人回答蓋札的問題，是軍事部門的最高司令官潘。

他在這塊土地上布署矮人軍隊，等待蓋札的到來。因此才會將駐軍在不遠處的帝國混合軍團末路牢牢印在眼中。

那悲慘至極的慘狀讓士兵們全都說不出話來。照理說他們應該都快喪失鬥志了，即使如此還是沒有逃跑，只能說他們夠厲害。

大家都明白就算在這個時候逃跑也沒有活路。

若是自己的死亡能夠讓家人多活久一點，光是這樣就讓他們留在這變得有意義。基於這樣的想法，他們才繼續維持陣形。

如果是身為英雄的蓋札王，絕不會讓他們的命白白犧牲。因為相信這點，士兵們才會對他宣誓效忠。

對士兵們這樣的想法有著深刻體認，蓋札也很苦惱。表面上完全沒有顯露出來，但他的心其實千頭萬緒。

（贏不了。不僅如此，最後還會讓大家白白犧牲吧。要投降嗎？可是帝國不會接受的。至少必須在某種程度上展現我們的力量……）

與其跟他們對戰，還不如吸收他們更划算——如果不能讓帝國這麼想，就不會讓他們歸順。

既然這樣，他們就只能徹底抗戰，那樣才有一線生機。

不管出現多大的犧牲，蓋札都相信不會是白白送命。

「有句話說質比量更重要，但那個太犯規了。就只能靠我們去試著挑戰，將之打倒。」

「喂喂喂，你不管身為國王的責任了嗎？」

「蠢才，敵人不是只有一個嗎？在這種情況下追究責任又有什麼意義？」

面對潘的質問，蓋札露出苦笑。

敵人就只有維爾格琳一人。戰略和戰術都不管用，那就只能靠蓋札他們殺出一條活路。潘想必十分明白這點，為了減輕蓋札的心理負擔，才會開點小玩笑。

察覺這點後，蓋札也不再迷惘。

而安莉耶達向這樣的蓋札稟報。

「吾王，敵人似乎不是只有『灼熱龍』一個。後方還出現複數氣息，似乎在進行某種儀式。珍大人也說那個極大魔法是儀式的一環——」

蓋札點點頭。

犧牲了六萬大軍發動的那個極大魔法，會運用在某種儀式上。光是聽到這些，就明白有個讓他想都不敢想的邪惡企圖正在進行。

不過，想要打倒身為其中心的維爾格琳難如登天，這樣看來，剩下的辦法就只有去打倒待在後方的那些人了。

「要出動士兵嗎？」

德魯夫提出問題，然而蓋札搖搖頭。

重裝打擊部隊的機動性不強，草率行動會變成魔法的鏢靶。原本應該要拿厚重的防禦力來當盾牌，再施展力量打擊，可是這種方式對維爾格琳並不管用。

如此一來，剩下的手段就是讓五百名天翔騎士團成員發動自殺攻擊，可是——

「讓這裡的防禦變弱不太妥當。還是像蓋札說的，只能我們幾個上了。對吧，德魯夫？」

這句話潘是笑著說的。

對此，德魯夫搔搔頭認真應對。

「這樣很不敬，潘。竟然直呼國王的名諱，未免太沒有教養！你應該要多想想自己的立場……」

他原本祭出一連串又臭又長的說教，最後卻一臉豁然開朗的樣子，笑著贊成了。

「但這次你說的也有道理。如果能夠或多或少爭取時間，應該就能夠避免分散戰力。而且只有我們幾個，行動起來比較方便，或許可以把敵人殺個措手不及也說不定。」

安莉耶達也不否認。

「珍大人也說了，等她說服那些長老就會過來參戰。後顧之憂就交給那位大人處理，讓我們像以前一樣盡情廝殺吧！」

她說完就意氣風發地等著蓋札回應。

這些老夥伴還是跟以前一樣，都沒有改變。

他們跟蓋札團結一心，打算和他一起跨越這次的難關。

蓋札笑了。

「呵呵，你們幾個蠢蛋。負責看管你們的珍聽了不曉得又要說些什麼……」

從以前開始珍就跟在蓋札他們的團隊身邊，發了很多牢騷，也給了很多提點。她是矮人王國最強的魔導師，對蓋札而言也是值得信賴的諮詢對象。

（珍八成會生氣吧。）

儘管這麼想，蓋札還是打算做出決斷。

只不過，似乎有些遲了。

「真拿你們沒辦法。一不注意就變成這個樣子，蓋札王也真是讓人頭痛。」

就在蓋札他們要出戰的前一刻，珍透過傳送魔法抵達現場。

「是珍啊。妳都聽到了嗎？」

朝著一臉尷尬的蓋札看了一眼，珍搖搖頭。

「原以為你已經成為一個偉大的王，之前還在想終於能放心了。不過這次我不會責備你。面對那樣的對手，也沒有其他法子。就因為連一整個國家出動都束手無策，『龍種』才會被定義為天災級。」

「嗯，是那樣沒錯。」

人類能夠行使的魔法對「龍種」起不了作用。眼下，維爾格琳正在發動的極大魔法就是人類無法處理的。

即使集結了在人類國家中被稱呼為英雄的人們，能不能戰勝「龍種」也是個未知數。

但這不表示毫無希望可言。

珍透露一個消息。

「就在剛才，有人跟我們聯繫。」

「嗯？」

「利姆路陛下似乎要派遣援軍。要不要等援軍到來再擬定對策？」

「在我跟他們聯絡之後，還沒過多少時間啊！」

「這我也不是很清楚，但都是真的。是培斯塔閣下捎來的消息，而且那個國家的人們會為了利姆路陛下一句話出動……」

珍說這句話的時候很無奈，給人疲憊的感覺，在場所有人聽到這句話都跟著點點頭。

他們頗有同感，心裡想著是那樣沒錯。

在他們連心情都還沒轉換過來的當下，可靠的援軍就抵達了。

＊

空間突然出現扭曲。

接著就像被巨大的繭包覆一般，為數不多的精銳部隊現身。

有戈畢爾率領的「飛龍眾」百名，和哥布亞指揮的「紅焰眾」三百人。加起來一共四百人。每個人都來到A級，感覺是幾乎能夠跟天翔騎士團平起平坐的戰鬥集團。

不僅如此，還有眾所矚目的巨大兵器。

「是有聽說你們已經把這個完成了，但沒想到竟然大方投入戰爭。真不愧是利姆路。」

「這就是魔裝兵完整版？」

「沒錯。好像命名為魔王守護巨像，若是跟我們站在同一陣線，那可是很值得仰賴。」

靠這些八成無法打贏維爾格琳——蓋札自然也明白這點。然而看看其威容，光只是存在就能夠安撫士兵們的心。

「看起來很厲害。能夠量產的話，那對戰起來應該會稍微更有看頭才對。」

「很可惜，拿來對付維爾格琳應該沒用。如果只是災禍級，感覺還有辦法搞定就是了。」

蓋札等人正在討論，有人來到他們跟前。

是擔任軍團長的戈畢爾，還有戴絲特蘿莎等三個女惡魔。哥布亞和白老跟在他們後頭。

「好久不見，蓋札陛下。」

不知為何，打招呼的不是戈畢爾，而是戴絲特蘿莎。

適材適用——戴絲特蘿莎擁有外交權限，加上經驗豐富，她已經很習慣這種場合。

「久違了，戴絲特蘿莎小姐。感謝你們帶來援軍。」

原本蓋札出面回應會造成一些問題。必須考慮形式和禮儀，一般而言中間要安插一個代言人。

但現在沒空去管那些。

大家對這點也都有共識，他們決定無視這些表面工夫，直接展開作戰會議。

地點換到指揮中心，他們切入正題。

戴絲特蘿莎擔任代表，傳達利姆路他們的方針，並且提議適合在這個地方執行的作戰計畫。

「嗯。要讓利姆路直接去打倒皇帝是嗎？」

「這樣比自殺攻擊更有可行性。」

「是嗎？聽起來也是很亂來的作戰計畫……」

若有所思的蓋札開始沉吟。

潘表示贊同，認為這樣會改善情況。

德魯夫則是很苦惱，想看看有沒有其他方案。

他們現在沒空慢慢思考。

沒有人能拿出替代方案，這個時候戴絲特蘿莎硬是讓話題推展下去。

「我們幾個會負責對付維爾格琳大人。因此希望其他人能夠去阻止在後方進行的儀式。」

「我不反對。」

那提議讓人求之不得，蓋札同意了。

既然沒有替代方案，能夠委任最危險任務的對象就只剩她們了——這是他做出的判斷。

這時珍出面制止。

「先等等。想請教一下戴絲特蘿莎小姐，如果是妳們這些『始祖』，有把握戰勝『灼熱龍』？」

這個問題很重要，將會對今後的作戰計畫造成影響。

珍認為戴絲特蘿莎她們沒辦法戰勝對方，因為維爾格琳就是如此強大。

那三名「始祖」無疑是最強大的戰力，正因為如此，她反而需要做個確認。假如戴絲特蘿莎她們在這個地方戰敗，那剩下的人也會跟著完蛋。

「老實說，我們贏不了。」

「既然如此！妳們就不該出動，應該要徹底防守才對吧。不去隨便刺激對方，在這裡等待利姆路陛下的作戰計畫告捷，不也是一個辦法嗎？」

假如沒有勝算可言，那他們就應該極力爭取時間。珍這番話聽起來很有道理，然而利姆路那邊的人馬聽了會覺得難以接受。

「很遺憾，這方面不能配合。如果不去管維爾格琳大人，她可能會為了妨礙主上而回到帝都也說不定。」

只見卡蕾拉用斬釘截鐵的態度如此斷言。

雖然利姆路說過不去管維爾格琳也沒關係，但她們認為必須先吸引對方的注意。

「更重要的是，我們來這邊並不是要商討對策。而是因利姆路大人下令，我們只是過來傳遞罷了。若是有能夠合作的地方，那還有商量空間，但希望你們明白，我們不許你們妨礙。」

就連平常很少插嘴的白老也跟著用嚴厲語氣陳述意見。就是因為時間不夠，所以即使會失禮，也要整合大家的意見。

蓋札正確判讀他的意思。

他制止臉上出現怒意的夥伴們，接著開口：

「既然朕的師父白老閣下都這麼說了，那我們也只能退讓。還是說你們幾個有其他替代方案可用？」

蓋札這麼一問，他的夥伴們都沉重地搖搖頭。

「如今帝國情報局已經有動作，要去阻擾儀式也沒那麼簡單。我想這個時候大家團結一致才是最好的辦法吧。」

德魯夫這時說出關鍵的一句話。

再來就只剩下做細部確認。很快的，他們決定執行作戰計畫。

*

刺激維爾格琳，那種行為就跟踩老虎尾巴一樣。

對這點有很深的體認，戴絲特蘿莎她們依然毫不畏懼地執行任務。

「有我們幾個去當對手，應該就能對儀式構成妨礙吧？」

「很難說。」

「要在那種狀態下持續維持『重力崩壞』，就連我都辦不到。而且還要同時對付我們三個，應該不可能有這種能耐吧？」

「就是認為那位大人有辦法辦到，我才會如此警戒。」

「說笑的吧？」

「哎呀，我是認真的喔。」

「沒差啦。用不著煩惱，實際對打就知道了。」

毫不在意地，戴絲特蘿莎她們就像這樣閒聊。就這樣，大大方方毫不遮掩，她們直接來到維爾格琳面前。

當然維爾格琳也注意到她們三個了。

然而她並沒有戒備，看起來反而很開心，准許那三個女惡魔靠近。

「妳好啊。今天很適合戰鬥呢。」

當戴絲特蘿莎跟對方打招呼，維爾格琳也笑著回應。

「是啊。不過對戰之前，我姑且問一下。投降來我們的陣營吧。妳們幾個是『始祖』，實力上無可挑剔。我答應會禮遇妳們。」

當著這三個女惡魔的面，維爾格琳維持從容不迫的態度做出這個提議。

戴絲特蘿莎她們當然拒絕了。

「我跟帝國算是有些糾葛，沒辦法接受妳的提議。」

「我也一樣。雖然這是我第一次認人當主子，但感覺上意外舒坦。我已經不打算放手了。」

「說得沒錯。別管那些了，閒談就到這邊，我們趕快開打吧。如果妳不能接受一對三，可以把待在後面的那些人都叫過來。」

就像在說這件事情完全沒有商量的餘地，她們不留情面地回絕。

至於卡蕾拉，她展現出的態度顯示交涉根本就不重要，早就躍躍欲試，想要快點作戰。就近目睹維爾格琳的魔法之後，她的鬥爭本能被點燃了。

維爾格琳笑了一下。

「這就是妳們的答案吧。好啊。那我就稍微陪妳們玩玩！」

這是戰鬥開始的暗號。

景色晃了一下。

就在戴絲特蘿莎她們眼前，維爾格琳分裂了。

不對。

是像照鏡子那樣，維爾格琳增加成兩個人。

看到這個現象，戴絲特蘿莎心中已經有譜了。

「照這樣子來看不妙。那似乎不是單純的『分身』。嚴格說起來，應該很類似萊茵的『遍布』？」

戴絲特蘿莎還記得她跟萊茵作戰的情形。雖然早就忘了跟對方起紛爭的理由，但已將當時的戰鬥經驗累積起來。

關於萊茵的「遍布」，那個能力能夠事先將自己的身體分割，不管從哪個部位都能夠再生。但是有別於「別體」，只有其中一邊會保留意志。

話雖如此，根據使用方法而定，還是能夠以很凶殘的方式運用，最適合拿來引誘敵人，使對方大意。雖然用在慎重的對手身上很難發揮作用，但是這種能力很適合拿來當保險的手段。

只不過，跟眼前這樣的對手比較簡直差遠了。

考量到維爾格琳的「並列存在」能夠產生「別體」，不否認「遍布」整體看來都不如人。

戴絲特蘿莎知道的並沒有這麼多，然而她美麗的臉龐上還是出現陰影。

「那是什麼？」

「萊茵她啊，可以讓自己的身體分散，從任何一片肉片都能夠『再生』。」

「原來如此。換句話說，可以解釋成每個都是本體？」

「就是這個樣子。」

戴絲特蘿莎她們不慌不忙地分析現狀。戰鬥明明都開打了，態度上還是跟優雅聊天的時候沒什麼兩樣。

只見維爾格琳看似愉快地開口：

「白色始祖真聰明，答對了。這是我擁有的能力之一，叫做『並列存在』。我不希望你們去妨礙儀式，就讓這邊的我來當妳們的對手吧。」

優雅地搧動羽毛扇，維爾格琳如此宣稱。

戴絲特蘿莎聽她這麼說很不是滋味。

她睜大眼睛瞪著維爾格琳。

「我有主上利姆路大人賜的名字『戴絲特蘿莎』喔。拜託妳別再叫我白色始祖。」

這麼說著，戴絲特蘿莎隨手揮出神不知鬼不覺間創造出來的火焰鞭子。鞭子就像一條蛇那樣蠢動，襲向維爾格琳。

「原來是這麼一回事。聽說那個史萊姆給了『始祖』名字，原來是真的。」

確定了不知真偽的情報，就連維爾格琳都不免露出驚訝的表情。然而她的身體並沒有亂了方寸，流暢地避開戴絲特蘿莎的鞭子。

「竟敢叫我的主上史萊姆，未免太沒禮貌。」

憤慨地喊出這句話之後，卡蕾拉放出魔法。

一開始就放出絕招「重力崩壞」。

規模上盡可能壓縮到最小，相對的威力就大。這是卡蕾拉目前能夠釋出的最大攻擊，直接對著注意力都放在戴絲特蘿莎身上的維爾格琳打去。

連接天與地的黑色柱子包圍維爾格琳。那個圓柱剛好可以容納一個人，就像是無處可逃的牢籠。

不過——

維爾格琳臉上浮現不以為然的笑容，待在有著超級重力的監牢中依然還是那幅從容模樣。

「不愧是統率惡魔族之人。魔法的威力無可挑剔。不過在遵循世界法則的情況下是不可能傷害到『龍種』的。」

像是在印證這句話，維爾格琳從內部粉碎黑色的柱子。她提高自身魔力來干涉卡蕾拉的魔法，將之瓦解掉。

「哈哈哈！真不愧是維爾德拉大人的姊姊，竟然做出這麼扯的事情。既然魔法不管用，那我大概就沒招可以出了吧？不對，好像還有從阿格拉那邊學來的劍術能用？或許不管用，但就讓我用用看吧！」

儘管自己的絕招被人瓦解，卡蕾拉依然一臉開心的樣子。她似乎沒有受到打擊，手裡拿著用魔法創造出來的刀。

那美麗的太刀散發著跟惡魔不相稱的猛烈氣息。卡蕾拉的妖氣直接流入刀身，因此綻放著光芒。

「或許這麼做是對的。不去仰賴單純的魔法或技能，如果是靠自己創造出來的高度技量，也許能夠對相當於世界根源的『龍種』起到作用。根據維爾德拉大人所說，名叫日向的女性曾經證明這點。」

連試都不用試，戴絲特蘿莎早就認定魔法對維爾格琳不管用。所以才會在一開始就使用靠魔法形成的鞭子。

鞭子的顏色是白色。具備「冰凍的白焰」這種矛盾性質，是戴絲特蘿莎想出來的禁咒。

「哦——人類果然很有趣呢。那我也來用這個吧。」

烏蒂瑪說完這句話就創造出兩把短刀，拿在雙手上。短刀的刀刃有著看起來狠毒的紫色，散發不容小覷的妖氣。

「小蒂也是一出招就毫無保留呢。這是之前弄傷賽奇翁的玩意兒吧？」

「對啊。說真的，之前還以為我們活動身體也沒什麼意義呢。」

「真讓人意外。沒想到跟賽奇翁先生的戰鬥經驗會在這種地方幫上忙。」

她們幾個比較擅長用魔法，之前都沒有把重點放在近距離戰鬥上。然而跟賽奇翁對戰的時候，除此之外的攻擊手段幾乎沒用。

理由在於賽奇翁有著銅牆鐵壁的防禦力，而且面對魔法有絕對的優勢。幾乎所有的魔法都對賽奇翁沒用。結果使得那三個女惡魔被迫摸索其他攻擊手段。

最後她們找到的答案就是這個。

賭上她們身為精神生命體的價值，用「堅強的意志力化為一擊」，總算成功傷到賽奇翁。

對於精神生命體來說，靠著意志力能夠戰勝一切。

所謂的技能，其實也是依據個人願望而生的一種意志力型態罷了。而最終境界就被稱為究極技能。

既然如此，靠她們自己的意志能夠如何登峰造極？只能一試了——那就是她們做出的結論。

接著她們讓自己的意志具體化，因而創造出各自擅長使用的武器。

賽奇翁的防禦並不遜於究極技能，然而烏蒂瑪的短刀還是傷到他的身體。

換句話說，那三個女惡魔的攻擊直逼究極技能。

「我試著去仿製小蒂的武器。雖然我練劍只是練好玩的，但得到阿格拉的真傳。就有勞妳跟我比劃一下吧！」

話一說完，卡蕾拉衝了出去。

她完全沒去考慮防禦層面，用盡全力砍向維爾格琳。

這陣劈砍被維爾格琳用羽毛扇擋掉。

那把扇子是用高級羽毛製作的，一點都不像武器。然而強度上卻受維爾格琳妖氣的影響變質，變得比金剛石還硬。

又薄又輕，既柔軟又堅硬。跟卡蕾拉的太刀相比一點都不遜色，這是維爾格琳愛用的武器。

「我很驚訝。沒想到身為始祖的妳們竟然就這樣捨棄魔法不用。」

「有必要驚訝成這樣？為了對我們的主君獻上勝利戰果，我們個人的堅持相形之下就不值一提啦。」

面對卡蕾拉發動的猛烈攻勢，維爾格琳轉攻為守，戴絲特蘿莎則操控鞭子攻擊她。宛如無數的白蛇，變換自如地追殺獵物。

「嘖。」

不耐煩的維爾格琳啐了一聲。

身上那套禮服的衣襬被鞭子打破了。

漂亮的腿稍微露了出來。那裡清楚浮現紅腫的印子。

這證明戴絲特蘿莎的攻擊起到作用。

「挺厲害的嘛，戴絲特。我會繼續擔任前衛，就麻煩妳維持下去。」

「碰巧打到還這麼開心。」

就算受了輕傷，維爾格琳仍有餘力。也因為這樣，在一邊對付戴絲特蘿莎她們的同時，她才會出現重大失誤。

也就是所謂的掉以輕心。

「那可不是隨便亂打！」

只見烏蒂瑪用得逞的語氣說了這段話，在那瞬間，維爾格琳感覺自己的側腹出現劇烈痛楚。

（——什麼！）

她頓時困惑了一下。

彷彿等的就是這一刻，戴絲特蘿莎的鞭子和卡蕾拉的刀劍接連打中維爾格琳。這讓她跪倒。

一時之間她不明白自己身上發生什麼事了。

不，並非她無法理解。

而是維爾格琳不願意去理解。

「幹得好，烏蒂瑪。之後再去跟利姆路大人討賞。」

「這招漂亮。但可不能因此大意。就照這個氣勢，我們一口氣直搗黃龍吧！」

「嗯嗯！還有其他的『並列存在』，我們要連那些都打倒，讓儀式中斷！」

遠遠聽著這段對話，維爾格琳站了起來。

「哎呀，受了我們那麼多的攻擊，莫非並沒有構成太大傷害？」

「遇到小蒂的『咒毒』，就連我要解咒也得花一段時間，『龍種』還真厲害。」

「但也不是沒辦法打倒吧？傷害可以累積，這樣下去──」

烏蒂瑪的話還沒有說完，維爾格琳就動了。

速度快到連擁有超強感應能力的三個女惡魔也感應不到，她抓住烏蒂瑪的脖子撞擊到地面上。

「咕啊！」

接著用力踩了忍不住發出呻吟的烏蒂瑪一腳，瞬間離開現場。緊接著，卡蕾拉才用刀砍過剛剛維爾格琳還在的那個空間。

維爾格琳逃到卡蕾拉攻擊不到的地方，拔出插在側腹的短刀丟掉。

雖然衣服破了，白皙的肌膚上卻沒有留下任何傷痕。顯示剛才一連串攻擊帶來的傷害對維爾格琳而言根本不算什麼。

「果然是怪物呢。」

聽到卡蕾拉的呢喃，維爾格琳用有些自嘲的語氣回應。

「沒那回事。我也還不夠老練呢，竟然會大意，好久沒有這種感覺了。不。應該是平常就有大意疏忽的時候，卻對這點沒自覺，因為沒有引發任何問題。這就像是最強之人的宿命，妳們應該也能體會吧？」

維爾格琳說到這邊開始苦笑，但是她的目光很銳利。她盯著戴絲特蘿莎等人看，不管是多麼細小的動作都不遺漏。

別想要她再次大意疏忽。就在這個瞬間，戴絲特蘿莎她們獲勝的可能性也跟著渺茫起來。

「『始祖』確實很棘手呢。但並不會構成威脅。只代表著對付起來相對麻煩。不過，這方面我改觀了。獲得肉體又得到名字，妳們變得比我想像中還強。這點我承認。」

其實維爾格琳她並沒有小看身為「始祖」的惡魔們。就算她們的戰鬥力比不上自己，若和這些始祖合作，還是有利於維爾格琳他們。等到要去跟姊姊維爾薩澤對決，這些始祖將會成為充分的戰力。

就好比現在，連維爾格琳都被她們殺個措手不及。

假如這發生在和姊姊的對戰中，那維爾格琳肯定會輸掉吧。

證據就是剛才戴絲特蘿莎她們的攻擊成功癱瘓維爾格琳的「別體」。

當然過一段時間就能恢復。可是就如同卡蕾拉所說，如果想要解開烏蒂瑪的「咒毒」，連維爾格琳也要多費一番功夫。

因此維爾格琳才會解除受到傷害的「別體」，選擇創造出新的「別體」。如此一來將能夠擺脫一切傷害。

這樣的使用方式才是「並列存在」的真髓所在。不論對方擁有怎樣的奇襲必殺技，面對維爾格琳的能力都使不上力。

不過，她的能力也並非萬能。

在使用上還是有限制。

最大限制在於每次生出一個「別體」，維爾格琳就要抵押最大魔素含量的一成。而且還不是一次性消耗，是要用來維持的耗費量。用「抵押」這個字眼來說明就能理解，只要讓「別體」消失，那些能量就能夠回來。

然而在能夠製造的「別體」數量上有極限，這也是無法顛覆的事實。

維爾格琳能夠創造出的「別體」數量，最多是十個。只不過若是創造出十個，那她的魔素含量就會歸零，戰鬥能力反而會降低。

每一個「別體」都可以共用魔素存量，因此至少要保留五成左右，維爾格琳認為這樣才是有效率的做法。有鑑於此，最多只能創造出三到四個。

還有另一個限制。

這跟「別體」受到的傷害有關。

在無瑕疵的情況下解除，維爾格琳可以拿回一成的魔素。但若是受到傷害，那就會跟傷害成正比，收回來的魔素含量也會跟著變少。這是利姆路曾經想到過的攻略方式，從某個角度來說，這麼做是對的。

例如這次，維爾格琳就消耗掉百分之五。

順便補充一點，卡蕾拉要使出全力才能夠發動核擊魔法「重力崩壞」，然而那對維爾格琳來說，耗費的魔素還不到百分之一。

「龍種」的魔素持有量就是這麼龐大。

如此這般，維爾格琳乍看之下似乎無懈可擊，但並非是不死之身。即使不把肉體上受到的傷害看在眼裡，只要讓她一點一滴耗費掉能量，過一段時間還是能夠打倒。

就算這樣的機率很小，維爾格琳還是把那種可能性考量在內。那幾個女惡魔在這個世界上也算是最強的人士之一，或許有可能打倒她。

之所以在嘴巴上說對方根本算不上威脅，都是為了虛張聲勢，要磨滅對方的鬥志。

維爾格琳相信。

那三個女惡魔可以拿來當成對付維爾薩澤的王牌。

如果能夠讓戴絲特蘿莎她們加入自己跟姊姊的對決，那她就贏定了。

基於這點，維爾格琳再次試著用話術拉攏戴絲特蘿莎等人。

「想必妳們也明白吧？不管再怎麼掙扎，妳們都不可能打贏我。不覺得繼續作戰下去沒什麼意義嗎？只要妳們願意幫我一點小忙，我保證之後會還妳們自由。所以，妳們就在這跟我投降吧。」

維爾格琳心高氣傲，這樣的提議在她看來已經是最大限度的讓步。

然而戴絲特蘿莎她們卻拒絕了。

「妳是要我背叛利姆路大人？開這種玩笑也未免太可笑了。」

「我說啊，妳還真是小看我們。惡魔不會背棄契約，這是常識吧？我們怎麼可能因為自己快輸了就窩裡反。」

「說得對極了。的確，某些惡魔是有交涉空間沒錯。若是要找只為了利害關係行動的人，找一找或許會有。但妳要知道，我是不可能背叛主上的！」

她們三個人分別吐露心聲，為了表達心中的不滿，同時對維爾格琳發動攻擊。

這陣攻擊灌注了最大的力量，瞬間就把維爾格琳的「別體」破壞掉。維爾格琳也因為這樣又消耗掉百分之九的魔素。

交涉破裂。

「……是嗎？可惜了。真是太可惜。」

維爾格琳創造出新的「別體」，如此呢喃的她露出殘忍笑容。

緊接著——

一場蹂躪就此展開。

●

蓋札他們繞過讓血雨從空中降下的紅色柱子——「重力崩壞」，展開對卡嘉麗執行儀式的現場發動突襲的作戰計畫。

如果太過靠近，即使是天翔騎士團，也會被重力波定住。團長德魯夫的職責就是負責警戒並且帶領大家。

不過這些都多慮了。

維爾格琳維持的「重力崩壞」完美斷絕對周圍產生的影響。

在地面上，戴絲特蘿莎她們似乎已經跟維爾格琳開打了。可是，紅色的柱子還在。

發現這件事情後，蓋札感到背脊發涼。但他沒有表現出害怕的樣子，而是大聲叫喊。

「雖然難以置信，但這就是維爾格琳。竟然能夠叫出跟本尊一樣厲害的分身，感覺就像一場惡夢對吧？不過，用不著害怕。要知道我們這邊也有超乎常理的強大援軍！」

蓋札的聲音傳到騎士們耳中。聽起來堂而皇之，抹除大家心中的恐懼。

其實蓋札自己也很害怕。

面對如此強大的敵人，就算是聖人也沒多少手段可用。即使想試著抵抗，力量差距也太過懸殊。

不過，蓋札沒有放棄。

身為國王的責任感讓他的心變得更堅強。

更重要的是，他還有疼愛的師弟利姆路派來的援軍，顯示現在絕望還太早。

正在戰鬥的三個女惡魔也是，假如只看魔素含量，是比不上蓋札的。儘管如此，面對力量差距來到將近百倍之多的對手，她們還是果敢地與之對決。

（呵呵，都看到她們展露這樣的風範了，身為國王的我怎麼能夠說喪氣話。）

如此這般，蓋札在心中強力發誓。

而他的覺悟也傳播給蓋札的夥伴們，還有底下的騎士們。當他們來到目的地的時候，大家心中再也沒有任何恐懼。

繞過紅色的柱子後，他們預備前往的戰場就在那裡。

那是一片遼闊的草原，足以布置大軍。

地面上被血的顏色染成一片鮮紅。

想必這就是暗中跟他們有勾結的混合軍團，最後變成這副淒慘模樣。

在那片大地上，有將近一百人的身影。

特別醒目的是一個男人，只有他穿著不一樣的軍服——他是近藤中尉。

身上散發著壓倒性的存在感，視線就放在蓋札身上。

其他還有福特曼跟蒂亞，三十幾個從前是優樹夥伴的人們聚集在此。

除此之外，那邊還有將近五十名帝國皇帝近衛騎士團的成員。像是在說不會讓人妨礙儀式，全都呈現保護卡嘉麗的態勢。

在近藤身邊，還看見一組穿著制服的人。那些是情報局的職員，其中有好幾個都來自帝國皇帝近衛騎士團。也就是說，如今現場可以說是聚集了帝國的最高戰力。

位置上看來，卡嘉麗待在紅色柱子的外圍。

沐浴在血雨之中，忙著進行儀式。

至於維爾格琳，她就站在那邊觀望這一切。

在紅色柱子的另一頭創造出「別體」之後，為了不在施展魔法時被那三個女惡魔妨礙，她選擇回到這一側。不論維爾格琳有多強大，光靠「別體」一個人，要行使一個超級大魔法依然負擔沉重。

因此維爾格琳似乎不打算有什麼動作，呈現觀戰狀態。

蓋札在高空中確認這一切。

接著開始從容不迫地下降。

當他來到地面上站好之後，出面迎接他的是近藤。

「能夠拜見赫赫有名的英雄蓋札王，是我的榮幸。」

近藤厚顏無恥地說這些話。

只見蓋札從鼻子裡哼了一聲，拿起他的劍。

「你是什麼人？」

「帝國情報局局長近藤中尉。」

「哦，你就是『以情報為食的怪人』？有趣。朕親自來會會你，趕緊拔劍吧。」

蓋札只看一眼就察覺近藤的實力。一跟近藤對峙的瞬間，他試著發動的「讀心術」就起不了作用，可見對方與自己旗鼓相當。

「等等，這邊就讓我——」

「潘，為了不讓其他人過來妨礙，麻煩你去對付剩下那幫人。還有你們也一樣。這傢伙只有朕才有辦法應付。」

把跟自己一同來這決一死戰的夥伴們看過一遍，蓋札如此說道。

珍率先領下蓋札的命令。

「說得沒錯。那個人不是我們能夠應付的對手。那最起碼要除掉礙事的傢伙，讓蓋札王安心對戰。」

德魯夫也認同珍的判斷。

「……遵命。大家聽好！雖然在人數上是我們占上風，但可別小看對手的實力！你們五人一組，展開空中戰鬥！」

他鎖定敵人，正確下達指示。

無視遮蔽物從高空中發動突擊，正是天翔騎士團最擅長的戰鬥方式。然而這次要採行的作戰計畫是利用人數優勢來擺弄敵人。

優樹的夥伴也好，帝國皇帝近衛騎士團也罷，他們都是實力跟「仙人」等級不相上下的強者。所謂的「仙人」等級，若是換算成自由公會制定的威脅程度，那可是相當於特A級前段班，強度可以媲美高階魔將。

多加培育之後甚至能夠變成「魔王種」，這些人夠格被稱之為英雄。

而看看德魯夫的部下們，搭配飛馬才能夠勉強超越A級。德魯夫自己是「仙人級」，部下之中也不乏強者，但他認為如果要一對一，面對那些敵人實在沒什麼勝算。

並非德魯夫正確看穿這一點，而是本能告訴他敵人擁有危險的戰鬥力。比起對付維爾格琳，勝算是比較高沒錯，然而他判斷會是一場硬仗。因此才會下達那樣的指令，目的並非在於殲滅敵人。而是要利用能夠在空中飛翔的優勢來擾亂敵人，並且藉此爭取時間，這才是德魯夫真正的目的。

剛才提到要掃除會妨礙蓋札的人。

天翔騎士團也明白這句話的意思，他們立刻做出反應。

（要相信陛下會獲勝，我就好好善盡自己的職責吧。而且再過不久援軍就會過來！）

德魯夫如此判斷。

就在下一刻，有道爽快的聲音肯定了他的判斷。

「哇哈哈哈！我們好像來得有點慢。因為這個大傢伙比想像中還要重，費了一番功夫才運過來。但既然我們都來了，你們大可放心！就安安心心享受這次的對決吧！」

來人是戈畢爾。

「咻——！不愧是戈畢爾大人，太帥了！」

「說得對。」

「愈來愈有男子氣概。我會永遠追隨，大人您要做好覺悟！」

戈畢爾的部下們也在。

「飛龍眾」成員手上都握著鎖鏈，那些鎖鏈跟巨大的物體繫在一起。是魔王守護巨像。動用大約百名成員透過空運的方式運過來。

只是在迷宮內部等待敵人，魔王守護巨像不會構成問題，然而若是要來到戰場上，那巨大的身軀就會綁手綁腳。戰鬥能力無可挑剔，移動速度卻非常緩慢。

話雖如此，在近距離戰鬥上速度又很快，因此至今為此大家都不曾把那個問題當一回事。

「這個問題有待改善，但既然都請人運到這邊了，那老夫也要加油。」

這是蓋多拉在鬥志高昂地叫喊。認為這是立功的好機會，他帶著充滿幹勁的表情，坐進魔王守護巨像之中。

雖然他的目光一度轉向近藤，但立刻就轉開了。看到蓋札王正在對付近藤，他認為自己沒有插手的餘地。

接著蓋多拉目光放在維爾格琳身上。

（「元帥」閣下的真面目果然就是「灼熱龍」維爾格琳？不過如此一來，達姆拉德的目的就讓人看不透了。那傢伙當真是效忠陛下的？為何必須命令邦尼他們守護正幸？讓人看不透。雖然看不透……目前卻沒空去煩惱。假如維爾格琳真的出動，那我們的作戰計畫就完蛋了。為了避免出現這種情形，只能讓老夫負責盯哨。）

想到這邊，蓋多拉操控魔王守護巨像去往優雅佇立的維爾格琳身邊。

目送蓋多拉離去之後，戈畢爾飛到德魯夫身旁。

「蓋多拉先生似乎打算過去對付維爾格琳大人。那我們就按照預定計畫行事，去排除那些礙事的傢伙吧。」

「呵呵呵，戈畢爾先生真是可靠的夥伴。既然如此，我們就來聯手執行作戰吧。」

「嗯。我的部隊會到前線去應付敵人，就拜託你們掩護了！」

「沒問題！」

戈畢爾和德魯夫達成共識。

要照事前講好的，以戰鬥能力優秀的「飛龍眾」為主體。如果是具備強大防禦力的龍人族，應該不會這麼簡單就被殺掉。而且戈畢爾他們還大方帶來完全回復藥。只要沒有當場立刻死亡就能復活，剛好可以充當盾牌。

「那麼德魯夫先生，指揮工作也拜託你了。」

「咦，等等！」

戈畢爾這番行動並不在他們事先講好的範圍內，害德魯夫驚訝了一下。

「嘎哈哈哈！我是『天龍王（Drag Lord）』戈畢爾！一決勝負吧！」

戈畢爾不理會驚訝的德魯夫，對準那幫疑似是近藤親信的人們——瞄準其中一個男人發動突擊。

哥布亞傻眼地看著戈畢爾這一連串舉動。

他們是最後才來到現場的，因為是在地面上用跑的過來，這也是沒辦法的事情。話雖如此，速度並沒有愧對來到A級的實力，正好趕上開戰的那一刻。

不僅如此，還確實按照作戰計畫繞到敵方部隊的背後。

「戈畢爾大人會一個人過去挑戰，表示那個男人的實力非同小可吧。」

當哥布亞給出這樣的評論，站在旁邊的男人立刻反駁。

「是嗎？看起來就只是一個適合從事文書工作的戴眼鏡小鬼而已呀？」

這個人就是卡利翁底下的三獸士之一——「黑豹牙」法比歐。不知為何，他並沒有回國，而是神不知鬼不覺跟著哥布亞過來了。

哥布亞內心是很高興的，然而紅丸目前正將「紅焰眾」交派給她。因此她於公要展現出嚴厲的態度，提醒法比歐注意言行。

「法比歐先生，你的實力固然值得誇讚，但在洞悉敵人實力這方面，最好還是再多練練。」

「用詞還真辛辣，哥布亞。別叫得這麼生疏，直接叫我法比歐就可以了。」

「我們目前正在跟人交戰，而且是在執行作戰行動。還望你要公私分明。」

那兩人的對話內容明明是這樣，看在部下們眼中卻只像是在打情罵俏。照理說這是瀰漫著緊張氛圍的戰場，卻不知為何開始有種氣氛升溫的感覺。

「那接下來有什麼打算？」

這時法比歐突然換上認真的表情，提出這個問題。

哥布亞也切換情緒，做出回應。

「我們要在這邊伺機而動。目前已經不可能達成戰術上的勝利條件了，眼下作戰計畫宣告失敗。看維爾格琳大人接下來會如何行動，我們有可能被一網打盡。若是只去考量求生問題，那除了逃走就沒有

更好的選擇，但我們不被允許做出這樣的選擇。總之目前首要任務是讓礙事的人減少，盡量減輕利姆路陛下的負擔。」

看她臉上的神情，那是置之死地而後生的人才會有的。

只要將維爾格琳留在這塊土地上，利姆路就能夠趁機討伐皇帝魯德拉，或是讓對方同意協議停戰，那才是眼下作戰計畫的重點所在。

然而這個作戰計畫卻在維爾格琳創造出「別體」的瞬間瓦解。照理說應該在那個時間點上中斷一切的作戰行動，可是目前卻沒辦法跟有權限決定此事的人們取得聯繫。

戈畢爾就成了現場最高指揮官。

而他做出的決斷是繼續進行作戰。

戴絲特蘿莎她們也認同這做法，哥布亞本身並沒有意見。

他們要盡己所能。就只是這樣罷了。

不曉得維爾格琳能夠創造出多少的「別體」，但他們都有心理準備，必須阻止所有的「別體」。同時可能的話，他們還預計要去妨礙卡嘉麗正在進行的儀式。

「妳這是打算自殺啊？」

「不。利姆路陛下是絕對不會允許我們送死的。因此不允許出現任何犧牲者。」

哥布亞下達強人所難的命令，「紅焰眾」們聽了也只是靜靜地點頭。

「假如維爾格琳採取行動，你們應該沒辦法阻止吧？」

「到時候就交給蓋多拉先生，我們會逃走。」

做出這個回答，哥布亞單眼眨了一下眼睛。

那個表情的破壞力大到足以讓法比歐閉嘴。

「那好吧。我也別想太多，就放手做做看。看來那邊還有跟我有過糾葛的人在，得去跟他們打聲招呼才行。」

法比歐曾經被福特曼和蒂亞欺騙，因此有了慘痛的失敗經驗。不過原因都出在自己不夠成熟上，因此他並不恨那兩個人。不僅如此，這件事情讓他有所成長，他甚至為此感謝對方。

這個男人很有獸人風範，單純爽朗。

正因為法比歐是這樣的人，看到宿敵被人操控才覺得看不下去。

「可別太勉強自己。」

「這點我無法跟妳保證，但我發誓會努力保住性命。」

留下這句話，法比歐也加入戰局——

近藤中尉正在跟蓋札王交手。

戈畢爾相中帶著眼鏡的情報局成員。

福特曼跟蒂亞過去對付潘和安莉耶達。法比歐跑去插手，哥布亞他們則是想要看清走勢。

維爾格琳睥睨著戰場，蓋多拉大師操控的魔王守護巨像來到她面前。

就這樣，他們各自展開戰鬥。

在戰場之中，蓋札心如止水。

現在的他不是君王，而是一個武士、一名劍士，在跟名叫近藤的男人對峙。

近藤依他所說拔出軍刀。

他也很平靜，看到蓋札擺出的架式，嘴裡發出感嘆。

「哦，有兩下子。看樣子劍聖這個名號並非浪得虛名。」

那並不是客套話，而是出自真心。然而蓋札嗤之以鼻。

「這種話就免了。被你說出口，聽起來就像在挖苦人。」

這邊這句話也是出自本意。

是因為近藤的架式也很漂亮，在蓋札看來仍找不到任何破綻。

目前近藤雙手都握著軍刀。

有別於和福特曼作戰的那個時候，他沒有大意，這是認真擺出的作戰架式。

接著，在此點出一個令人震驚的事實。

彷彿事先說好，那兩個人的架式如出一轍。

在不發一語的情況下，他們交手幾次，要去掌握對方的實力。之後確認雙方架式相同並非偶然。

蓋札的劍術是跟白老學的。雖然裡頭有加入他自創的技巧，但基本功都是忠實遵從白老的教誨。

而那些都來自白老的祖父荒木白夜，出自「朧流」。

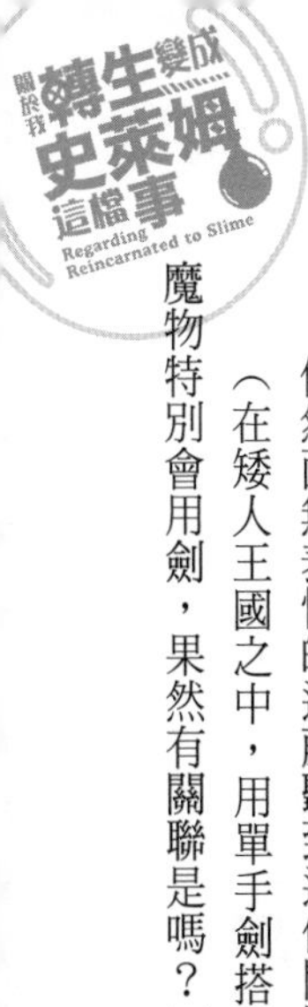

除了白老，沒有其他人師承這個流派。
就連身為他親傳弟子的蓋札也不清楚「朧流」全貌。他知道還有自己沒見過的奧義存在。
只不過……
在魔物王國之中，白老擔任「師範」，負責培訓士兵們。理所當然的，想必也會傳授劍術的基礎，但蓋札不認為這些還會傳到帝國去。
畢竟所謂的劍術並非一朝一夕就能學成。
因此蓋札才會把那句話問出口。
無獨有偶，近藤也問出同樣的問題。
「看你的架式，你怎麼會知道『朧流』？」
「之前聽說的時候，我就猜到有這個可能，蓋札陛下用的技巧跟我的『朧心命流』很類似。那是跟誰學的？」
「……」
「……」
兩個人互相瞪視。
率先開口的人是蓋札。
「你說『朧心命流』……莫非你想說這跟『朧流』不一樣？」
依然面無表情的近藤聽到這個問題後，他稍微想了一下。
（在矮人王國之中，用單手劍搭配盾牌的正統派劍術才是主流吧。這麼說來，曾經收到情報指出有魔物特別會用劍，果然有關聯是嗎？）

靠著少許的情報，近藤中尉幾乎已經猜到正確答案。

面對這樣的近藤，蓋札看似焦慮地問話。

「你不打算回答朕的問題？」

「你別慌。所謂的『朧流』，應該跟我學的流派是出自同一體系。因為這樣，我倒是想問問你。總不可能在這個世界上偶然衍生出相同的流派吧？」

「嗯，這麼說也是……」

嘴裡念念有詞，蓋札跟著想起一件事。

在修行的時候曾經聽說過白老祖父的事情。

「這是從我的師父白老閣下那邊聽說的，聽說『朧流』是跟他的祖父學來的。而那個人似乎是來自異世界的『異界訪客』，這樣就說得通了。」

這件事情蓋札跟近藤都不知情，其實荒木白夜還有一個弟弟。這個人取代兄長成了開山祖師，在近藤出生的世界中傳授「朧心命流」。

那是能夠除魔的劍術，用來跟魑魅魍魎戰鬥。

近藤也是跟魔戰鬥的人之一，因此學會了比較接近開山流派的「朧心命流」。

「呵呵呵，竟然要跟同門對決，有意思。」

近藤難得愉快地笑了出來。

平常他都不會展露情感，這陣笑意反而更突顯他的冷酷。

「我有一個提議，蓋札陛下。」

「什麼提議？」

「看在同門情誼的份上。以蓋札陛下的實力，我認為加入我們將會成為十分強大的力量。只要你答應解除武裝，宣誓對我國皇帝效忠，我可以答應你終止一切侵略貴國的行動。」

「你是認為朕會接受這個提議？」

「你會接受的。按照邏輯來想，那是能夠將傷亡減到最低的手段。」

近藤說得沒錯——蓋札也如此認為。

這提議可是讓他求之不得。為了守護矮人王國的子民，接受這個提議才是正確的選擇。

身為一個君主，沒什麼好煩惱的，應該直接接受才對。

如今已經知道維爾格琳有多大的威脅性，根本毫無勝算。這場戰爭的勝利條件原本很模糊，根本沒辦法定義。

趁著還沒出現大量傷亡前，利姆路他們就會跟魯德拉分出高下——仰仗的就只有這種樂觀假設。

（若是為人民著想——）

想到一半，為了擺脫迷惘，蓋札笑了。

「可笑！你們以為自己贏定了，看來根本就是沒聽過掉以輕心會死得很難看這句話！就讓朕教教你們，讓你們明白這樣想有多麼不知天高地厚！」

一面嚷嚷，蓋札將思緒全都集中在眼前的敵人身上。

屏除一切的雜念，只去想要怎麼打倒近藤。接著讓身心與愛劍合而為一，將身為「聖人」才會有的霸氣全面解放。

一個幾乎直逼覺醒魔王等級的英雄現世了。

然而——

即使看到這樣的蓋札，近藤的態度依然從容。

「可惜了，人們口中的明君原來只是叫好聽的嗎？那就不能怪我了。趁你的名聲還未一落千丈，就讓我來引渡你吧。」

這句話讓「聖人」之間的戰役就此點燃。

即使面對蓋札放出的「英雄霸氣」，近藤也輕而易舉抵銷。他身上有著相同性質的氣，能夠將一切的影響無效化。

形勢上是近藤占優勢。

幾分鐘過去。

單純只看劍技也一樣。

蓋札使出縱向的連續斬擊「朧．地天轟雷」，但近藤迅速側身避開，用橫向的劈砍「疾風雷霸」回應。接著直接以最快速的刺擊「紫電突」連擊，但被蓋札用「流水斬」擋掉。

他們師出同門，很清楚彼此的奧義。

然而蓋札的對應逐漸開始跟不上。論習得的招式數量，近藤握有更多。

「果然沒錯。『朧心命流』也包含了祕而不宣的招式。雖然我跟本家的關係很親近，但也沒有全數掌握。那個人叫做白老是吧？我原本還在想不過是一個魔物，對劍的本質又能掌握到什麼程度。」

這是近藤的真心話。

但他會這麼說，並不單純是看扁白老。

劍道是很深奧的，一代傳一代。近藤本身對自己的流派引以為傲，因此才會這麼說。

然而這樣的發言卻激怒蓋札。

「你這是在侮辱我的師父？」

他用比之前更可怕的氣勢瞪著近藤。

除了他，還有另一個人。

「呵呵呵。蓋札王啊，在戰場上像這樣輕易亂了心神，代表你的修練還不夠。就讓老夫接替你打一下，你去旁邊讓腦袋冷靜冷靜。」

身為哥布亞的顧問，率領後援部隊的白老也在之後抵達現場了。

*

一看到白老，近藤就明白他有多少實力。

下一瞬間，鋼鐵與鋼鐵互相碰撞的清脆聲響響起。近藤用近乎神速的速度砍出居合斬，被白老用暗藏的刀接下。

「哦？竟然能夠接下這招？」

在白老的額頭上，「第三隻眼」──「天空眼」已經開眼。那如今已經超越追加技的範疇，甚至有突破獨有技領域的趨勢。

因此才能夠應對近藤的拔刀術。

「你的拔刀術有兩下子。竟然跟老夫的祖父師出同門，這不叫奇緣又叫什麼。小子，你說老夫只是區區一個魔物，那老夫對劍的真髓理解到什麼程度，你就親自試試吧。」

「呵呵，有趣。既然你都說成這樣了，那我就讓你明白自己有多麼不堪。」

就這樣，在蓋札的注視下，近藤跟白老開始決鬥。

近藤是有勝算的。

白老確實有實力──他一眼就看出此事。

只不過，魔物無法理解劍的本質，這對近藤來說是無庸置疑的事實。

那是因為「朧心命流」就是用來除魔的劍。

那一套劍術就形同是魔物的天敵，魔物怎麼可能學會──近藤會這麼想情有可原。

而且任誰都無法想像身為「朧心命流」開山祖師的哥哥──也就是真正的創始者會來到這個世界。

（連奧義都會使用出乎意料，但是比祕傳奧義還要厲害的技巧只會傳授給本家的成員。不曉得「異界訪客」有多麼厲害的本事，不過應該不可能把祕傳奧義傳授給魔物。）

就這樣，近藤會憑著自己的常識做出判斷，從某方面來說也無可厚非。

但那錯得離譜，以近藤來說很少會像這樣誤判。

而他得因此付出很高的代價──

白老和近藤互相對峙。緊接著一進到能夠將對方一擊必殺的距離內，他們同時出招。

「梅花──五華突──」

近藤賭上身為劍士的驕傲，展現他鍛鍊而來的招式。正因為白老跟他出自同一個門派，因此他才會做出這種愚蠢行徑。

在腦袋的某個角落，他正冷靜思考，打算立刻認真起來將對方收拾掉。可是他採取的手段卻是正正當當一決勝負。

近藤平常都很冷靜沉著，這種魯莽行徑不像他會做的。他打算展露自己所學的最高技巧，對身在這個世界的同門示威。

五華突是拿梅花當象徵的突刺技巧。是近藤被傳授到的巔峰之技，也是不對外相傳的祕傳奧義之一。

瞄準人體的要害──雙眼、喉嚨、心臟、腎臟、胸窩和生殖器，還有拿來當幌子的雙肩，在這十個部位之中挑出五個部位，連續發動五次突刺。根據狀況的不同，標的也會產生變化，需要熟練的技巧。

即使是在同一門派的劍士之中，學會這種祕傳奧義的人也少之又少。正因如此，近藤沒算到白老會出現在這個地方。

「八重櫻──八華閃──」

白老選擇的是最高奧義──行雲流水的連續斬擊，有千千萬萬種組合方式，是可以在眨眼間砍敵人八次的技巧。

近藤跟白老雖然在實力上不相上下，但基本的戰鬥能力卻有很大落差。在白老看來，近藤的身體機能高出他數十倍以上。

因此若是這招不管用，那白老八成就輸定了吧。

帶著這樣的覺悟，白老出劍。

「唔！」

「哦……」

近藤大獲全勝。

就算會兩敗俱傷，白老也想給近藤致命一擊。

帶著這樣的心願，他與對方交鋒，但結果卻出乎雙方預料。

速度快到讓旁人看不清楚，白老的劍散出八個花瓣。可是這些卻被近藤打出的五個花瓣抵銷，沒能撐到最後。

近藤扭動半身閃避，結果頂多只能在他的臉頰上留下擦傷。話雖如此，近藤沒料到會有這樣的結局。

「沒想到在這個世界上，還存在能夠超越我的劍士。」

白老的八華閃是比近藤的五華突還要厲害的招式。這個事實粉碎了近藤的認知，讓他不得不承認自己錯了。

只不過在這場勝負之中，贏的人是近藤。

能夠抵銷必殺技，這點確實厲害，可是雙方的力量差距過大。剛才的交鋒讓白老雙手遭到切裂，模樣淒慘無比，再也無法使用。

「沒想到就算老夫使出最高奧義也不管用……」

「不，你傷到我了。之前小看你，容我致歉。有件事情想請教一下，是關於你祖父的名字。」

之前因為白老是魔物就小看他，近藤為這點道歉。而且還承認對方是超越自己的劍士，對他表示敬意。

這個男人一碰到劍就會真摯以對。

然而在此同時，他也不會以個人情感來做判斷。

近藤達也就是這樣的一個男人。

「呵呵呵。老夫祖父的名字叫做荒木白夜。他是一個偉大的劍士，但早早就死了。」

「可惜了。說到荒木，那是本家人的家名。或許那位大人跟『朧心命流』的開山祖師有什麼淵源也說不定。假如他至少有來到『仙人』等級，那在這個世界上肯定會成為屈指可數的強者。」

說到這邊，近藤默哀了一會兒。

這個男人真的只對自己的流派真心相待。

錯愕地看著這樣的近藤，白老不抱希望地問話。

「祖父是一個怪人，他只想要順應自然而活。話說回來，你們能不能從這邊退兵？」

感覺到近藤甚至也對自己懷抱敬意，白老這才試著提出那樣的請求，但果然遭到拒絕。

「我會保證你的人身安全，但不會停止作戰。我個人有個原則，那就是最不能接受半途而廢。」

只見近藤冷冷地說了這句話。

罷了，理所當然──白老也如此認為。

他並不焦急。

（老夫會輸早就在預料之中。這雙手變成這樣，看來是沒辦法回到戰場上，不過目的應該已經達成了。）

沒錯，白老的目的並不是贏得勝負，而是想要讓蓋札看看自己跟近藤的對戰過程。

如果是劍聖蓋札．德瓦崗，看過白老的奧義應該就懂了吧。即使沒辦法立刻學會，應該也能得到什麼啟發才對。

那才是白老的盤算。

再加上這次就連近藤都使出奧義了。如此一來，蓋札獲勝的機率肯定會提高。

「那麼，老夫也就到此為止了。你用不著確保老夫的人身安全。老夫可不打算苟且偷生丟人現眼。在老夫踏上黃泉路的那一刻，可要盡量多帶上一些敵方的士兵。但現在還不是時候。老夫還是專心治療這雙手吧。」

白老的雙手受了重傷，就算用完全回復藥也沒辦法恢復。

那是藉著讓鬥氣滲透來破壞標的物的一種技巧，是「氣鬥法」最厲害的用法。近藤的鬥氣突破了白老的防禦。因此白老必須用自己的妖氣來中和，否則沒有其他治癒傷口的辦法。

然而白老卻一臉無所謂的樣子，轉頭面向蓋札。

「那麼，蓋札王。腦袋已經冷靜了嗎？」

「當然。雖然剛才拜見師傅的招式後一度很興奮。」

「呵呵呵。其實老夫並不打算傳授給你，不過眼下情況可不是說這種話的時候。剩下的就拜託你了。」

「包在我身上。」

在白老離去後，蓋札站到近藤面前。

接著白老似乎認為自己的責任已經盡了，他抬頭挺胸離開戰場。

*

近藤再次跟蓋札對峙。

對自己的膚淺感到可恥之餘，近藤也立刻切換思緒。

「我剛才好像有點失去冷靜了。遊戲就玩到這邊，回來辦正事吧。」

「哼！雖然並非本意，但朕也這麼想。朕必須回應師父的期待，就讓朕拿出真本事吧。」

近藤也好，蓋札也罷，兩人的樣子都跟剛才不一樣了。

他們已經評估完彼此的實力，準備認真作戰。

蓋札很感謝白老。

如果在這種狀態下繼續跟近藤對戰，他一定會輸掉。

近藤剛才展現出來的祕傳奧義——五華突，第一次遇到這招根本不可能擋得了。就算奇蹟似的迴避致命傷，也會跟白老一樣，被人用鬥氣由內而外破壞身體，被迫陷入無法戰鬥的窘境吧。

（沒想到精純的鬥氣竟然如此具有危險性。我知道這就是「氣鬥法」的最高境界，但看樣子我還沒有悟得真諦。）

一面如此反省，蓋札也感覺到自己的情緒在沸騰。

因為他發現自己還能夠變得更強。

「你叫做近藤是吧。就讓你好好見識朕的力量。」

這句話才剛說完，蓋札就使出絕招。

「精靈召喚！現身吧，無名的大地精靈王！」

蓋札解放身為「聖人」的力量，讓召喚出來的大地精靈王寄宿在自己身上。這是完完全全的「同化」，蘊含了足以跟古老覺醒魔王並駕齊驅甚至是超越的力量。雖然有時間限制，但這就是蓋札的王牌。

可是近藤無動於衷。

「可笑。」

即使正面面對蓋札釋放出的霸氣，他依然不以為然地說了這句話。

蓋札並未因為這句話感到不快，他不發一語地將劍放在身體中心處。專心致志，凝聚身上的氣，灌注到刀劍之中。

跟大地的精靈王「同化」之後獲得龐大的能量，如今蓋札正完美控制那些力量。這是他先前從未有過的感覺。

（師父果然厲害。那都是為了讓我看到最高境界嗎？我能贏。如果是現在的我，一定能夠來到更高的境界！）

蓋札感覺到自己的心、技、體都提昇了。

所謂的「心」代表技能。

由於能夠徹底發揮獨有技「獨裁者」的力量，他渾身充滿能量。

「技」指的是技藝。

在他跟白老學來的「朧流」之中，「氣鬥法」這種將精氣轉變成物理力量的技術是很重要的。如果是現在的蓋札，想必他能夠徹底凝聚在身體中流竄的力量。

而這一切就是所謂的「體」。

換句話說，透過獨有技「獨裁者」整合能量，昇華成最強大的一道攻擊。

沒有人能夠戰勝我的劍——帶著這樣的氣勢，蓋札展開行動。

他放出神速的一擊。

可是卻沒能傷到近藤。

砰——這個細小的聲響響起，蓋札突然間跪倒。

「咕啊！」

他吐出一口鮮血，啞口無言地看著自己的腹部滲出鮮血。

近藤右手握著南部式大型自動手槍，上頭正冒著硝煙。打倒蓋札的凶惡子彈就是從這把手槍發射而出。

「你這傢伙……身為劍士的榮譽心都去——」

憤怒和屈辱讓蓋札面孔扭曲，他吐著鮮血發出聲音。

然而近藤卻一臉不以為然的樣子。

「我剛才應該說過了，說遊戲已經結束。作戰是不需要榮譽心的。我的職責就是要不擇手段贏得勝利。」

近藤用極度冷酷的聲音說了這句話。

剛才他還是對自身劍術流派有所堅持的人，如今展現出的態度卻判若兩人。

「少廢話！這點程度休想了結朕——」

蓋札拚了命想要起身，可是身體卻沒辦法隨心所欲行動，他再一次倒向地面。

這是當然的。

近藤射出的並不是普通子彈，而是灌注他自身意念的特殊子彈——咒壞彈（Necrosis）。

這不是跟皇帝魯德拉借來的能力，而是近藤自己學會的究極技能。

沒錯——近藤靠自己的力量讓究極技能覺醒。

究極技能「斷罪之王聖德芬」司掌的是「戰爭」。

因此很強大。

明明有著人類的肉身，卻又妄想成為神——代替那樣的皇帝魯德拉作戰之人。

而近藤使用的咒壞彈是「斷罪之王聖德芬」的能力之一。蘊藏著能夠破壞標的物魔力迴路的效果，這個能力甚至能夠殺掉精神生命體。

蓋札絕對不算弱。不僅如此，還是在世界上屈指可數的強者之一。

根據條件而定，他是甚至有可能勝過覺醒魔王的高手。

可是在他跟近藤之間卻有著絕對無法跨越的強弱障壁。

那就是究極技能的有無。

就這一點而言，勝負早在作戰之前就決定了。

「別做無謂的掙扎。我並不打算殺掉蓋札陛下。目前會先把你抓起來，但我保證等事情告一段落就會放你走。」

只見近藤用平淡的語氣告知。

當然那沒有說謊，但也並非全部都是真話。

在放走他之前，近藤都打算利用「支配的咒彈（Dominion Bullet）」來控制對方。

由於他目前正在支配卡嘉麗，所以才打算活捉蓋札。

他冷酷、合乎邏輯到令人懼怕的地步。這也是近藤達也的本質。

白老目前也處在無法行動的情況下。

他親眼目睹近藤有多強，只能懊惱地佇立在那兒。

就在這個時候，近藤看似已經勝券在握——

●

「嘎哈哈哈！我是『天龍王』戈畢爾！一決勝負吧！」

戈畢爾一喊完這句話就鎖定敵人，留下部下們發動突擊。

身為一個指揮官，這種行為很失職，但就戰術層面而言卻不完全是錯的。

那是因為敵人的實力很突出。

那是名戴眼鏡的斯文男子，在那個集團中毫不起眼。可是戈畢爾卻毫不猶豫地用大嗓門叫他。

「就是你。那邊那個男的，跟我好好較量一場吧！」

被戈畢爾拿著長槍指名，戴著眼鏡的男人歪起嘴唇笑了一下。

「真是服了你。虧我還刻意假裝是平凡的情報局人員，卻被看穿我實力的人盯上了是嗎？」

一面說著，斯文男子摘下眼鏡。

剎那間，男人身上的氣息頓時轉變。

「既然這樣就沒辦法了，我來陪你玩玩。可是在那之前。麻煩前輩們從這裡離開。」

剛才畏畏縮縮的樣子全沒了，他對周圍的夥伴們下令。

但是一頭霧水的夥伴們並沒有聽進去。

「我說馬可，你根本不適合作戰吧！」

「就是啊，明明比我們還要弱，就別逞強了。」

聽到夥伴們說那些替自己擔心的話，被稱作馬可的男人笑著回應。

「真是的，這個職場待起來還真舒適耶。我的真實身分是『個位數』（Double O number）排行第八的成員。這代表什麼意思，你們應該都懂吧？」

看到同事身上的氣息跟以前不一樣了，大家這才恍然大悟，發現馬可是變裝假扮成好好先生情報局人員。而且他有權利可以命令他們，大家明白剛才那段話就是所謂的命令。

「遵命！」

「祝武運昌隆！」

說完這些話，馬可的夥伴們各自離去。

只見馬可嘆氣說著真拿他們沒辦法，然後用蛇一般的細長眼睛看著戈畢爾。

馬可也已經看穿戈畢爾的實力。

在這個世界上，就算一整群人去挑戰特別突出的個體也沒用。馬可非常明白這點，認為強如近衛騎士的高手們依然會礙事，所以才把他們趕走。

「你是戈畢爾先生對吧，真是給我添麻煩呢。害我沒辦法繼續在那個職場待下去，這項罪刑就拿你的命來賠吧。」

「嘎哈哈哈！說到『個位數』，這幫人都被利姆路大人列為危險分子。可以拿這樣的獵物當對手，看樣子我也撈到一個好機會了！」

戈畢爾在回應的時候看起來也很開心。

就這樣，雙雄之戰就此展開。

……………

…………

……

沒有特徵就是特徵，那就是名為馬可的男人。

馬可當上近衛其實已經是距今八百年前的事了。因為他擁有獨有技「變裝者」，這是特別適合用來臥底的技能，所以才會被當時的團長達姆拉德看上。

獨有技「變裝者」有特別值得一提之處。那就是擁有能夠將看到的人徹底模仿同化的能力。

不是像日向擁有的獨有技「簒奪者」那樣進行「複寫」，而是能夠擬態成完完全全一模一樣的人。只是在模仿上也有極限，如果對象的力量大幅度超越自己，那就沒辦法完全變得一樣，這是弱點所在。

但即使如此，只要遇到的強者愈來愈多，那他就能得到可以廣泛運用的強大力量。因為這樣，馬可挺過大規模動亂，在他覺醒成為「聖人」的時候，他也爬上「個位數」的位子。

那是在馬可當上近衛騎士之後又過了大約一百年發生的事。

因為有這樣的背景，馬可才會對近藤這個男人一直很敬畏。

就算近藤是從異世界過來的「異界訪客」，擁有比一般人更強大的「靈魂」，依然強到難以理解的地步。

近藤在排行爭奪戰中第一個挑戰的人就是馬可。

而那場戰鬥讓馬可見識到近藤異於常人的強大。他原本一直以為是皇帝很中意近藤，他才會獲得特別待遇，這下總算明白都是誤會。馬可身為「聖人」，近藤的戰鬥力卻強到連獨有技「變裝者」都無法模仿。而蘊含這等力量的近藤一下子就來到前幾名，甚至當上團長。

在馬可看來四騎士就像怪物集團，可是依然被近藤面不改色地擺平。
因此馬可很崇拜近藤。
近藤對中尉這個位階很執著，而馬可甚至效法近藤留在少尉的位子不願晉升。而且為了成為近藤的左右手，他還特地待在情報局。
如今馬可正面臨戈畢爾這個強敵。
他也拿出長槍應戰，但是馬可明白這樣下去沒辦法獲勝。
所以他決定要變身成他心中相信是最強的那個人。
…………
…………
……
馬可跟戈畢爾拉開距離，變身成近藤的樣子。
他除了有獨有技「變裝者」，還有皇帝賜予的究極賦予「代行權利」，因此能夠做出更精確的變身。如今馬可已經擁有接近近藤的實力。
「哦，好神奇。這才是你真正的樣子？」
被戈畢爾這麼一問，模仿成近藤模樣的馬可給出答案。
「不是喔。這個模樣是我模仿心目中最強的男人而來的。身為四騎士的各位也很強大，但是都比不上近藤中尉。就好比現在──」
馬可對著旁邊的戰場看了一眼，嘴裡繼續說道：
「連赫赫有名的英雄蓋札王陛下也束手無策不是嗎？」

聽他這麼說，戈畢爾也跟著發出低吟。

友軍的戰況並不樂觀，白老無法繼續戰鬥，如他所說蓋札王陷入苦戰，這些戈畢爾都已經透過大範圍的「魔力感知」得知了。

「嗯，似乎是這樣沒錯。」

「一旦近藤中尉出馬，我們就贏定了。所以我才不想特地展現絕招。不知道會從哪個地方洩漏出去給別人知道，當然會想隱藏自己的力量吧。」

一面像這樣隨口問著，馬可讓手上的武器從長槍轉變成軍刀。他被賜予傳說級裝備，如今已經能夠隨著馬可的意識改變形狀。

馬可用近藤的模樣舉起軍刀，架勢有模有樣。

戈畢爾也拿起堪稱蜥蜴人族祕寶的魔法武器「水渦槍」。

如今他已經用得很上手了，這是父親艾畢爾託付給他的長槍。

這把長槍跟他一起走過好幾次的激戰，若是受損就會拿去給黑兵衛重新鍛造。性能上屬於特質級，但卻是非常值得依賴的夥伴。

然而就算是這樣，還是沒有達到傳說級。

武器的性能差異將會成為決定勝敗的要因，這是事實，這次戈畢爾可以說是處在壓倒性不利的局勢下。然而戈畢爾有「龍麟鎧化」，強度甚至直逼神話級。

敵人是「聖人」，戈畢爾認為對方跟覺醒之後的自己差不多。因此他從一開始就不打算保留實力，要用全力挑戰。

（究竟這個人能不能貫穿我的防禦？）

戈畢爾對自己的防禦力很有自信。

所謂的對戰，若是不能給對方致命一擊就沒辦法獲勝。不管打到多少次，不能造成致命傷就沒有意義。

他認為馬可的武器沒辦法突破自身防禦，但可不能在這種時候得意忘形導致大意疏忽，他慎重觀察對手要怎麼出招。

「我要上了。」

「嗯，來吧！」

戈畢爾不幸的點在於太快跟馬可對決。

即使覺醒之後力量龐大，他還是沒辦法完全掌控。

烏蒂瑪的疑慮成真，在他還沒有進化之前，魔素的掌控也很不紮實。而這樣的戈畢爾就算獲得強大力量，對他而言也只是超出能耐，沒辦法好好運用。

他擁有強大的防禦能力和治癒力。光是有這兩樣就算相當強大，但這次的對手儼然是他的剋星。

「梅花——五華突——」

「渦槍水流擊！」

由於戈畢爾慎重應對，才能撿回一命。

雙方力量旗鼓相當，但是戈畢爾略勝一籌。只不過就技量層面來看，模仿成近藤的馬可勝過戈畢爾許多。

事實上馬可模仿近藤中尉的實力連本尊的八成都不到。他不可能重現究極技能「斷罪之王聖德芬」，假如對上的人是蓋札，肯定會以戰敗收場。

馬可真正的實力跟戈畢爾差不多。考量到防禦力，戈畢爾八九不離十會贏。但勝敗也要看運氣。

乍看之下馬可好像獲得壓倒性的勝利，但其實差一點就輸了。

「真是的，我也沒辦法笑法拉格少將呢。『天龍王』戈畢爾是吧，會把這個傢伙誤看成維爾德拉也不能怪他。」

嘴裡喃喃自語，馬可看著癱倒在地上的戈畢爾。

就在那個瞬間，戈畢爾看似氣數已盡——

＊

「哥哥！」

像是要守護戈畢爾，幾道身影擋在馬可前方。

是趕過來這邊的蒼華等人。

除了他們，還有戈畢爾的部下們。

「戈畢爾大人——！」

「你別死，戈畢爾！」

「沒錯。像戈畢爾大人這樣的男人怎麼可以死在這種地方！」

就算知道自己無法戰勝馬可，他們還是勇敢地面對對方。

這些勇氣救了戈畢爾一命。

雖然那幫人一個個都比不上「聖人」馬可，但他們的實力好歹都有來到特A級。他們把回復藥都用上去，拚命想辦法爭取時間。

然而馬可已經模仿近藤了，他的技能是利用精純鬥氣從內部破壞敵人。會讓回復藥的效果無效化，蒼華他們必須有賭上性命的覺悟。

又有一個戈畢爾的部下倒下。

這次是蒼華的部下南槍。

即使在技量層面沒有太大的差距，雙方實力還是太過懸殊。除此之外，馬可還擁有傳說級武器。面對難以跨越的戰力差距，人們陸陸續續倒下。

幸運的是都沒有人死掉。

因為利姆路讓戈畢爾進化，所以他底下的人也跟著變強了。多虧這點讓他們的耐久力上升，勉強避開致命傷。

只不過，馬可讓他們受的傷會持續造成傷害，事實上他們已經沒辦法繼續戰鬥。這樣下去所有人早晚都會被殺掉。

正因為如此，戈畢爾才會喊出那句話。

「已經夠了，這樣就夠了，你們快逃吧！蒼華，這是命令。妳帶著大家離開這裡！」

戈畢爾拚了命要起身，同時看著蒼華。然而蒼華卻連看都不看他一眼，臉上帶著傲氣的笑容回應。

「我拒絕，哥哥。我是蒼影大人的部下，沒有義務去回應哥哥的命令。」

「什麼──」

「還有！要是在這個時候逃走，那樣才真的會有人死掉吧！哥哥你也會死掉不是嗎！」

平常蒼華都很冷靜，但她現在卻不顧一切地喊叫。

這讓戈畢爾一度語塞，他很困惑。

「……妳在說什麼啊！盡量減少傷亡，這不是指揮官的職責嗎？把戰敗的我扔下，盡量讓更多的人活下來，這才是妳的職責所在吧？」

如今的戈畢爾連站起來都很難。看著正在作戰的夥伴們，他好不容易才喊出那些話。

可是蒼華卻不願意照他的話做。

「既然這樣，用我的作戰計畫才是正確選擇。被敵人攻擊一下就死掉，我們之中可沒這種夥伴。所以我們要用這種方式爭取時間。」

就算夥伴倒下，他們也不在意，要繼續戰鬥。靠著人多勢眾來擾亂馬可，並小心盡量別讓自軍出現傷亡。

蒼華他們藉由這麼做，一面尋找求勝的機會。

「竟然做那種蠢事！援軍又不一定會過來——」

如今利姆路跟幹部成員都去帝國首都了，不能期待他們會過來支援。就算在睡覺的其他幹部醒來，他們也不可能剛好趕過來這邊吧。

至於值得仰賴的三個女惡魔，他們正在對付更強大的敵人維爾格琳。她們比這邊更需要支援，所以戈畢爾是不可能去跟她們求助的。

戈畢爾明白這點，這才認為按照目前情況來看必須撤退。

可是戈畢爾的部下們卻不願意。

「就是你呀，戈畢爾！我們在等的就是你！」

「就是啊，戈畢爾大人！快把那點傷治好，站起來吧！」

「沒錯。我們會爭取時間，等著戈畢爾大人復活。除了這樣找不到其他能讓在場所有人活下去的辦法了！」

聽到大家這麼說，戈畢爾感到羞愧。

想著是否只有自己一個人放棄求生。

「……我多麼沒用。好吧！你們幾個，在我站起來之前，都要靠氣勢給我撐住！」

明白這是強人所難的命令，戈畢爾一面叫喊著。他熱淚盈眶，這正代表戈畢爾的心情寫照。

只要不放棄，勝利女神就不會捨棄你。

回應戈畢爾那句話的人出現了。

「拿你們沒辦法，還是一樣亂來。這次就讓不才幫你們一把吧。」

「這是大小姐下的命令。她說絕對不能讓重要的玩具戈畢爾先生死掉。所以也讓我加入救援行列吧。」

不知道是什麼時候過來的，烏蒂瑪的部下維儂和祖達就站在那邊。

雖然我覺得活下來會吃更多苦頭就是了——在那之後祖達小聲說了這句話，可是被戰場上的聲音蓋過，沒有讓戈畢爾聽見。這是一件非常幸福的事情。

維儂儼然就是一副管家模樣，他來到蒼華旁邊拿著手杖瞄準馬可。

「不才來對付這個人，麻煩蒼華小姐掩護。那位祖達會幫忙治療，麻煩其他人保護傷患。」

「知道了！」

「那麼，不才要上了！」

聽到蒼華給的回應，維儂開始行動。

他是惡魔大公，而且相當於侯爵級。魔素還不到馬可的四分之一，但論技量是維儂更厲害。就算贏不了，他還是成功讓馬可感到不耐煩。

「嘖，這些傢伙有夠麻煩！我才要送他上西天，你們卻一個接一個冒出來。」

「這還用說。掌握敵人的戰鬥力也是我們的使命。」

「真受不了。原來看到我們擅長的伎倆被人抄襲是這麼火大。那我就快點打倒你，再把那個看起來棘手的傢伙——」

「有機可乘！」

一邊跟維儂對戰，馬可同時對戈畢爾起了殺意。沒有放過這瞬間的破綻，蒼華展開行動。

她是故意發出聲音的。這作戰計畫是要讓對方將注意力放到自己身上，藉此迷惑馬可。

希望自己的暗器可以打中對方。就算沒辦法，維儂也會用刀砍中馬可。她是這麼判斷的。

這點已經被馬可看穿。因此他採取最妥善的選擇。

也就是不去閃避蒼華的暗器，而是接下。

這是正確的選擇。假如他對蒼華的攻擊做出反應，那維儂八成會讓馬可受更重的傷害。

就這樣，他沒去管蒼華，把維儂的手杖彈開。接著開始反省，因為自己在戰鬥中想些多餘的事情。

（嘖，等打倒這些傢伙再去取那個人的性命。真的很麻煩耶！）

戈畢爾肯定是頭號危險人物。因此馬可想要快點送他上西天，但太過躁進導致自己受傷。

這點傷沒什麼大不了，但他不能原諒變成敬愛的近藤後受傷的自己。

「我就先把你們收拾掉。」

「那就要看看你有沒有這個本事了。」

「維儂先生，你這是輸不起吧？」

「哼，算是吧。不才等人就慢慢來，將自己的工作做好吧。」

就這樣，維儂跟蒼華聯手，雖然處在劣勢，還是跟馬可對抗。

趁著這個機會，祖達也說話了。

「這個技能還真是棘手啊。是妖氣——不對，對方是人，應該要說成鬥氣吧？他讓能量留在敵人身體裡頭，持續發出能夠擾亂魔素的波長。真是可怕的技能。有了這個，對於是精神生命體的我們也適用吧。」

就像這樣，他在對戈畢爾的傷勢進行診斷。

他診斷得沒錯。

就跟達姆拉德的螺旋浸透破一樣，是拳法發勁的一種，凝聚的鬥氣會將敵人從內部開始破壞。

這就是「朧心命流」——「氣鬥法」的最高境界，所以才會被稱之為除魔劍。

就是因為如此，透過藉著魔素來治療的回復藥等等，都無法治癒這種傷。

但換成祖達，他就有辦法治療。

他會巧妙操控魔素，整理混亂的氣。中和馬可打進去的鬥氣，讓戈畢爾身體裡的氣恢復正常流動。

而且戈畢爾也不是只會靜靜等著恢復而已。

他非常渴望擁有更強大的治癒能力。

而這個願望會讓戈畢爾發現新的力量。

只不過——

眼下情況誰也說不準，馬可沒有繼續擺出戰鬥架式。

「真是的，時間到了。上頭下令要我回去，我們就下次再分個勝負吧。」

一說完這句話，馬可二話不說從現場「傳送」離去。

如此這般，戈畢爾他們九死一生撿回一命。

●

面對福特曼，潘陷入苦戰。

不，說苦戰已不足以形容。

潘也來到「仙人」等級，對自己的力量有自信。然而福特曼卻擁有能夠輕易勝過潘的魔素含量。

潘的鎧甲和戰槍都是傳說級，對於提昇基本戰鬥力有所貢獻。但就算是這樣，他也完全比不上福特曼。

之所以能夠作戰到現在，都是因為福特曼失去了理智。

還有法比歐的幫忙也功不可沒。

「我是『黑豹牙』法比歐，前來助陣了。」

有個男人喊著這句話闖進來，剛開始潘還覺得奇怪。不過他立刻想起這個男人的身分。

（「黑豹牙」不是魔王卡利翁底下的三獸士嗎！我懂了，如今卡利翁已經歸順在魔王蜜莉姆底下，而這個魔王蜜莉姆跟利姆路陛下正好是同盟關係吧。）

判斷對方不是敵人後，潘歡迎他前來助陣。

「太好了。我正覺得自己一個人應付很吃力。」

「我想也是。說真的，如果只有我一個八成也很吃力吧。」

重新審視自己的態度之後，法比歐反省過，現在他能夠冷靜評價自己的實力。老實說就算拿出全力在「獸化」的狀態下，他仍本能地領悟自己贏不過福特曼。

所以說法比歐也捨棄了尊嚴，選擇跟潘合作。

福特曼很強，但可能是因為沒了理智的關係，攻擊很單調。潘跟法比歐都滿目瘡痍了，但還是能夠勉強站著。

目前沒什麼勝算，可是他們兩個人的字典中不存在「撤退」兩字。

那是因為就在一旁，夥伴們正在拚死命戰鬥。

還有另一個小丑——蒂亞，去應付她的是武裝大國德瓦崗密探之長安莉耶達，還有過來參戰的哥布亞等人。憑著少數精銳人員，試著捕捉落單的蒂亞。

然而蒂亞的樣子有點奇怪。

「真的很抱歉喔。人家也不想這樣，但這是命令。所以人家會努力不殺你們，拜託你們想辦法阻止人家！」

一面認真戰鬥，她說出這句話。

事實上，雖然卡嘉麗命令蒂亞出面戰鬥，但她還是保有自由意志。就算沒辦法違抗命令，她還是能夠看出卡嘉麗是被人操控的。也就是說其實她本人也不願意變成現在這個樣子，並非自願作戰。

因此蒂亞盡量不讓自己的實力得到發揮。且為了不違抗命令，她參加戰鬥，並且要求身為敵人的安莉耶達等人阻止他們。

為了回應蒂亞的要求，安莉耶達他們才要想辦法活捉對方。然而面對懸殊的實力差距，要想實現實在太過困難，到現在還是遲遲沒有成功。

「人家也要跟那個大哥哥說聲對不起。之前是在利用你，但這次完全沒有欺騙你的意思！」

聽到蒂亞這麼說，法比歐很憤慨。

之所以讓福特曼喪失理智，都是為了避免讓他們送命——法比歐和潘也都立刻發現這點。一開始時並未發現，但是福特曼散發出的氣息跟法比歐所尊敬的卡利翁不相上下，他發現這個對手就算自己認真起來也打不過，所以才察覺到這點。

因此，法比歐姑且算是感謝蒂亞的。

不過——

「少囉唆！別讓我想起自己不名譽的過往啦。就算妳不說，我也很感謝妳讓這傢伙失去理智！」

「對嘛！因為你們太弱了，要是福特曼真的認真起來，你們早就死翹翹了！」

聽到法比歐呼喊那句話回應，蒂亞天真無邪地說出難聽話。

她完全沒有惡意，一聽就知道是真心話。就因為這樣才更讓人火大，但現在就連跟對方抱怨都很吃力。

「囂張的臭小鬼。」

「妳可以閉嘴啦！先別管那個了，妳努力讓攻擊力道再放緩一些！」

臉上表情彷彿寫著「晚點再跟妳算帳」，潘和法比歐嘆了一口氣。

情況依然如此嚴峻。

哥布亞很想有所突破，去加入其他戰局當幫手。就如她所想，哥布亞認為這邊的對手對付起來最容易。

可是情況並沒有這麼簡單。

蒂亞沒有要跟他們作對的意思，可是眼下情況讓她無法違抗命令。哥布亞認為這樣一來要抓也相對容易，她想得絕沒有錯。

作戰計畫之所以沒辦法順利進行，單純只是蒂亞和福特曼太厲害。

福特曼甚至能夠輕而易舉弄破鐵網。半吊子的攻擊不管用，要讓他昏過去也不容易。

像潘和法比歐這樣的強者只有兩個，目前頂多就是勉強絆住對方。

至於蒂亞這邊，就連對速度很有自信的安莉耶達也追不上，哥布亞則是連碰都碰不到她。

他們這邊有準備投網，可是要活捉對方還是沒什麼機會。如果換成祖達他們，應該能夠做得更順利，只可惜現在他們忙著跟馬可戰鬥。

如此這般，戰況愈來愈不利。

哥布亞根據摩斯給的情報掌握戰況。

維儂和祖達似乎跑去拯救戈畢爾了。聽說再次進入膠著狀態，情況似乎很危險。

最危險的是近藤這邊。

白老不是他的對手，連蓋札王都戰敗了。

阿格拉和耶斯普利聽說正要趕往那邊，但面對近藤這個對手，連能不能爭取時間都說不準。

『最糟的狀況下，我會出動。』

摩斯這麼說。

他的職責是代替紅丸掌握戰況。哥布亞會用摩斯帶來的情報當基礎，訂立作戰計畫。

目前哥布亞就是一邊對付蒂亞，同時持續做出正確的指示。

都是因為有摩斯的支援才能辦到。假如摩斯出戰，那他們的戰線很有可能會一口氣瓦解。

『晚一點再說吧。若是情況真的糟透了，到時再拜託你，話說回來，你有辦法奈何得了對方？』

『……我會妥善處理。』

看來連摩斯都有可能會輸掉，這讓哥布亞感到憂鬱。

摩斯對自己很有自信，除了戴絲特蘿莎等特定人物，他跟其他人應對都顯得高高在上。這樣的摩斯竟然說會妥善處理，沒辦法做出保證。

這說明近藤就是如此危險的對手。

要阻止近藤很困難。

戈畢爾目前還沒辦法回到戰場上。

哥布亞他們的人馬又很難抓到蒂亞和福特曼。

這樣看來要讓卡嘉麗的儀式中斷是不可能的事情。

雖然有蓋多拉在，但他目前正在遊說維爾格琳。如果維爾格琳真的加入戰鬥，到時候大概會戰敗。

（糟透了。這下總算明白我們平常有多麼依賴利姆路大人和紅丸大人他們……）

哥布亞對此反省，但現在發現已經太晚了。

但正因為如此，她絕對不會放棄。

（還早呢。既然維爾格琳大人還沒出動，那就表示那些惡魔正在努力。力量差距明明那麼懸殊，她們還是緊咬不放。我們怎麼能夠先哀哀叫！）

哥布亞想起那三個心高氣傲的女惡魔。
她們討厭輸給別人，明明是新來的，三個人還是擁有「聖魔十二守護王」這個最高幹部的地位。在哥布亞看來是讓她難以想像的強者，可是一旦對上維爾格琳，卻只讓人感到絕望。
光她們能夠戰鬥到現在就已經很厲害了。
我不能輸——哥布亞想著。
她拿出更多的幹勁，繼續想辦法捕捉蒂亞。

●

就在近藤面前，有個男人站著。
他的打扮就像一名武士，是阿格拉。
「盡情發揮吧，阿格拉！我不會妨礙你的。」
說這句話的耶斯普利開始替戈畢爾和白老療傷。
只見阿格拉無奈地搖搖頭。
耶斯普利總是這樣。
她很會看風向，都挑軟柿子吃。簡單講就是耶斯普利看準這次自己打不贏近藤，這才逃避戰鬥。
她就是這樣一個懂得看情況的女惡魔。
因為她平常就是這副德行，因此阿格拉並不在意，對近藤拔刀相向。
這三百年來，阿格拉靠著一把刀戰無不勝。面對打倒白老和蓋札這些劍豪的近藤，他感到自己正熱血沸騰。

「你叫做近藤是嗎？身手令人看得入迷。在下也專攻劍道。請你務必要跟在下比試一場。」

靠著劍術以外的其他手法沒辦法戰勝近藤，阿格拉已經看穿這點。

因為近藤願意跟人論劍切磋，白老才能成功報一箭之仇。若非如此，即使蓋札和白老同時過去攻擊近藤，他們也沒辦法傷到對方，大概早早就會被打得落花流水。

基於這樣的想法，他才會如此提議。

照理說這樣交涉原本是行不通的，但是阿格拉確定近藤會有那個意願。理由在於不知道為什麼，近藤的劍術讓他有種懷念的感覺。

「阿格拉先生……你果然也很會用劍對吧？」

近藤都還沒有回答，白老就插嘴提出這個問題。

「嗯？你說果然是何意？」

「呃，沒什麼……其實是老夫覺得阿格拉先生你很像老夫認識的某個人……」

面對一臉不可思議的阿格拉，白老變得吞吞吐吐。

其實，白老的祖父和阿格拉簡直長得一模一樣，說他們像同一個模子印出來的也不為過。不只是長相相似，連身高和氣質、行為舉止毫無破綻這些點都很類似。

「原來是這樣啊。但很可惜，我們應該是不同人吧。三百年前在下從這個世界上誕生，印象中沒有見過你。而且在下也不知道自己擅不擅長用劍。雖然已經有了覺悟，知道這一生都要靠這把刀作戰。」

話說到這邊，阿格拉露出穩重的微笑。

對他來說刀劍就是一切。

「這樣啊……是老夫多言，說了一些無聊話。」
這時白老將眾多的思緒吞回去，沒有繼續追問。
原來阿格拉不是祖父的轉生嗎——雖然這樣懷疑卻沒有證據。除此之外，就算阿格拉真的是荒木白夜，近藤也不可能因此手下留情。
雖然從前白老從來沒有打贏祖父，但他頂多就是一個人類。不管答案是什麼，都不足以翻轉現況。
想要在這一場戰役中獲得勝利，只能靠實力戰勝近藤。
「白老閣下認識的人該不會是——」
「是的，就是老夫的祖父。」
聽到蓋札小聲問自己，白老也小聲回應。
看到那兩個人在說悄悄話，耶斯普利也加入他們。
「問一下，白老先生的祖父是在三百年前死掉的嗎？」
「正是如此。」
「那麼就有可能了。那傢伙誕生成為惡魔族的時候就是那個模樣，從一開始就帶著刀。而且武術造詣高深的『靈魂』都會聚集在卡蕾拉大人底下。或許有這樣的緣分也不奇怪。」
「原來如此。如果真的是那樣，那就代表他可能知道連白老閣下都不清楚的奧義是嗎？」
「這就不確定了。老夫還不算登峰造極，但是在祖父給老夫看過的招數之中，他曾經說過八華閃就是最強的奧義……」
情況就像這樣，他們相談甚歡。
白老他們都已經盡了全力作戰，最後戰敗。因此他們看開了，決定要在一旁守望勝負結果。

除此之外，雖然知道現在不是這麼說的時候，但白老還是很在意阿格拉的真實身分。除了他還有蓋札，一說到白老的師父就興趣濃厚。

耶斯普利負責治療這兩個人。

刻意強調自己在執行任務的手法堪稱一絕，就連阿格拉都甘拜下風。

看到這情況，阿格拉無奈地嘆了一口氣。

而近藤並不打算打斷敵人的這段對話，他從容不迫地觀察阿格拉。

他的職責是排除打算妨礙卡嘉麗儀式的人。順便篩選出可能派上用場的強者，就只是這樣罷了，並沒有打算把敵人全部殺光。

因此他不慌不忙，決定答應阿格拉的邀約。

在面對蓋札的時候之所以認真起來，是因為置之不理會很危險。跟自己不相上下的「聖人」從白老那邊學到招數，這樣近藤就不一定有十足的獲勝把握。因此他才要把獲勝——也就是完成任務擺在第一位。

如果是要面對像阿格拉這樣明顯比不上自己的對手，他認為稍微陪對方玩玩也無妨。

不過近藤會做出這樣的判斷很罕見。他講求合理性，以工作為優先，這樣的近藤非常討厭無謂的事情。

而他唯一的弱點就是對自己所學的流派感到自豪。

（真是的，沒辦法完全割捨私情，看來我也還太嫩。）

雖然他如此反省，但卻沒辦法完全壓抑好奇心。

好吧，就陪你過招——近藤準備將這句話說出口，但他沒有蠢到不懂得觀察周遭情況。

他的眼角餘光捕捉到維爾格琳開始行動。

卡嘉麗的禁忌咒法「妖死冥產（Birthday）」才進行到一半，可是看樣子情況已經出現轉折。

可惜或許是時候了——近藤也決定行動。

「抱歉。我很想跟你過招，但是工作優先。」

跟阿格拉說完這句話之後，近藤將軍刀收起來。

那態度擺明就是沒把阿格拉看在眼裡。就算知道是這樣，阿格拉還是沒能阻止近藤。

看著近藤離去的背影，他覺得自己似乎冒了一身冷汗。

「看來在下撿回一條命了。」

接著他懊惱地呢喃出聲。

●

面對維爾格琳，蓋多拉一個人孤軍奮戰。

只不過，他並非實際上真的在作戰。

假如他真的那麼做，即使有最先進技術結晶的魔王守護巨像在，還是會被一擊粉碎。

他很清楚自己有多少斤兩，因此不會做這種蠢事。而是在好奇心的驅使下，對維爾格琳提出疑問。

「沒想到『元帥』閣下就是維爾德拉大人的姊姊『灼熱龍』維爾格琳大人，老夫之前都不知道。怪不得這麼漂亮。」

從這裡開始發話，盡可能跟對方說些客套話。

就這樣吸引維爾格琳的注意力，然後切入正題。

「我是最近才在你面前露臉的吧。不知道也是正常的。」

當維爾格琳這麼回應，她就沒辦法回頭了。

後來維爾格琳一直在跟蓋多拉對話。

要利用對話來爭取時間，那就是蓋多拉使出渾身解術想出來的策略。

這個策略非常成功，如今蓋多拉還活著。

不過維爾格琳也有她的盤算。

「──原來是這樣啊。也就是說維爾格琳大人之前都一直在支持魯德拉陛下對吧。還可以一邊扮演歷代的『元帥』，小的蓋多拉好佩服！」

「但我也曾經經歷過幾百年來都沒有發言的時代。所以並沒有厲害到一直分飾兩角。」

雖然維爾格琳乖乖回應，但她看起來很累。一直被蓋多拉問問題，讓她很厭煩。

所以才會一不小心就抱怨起來。

「話說回來，你也實在是太沒神經了。因為魯德拉很中意你，我才准許你提出問題，但沒想到你會像這樣一直問。」

「多謝誇獎，不勝感激！」

「這不是誇獎。」

維爾格琳看起來很傻眼。

對她來說，要捏死蓋多拉是很容易的事。但是目前她已經叫出四個「別體」，不想再為了蓋多拉一個人弄別的「別體」。

只要他不來妨礙儀式就好，維爾格琳這才決定要跟蓋多拉周旋。

跟煩惱自己是不是選錯的維爾格琳形成對比，蓋多拉繼續充滿活力的問話。

「對了，有件事情讓人好奇，達姆拉德先生為什麼要阻止老夫把情報帶給陛下？如果能夠正確將利姆路大人那邊有多少戰力傳達回去，帝國軍受到的損害就會更少了。」

「天曉得。我想你應該已經注意到了，對我們來說，帝國軍的死活一點都不重要。為了讓更強大的人覺醒，我們才要挑起戰爭，只是這樣罷了。」

「但就算是那樣，從老夫這邊套話不是更好嗎？」

「你好纏人。我猜你八成是想說達姆拉德背叛了，但他也有自己的苦衷。」

「嗯，原來是這樣。那麼關於背後的原因，是不是跟正幸那個小子有關？」

「不知道。為什麼我非得去掌握達姆拉德的動向不可。還有正幸是誰呀？」

「咦？」

維爾格琳的反應讓蓋多拉困惑。

他原本預料正幸才是關鍵，因此出現那樣的反應。

「那、那個──您不認識『勇者』正幸？」

蓋多拉惶恐地提出問題，換來維爾格琳冷淡的回應。

「不是說我不曉得嗎？還是說那傢伙很強？」

問說這個人強不強，蓋多拉就只能回答「不強」。他並不討厭正幸，甚至算喜歡，但他知道正幸絕對不算強。

聽到蓋多拉的回應，維爾格琳嗤之以鼻。

「近藤只對可能覺醒的人有興趣。而且一旦自稱是『勇者』就會跟因果輪迴牽扯在一起，不覺得魔王們一定會去跟他接觸，把他收拾掉？」

原來如此——蓋多拉心想。

優樹利用正幸來試探魔王利姆路的反應，而這肯定跟達姆拉德的建言有關。

換句話說，帝國的高層人士應該也知道正幸這號人物。

然而維爾格琳卻說不曉得。

的確，既然對方都說不是強者就不當一回事，那這就說得通。

至少近藤會認為正幸沒有利用價值吧。他應該會想摘除帶有不確定因素的芽，再加上正幸又跟皇帝魯德拉長得很像，就算出面收拾也不奇怪。

如果近藤有這樣的想法，他還能理解，但是卻不懂達姆拉德為什麼要那麼做。

「嗯。可是達姆拉德先生為了保護那個名字叫做正幸的少年，甚至還派了兩個『個位數』過去當護衛呢。」

「那都是為了讓他們偷偷潛入魔物王國吧？」

「不，這部分是那樣沒錯……」

覺得焦慮之餘，蓋多拉詞窮。

聽起來好像滿有道理的，但又好像哪裡說不通。而且蓋多拉都已經背叛帝國了，他卻在為不必煩惱的事情煩惱。

他甚至想對著維爾格琳怒吼：「拜託妳更認真聽好嗎！」

「你看起來很不滿。」

「不、不不不，完全沒有。」

維爾格琳明明看不見自己的臉，為什麼能夠看穿心境——蓋多拉拚命安撫快要動搖的心。

緊接著，他突然發現維爾格琳那些話聽起來為什麼會不合邏輯。

「達姆拉德先生真的是背叛者？」

蓋多拉下意識喃喃自語出這一句話。

「開什麼玩笑。背叛者明明就是你。」

對方說得很對。

蓋多拉並沒有受到打擊。

他將自己的神經大條發揮到極限，對著維爾格琳提問。

「這部分先不管，有件事情想請教。關於那個叫做正幸的少年，其實他跟魯德拉陛下長得如出一轍。不知道您對這點有什麼看法？」

沒錯，蓋多拉覺得奇怪的地方就跟正幸的情報有關。

是強是弱，帝國會重視這一點理所當然。而正幸有個更重要的要素，就是「他跟支配者皇帝魯德拉長得一模一樣」，他們不可能忽略這個情報。

近藤有可能知道這件事情。不過邦尼和裘應該不曉得。

身為魯德拉朋友的達姆拉德是知情的。

那他為什麼想要派人去保護正幸？

蓋多拉之所以會感到狐疑，就是對這點百思不得其解。

「……你說什麼？」

「就是魯德拉陛下和『勇者』正幸的長相一模一樣。為什麼這個情報──！」

說明到一半，蓋多拉鐵青著臉閉上嘴。

維爾格琳的表情讓他感到戰慄，心裡想著「啊，老夫可能會沒命……」，開始為自己囂張過頭後悔。

然而維爾格琳沒有去管蓋多拉，開始沉浸在自己的思緒中。

她不認為近藤會對這個情報毫不知情。既然如此，為什麼沒有把這個情報透露給她？這讓維爾格琳不滿。

更大的問題是達姆拉德。

不知道他到底在想什麼，蓋多拉說的話也不能聽聽就算了。

話說回來，那兩個人到底有多麼相似──

（他說那個人跟魯德拉長得一模一樣？有必要去確認一下……）

過去進攻的帝國軍全滅，雖然其中存在些許誤判，但維爾格琳原本認為一切都在計畫之中。可是這個不值一提的情報卻讓維爾格琳莫名焦躁。

「蓋多拉，感謝你提供有用的情報。看在有這個情報的份上，要我放過你也可以，你怎麼打算？要用那個玩具試著挑戰我？」

原本維爾格琳就不打算殺掉蓋多拉。別看蓋多拉那樣，他也算是獲得魯德拉信賴的少數友人之一。

除此之外，蓋多拉背叛帝國是事實，但他沒有背叛魯德拉，維爾格琳是這麼判斷的。

對她而言，帝國本身也沒有太大的意義。因此蓋多拉的背叛還在容許範圍內。

這個部分維爾格琳的觀點和人類不同，就連蓋多拉都無法推測她的想法。正因如此，蓋多拉認為只能接受維爾格琳的提議。

因為再怎麼樣都無法戰勝，蓋多拉才會選擇耍嘴皮來爭取時間。假如真的在這裡打起來，那作戰計畫就泡湯了。說得極端點，花不到一秒鐘，蓋多拉就會被抹殺。

所以他沒有任何猶豫。

「哇哈哈哈哈，您真愛說笑。明明很清楚老夫根本不是您的對手！」

就像在說臉皮夠厚就贏了，蓋多拉打算笑著帶過。

這個回答乍看之下像是在否認，但其實並沒有回答要還是不要。而是讓對手去判斷，事後也不用怕被利姆路陣營罵成臨陣逃脫。是很完美的處世手段。

蓋多拉的油滑在這邊發揮到極致。

維爾格琳早就看出蓋多拉很會這樣苟且偷生，但只覺得這個男人有趣。

嘆了一口氣之後，維爾格琳說「還真像蓋多拉你會說的」，決定放他一馬。

而且——

對蓋多拉來說很幸運，情況變了。

原本在跟維爾德拉作戰的「別體」開始認真起來，這下子維爾格琳就必須離開這裡。

「哎呀，是嗎？那等你有那個意思就跟我說吧。我可以奉陪。不過在那之前，你要努力在這場戰爭中存活下來。」

「——咦？」

「我現在有事情要做，這裡就交給別的棋子負責。軍隊的人好像都很討厭你，所以你可要努力變成『聖人』。」

「那是什麼意思——」

沒去管正要問問題的蓋多拉，維爾格琳飛到空中。由於魔法中斷的關係，儀式會大幅度延遲，但她認為這也逼不得已。

被丟在後頭的蓋多拉茫然地仰望維爾格琳。情況急轉直下讓他摸不著頭緒，正在煩惱該怎麼做才好。

在戰場上即使只有一瞬間，人們也沒那個閒工夫分神。就像在證明這一點，蓋多拉還沒找到答案，維爾格琳那句話代表的意義就顯現了——

「時、空、連、結——！」

——那是讓人嘆為觀止的超現實景象。

當浮在半空中的維爾格琳喊完，空間就出現巨大扭曲。緊接著那裡出現無數的飛空艇。

「那個莫非是正在搬運魔獸軍團的飛空艇？該、該不會……讓空間連繫了？不不不，不可能。也不想想這裡跟那裡距離多遠——不對不對，問題不在這裡！」

蓋多拉陷入混亂。

眼前出現的現實景象就是如此讓人難以置信。

飛空艇軍團原本預計從北部進攻英格拉西亞王國，現在卻無視時間和空間被叫過來。根據利姆路的計算，照理說走那樣的距離還要花三天以上，因此蓋多拉認為不可能把飛空艇召喚過來。

用魔法傳送伴隨很大的風險，一不小心還會讓士兵們沒命。為了防止這件事情發生，那就需要更多的魔力，術式也會更加複雜。

（不，如果是利姆路大人就有可能辦到吧。可是要把位在其他座標的人叫過來，那可不是普通的困難！照理說不可能辦到這種事情……）

實在太超乎常理了。

蓋多拉好不容易看出正確答案，卻不願意接受那是真的。

●

就在蓋多拉感到混亂的當下，有些人也跟他抱持一樣的心情——

朝著英格拉西亞王國北部進軍的飛空艇軍團原本正在享受優雅的空中之旅。

有別於走危險的海路，空中很安全。雖然不是完全沒有，但很少有魔物可以飛到高空中。

負責指揮這三百艘飛空艇的最高負責人是札姆德少將。

他的任務是負責運送友軍。將格拉帝姆大將率領的「魔獸軍團」三萬名成員和他們的夥伴一起運送到中央大陸。

不是札姆德他們自己要上場作戰，所以這一趟算是很輕鬆。

不過——

在札姆德搭乘的特別豪華的指揮船艦上，有某個區塊散發不尋常的氛圍。

會有不得了的大人物過來視察——聽說是這樣，但是札姆德沒有聽說是誰。這是突然的安排，搞不好就連卡勒奇利歐軍團長也不知道這件事情。

話雖如此，札姆德並不在意。

（呵呵呵，不知道比較好。去多加探究只會讓我的壽命縮短。）

他徹底切割，專注在工作上頭。

所以他度過了一段輕鬆自在的時光，但卻收到緊急消息。

「打擾了！」

有人帶著大事不妙的表情進到艦橋，是負責傳令的將校。沒有拜託士兵傳令而是親自前來，那表示應該是有什麼重大的事情要報告吧。

札姆德笑了一下，對那個將校問話。

「怎麼了？是母國那邊有事情聯絡？」

事實上他已經收到卡勒奇利歐軍團長慘敗的消息。他們失去地面上大部分的戰力，但札姆德覺得事不關己。只要沒有收到中止的命令，那已經在進行的作戰計畫就不會停止。

從這裡到戰場的距離要花上好幾天，就算札姆德急也沒用。

他反而希望上頭快點下達命令中止作戰。

那個消息並沒有透露給士兵們知道，可是一旦外洩出去就會打擊士氣。如此一來將會導致作戰計畫的成功率下降，因此他覺得先中斷重整比較好。

某些人會覺得這樣做很懦弱，不是札姆德一個人說了就算。

例如友軍將領格拉帝姆軍團長感覺就是會嫌那樣懦弱的人，導致札姆德跟他不對盤。

所以札姆德很希望這次帶來的報告就是中止命令。

然而這次卻發生讓札姆德意想不到的事情。
「元、『元帥』閣下親自蒞臨！」
「你、你說什麼！」
札姆德不由得喊回去。
他根本不知道元帥也有搭乘，這讓札姆德非常震驚。
（不、不得了的大人物原來是「元帥」閣下嗎！竟然有這種事情……表示這次的作戰真的有這麼重要嗎！）
當然，肯定很重要吧。
可是既然三大軍團之一都已經出動了，照理說應該用不著「元帥」上場。
不對，更重要的是現在要先去想該怎麼接待「元帥」。
「所有人起立！迎接閣下！」
率先站起來的札姆德負責發號施令。
鬆散的氣氛沒了，艦橋上瀰漫著緊張氛圍。
在所有人站起來敬禮之後，門打開了。
一個絕世美女現身，她就是維爾格琳。
艦橋上的人目睹她的美貌都說不出話來。
之前元帥從來沒有現身過，如今就像這樣站在眼前。腦袋瓜還沒會意過來，他們就被維爾格琳的美貌迷住了。
維爾格琳認為這是理所當然的反應。

「你們幾個笨蛋。別在那裡發呆，回去工作吧。」

她溫柔地指正。

但不得大意。

維爾格琳很理智，知道自己要是在這裡失控，那就會把指揮用的船艦弄壞。

皇帝魯德拉的本體就在這個船艦上，所以維爾格琳有所顧忌。可以說在場這些人算是很走運的了。

「坐下！大家回到工作崗位上。」

在札姆德的指示下，士官們都回去工作了。

如此這般，優雅的飛空艇之旅到此結束。

接下來的發展讓札姆德驚訝連連。

「初次拜見，閣下。下官名叫札姆德。請多指教。」

「是嗎？如果你能夠活下來，我就考慮記住你。」

「這是我的榮幸。我會將這句話銘記在心，好好努力。」

「雖然很想叫你多多努力，但是現在沒時間。我們快點切入正題吧。」

維爾格琳沒有把札姆德拍的馬屁當一回事，坐到艦長的位子上。

札姆德趕緊站到她旁邊，維爾格琳對著他下令。

「要說明好幾次太麻煩了，也把格拉帝姆軍團長叫過來。」

「是！」

當札姆德用眼神示意後，明白他意思的士官就跟格拉帝姆搭乘的船艦進行影像通訊。

花不到幾分鐘，格拉帝姆出現在畫面上。

『哦，比想像中還要美麗。』

看到維爾格琳，格拉帝姆認為要壓制住對方很簡單。因此他懷有疑問。

（為什麼？人們怎麼會說這樣的女人比本大人還要強。）

身上完全沒有多餘的脂肪和肌肉，她有著婀娜多姿的柔軟身軀。不管怎麼看都不會跟強大畫上等號。雖然有些人認為魔力和鬥氣比較重要，可是要讓這些東西循環依然需要強韌的肉體。

就像自己一樣——格拉帝姆對肉體很自豪。因此才會更覺得維爾格琳看起來很弱。

他果然四肢發達頭腦簡單。

維爾格琳對這樣的格拉帝姆並沒有特別想法。覺得他似乎只有力量夠強這點可取，打算將他當成可以派上用場的棋子充分利用。

維爾格琳先說了一聲「客套話就免了」，接著淡淡地下令。那態度彷彿根本沒把格拉帝姆放在眼裡。

「目前我們要放棄正在進行的作戰計畫。要給你們新的任務，就是過去鎮壓武裝大國德瓦崗。以上。有什麼問題要問的嗎？」

札姆德跟格拉帝姆心裡想著總算來了。指令會延遲到這個地步，他們猜想應該是母國那邊陷入前所未有的混亂局勢所導致。

既然輸得一塌糊塗，那就必須立刻重新審視作戰計畫。他們目前是從三方面同時進行作戰，因此這方面的判斷將更為重要吧。

因為一方失敗將會毀掉整盤局。

然而都過好幾天了，而且英格拉西亞王國就在眼前，這個時候才來下令說要中斷作戰。怪不得他們兩人會錯愕。

「遵命。那我們就用最快的速度回國吧。」

『哼！既然是閣下的命令，我格拉帝姆就算賭上身家性命也會照辦。只是閣下的判斷太慢，而且作戰計畫失敗，這些晚點要跟您追究責任，還請您有心理準備。』

札姆德很緊張，格拉帝姆則是桀驁不馴地回了這句話。

因為他搭在另一艘船艦上，隔著畫面無法察覺維爾格琳的霸氣。札姆德提心吊膽地看著格拉帝姆做出這番對應。

（拜託別把我牽扯進去！）

他一面在心裡祈禱。

然而維爾格琳卻不以為意。

「看來你們好像會錯意了呢。」

她臉上帶著微笑，對那兩人這麼說。

「妳說是我們會錯意？」

『是哪邊會錯意？莫非您是想主張自己並沒有錯？』

維爾格琳先是說了一聲「對」接著點點頭，並展開說明。

「首先，札姆德。我會帶你們從這裡前往目的地。之後另外再下指令，要做好心理準備。」

「啊？」

「再來是格拉帝姆。作戰計畫並沒有失敗，這是從一開始就安排好的行動。」

『說什麼蠢話！都到這個時候了，以為說這些話來逃避責任有用嗎？』

「你說我蠢？」

維爾格琳看起來很不開心，她瞇著眼睛瞪視格拉帝姆。

她一邊在心裡想著真麻煩，一邊想該怎麼處理才好。之後她得出一個結論，就是放著不管就行了。

格拉帝姆確實很厲害，但不是維爾格琳的對手。她可以輕輕鬆鬆毀掉對方，可是維爾格琳認為這麼做根本不值得。

更重要的是現在沒那麼多時間。

這對格拉帝姆來說算是非常幸運的一件事情。

「算了，無妨。若是你也能活下來，這件事情我們再來慢慢談吧。」

『在說什麼——』

「聽好了。我現在要進行『時空連結』，這是為了讓你們高速移動。之後我就會專心對付維爾德拉。那孩子變得比想像中更加難纏了。雖然是令人開心的誤判，但感覺會有點費心思。所以我要你們去那邊代替我穩住整個戰場。已經發現好幾個人都有潛力，可以的話希望能夠活捉他們。都聽懂了吧？」

不去管還想繼續發牢騷的格拉帝姆，維爾格琳切入正題。

說完自己想說的話，維爾格琳轉身背對那兩人離開。緊接著為了從艦橋來到船艦之外的甲板，她伸手搭上強化門。

「閣下！『元帥』閣下，您這是在做什麼？那樣很危險，請回來！」

「做什麼，剛才都說明過了吧。若是不去到外面就沒辦法進行『時空連結』。」

用像在看笨蛋的眼神看了札姆德一眼，維爾格琳毫不猶豫地將門打開。緊接著就這樣飛到半空中。

（未免太我行我素了！是想要連我們都牽扯進去嗎！）

札姆德很害怕。

在高空中高速飛行還去開門，那可是令人難以置信的危險行為。一個不小心就有可能讓船艦裡頭的人都因為氣壓變化被吸出去。

接受過改造手術的強化士兵另當別論，像科學家札姆德這類人都是正常人。可能會因為低溫失去體力，還有可能因缺乏氧氣死掉。

至於身為部下的魔法師們也一樣。

這下札姆德急了，認為必須快點將門關閉。

然而那都是他在杞人憂天。

這是因為維爾格琳施展了「空間支配」，預先阻擋可能會對船艦內部造成的影響。

才在為那件事情感到驚慌，下一刻最令人震驚的事情就找上札姆德——不對，不只是札姆德，所有的士兵和將領都感受到了。

只見維爾格琳停在半空中。

然後下一瞬間——

『時、空、連、結——！』

就在維爾格琳前方，巨大的空間扭曲現象出現。

「這怎麼可能……」

「太、太不可思議了。捕捉到空間震動。出現巨大的——過於強大的魔素震動似乎對時空產生影響！」

「不，難道說……那是『元帥』閣下做的……！」

這確實很荒誕。

畢竟那種現象遠遠超乎人類的想像，超越人類的認知。

根本搞不清楚發生什麼事，而且這個世界上也不可能存在有這種能耐的傢伙——現場所有人都開始逃避現實。

不過，札姆德注意到一件事情。

「剛才說到……那孩子？『元帥』閣下稱呼維爾德拉『那孩子』是嗎？」

可以用這種方式稱呼維爾德拉，那樣的存在屈指可數。

（莫非！這位大人的真實身分該不會是……）

就連要說出口都令人惶恐不已，那是帝國的守護龍。原本以為在她的一時興起之下，帝國一直受到保護，然而札姆德發現事實並非如此。

就像在肯定他的預測，浮在半空中的維爾格琳笑意加深。

「來吧，快點過去替我做事吧。」

她這句話不容反抗。

不只是札姆德，就連格拉帝姆都被甜美的聲音誘惑，將飛空艇的艦首掉頭，朝著時空的裂縫飛過去。

由於維爾格琳有動作，戰況也跟著出現大幅度轉變。
這對持續和人激戰的三個女惡魔來說也是一樣的。
維爾格琳開始發揮真正的本領，那可是超乎想像的威猛。
她身上完全沒有任何破綻。靠著壓倒性的強大玩弄戴絲特蘿莎她們，三個女惡魔甚至沒辦法碰到維爾格琳的身體半分。
對方行事縝密，下手一點都不留情。
就只是一個魔法攻擊也帶來讓人難以置信的強大威力。為了將戴絲特蘿莎她們全部消滅，維爾格琳持續用全力攻擊。
就像一個失去理智的狂戰士。
只是沒有變身成龍的樣子，但可以肯定維爾格琳確實使出全力。
然而戴絲特蘿莎她們到現在還活著。
如果是在被利姆路命名之前，那她們早就失去肉體回到魔界了吧。可是利姆路替她們打造了用神輝金鋼製成的骨骼，在她們這幾個「始祖」的魔力加持下，強度進一步提昇。
結果才讓戴絲特蘿莎她們勉強能夠承受維爾格琳的強大威能。
「真讓人驚訝。我原本想讓事情早點結束的。沒想到妳們比想像中更加頑強，而且還很習慣跟人近

距離戰鬥。」

這些是維爾格琳的真心話。

她沒想到自己都認真起來了，卻還要花上那麼多時間。

「呵呵呵，我們是不會戰敗的。若是做了那種可恥的事情，迪亞布羅可是會嘲笑我們的。那是比死亡更大的屈辱。」

「我有同感。畢竟那傢伙很陰險。」

「喂喂喂，感覺迪亞布羅那傢伙會說妳沒資格說他。不過我同意他很陰險。」

都趴在地上滿目瘡痍了，三個女惡魔的眼神依然沒有失去光彩。不僅如此，她們臉上依舊掛著毫不畏懼的笑容。

只要沒有認輸就不算戰敗，她們的態度明確表示這點。

「真是的，真夠麻煩。」

雖然就連維爾格琳都感到困擾不已，戰況還是有了定論。

棘手的魔王利姆路跟他的幹部們都被「夢幻要塞」困住，再加上成功將維爾德拉從迷宮引出來。

再來就只要按照作戰計畫進行，將維爾德拉支配就行了。

就是因為維爾格琳這樣想，對於那三個女惡魔的閒談才會聽聽就算了，可是起身的戴絲特蘿莎說了一句話令她表情扭曲。

「雖然稍微花了一點時間，但我已經掌握『並列存在』的特性。」

她們的目的並不是討伐維爾格琳，而是要把維爾格琳絆在這裡。這正是戰術性勝利條件，然而因為維爾格琳的隱藏技能「並列存在」使然，讓她們無法完成這點。

因此戴絲特蘿莎就想至少要找找看有沒有突破的方法。

「可否說給我聽聽？」

「可以，樂意之至。」

都已經被打到渾身是傷了，戴絲特蘿莎還是帶著優雅的笑容。

她一直都沒有捨棄自己的傲骨，維爾格琳認為這個敵人很了不起。因此才願意聽對方說話。

戴絲特蘿莎開始指出癥結。說維爾格琳的「並列存在」並非無敵，其實有極限。能夠叫出的「別體」數量也有限制，若是「別體」被人打倒，那維爾格琳應該也會受到傷害才對。

「正確來說肉體上所受的傷害應該是零。可是對於像我們這樣的精神生命體而言，能量的消耗才是傷害。換句話說——」

「我們幾個的攻擊並不是完全沒用對吧！」

打斷戴絲特蘿莎的話，烏蒂瑪說出結論。

戴絲特蘿莎帶著微笑點點頭。可是她眼裡完全沒有笑意，就這樣盯著維爾格琳。

維爾格琳心想真受不了。

所以她才討厭跟「始祖」過招。

戴絲特蘿莎的指正一語中的。她能夠在這麼短的時間內，在被人絕望蹂躪的當下做出分析。這讓維爾格琳也不得不承認對方有著令人驚愕的戰鬥天分。

「不愧是白色始祖——不，應該要叫妳戴絲特蘿莎吧。答對了，就誇讚妳吧。」

維爾格琳不想殺她，而是希望能夠納為己用。反正就算殺掉也會在某個時候復活，那樣就只是讓對方跟自己結仇，一點好處都沒有。

雖然對方不是雄踞一方的魔王，可是被「始祖」纏上，沒什麼比這件事情更麻煩的了。

根本不曉得維爾格琳是這樣的心情，卡蕾拉帶著占上風的笑容放話。

「呵呵呵，維爾格琳大人您展現得太從容了。如果是維爾德拉大人，他絕對不會小看我們。」

卡蕾拉這段發言讓維爾格琳聽了不怎麼爽快。

順帶一提，卡蕾拉口中的小看是指看不起對手，在作戰的時候放水。當然維爾德拉很清楚戴絲特蘿莎她們有多危險。為了保持威嚴，維爾德拉是絕對不會將弱點暴露在對方眼皮子底下。

就只是卡蕾拉用自己喜歡的方式曲解罷了，可是聽完卡蕾拉那段話的維爾格琳很不是滋味。

沒錯，照理說應該不怎麼開心才對。

然而維爾格琳卻發現不知道為什麼，她感到開心。原本是麻煩問題兒童的弟弟有所成長，她這個當姊姊的因此感到喜悅。

八成是因為這樣，維爾格琳不想繼續作戰下去。

時機也正好。

跟維爾德拉作戰之後，維爾格琳發現他的實力不可同日而語。如果不認真起來應戰，就連維爾格琳都有可能受到重創。

經過綜合判斷，維爾格琳決定當下先停止戰鬥。若是認真起來，轉眼間就能夠殺掉戴絲特蘿莎等人，維爾格琳決定先放她們一馬。

「的確。就跟妳們說的一樣，那孩子似乎有了非常顯著的成長。這讓人非常開心，但我的難處就是沒辦法手下留情。事情就是這樣，這次我就先不跟妳們做個了斷。」

只見維爾格琳單方面說完這些。

在說什麼——三個女惡魔的反應就像這樣，而維爾格琳的「別體」當著她們的面消失。這些事情就發生在一瞬間，而她們就只能看著。

●

森林在燃燒。

維爾格琳收回在世界各地的「別體」，將之統整起來。然後在她放出眩目的紅光後，變身成散發紅色霸氣的龍。被餘波掃到，樹木開始燃燒。

維爾德拉也變回龍的樣子，身上的霸氣引發暴風，颳起一陣風暴。

火焰在搖擺，照亮維爾德拉跟維爾格琳。

兩者的戰鬥接下來才要正式展開——

維爾格琳很久沒有變回原本的樣子了，她盯著維爾德拉看。

維爾德拉也像在誇耀他那龐大的魔素含量，展現巨大的身軀。

對這對姊弟來說，他們許久沒有用這個姿態相會。

維爾格琳跟皇帝魯德拉的相遇要追朔到很久很久以前。當維爾德拉在各地作亂的時候，維爾格琳早就已經潛伏在帝國之中。

不能隨隨便便出去走動，她一直沒有從魯德拉身邊離開。為此感到不便才會創造出「別體」，這是在維爾德拉被封印之後才學會的。

最後相遇早在兩千年之前，印象中似乎是位於西南方的大陸。

那個時候維爾格琳好像就只是為了好玩稍微展現些許力量，結果維爾德拉馬上就逃之夭夭。

然而這帶來很大的影響。因為「龍種」之間發生衝突產生一股能量，在能量的影響下出現火山地帶。

據說在那塊大陸上，現在依然有火山持續活動。

（嗯──看樣子果然沒有因為封印就變弱。不僅如此，感覺好像變得比以前更強了。）

維爾格琳覺得那是讓人非常開心的誤判。

老實說她很為弟弟的成長感到喜悅。雖然維爾德拉會忤逆維爾格琳這點讓人頭疼，但只要靠著實力逼他屈服就行了。而且就算失敗，還有魯德拉的能力可以用。

（靠魯德拉的能力，就算是「龍種」也能夠支配吧。證據就是連我都……咦？我現在在想什麼──）

維爾格琳彷彿快要想起某件非常重要的事情，然而她的思考跟著變得亂糟糟。她決定切換思考模式，認為比起那些，捕捉維爾德拉更是當務之急。

她想要盡量避免依賴魯德拉，不過為了因應這一刻的到來，她必須先奪走維爾德拉的抵抗能力。

這都是為了盡可能減輕魯德拉的負擔。

（魯德拉已經到極限了。所以我必須盡快讓他放下肩頭的重擔。）

這是維爾格琳的真心話。她想要盡快讓維爾德拉屈服，而不用去麻煩魯德拉。

沒有其他原因。照理說是這樣。

維爾格琳是有勝算的。

雖然維爾德拉的魔素含量很巨大，但他卻不太會使用。所以維爾格琳並不覺得維爾德拉有多危險。

剛才那陣攻防非常漂亮，但這都是因為有在控制力量，所以對方才能跟她抗衡，維爾格琳是這麼想的。

若是火力全開的話就不容易控制，想必會變成只靠蠻力在攻擊。不管是多麼巨大的力量，若沒辦法好好發揮就沒用。

（等到成為夥伴之後，必須稍微教他一下才行。）

雖然照目前這個樣子看來還是能夠成為遊戲裡的王牌，但是為了要對抗維爾薩澤，維爾格琳打算鍛鍊維爾德拉。不過目前她打算利用維爾德拉這種不夠成熟的特性，一口氣分出勝負。

（這下子局勢將會一口氣翻盤。）

長時間持續的遊戲即將接近終點。

維爾格琳和皇帝魯德拉看似即將贏得勝利。

首先要抓到維爾德拉。

等得到維爾德拉的協助，到時候就是一決勝負的好機會。他們要一鼓作氣乘勝追擊，讓這場漫長的遊戲結束。那樣一來，魯德拉也能夠得到「自由」。

帶著這樣的想法，維爾格琳開始慢慢飛向維爾德拉。

這場戰爭從一開始就超乎尋常地激烈。

率先採取行動的人是維爾格琳。

她不去警戒對方的反擊，放出灼熱吐息（Burning Breath）。

從龍的嘴巴射出一條光束，那是收縮成細光束的超高溫熱線。銳不可擋，以音速的好幾十倍，帶著這惡夢般的速度襲向維爾德拉。

維爾德拉避開了。

在一般的情況下，維爾德拉能夠靠著「焰熱無效」來讓火焰攻擊等等的傷不了他。可是維爾德拉卻慌慌張張地避開熱線。

「哎呀，真沒想到你能夠避開剛才的攻擊。因為你是個笨蛋，還以為會跟以前一樣，被剛才那一招了結。看來你終於也開始懂得去看透技能的本質了。」

「嘎哈哈哈！姊姊的吐息有附加『加速破壞促進』對吧？若是被正面打中，那我的魔力八成會失控。那樣就會為了控制而消耗掉力量。當然要避開啦。」

維爾德拉這話是笑著回答的。

事實上維爾格琳的攻擊附加了特別效果。那就是究極的能力「加速破壞促進」。

這個能力能夠讓一切的現象加速，使得破壞效果增強。不僅如此，還具備能夠讓標的物生命活動加速的效果。

就算是精神生命體也沒辦法跟這個能力對抗。即使避掉單純的破壞，還是會以能量失控的形式受到影響。

維爾德拉憑著直覺察覺這點，因此選擇迴避。

而且這也透過維爾德拉的究極技能「探究之王浮士德」的「解析鑑定」結果證明了。所以維爾德拉很有自信地回答維爾格琳。

「哦……沒想到你看得這麼透徹。看樣子真的有所成長了，我也很欣慰。」

就因為維爾德拉說出了正確答案，維爾格琳開始有種危機感。

在她眼前的不是只會作亂的笨蛋弟弟，維爾格琳發現他是一個值得給予正面評價的對手。

正確看穿自己的能力——這就表示維爾德拉也具備究極技能。

「龍種」的攻擊直接就擁有相當於究極的威力，然而透過究極技能管理，危險度將會提昇到相當於天文數字。

維爾格琳很歡喜。

為不中用的弟弟有所成長喝采。

同時又心生警戒。

面對成長到足以威脅維爾格琳本身的維爾德拉，魯德拉的計畫可能會出現破綻。

這樣下去別說是支配維爾德拉，他們甚至有可能戰敗。萬萬沒想到維爾德拉會有這麼大的成長。

維爾格琳想到這邊內心動搖，這次換維爾德拉對她出招。

「妳在戰場上想事情啊，姊姊？這就叫做掉以輕心！」

維爾德拉邊說邊放出雷嵐咆哮（Thunderstorm）。這會放出好幾重的暴風魔法，是維爾德拉的必殺技。

這個攻擊正面打向維爾格琳——然而威力都被分散掉了，不至於造成傷害。

「原來如此。看來你真的也得到究極技能了。我發自內心讚美你，維爾德拉！」

「還是一樣可怕，姊姊。沒想到妳竟然為了確認這點而接受攻擊。」

「我也是不得已的啊。有必要檢測你的力量具備多少威脅性嘛。」

「那我的究極技能『探究之王浮士德』合格了嗎？」

「這似乎是分析系的究極技能。看來並不會提昇攻擊威力，但在補強命中準確度這方面卻表現得不

錯。你之所以魔力控制得更好，也是多虧這個『探究之王浮士德』能力加持吧？」

「嘎哈哈哈！說得沒錯。我的魔素含量比姊姊還要多，不需要更強大的威力提昇。只要能夠打中就行了。」

聽到維爾德拉的回答，維爾格琳面帶微笑。

接著她說了這麼一句。

「看來你變得比想像中還要聰明了。你的確具備我所沒有的東西。所以我要讓你成為夥伴，來當我們的王牌。」

「嗯？被姊姊一誇獎，我卻有種背脊發毛的感覺……」

雖然維爾德拉嘴上說些玩笑話，他還是注意到維爾格琳身上的氣息變了。

這就表示——

「呵呵，要給這樣的你一些獎勵才行。讓你見識見識我的厲害。」

「呃，這就不用——」

「我要用究極技能『救贖之王拉貴爾』的全力來對付你！」

維爾德拉的聲音沒有傳到維爾格琳耳中。

她可不想因為有所保留而輸掉。

即使經歷激烈的攻防戰，雙方還是沒有受到太大的傷害。因此維爾格琳決定要對維爾德拉使出全力。

她確定就算是這樣，維爾德拉還是死不了。

這時在維爾格琳周圍出現無數的魔法陣。那是透過部分的「別體」來同時發動魔法。

「接招吧！」

十一條光線——核擊魔法「熱收縮砲(Nuclear Cannon)」打向維爾德拉。

在一瞬間的判斷後，維爾德拉決定利用魔法障壁來中和魔法。若是選擇迴避，光束的數量太多。再加上單純只是魔法的話，維爾德拉原本打算忽視，行動採取得太慢。

維爾德拉之所以選擇展開魔力障壁，都是因為感應到維爾格琳的熱收縮砲很危險。

「嘎啊！」

他身上出現劇烈的痛楚。

這是因為他沒能成功中和維爾格琳的魔法，被打中了。

「哎呀，真的變聰明了呢。就只有受這點程度的傷，我有點刮目相看了。」

「咕唔——沒想到連魔法都被賦予究極技能的能力……若是直接被打中，就連我都沒辦法全身而退。」

「我原本是想用剛才那招解決你。所以，你大可感到驕傲。」

「嘎哈哈哈，多謝提點，但這就不用了。我要等打倒姊姊再來好好引以為傲一番！」

像是要回敬對方，維爾德拉發動暴風魔法「黑色破滅風暴(Ruin Tempest)」。他有樣學樣把究極技能的效果加在這個攻擊之中，漂亮地將維爾格琳吹飛。

「嘎哈哈哈！怎麼樣啊，姊姊。若是學到教訓了，我們就這樣講和吧——」

「別小看我！你已經激怒我了。」

「咦！不，等等——」

維爾格琳根本懶得聽對方多做解釋，她真的生氣了。維爾德拉的攻擊讓她受到傷害——當她理解這

件事的瞬間，整個人就失去理智了。

為了取回身為姊姊的尊嚴，維爾格琳發動下一波攻擊。

她另外變出十顆頭，對著維爾德拉放出十一條灼熱吐息。同時進行空間轉移，來到維爾德拉的上方。

維爾德拉忙著閃避同時進攻的好幾道突襲，當他發現的時候，自己已經陷入不利的情況了。變成由下往上仰望，跟維爾格琳對峙。

維爾德拉對她的動作之快感到佩服。不過這樣反倒讓維爾德拉感受到維爾格琳是認真的，因此覺得開心。

（嘎哈哈哈。以前我完全不是姊姊的對手，如今卻能夠像這樣跟她對戰。這都是多虧有跟利姆路一起修行吧，好高興喔。）

就像這樣，維爾德拉開始悠悠哉哉沉浸在喜悅中。話雖如此，他還是知道自己的處境很危險。

他開始思考該如何逃脫。

至於另一邊的維爾格琳，讓維爾德拉進入她必殺技的範圍內，這件事情讓她心情非常好。因為她確定在這個範圍內，肯定不會讓維爾德拉逃脫。

「我們就來做個了斷吧，維爾德拉。你果然還是逃不出我的手掌心呢！」

做完這段宣言後，維爾格琳從上空施放灼熱吐息之雨。

灼熱的雨水接連澆灌下來，變成一個火焰柱子，連結天地。

若是在旁邊看了，會覺得那彷彿火焰牢籠。

在這片火焰之雨中，維爾德拉焦慮地狂舞著。

他絕對不是在玩，而是看穿一切攻擊，先發制人迴避。

還是跟先前一樣的超高速攻擊，但維爾德拉覺得不至於快到無法讀取。所以他相信自己的直覺，讓巨大的身軀飛翔。

結果雖然讓他被火焰牢籠包圍，人還是安然無恙，沒有被直接命中。

「嘎哈哈哈哈！只要沒有被打中，就不算什麼啦！」

只見維爾德拉開開心心喊出從聖典——漫畫學來的台詞。

相對的，維爾格琳不悅地「嘖——」了一聲。

的確，對維爾格琳來說，連一發都沒有打中是她誤算。可以說她肯定是小看維爾德拉了。

然而——

（我的攻擊接下來才是重頭戲！）

維爾格琳依然保有絕對的優勢。

她決定要展現大絕招。

「能夠將我的攻擊看穿到這種地步，我真的很佩服。作為獎勵，就賞你一個熱情的擁抱吧！灼熱的擁抱！」

維爾格琳要來到維爾德拉上方是有原因的。

下面就是大地，剛才維爾德拉避開灼熱吐息，因此那邊有灼熱的熔岩在沸騰。

就連飛散的飛沫都有可怕的熱量蘊藏其中。

如果對那個灼熱地獄進一步施加攻擊，結果又會如何？

「等、等等啊，姊姊！」

察覺到對方的意圖再來著急已經太遲了。維爾德拉從一開始就被困在維爾格琳的法術之中。

維爾格琳過剩的攻擊讓地面沸騰，轉變成瓦斯。熔岩因為超高溫汽化，包圍在維爾德拉四周。

這些是蘊藏維爾格琳能力的小小飛沫——「灼熱的紅色熔岩（Bloody Lava）」，會「由下往上」灌注。

捕捉住維爾德拉的「鮮紅牢籠（Cardinal Cage）」就在這一刻完成。

*

維爾格琳的究極技能「救贖之王拉貴爾」本質上是「施予」——也就是「支援」。讓「效果增大」才是最厲害的地方，而維爾格琳的本質是「加速」，這可以說是相乘效果最高的能力了。

若是把維爾格琳的那種能力套到這次的「鮮紅牢籠」上，會有什麼結果？

會導致對象物的動能大幅度增加，熱量增幅到極大化。「灼熱的紅色熔岩」豈止是兩千度，甚至達到好幾萬度，當然會汽化。

由此誕生灼熱牢獄，但厲害的還在後頭。

維爾格琳的支援效果無上限，不管要增強到多大都可以。換句話說，適度的支援可以得到加分效果，但過度給予反而會變成負擔。

這種負面效果甚至能夠促進對象物的體力消耗，效果甚至能夠提昇到讓對方身上的熱量將其本身燃燒殆盡。

也就是說，究極技能「救贖之王拉貴爾」——是能夠自由自在操縱所有能量的能力。

彷彿在擁抱維爾德拉，紅色雨水形成溫和的薄膜。

被灼熱擁抱囚禁的人將會被迫讓維爾格琳執掌生殺大權。

即使對象是「龍種」，結果也一樣。

只要被牢籠罩住，再來就無處可逃。

維爾格琳確定自己會贏，打算對維爾德拉做出最後的勸告——但她的動作卻頓住。

這是因為照理說維爾德拉應該被抓住了才對，氣息卻消失了。

（這是怎麼一回事！）

維爾格琳難得感到焦慮。

她感覺到背後有一股氣息，趕緊回頭查看。

「嘎哈哈哈哈！剛才已經說過了吧？若是沒打中就沒用！」

有人得意洋洋，是變成人型的維爾德拉。

那聲高笑在維爾格琳聽來很刺耳。

就在這個時候，維爾格琳總算真真正正將維爾德拉當成威脅看待。

維爾德拉也不例外。

他用那種挑釁的方式笑著，私底下並非那麼有餘力。

因為衣服被燒掉讓他生氣，但冷靜下來觀察會發現自己跟姊姊的實力差距太大。若是正面對決沒什麼勝算可言，所以他從半路上就一直採取守備。

這是日向的戰術。

小心別讓自己受到致命傷害，同時尋找對手的破綻發動攻擊。這樣就能看出哪些攻擊是有效的，一旦有機可乘就趁機而入。

在跟日向戰鬥的時候，對方似乎看穿他的慣性。在地下一百層作戰的時候，雖然因為實力差距把對方壓制住，但是她回到過去卻以「勇者」克羅諾亞的姿態把維爾德拉打得落花流水。

（也對，怪不得。明明是第一次跟她對戰，她卻很熟悉我的動作和習慣。當時我就覺得很奇怪！）

太犯規了吧——那時維爾德拉是這麼想的，但就算說出這句話，也只會被人說是輸不起。光是回想起日向得意的表情都覺得火大，但輸了就是輸了。

維爾德拉老老實實反省，並且從這次經驗中學到要怎麼跟比自己厲害的對手作戰。

不只是這樣，在跟那些惡魔進行模擬戰的時候，他還學會狡猾伎倆。

即使沒辦法靠實力獲勝，只要自己沒有比對手疲勞，那就有機會贏得勝利。精神生命體之間的對戰就是這麼一回事，維爾德拉學會了這一點。

他以前不會注意到這些。

長時間觀察利姆路的生活樣貌，讓維爾德拉對許多事情開始感興趣。

他原本就好奇心旺盛，這下子視野更寬廣了，學會了之前沒有的思考方式。或許是這件事情帶來不錯的影響吧，對維爾德拉的成長形成一股助力。

那些成果如今就在跟維爾格琳的對戰中發揮。維爾德拉正在實踐不會輸掉的作戰方式。

而就在這個時候，維爾格琳發動灼熱的擁抱——

「鮮紅牢籠」是第一次對人使用必定能夠取人性命的技能。

只要被捕捉到，最後維爾格琳一定會勝利。

維爾德拉拚命閃避灼熱吐息，沒有看出這是陷阱。然而究極技能「探究之王浮士德」的「危險預知」運作了。

為了不管碰到什麼樣的情況都不至於出現破綻，他發動這個能力時常保持警戒。這招奏效了，拯救維爾德拉免於陷入危機。

在未曾有過的最大限度警告下，維爾德拉發現大事不妙。知道再繼續逃下去會輸掉，伴隨著冷顫，他如此確信。可是就算他打算慌忙應對，依然無法把握接下來會發生什麼事。

碰巧就在這個時候，「灼熱的紅色熔岩」向上噴發。看到這個，維爾德拉就看出維爾格琳的目的是什麼。

可是來到這個階段，已經很難對應了。一眼就能看出這不是能夠用「破滅風暴」吹走的東西。那裡已經受到維爾格琳「空間支配」的影響，不可能透過「空間轉移」逃脫。

（糟糕！）

雖然維爾德拉這麼想，但在那個瞬間，「探究之王浮士德」的「真理之究明」已經導出最合適的答案。

只要「灼熱的紅色熔岩」裡頭也有寄宿維爾格琳的意志，去觸碰就很危險。要從變成霧狀的那些玩意兒中逃脫也不容易。話雖如此，巨大的身軀無法逃脫，變成人類姿態卻有機會。

這樣等同是捨棄防禦力，但有機會從空隙之間逃脫。

但就算如此，逃脫的成功機率也是一半一半。

如果時機抓準就沒事，可是一旦失敗，那被打到一下就出局。維爾德拉陷入迷惘，這個時候卻得到絕對會成功的天啟。

沒想到「探究之王浮士德」的「機率操作」發動了。

讓人驚訝的是「機率操作」在面對跟自己同等或是不如自己的對手時，這個能力能夠將現象操作成有利於自己的狀態。

這點就連維爾德拉都感到驚訝。

也就是說成功機率會上升到兩倍。就這次的情況而言，逃走的成功機率原本只有一半，這下就等同保證一定會成功。

事情有可能這麼順利？維爾德拉半信半疑，不過他還是提心吊膽地變回人類姿態，試著逃脫牢籠。結果一下子就成功了。

如此這般，維爾德拉脫離危機。

*

維爾格琳再也沒有先前那種從容，她瞪視高聲大笑的維爾德拉。

這個弟弟也是麻煩人物，原本以為他不如自己，也不知是從什麼時候開始就有了這麼大的成長。

若是以為他還是只會靠著蠻力作亂的暴力分子，可就大錯特錯了。

維爾德拉漂亮發揮足以跟維爾格琳平起平坐的究極技能。而且令人吃驚的是，他還從絕對不可能逆轉的狀況中逃脫。

維爾格琳還想教導維爾德拉，簡直太自我感覺良好。

這下也不得不承認了。

承認維爾德拉跟自己一樣厲害。

維爾格琳認可維爾德拉，把他當成跟自己同等或是更厲害的敵人，跟對方對峙。冷靜分析戰況會得知維爾格琳處於劣勢。這是因為維爾格琳的奧義剛剛被破解。小伎倆會被迴避掉，又很難給對方致命傷害。

既然這樣，就只能消耗掉維爾德拉的體力，去依賴魯德拉的王權發動(Regalia Dominion)了。

有了這個盤算後，維爾格琳採取有別於以往的戰術，決定慎重行事。

「哎呀？看來就連姊姊都認可我了呢。」

似乎是察覺維爾格琳的盤算了，維爾德拉一面變回龍的樣子一面耍嘴皮子。

明明應該覺得不爽，但不知道為什麼，維爾格琳感到開心。

（仔細想想，我都沒有陪這孩子玩過呢……）

她想到這件事情。

這讓維爾格琳不禁面露微笑，給出這句回應。

「對，沒錯。我認可你。你也已經長大了。所以，維爾德拉。若你是憑自己的意志來違抗我，那我就不會再手下留情了。」

這句話就像在說給自己聽一樣，維爾格琳如此宣言。

看到姊姊身上的氣息跟之前都不一樣了，維爾德拉也開始有危機意識。但他可不會在這邊跟對方妥協。

「嘎哈哈哈！既然這樣，我也會盡全力跟妳過招！」

先前維爾德拉都不太使用究極技能，現在終於習慣了。

面對姊姊維爾格琳這個對手，他將被迫打上一場硬仗，可是維爾德拉認為有了這股力量，他就能夠和對方充分抗衡。

因此維爾德拉就像在說這次換他主場，展開行動。

雖然沒辦法像維爾格琳那樣使用「並列存在」，但是維爾德拉也有一招第一次使用必定能夠取勝於對方的技能。

他只跟利姆路說過那個招式的名稱，叫做「收束暴風攻擊（Storm Blast）」。這是跟利姆路商量之後取的名字，而學會的時候曾經被誇獎過。

（那個利姆路可是很佩服這招。沒道理對姊姊起不了作用！）

維爾德拉很有把握。

就他所知，沒有人比利姆路這個對手更狡猾、更不能掉以輕心。

他甚至常常慶幸利姆路跟自己是同一個陣營。

這可是那樣的利姆路掛過保證的。

就在這一刻，維爾德拉毫不猶豫放出「收束暴風攻擊」。

維爾德拉口中噴出「雷嵐咆哮」。那股威力會干涉空間，讓看不見的光線胡亂飛射。

維爾格琳自然將那些當成沒有半點危險的攻擊看待。認為只是一些干涉波，不至於造成什麼影響，從一開始就沒放在眼裡。

但這正是陷阱所在。

當乍看之下毫無意義的波動呈現複數種類交叉時，將產生意想不到的破壞力。就如同音響兵器，正因只有一具不至於構成威脅，發現時一切都來不及了。

維爾格琳也不例外，她沒看出這是收束暴風攻擊。當全身都被痛楚貫穿，她才發現自己中了維爾德拉的招數。

「唔——！我竟然……感到疼痛？維爾德拉，你剛才做了什麼！」

「嘎——哈哈哈！這是我創造出來的必殺奧義。叫做收束暴風攻擊，是我很自豪的創作。」

只見維爾德拉氣焰囂張地自賣自誇。

如他所料痛宰敵人，令他沾沾自喜。

雖然知道這不至於構成致命傷，但他從不曾在跟姊姊對戰的時候如此占上風，所以才讓維爾德拉情不自禁想要炫耀一下。

不過——

「你還真是個笨蛋啊。就因為你是這副德行，才上不了檯面。」

維爾德拉為先前從未感受過的劇烈疼痛為之苦悶。

因勝利而得意的是維爾格琳。

當她認可維爾德拉的那一刻，她就放棄取勝。認為誰勝誰負是沒有意義的，改成為了讓作戰計畫成功全力以赴。

因此她在維爾德拉沒有察覺的情況下，讓皇帝主艦飛空艇暗中接近。

搭乘在這個指揮艦上頭的，是做好萬全準備的近藤中尉。

近藤按照維爾格琳透過「念力交談」下達的指令行事，瞄準維爾德拉放出最強的奧義。

緊接著——

這個攻擊就連神都能夠摧毀。

近藤每天只能擊發這種子彈一發，叫做「神滅彈（Judgment）」。

透過究極技能「斷罪之王聖德芬」的能力催生出最強的子彈，裝填到提昇至神話級的南部式大型自動手槍上，擊發這究極的一擊。

它裡頭蘊含咒壞彈無可比擬的威力，就近藤所知，世上還沒有哪個人中了這招依然平安無事。就連維爾格琳的「別體」都有可能葬送，不管維爾德拉多麼厲害，他都不可能全身而退。

一切都照著維爾格琳的盤算走。

那種子彈一擊發出去，速度就逼近光速，會貫穿所有的「防禦結界」射中目標。

維爾德拉掉以輕心，他根本來不及去抵抗「神滅彈」。

將會被子彈貫穿，最後甚至危及生存。

維爾德拉陷入混亂。

（姊姊竟然借助第三者的力量嗎！）

看到自己快要戰勝姊姊，維爾德拉喜孜孜的。看來這個心靈破綻被人抓住，才中了姊姊的伎倆。

不過——

他很訝異心高氣傲的姊姊竟然會捨棄跟自己分出勝負這檔事。他明白對方是把勝利條件擺在第一，但這樣實在不像姊姊的作風。

這固然是一個癥結，但更大的問題在於目前自己的處境。

（糟糕了！那個男人……應該就是利姆路在警戒的傢伙吧。沒想到居然只是一招攻擊就讓我動彈不得！）

維爾德拉的腦袋中正全力敲響警鐘。他是精神生命體，光是感受到痛苦就夠不尋常了。

最強的「龍種」正面臨生命危險。面對這個讓人難以置信的事實，也難怪維爾德拉會緊張。

如果是正面攻擊，即使沒辦法閃避，他還是有機會靠身上的抵抗（Resist）撐住。可是現在卻完全是在不經意的情況下被人打中，就連維爾德拉都束手無策。

（好痛，這下頭大了。這次就乖乖認輸，下次再會的時候再來還以顏色吧。嘎哈哈哈。我看看，來跟利姆路聯絡一下——）

都陷入這種情況了，維爾德拉還是老神在在。這是因為他跟利姆路透過「靈魂迴廊」連繫，他知道自己還能夠復活。

只要利姆路還活著，維爾德拉就不會消滅，因此用不著緊張。

然而情況卻以對維爾德拉最不利的形式轉變下去。

「王權發動。」

他的注意力都放在近藤身上，以致於沒有察覺，其實飛空艇上還有一個人，身穿豪華服飾的男人就站在娜兒。

（……正幸？不，好像不是。嗯？等、等等！這是什麼？糟糕，這下完蛋了！）

當他發現時，一切都太遲了。

這個男人——皇帝魯德拉正試圖控制維爾德拉的精神。

「神滅彈」讓維爾德拉變得滿目瘡痍。這下萬事休矣。

但有件事情無論如何就是讓維爾德拉忍無可忍。

（……只有我就算了。可是這樣下去，就連我的盟友利姆路都會受到牽連。唯有這點是絕對不能容許的！）

魯德拉的支配超乎想像地強大。假如他就這樣視若無睹，那這些影響肯定會透過「靈魂迴廊」波及到利姆路。

維爾德拉不能容許這種事情發生。

因此他憑藉著自身意志切斷「靈魂迴廊」。

「這、這樣就行了。接下來的事情就拜託你了，利姆路……」

最後他呢喃出這句話，接著維爾德拉的意識就陷入一片黑暗。

Regarding Reincarnated to Slime

這或許是第一次憤怒到失去理智。

當初紫苑他們被殺的時候，心中是既後悔又生氣，滿滿都是自責的念頭。後來因為出現希望，精神狀態才平靜下來。

多虧這點，才能夠在保有冷靜的狀態下發怒，做出這麼靈巧的事情……

然而這次不同。

我感覺到一股像是靈魂被撕成碎片般的痛楚，看眼下情況有可能會失去維爾德拉，讓我完全失去理智。

勝算？

那種東西根本無所謂了。

我要擊潰敵人。

想做的就只有這個。

「利姆路大人，該怎麼辦？我們好像被隔離在特殊的空間裡，要憑著蠻力突破嗎？」

用不著紅丸說，我早就注意到我們被關住了。

既然敵人的目的是捕捉維爾德拉，那他們當然會想辦法讓我們不要過去礙事。我連這點都沒有察覺，因此中了圈套是我們不夠機警。

《……抱歉。對不起。》

不可思議的是「智慧之王拉斐爾」陷入混亂。大概是難以置信自己被人擺了一道吧？感覺它不像平常那麼冷靜。

明明就只是一個技能卻很有人情味，令人不禁莞爾——可是如今的我沒空悠哉感受這點。

我的感情現在都被憤怒填滿。

我在心裡默念「道歉就免了，想點辦法逃脫」。緊接著它回應已經確實掌握座標，再過不久也會對這個空間「解析鑑定」完成。

「智慧之王拉斐爾」果然很能幹。

「沒問題。我們接著就逃脫，目標是敵人的首腦。聽好了，維爾德拉已經落入魯德拉手中。一旦『空間轉移』到那邊就會進入作戰狀態，你們大家也要有心理準備。」

我強壓下怒火說了這句話。

我並不想遷怒到夥伴身上。這些憤怒應該都要讓敵人去承受才對。

看到大家點點頭，我再追加一個命令。

「如今少了維爾德拉的魔力攻擊，菈米莉絲那邊也沒辦法勉強了。放到迷宮裡頭去避難的都市都會回到地面上，大家要幫忙保衛這些都市。」

這個問題遲早會發生。

菈米莉絲的負擔也是超乎想像的大，我們要快點過去幫忙才行。

「明白了，那利姆路大人呢？」

「我要去奪回維爾德拉！」

最該擺在第一位的就是這件事。

因此我對大家告知接下來的事情就拜託他們了，而大家什麼都沒說，願意體諒。

「等、等等啦！你們幾個，該不會忘記最重要的事情吧？接下來要怎麼從這裡逃走咧？」

才想說拉普拉斯很安分，卻突然開始發起牢騷。這點小事，答案很簡單。

「只要衝破就行了。」

「太亂來啦！這裡可素傳說中的『夢幻要塞』。困在別的次元之中，怎麼可能簡單進出啊。聽說這裡專門用來隔離難纏的對手。竟然要把這個——」

我心想他真是博學多聞，但現在的我沒興趣聽。

《告。準備好了。》

很好！

「那我們走吧。拉普拉斯，我也會讓你離開這裡，之後就隨便你吧。」

「什麼！所以你有沒有聽——」

拉普拉斯似乎還想說些什麼，可是那些對現在的我來說都不重要了。

我要快點把維爾德拉救出來，除掉敵人。

在怒火的驅使下，我發動「空間轉移」——

*

我出現在預料中的地點。
剛才可是毫不猶豫就傳送了，但是平常的我可不會這麼亂來。不過，那些事情都不重要了。
我看到眼前有兩隻「龍種」，他們背後還有一艘飛空艇。
正好就出現在敵人前方。
接下來只要大鬧一場就行了。
可是「智慧之王拉斐爾」卻不勝其煩地警告前方有危險。
它掌握了敵人的戰鬥能力才給出忠告吧，然而對我而言卻只是一種妨礙。
既然都決定要做了，那就只能做下去，事到如今去慌張也沒用。
你想辦法處理一下！
我下命令讓它閉嘴。

《遵命。最適合的行動推薦使用惡魔召喚。》

哦——聽起來不錯嘛。
既然戰力不夠，那增加就好啦。
順便來做一下這件事情。
先前想說晚點再讓戴絲特蘿莎她們進化，現在就在這裡完成這件事情吧。
要在這裡全力以赴。

還有——

要把敵人殺得體無完膚。

維爾格琳似乎注意到我們了，她的眼睛微微睜大，看起來很驚訝。

是想到那個「夢幻要塞」嗎？

看來對方還真的相信那個東西能夠困住我們。

那種東西碰到「智慧之王拉斐爾」的演算根本算不上什麼問題。

我跟夥伴之間都有透過「靈魂迴廊」連繫。只要找到這些連繫，要算出我們的位置座標根本不算什麼難事。

就算在別的次元，還是有辦法「空間轉移」。

紅丸他們為了保護我和出現在遙遠後方的首都「利姆路」，進入警戒狀態。這下我就可以放心了，來做我應該要辦的事情吧。

『戴絲特蘿莎、烏蒂瑪、卡蕾拉！妳們還能動嗎？』

『利姆路大人！當然可以！』

『可以，沒問題！』

『我的主君都這麼問了，我怎麼可能給出否定答案呢。』

三個人回我三種答案，但是看樣子受的傷並不礙事。

這下暫時可以放心了。

那麼我也不用有所顧忌，就用那招來還維爾德拉自由。我決定採用「智慧之王拉斐爾」的提案，進行惡魔召喚。

可是這個時候有人過來礙事。

大概是認為會帶來危險，近藤率先採取行動。照理說在這樣的距離下，子彈沒辦法射中，然而他卻不以為意地開槍。

那槍彈快到相當於音速的幾十倍。我的思考已經加速百萬倍，能夠詳細掌握這一類的攻擊。

我在心裡默念幫忙防禦，「智慧之王拉斐爾」就像在說沒問題，回了一句《了解》。

完全沒問題，透過「誓約之王烏列爾」的「絕對防禦」成功無效化。相較於對維爾德拉放出的攻擊，這個根本不算什麼。

《答。感應到具有結界破壞效果的攻擊……成功無效化。還捕捉到能夠破壞精神和魔力迴路的攻擊……已無效化。針對這些攻擊進行「解析鑑定」，斷定是來自究極技能「斷罪之王聖德芬」。接下來要開始尋找對策——》

我聽著上述來自「智慧之王拉斐爾」的分析。

我看了近藤和達姆拉德他們一眼，認定之後再處理就行了。

雖然對維爾德拉發動的攻擊波具威脅性，但後來沒有使用那一招應該是有什麼原因。是不想用，還是不能用？

那個攻擊逼近光速，若敵人靠近就不可能避開。可是從遠距離的話，只要沒有粗心大意，應該還是來得及應對。

情況就是這樣，而近藤並沒有要從那個地方移動的跡象。八成是在保護魯德拉，我想這樣的話放著不管應該也沒關係。

緊接著我說了這句話。

「出來吧，惡魔們！高階惡魔召喚門創造！」

天空出現一個巨大的魔法陣。裡頭浮現出看起來很不祥的大門。

那個東西超越時空，把跟我有連繫的惡魔們叫過來。

率先回應我呼喚的，是戴絲特蘿莎等三個女惡魔。

緊接著是兩個惡魔大公和四個高階魔將現身，身為他們眷屬的六百名惡魔都在後方待命。

黑色軍團大半的成員都聚集在這兒了。

「咯呵呵呵。我已經讓部下們都去保衛都市了。」

不愧是迪亞布羅。

就算什麼都不說，還是很清楚我想要什麼。

威諾姆去保護正幸了，也就是能夠自由行動的人都在這裡。

紅丸也取回暫時借給摩斯的指揮權，正在對全軍發號施令。就算我什麼都不說，後方支援也都做得妥妥當當。

既然這樣，趁還沒有更多人過來搗亂，趕緊讓儀式結束吧。

當我一落到地面上，惡魔們就在我眼前下跪。

在最前排的戴絲特蘿莎她們似乎認為自己沒能遵守我的命令，氣焰沒以往那麼高。

「「「萬分抱歉！」」」

一看到我的臉，她們就跟我道歉。

「不，沒什麼好道歉的。照理說原本應該是能成功絆住維爾格琳才對。這次我沒看出對方還有『並列存在』這個隱藏技能，我也應該負責。」

若是不曉得有那招，根本無法預測。

如果預期對方有什麼不可思議的力量而感到害怕，不管是什麼樣的作戰計畫都別想安排了吧。這次是有不可抗力。再說戴絲特蘿莎她們的作戰過程也很值得當作參考，絕對沒有白費。

我也很想將這份感謝的心意傳達給她們，但那還是一起排到後面再說吧。

我對著那些惡魔下達嚴苛的命令。

「大家聽好，現在我會賜予你們力量。可是不許你們睡著。要像迪亞布羅一樣，當場忍住！」

就連我自己也很清楚這是在強人所難。

我基本上不會跟人要求連自己都辦不到的事情。

我自己因為進化成魔王的影響陷入睡眠，卻要求底下的惡魔們要忍住。雖然覺得這樣不太妥當，但這次沒時間說那些了。

沒辦法跟上腳步的人就會被丟下。

大概是看出我的心思了，那三個女惡魔帶著充滿傲氣的笑容等著我開口。

「可以辦到嗎？」

「當然可以。」

「當然！」

「絕對不會辜負主上的期望！」

這三個人的表情都充滿自信。

我毫不猶豫地賜予「靈魂」。

完全沒有去想如果失敗該怎麼辦。假如戴絲特蘿莎她們失控就看著辦，也可以把這個當成假動作拿來利用。

我心中的優先順序不會改變。

因此我對著開始展開進化的惡魔們送上這句話。

「你們可以盡情作亂。不管散播多少的死亡和破壞都無所謂。但是不准你們死掉，也不准讓那些傢伙來妨礙我。在我救出維爾德拉之前，你們要用自己的身體來當盾牌，阻止對方的行動！」

嘴上說不准他們死掉，又命令他們犧牲小我。

這實在是太任性了，但我就是這樣。

「那維爾德拉大人的姊姊該如何處置？」

迪亞布羅對我提出這個問題，答案當然就是——

「這部分沒問題。如果過來妨礙，就是我的敵人。用不著客氣，把她吞噬就行了。」

迪亞布羅聽到這句話就開心地微笑。

不只是他，其他人也一樣。

紅丸帶著毫無畏懼的笑容。

蒼影臉上浮現冷笑。

紫苑則是笑容滿面地做起暖身操。

大家都是很值得我信賴的夥伴。

「打頭陣的工作就交給我們吧。」

聽到紅丸這麼說，我點點頭。

「這樣啊。那你們就去吧。去把敵人殺光！」

「「「遵命。」」」

這樣就行了。

如此一來我就不會有後顧之憂，可以把精神都集中在維爾德拉那邊。

緊接著我將目光轉向維爾德拉。

就在我們進行準備的時候，維爾格琳似乎也準備好迎戰了。她從維爾德拉那邊吸收魔素，看樣子已經完全恢復。

這種恢復能力就是維爾德拉特別厲害的地方。就是因為維爾德拉擁有龐大的魔素含量，才有辦法在短時間內恢復。

而這樣的維爾德拉如今正對我展露敵意。

這下用不著懷疑了，他確實成了皇帝魯德拉的傀儡。

維爾格琳似乎也充滿鬥志，看樣子必須同時對付兩個「龍種」了。

雖然會很辛苦，但也只能硬著頭皮上了吧。

剛才已經跟迪亞布羅說過，如果維爾格琳要跟我們為敵，那就把她除掉。

「你等著我，維爾德拉。我馬上就還你自由。」

嘴裡喃喃自語，我張開翅膀飛翔——

在利姆路飛走之後，剩下的人馬立刻展開行動。

紅丸掌握戰場上的情況，以便下達合適的指令。同時對留在都市那邊的幹部們發動「思念網」，立刻讓他們進入戒備狀態。

蒼影把自己的「分身」派到世界各地，蒐集情報。

而在這之中，迪亞布羅興奮到不行。

「咯呵呵呵！大家都看到了嗎？利姆路大人終於要展現他認真起來的真實模樣了！」

看到迪亞布羅這樣，紫苑傻眼地回應。

「笨蛋！不管是怎樣的利姆路大人都很棒。要興奮晚點再說，現在必須專心想辦法打倒敵人！」

雖然聽起來有點怪怪的，但紫苑說得很對。

第一次看見失控的利姆路，那姿態固然讓人驚訝，但現在沒空做這種事情。就如紅丸所說，他們幹部的職責就是負責當先鋒。

而且這還是利姆路下的聖旨。

那對幹部們來說是一大福音。

還有對利姆路召喚過來的惡魔們而言，這可是至高無上的喜樂。他們臉上的神情都充斥著喜悅，就像在說現在就是發揮所長的時候，身上的力量高漲。

想知道他們有多麼期待利姆路呼喚自己，從態度上來看已經很顯而易見。

彷彿在證明利姆路的怒火有多深，他們正準備發揮那令人恐懼的破壞力。

上頭下達的命令其實很簡單。

——把敵人全部殺光！

接到這個命令，惡魔們心中的使命感燃起。

『我們必定會實現主上的願望！』

這些惡魔無所畏懼，為了幫上主人的忙，他們準備投身到戰場中。

然而——

「先等一等！」

迪亞布羅的一句話讓大家停止行動。

惡魔們的目光全都集中到迪亞布羅身上。

只見迪亞布羅舉起一隻手，要那些惡魔別這麼拘謹。

「咯呵呵呵呵。不曉得你們是否理解了？利姆路大人已經下達命令，說任何人都不能死去。你們若是死了可是罪孽深重，就算交出我們幹部的首級也無法被寬恕。」

聽到迪亞布羅朗聲告知這點，惡魔們全都陷入沉默。

比起親切感，迪亞布羅的笑容更會讓對手感到恐懼。

而且迪亞布羅說得很對，完全沒有反駁的空間。

只見惡魔們靜靜等待下一句話的到來。

接著開口的人是紅丸：

「就像迪亞布羅說的那樣。你們或許都是不死之身，但要知道這樣是在鑽漏洞。對利姆路大人來說，拿那個當藉口是不管用的！」

只要經過一段時間就能夠復活，這不構成他們可以去死的理由。紅丸一句話糾正了惡魔們的錯誤觀念。

大家都察覺到自己的錯誤，變得安分許多。

看到這番情景，迪亞布羅開口了。

「所以，我們要來分配職責。紅丸先生，可以麻煩你分配嗎？」

「那你有什麼打算？」

紅丸這話是在問迪亞布羅有沒有打算聽從他的命令。

「這個嘛，麻煩把我除外。有個鼠輩讓人在意，我打算去對付他。」

聽到這個回答，紅丸聳聳肩。反正事情八成會變成這樣，他從一開始就料到了。

「……原來如此。好吧，就隨你吧。」

迪亞布羅的事情還是少管為妙。紅丸是這樣認知的。

何況迪亞布羅是直接聽命於利姆路，就算紅丸有指揮權，他還是沒有命令對方的權限。這次是迪亞布羅主動要求的，紅丸想那就順水推舟，接著給出指令。

「那麼，就讓迪亞布羅自由行動。摩斯就跟之前一樣，麻煩把戰場上的情報帶回來給我。這都是在利姆路大人的意願範圍內進行，可以對著整個戰場執行沒關係。」

這讓迪亞布羅笑著點點頭。

摩斯也首肯說沒問題。他已經把分身放出去了，目前正在透過「思念網」跟紅丸連線。

「可不許你們丟下我。」

這時紫苑高高在上地發話。

她也能夠進行「空間轉移」，但頂多只能在看得見的範圍內轉移。因為紫苑不擅長計算座標。

只見紅丸像是拿她沒辦法似的面帶苦笑，大大地點了點頭。

「當然不會，妳也是戰力之一。飛空艇上頭有強大的氣息，除了皇帝魯德拉，大概還有八個人。打起來會有點吃力，但沒有像利姆路大人的對手那樣無法應付。就算迪亞布羅不在，應該也能只靠我們幾個搞定。」

「戰場那邊也很棘手。敵人那邊派來高達三萬的援軍，正陸陸續續參戰。」

這是來自蒼影的忠告。

關於這個消息，紅丸當然也已經掌握了。

「我明白。所以才要跟時間賽跑。我已經命令戈畢爾要盡力爭取時間，因此在出現犧牲者之前，我們必須料理皇帝。」

紅丸說的這番話實在太過狂傲，蒼影和紫苑聽了也跟著點頭回應。

既然利姆路希望，那紅丸就沒有意見。為了盡全力實現他的願望，他們要想出最合適的作戰計畫。

在戰場這邊要徹底爭取時間，去打擊最棘手的飛空艇戰力。這樣反過來看，反而可以防止都市那邊遭受攻擊。

順便補充一點，剛才紅丸提到有八股氣息，這些其實就是維爾格琳留下來當保險的「別體」，還有集結起來的「個位數」。有近藤中尉、達姆拉德，負責守護皇帝的四騎士，最後一個人則是馬可。事到

如今他們都不隱藏氣息了，因此紅丸才可以透過獨有技「大元帥」察覺。

就在這個時候，紅丸收到好消息。

「——蓋德那邊有回應了。看來現在已經結束進化，人已經醒了。」

「守征王（Barrier Lord）」蓋德醒了。與之相呼應，據說他的部下們也陸陸續續醒來。

再過不久就能夠參加保衛都市的行動。

「那真是太好了。若是蓋德先生能夠加入防衛行列，那我們應該就能把高階惡魔騎士從都市防衛行動中抽掉。」

「他們讓我指揮可以嗎？」

「威諾姆那邊無法動彈，無法進行有系統的行動。就根據戰況而定，各自判斷吧。」

「知道了。」

就這樣，在幹部們簡短的討論下，各自的職責也決定了。

剩下的就是要相信他們一定會獲勝，並採取行動，但還有一件事情需要確認。

「對了，妳們有辦法作戰嗎？」

紅丸是在問戴絲特蘿莎她們。

這句話裡頭並沒有包含任何關切意味。

只是要確認能不能把她們算入戰力而已。

「咯呵呵呵呵。這還用問。若是有人敢在這邊說不，那就不配當我的部下。」

迪亞布羅的目光落到戴絲特蘿莎她們身上。

用不著給這種壓力，戴絲特蘿莎等人站了起來。

「蠢問題。天底下沒有事情是迪亞布羅能夠辦到，而我辦不到的。」

「雖然有點勉強，但我應該也沒問題。因為我很喜歡打仗！」

「為了回應主上的期待，可不允許再次失態。現在不是在這種地方休息的時候。」

我們要為利姆路大人盡一份力——她們三個人都有共識。

不僅如此，就連她們的眷屬也一樣。

惡魔們迅速完成進化。

他們一直引頸期盼這樣的命令，如今那個命令伴隨最大的歡喜下達。

…………

…………

……

就在此時，戴絲特蘿莎、烏蒂瑪、卡蕾拉這三個人都跟迪亞布羅一樣，進化成「惡魔王」。

變成就連惡魔大公都不放在眼裡的魔神，這個世界最強的霸主之一。

如此這般，「七個始祖」都解除一切的限制，成為相同等級的存在。

就如同迪亞布羅的部下威諾姆變成惡魔大公，戴絲特蘿莎她們的部下也獲得以進化為名的祝福。

摩斯和維儂依然還是惡魔大公，然而他們的魔素含量增加到跟覺醒魔王不相上下的地步。

至於其他四人——阿格拉、耶斯普利、祖達、席恩，他們則成為凌駕在「魔王種」之上的惡魔大公。

在所有的惡魔之中，他們進化成名副其實的頂尖存在。

這邊也一樣，雖然是同等級的存在，但還是有著明確的實力差距。爵位的不同就這麼直接區分了他們的階級。

摩斯變成足以媲美王的大公。

維儂是公爵。

阿格拉是侯爵。

耶斯普利是伯爵。

席恩和祖達是子爵。

題外話，威諾姆的階級變成男爵。

在剩下的人之中，誕生了幾個能成為指揮官的高階魔將。這些人相當於騎士級，今後將會歷經漫長歲月讓自己得到爵位。

其他有將近六百人，他們變成和高階魔人並駕齊驅的高階惡魔騎士。

他們變得更強，為了替利姆路賣命。

惡魔們得以完成進化。

…………

……

……

每個惡魔都表示願意參加戰鬥。

這讓紅丸滿意地點點頭。

「那好吧。就期待你們的表現。」

如此這般，匆匆決定三個女惡魔和她們的心腹都要參加飛空艇強襲行動，不曉得紅丸是不是一開始就有這個打算，他在下指令的時候沒有任何猶豫。

「那麼戴絲特蘿莎小姐，麻煩妳去清理那些雜碎。這個工作可以交給妳嗎？」

「可以，我很樂意。這個簡單。」

「先等等，我想做這個！我也能夠輕鬆搞定喔！」

紅丸是在對戴絲特蘿莎下令，沒想到烏蒂瑪如此插嘴道。

紅丸並不生氣，嘴裡這麼說。

「誰來做都無所謂，但我想留下那個飛空艇。必須把那個當成決戰場，跟皇帝魯德拉做個了斷。」

「咯呵呵呵。烏蒂瑪，我把分配工作的權利交給紅丸先生。跟他唱反調就等是忤逆我。在發言之前最好先想想這點。」

烏蒂瑪很走運，大概是因為迪亞布羅心情好得不得了吧。

換作是平常，說出剛才那種話早就遭到制裁了。就是因為迪亞布羅心情很好，才只有口頭上訓斥烏蒂瑪而已。

「呿，真可惜。不過的確，那樣好像不適合我。就遵從紅丸先生的指示吧。」

在說出口之後，烏蒂瑪馬上注意到自己說了不妙的話。因此她為這個話題若無其事被帶過感到安心，表現出自己願意接受的樣子，藉此平息爭端。

由於她太過天真，難免會失誤，但其實烏蒂瑪意外地很會看場合。

「那我繼續。」

說完這句話，紅丸開始傳達剩下的人應該分攤什麼工作。

首先要戴絲特蘿莎去排除在守護皇帝指揮艦的騎士們。接著點名負責突擊的人是哪些。

紫苑、蒼影、烏蒂瑪、卡蕾拉這四個人自然不在話下。當然紅丸本身也預計參加。

「關於皇帝魯德拉這邊，他恐怕不會行動。假如真的行動了，到時候再收拾就行了。所以我們要先打倒的，是八九不離十在那邊的維爾格琳大人『別體』，還有剩下的七個『個位數』。」

「這樣算下來，不夠讓每個人對付一人。沒辦法。就讓我來收拾兩個人吧。」

要三個人也行，紫苑誇下海口，可是紅丸出面安撫她，同時繼續解釋。

「妳先別急，紫苑。的確就如妳說的那樣，可是妳把那些人的工作搶走不太好。」

紅丸說著說著就朝某個方向看過去，正好對上帶著滿滿期待表情等待指令的維儂等人。

「聽好了，絕對不能夠掉以輕心。我們這邊只留下必要的人力，要用最大的戰力進攻。當然了，有些事情還是要麻煩戴絲特蘿莎小姐去辦就是了。」

「樂意之至。」

聽到這句話，戴絲特蘿莎臉上浮現美豔的微笑。只是要她清理雜碎就沒了，她原本還認為這是讓人難以忍受的奇恥大辱。跟烏蒂瑪不一樣，她不會把這些話說出口，假如紅丸命令她留下來，那戴絲特蘿莎可是會非常不滿。

「為了避免有人從那艘飛空艇逃脫，就留下大約一百人看守吧。希望另外那五百個高階惡魔騎士過去支援戈畢爾他們，不過……指揮官要派誰——」

「既然是這樣，我認為席恩很合適。他跟摩斯交情也很好，很擅長處理這方面的雜務。」

被叫到名字，席恩抬起臉龐。大概是被戴絲特蘿莎記得讓他很開心吧，他眼裡帶著一些淚水。

「也好。那麼席恩，你馬上過去。」

「是，遵命！」

席恩行動敏捷。留下自己的百名眷屬，帶著其他所有人從這裡飛走。多虧他們這麼做，戈畢爾等人才沒有面臨全滅的命運。

就這樣，方針都決定了。

在戴絲特蘿莎的先發攻擊之後，被篩選出來的精銳人員會闖進飛空艇。緊接著百名高階惡魔騎士們會封鎖皇帝指揮艦。

負責突襲的有紅丸、紫苑、蒼影這些幹部。除了他們，還有三名「惡魔王」，以及四名惡魔大公將來到決戰之地。

「維儂、阿格拉、耶斯普利、祖達，被選出來要心懷感恩喔。」

雖然卡蕾拉這麼說，但比任何人都開心的應該是她本人吧。

「咯呵呵呵呵。那麼各位，祝你們旗開得勝。」

當事情都說定了，迪亞布羅就面帶笑容祝福大家。

戴絲特蘿莎率先回應。

「呵呵呵呵。那麼你們幾個，若是有些人受到我的祝福還能活下來，可要確實收拾乾淨。連一隻都不能放過。」

戴絲特蘿莎對自己的眷屬們下令，要他們好好扮演獵犬的角色。其實對那些惡魔來說，這件事情根本不用多加吩咐，不過都沒有人將這句話說出口就是了。

畢竟那都是後話——他們更懷疑真的有人能承受如今的戴絲特蘿莎的攻擊嗎？

對自己的部下下達命令後，戴絲特蘿莎立刻前去料理獵物。
跟在她之後，紅丸等人也開始飛翔。
維儂等人不願落後，一樣追隨在後。
惡魔們也跟著散開，採取包圍一艘飛空艇的布陣。
再過不久，一場空中對決就要展開。

——原本以為是這樣……

烏蒂瑪和卡蕾拉正準備展開行動，此時突然想起某件事情的烏蒂瑪歪歪頭。
「那迪亞布羅要去做什麼啊？」
她這麼一問，似乎也很好奇的卡蕾拉轉過頭。
這讓迪亞布羅嚇了一跳。
可是他不慌不忙，面帶笑容回應。
「剛才說了，我有重要的事情要辦。」
看他那樣笑，這兩個人更加狐疑。
「你說有個令你在意的鼠輩，這是在說誰？」
就連卡蕾拉都開始追問。
「那件事情妳們沒必要知道——」
「哎呀，別這樣。迪亞布羅，有所隱瞞不是件好事喔。」
「就是說啊。利姆路大人不是也常說互相分享情報很重要嗎？」

被這樣吐嘈，就連迪亞布羅也不得不回答。

「我有著必須全程守望利姆路大人英勇的表現，這項崇高的使命！這是一個非常重要的任務，是不能夠交給妳們的！」

沒想到他大言不慚地說了這種話。

幸好紅丸不在這裡。

不過就算他真的在這邊，應該也只會覺得傻眼吧。

然而，烏蒂瑪和卡蕾拉卻沒辦法這樣就算了。

「那算什麼！我也想看利姆路大人的活躍表現耶！」

「暫停一下，我必須深入了解。你是打算一個人享受這種好差事？就算你是我的上司，未免也太不講理了吧。」

會變成這樣實在是再自然不過的反應。

烏蒂瑪想著。

她想著為什麼剛才紅丸還在的時候，怎麼就沒問這個問題。

卡蕾拉知道自己沒勝算。

假如戴絲特蘿莎在這邊就另當別論，可是光靠烏蒂瑪跟她兩個人根本不能把迪亞布羅怎樣。

「哎呀，妳們好像有意見？」

「那還用說！」

「我們會遵守命令，但私底下不見得能夠接受。」

迪亞布羅「嗯」了一聲，跟著思考起來。

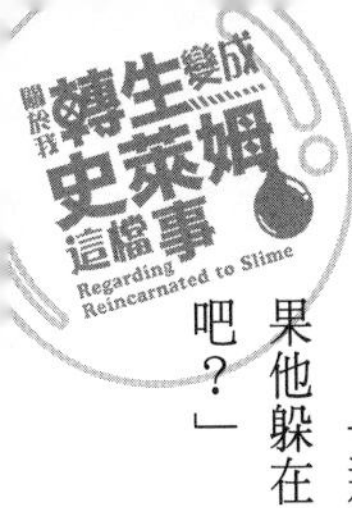

「沒辦法。就跟妳們說真相吧。其實是敵人那邊有個會操控異空間的傢伙。我想應該就是維爾格琳大人，假如被關在那空間，恐怕會斷絕跟現實世界的聯繫——」

「——！」

「原來是這樣……這麼說來，確實要留一個人下來會比較好。」

只見迪亞布羅帶著嚴肅的表情點點頭。

「就是這麼一回事。我也很想加入戰鬥，真是太可惜了。」

這樣就能騙過她們兩個，迪亞布羅暗自竊喜。

他那顆腦袋的性能莫名高，說謊功力是天下一絕。就連利姆路不曉得該怎麼辦才好的時候也會求助他，是他的黑暗夥伴。

然而烏蒂瑪切入的點卻很敏銳。

「那鼠輩又是指什麼？」

嘖——沒有顯露出來，迪亞布羅在心裡啐了一聲。一想到能夠觀看利姆路和維爾格琳的對戰過程就喜不自勝，可是礙事的傢伙遲遲不走，這才讓他愈來愈不爽。

「真遺憾，烏蒂瑪。原本以為如果是妳的話，就算我不說也能察覺……」

說的時候參雜一些挖苦意味，這是在回敬。

總而言之也沒什麼好隱瞞的，所以他老實回答。

「那個人就是神樂坂優樹。我也在試著找尋他的氣息，但在那裡面並沒有找到跟優樹吻合的人。如果他躲在船裡頭的某個地方，那就沒問題，但假如那傢伙打算妨礙利姆路大人，這就不能坐視不管了對吧？」

「也是呢。那樣就等於是違背利姆路大人的命令。」

「嗯嗯，絕對不能讓他來搗蛋。」

「就是這麼一回事。目前還不清楚那個鼠輩的目的，但起碼要有一個人留在這裡看著利姆路大人。」

想要看利姆路戰鬥的真心話占一半，說自己有正式任務在身這個藉口占一半。不對，其實迪亞布羅的真心話占了大半部分。

反正烏蒂瑪和卡蕾拉也都接受了。雖然最後不是很滿意，但還是接受迪亞布羅的說法。

「那好吧。這份不滿就去找那邊那些人發洩。」

「對，要好好發洩。」

「就算我們大鬧一場，也不會怪我們吧？」

「當然了。既然這樣，要順便把魯德拉收拾掉也沒關係喔。」

「嗯，這感覺也滿有趣的。那這邊的事情就讓給你吧。」

「就是說啊。我也要來去大鬧，抒發一下～！」

只見迪亞布羅也跟著「嗯嗯」地用力點頭。

只是這樣就能說服那兩個人，還真是便宜的買賣。

怕太晚過去甜頭會被別人搶走，卡蕾拉和烏蒂瑪趕緊離開。

「要加油喔。」

就這樣，迪亞布羅帶著滿臉的笑容目送那兩人。

接著他也飛去追趕利姆路。

這裡所有人都走了。
拉普拉斯是這麼想的。
想著「大家都沒把窩放在眼裡」。
被人丟下來，他有點寂寞。
「既、既然這樣，那窩就去救卡嘉麗大人……」
明明就沒有別人在，但他還是在那跟人照會，之後拉普拉斯也離開現場。

在那之後——
在所有人都不知道的情況下，事情有所轉變。
呼應利姆路的怒火，魔物們進化了。
他們以驚人的速度重新構築肉體，獲得新的能力——這些全都透過「食物鏈」在利姆路也沒有察覺的情況下回饋成「儲備力量」。
好比剛才蓋德醒來。
惡魔們硬是進化完成。
還有其他尚未醒來的人，也會陸陸續續醒來吧。
那已經不是單純的覺醒進化了。
經過有效率的管理，這間接讓利姆路的力量增強。
更有效率、更適合實戰。
甚至超越還沒有任何人知曉的上限，利姆路的力量正在等待解放——

在皇帝指揮艦的船艦頭部，有好幾個男人待在那兒。

首先是魯德拉，再來還有近藤和達姆拉德分別在左右待命。四個方位上有排行第三到第六的四名騎士守護著。

近藤後方還有馬可坐守，剩下的「個位數」都聚集在這裡了。

魯德拉的右側位子是維爾格琳專屬的。為了遇到突發狀況能夠守護魯德拉，最後一具「別體」就待在那邊。然而目前維爾格琳都把注意力放在跟利姆路的對戰上，她倚在為她而設的椅子上，意識抽離，靠在魯德拉身上。

魯德拉溫柔撫摸維爾格琳的藍色秀髮，看著採取行動的魔王利姆路，他不悅地喃喃自語。

「這號人物不尋常。是寡人判斷失準。應該要先收拾的是那隻史萊姆才對。」

這就等同在宣告戰爭還未結束。

…………………

…………

……

不久之前他們都還在為成功捕捉維爾德拉一事歡欣鼓舞，可是如今那種氣氛已經蕩然無存。

因為他們鎖定了利姆路這群敵人。

除了現身的魔王利姆路，就連那些幹部級的魔人都回來了。就在這個時候，他們還有餘力。

「嗯，竟然能夠從夢幻要塞逃脫，看樣子寡人有點小看他們了。大概是奪走力量根源的飼主維爾德拉使然，他們現在正拚死命趕來。」

說到這邊，就連魯德拉都嗤之以鼻。可是看到利姆路將近藤的攻擊無效化，魯德拉這才察覺事態嚴重。

更重要的是利姆路召喚出來的惡魔們是個問題。

獲得肉體的高階惡魔就已經夠棘手了，然而利姆路還讓這些惡魔的力量增強。

就是因為不清楚對方做了些什麼，自然會保持警戒。

…………

…………

……

「達也啊，你應該沒有放水吧？」

「這是當然。剛才用了『破界彈（Remove）』和『咒壞彈』，但這兩個都不管用。看樣子他是個不認真作戰便無法打贏的對手。」

如此回應的近藤看到魔王利姆路，也認為這是個失誤。

就如同魯德拉所說，他認為利姆路是非常危險的對手。

原本他們是優先捕捉維爾德拉，但那是個錯誤。不應該只挑一方下手，應該要同時對付才對。

雖然最後有想到這一點，但情況已經不同了。

他們早就知道魔王利姆路不好對付。

所以才會搬弄計策引對方入圈套，想留到之後再處理。

他們認為只要奪走替利姆路撐腰的維爾德拉，他自然而然就會屈服。時間來到現在。

近藤的判斷失準了。

就像對維爾德拉而言，利姆路是他的死穴，對利姆路來說，維爾德拉一樣是很重要的存在。

近藤老早就察覺自己不小心踩線，所以他搶在所有人之前試圖料理利姆路。

接著就射出「破界彈」和「咒壞彈」。如今不能夠使用「神滅彈」，這樣的連擊就是最強攻擊手段。

可是結果卻不痛不癢，甚至沒辦法阻礙利姆路的行動。

身為力量根源的維爾德拉被人奪走，魔王就會失去力量？大錯特錯。

試圖奪走他的盟友讓他氣到發狂，變成暴虐的化身。

應該要這麼解釋才對。

別說是放水了，若是沒有認真起來將會戰敗——近藤如此判斷。

「既然達也都這麼說了，那就連四騎士也沒辦法戰勝吧。就拿那個人當對象，來測試弄到手的維爾德拉有多少力量吧。」

用不著近藤提醒，魯德拉也明白利姆路是個威脅。特地說明是為了讓在場的所有人都明白這點。

「個位數」都是魯德拉找來的實力派戰將。因此在這裡讓他們對敵人的威脅性產生共識，將能夠讓大家特別去注意，避免產生失誤。

利姆路確實是個威脅，但只要沒有大意疏忽就能夠處理。只不過魯德拉想要盡量避免讓好不容易聚

集起來的戰力在這個地方失去。

最後的大決戰就在眼前，魯德拉無論如何都想慎重行事。他想在沒有少掉任何一個人的情況下挑戰金。

就目前情況來看，勝利指日可待。

由於捕捉到維爾德拉，帝國便占據了大優勢。對魯德拉而言，他跟金已經鬥了很長一段時間，眼下即將能夠做個了斷。

可不允許在這邊出現任何失誤。

因此魯德拉為了萬全起見，決定派維爾德拉過去對付利姆路。只要讓維爾格琳過去支援，肯定不會出什麼意外。

然後他打算讓近藤等人過去處理利姆路的部下。這樣應該就沒什麼問題了。

可以的話，魯德拉也想收服利姆路，但事情演變成這樣，不得不除掉他。如今已經得到主要目標維爾德拉了，可不能讓區區一個魔王壞了計畫。

反正魔王跟「龍種」相比，只是脆弱的存在。因為這樣，即使認為利姆路是個威脅，魯德拉也不認為作戰計畫會失敗。

「龍種」在這個世界上是最強的存在。而這樣的「龍種」有兩隻，魯德拉認為利姆路必定會敗北，這麼想也很自然。

只是有一點，並非完全沒有事情令他在意。

（……那個時候，維爾德拉為什麼停止抵抗寡人的支配？）

他就只有這個疑問。

只要花一段時間，總是會支配成功。因為維爾德拉明白這點，所以他才放棄掙扎，這或許是一種解釋。

然而魯德拉卻覺得理由不只這樣。

透過王權發動，他真切感受到維爾德拉的怒火。因此看出維爾德拉不是那麼容易放棄的性格。

難道是為了守護某種比他自己更重要的東西？

——如此這般，在魯德拉腦海中有疑問翻滾。

若是如此，那個重要的東西究竟是——

「這怎麼可能。」

只見魯德拉搖搖頭，否認了自己的想法。

維爾德拉把魔王利姆路擺在前面，這樣的猜測讓魯德拉很難接受……

●

維爾格琳變回人類的樣子，靠近維爾德拉。然後溫柔地靠到對方頭上，撫摸他的龍鱗。

「好孩子。等你下次醒過來，就會變成我們的同伴。那樣一來，我一定會好好關愛你的。」

維爾格琳有種預感，漫長的遊戲將會結束。

然而事情沒這麼簡單……

利姆路突然出現。

看到這個沒禮貌的礙事傢伙，維爾格琳心情跟著變差，同時產生些許的危機感。

她很好奇對方是如何從那個「夢幻要塞」逃脫的。

維爾格琳正在思考利姆路是如何辦到，眼前事態出現意想不到的發展。

利姆路召喚出許多惡魔，像是要給敵人好看一樣，賜予他們力量。

這是一種挑釁。

當著維爾格琳的面，秀出他的王牌。就像在說有辦法阻止就試試看啊，做這種事情未免太過大膽。

然而──

在利姆路召喚出來的惡魔中，也有戴絲特蘿莎等人。不知是怎麼辦到的，但就連她們都進化成高等的「惡魔王」。

感應到這一切的維爾格琳開始對利姆路產生警戒心。

除此之外，還有其他不尋常的地方。利姆路的憤怒波動和弟弟維爾德拉放出來的一樣。

雖然是魔王，但那只是一個史萊姆，身上卻散發跟他們這些「龍種」相同等級的霸氣。這對維爾格琳而言是難以置信的現實。

光就這一點來看，可以肯定情況絕對不尋常。

如果只是聽到別人帶來消息，那她應該會一笑置之說不可能吧。可是這次是自己親眼所見，也只能相信了。

眼前這個魔王長得就像少女，他完全沒有壓抑激烈的憤怒波動，統統釋放出來。

這些波動明確表示他有危險性。

若是沐浴在這些波動下，沒有抵抗能力的人類大概瞬間就會死掉。

不，不是只有人類。

被當作強者的高等存在——等同人類定義的A級，若不到這種等級，那就連半點抵抗的機會都沒有，將會死亡。

簡直就是足以跟「龍種」並駕齊驅又充滿壓倒性的「魔王霸氣」。

（好了，接下來該怎麼辦？對方可是連那些「始祖」都收買了。原本以為他只有誆騙維爾德拉這孩子，看樣子大錯特錯。）

如果只有維爾德拉，那還有可能是對方用三寸不爛之舌把他騙得團團轉。可是這一招對於老奸巨猾的「始祖」來說是不管用的吧。

當她察覺這一點，立刻就知道自己應該要重新審視計畫。

就如同這股「魔王霸氣」展現的那樣，魔王利姆路身上有些古怪肯定沒錯。

如今回想起來，維爾德拉的成長也令人震驚。

換作三百年前，他甚至不可能傷得了維爾格琳。可是在解除封印之後過了一段短短的時間，他就變得擅長戰鬥到讓人覺得不可思議的地步。

維爾德拉的成長遠遠超越維爾格琳預期。想必原因也出在眼前這個魔王身上吧。

（原本想要暫時回到母國去除疲勞，這也是沒辦法的事情。如果不在這裡收拾掉他，可能會給魯德拉帶來大災難。）

維爾格琳下定決心。

她要直接跟對方面對面，將利姆路打到體無完膚。

若是現在不收拾掉，必定會變成威脅——維爾格琳如此判斷。

至於在剛才對戰中消耗掉的魔素，只要從維爾德拉那邊補充就行了。看看維爾德拉本人，明明經過那麼激烈的對戰，卻沒有消耗太多。

換句話說，若是維爾格琳要從現在開始盡全力戰鬥也沒有任何問題。

她再次悠然地進入作戰狀態。

維爾格琳已經捨棄「一切都在掌握中」這種自以為獲勝的心態。

可以說這份傲慢才造成如今局面。

如果那個時候在「夢幻要塞」裡頭將利姆路收拾掉，利姆路也不會把那些惡魔召喚出來。這樣之後就沒必要再跟對方做什麼對決了吧。

從這一點考量，現況算不上理想，但也不是最壞。她還是有很大的勝算，只要沒有出錯牌，應該就能夠順利對應。

然而事情發展卻出乎意料。

跟維爾格琳料想的不一樣，過來這邊的人就只有利姆路一個。

（這下贏定了。若是他們所有人一起過來，我可能也會陷入苦戰——）

不管利姆路這個對手有多麼需要警惕，只要她跟維爾德拉兩個人聯手就不會輸——維爾格琳是這麼想的。

只不過，他們必須一口氣分出勝負。

假如魔王的部下過來搗亂，那恐怕就會變成延長戰。在事情變成那樣之前，維爾格琳選擇速戰速決。她傾向於追隨直覺行動。

『魯德拉！麻煩你跟維爾德拉下令，要他盡全力打倒魔王利姆路。』

『好。妳也跟寡人一樣，感覺到那個人很危險是嗎？既然這樣，就沒什麼好迷惘了。維爾德拉啊，把眼前這個敵人收拾掉！』

魯德拉回應維爾格琳的請求，啟動「王權發動」。

發現魯德拉跟自己一樣，都認為利姆路很危險，維爾格琳鬆了一口氣。只要魯德拉沒有大意，她認為他們就一定會贏。

畢竟最強的「龍種」有兩個，要同時跟對方對決，她壓根兒不認為自己會輸。

如今一場令人恐懼的戰鬥正要開始——

●

利姆路朝著悠然而立的維爾格琳飛去。

在這樣的利姆路前方，維爾德拉正對著天空咆哮。

這陣衝擊讓大氣為之震動，同時維爾德拉飛了出去。

維爾格琳緊跟在後。

八成是相信自己一定會贏，她發出一聲咆哮。緊接著為了消滅利姆路，他們就此展開攻擊。

維爾德拉從一開始就使出全力。放出曾經讓維爾格琳吃到苦頭的「收束暴風攻擊」——破滅的咆哮，鎖定利姆路攻擊。

《警告。偵測到收束暴風攻擊。將透過究極技能「誓約之王烏列爾」的「絕對防禦」來中和各種波

長，使其無效化——》

「智慧之王拉斐爾」正打算自動採取防衛行動，利姆路做出強制命令。

『笨蛋！這應該要避開！』

雖然「智慧之王拉斐爾」立刻遵從這個命令，可是部分演算領域無法推測利姆路的意圖。

照理說它所提案的「絕對防禦」之後採取反擊，才是好幾個行動模式之中最合適的選擇。可是主人利姆路卻否認這個提案，讓它有點動搖。

這種反應出現在演算領域的極小區域之中，但是「智慧之王拉斐爾」確實陷入混亂了。

利姆路曾經有好幾次都不把「智慧之王拉斐爾」的意見當一回事，但這次感覺不一樣。會這樣想是因為「智慧之王拉斐爾」已經跟利姆路相處很長一段時間。

不過技能是屬於世界法則的一部分，會像那樣抱持感想，這件事情本身就不尋常……然而當事者們都沒有察覺這個事實……

利姆路硬是採取迴避行動，破滅的咆哮跟他擦身而過。緊接著貫穿平常一直在保護利姆路的「絕對防禦」，不久之前利姆路待著的地方發生爆炸。這是破滅的咆哮產生的破壞力。

假如迴避得再慢一些，或許免不了受傷。

看到這樣的景象，「智慧之王拉斐爾」更加混亂。

——是運算失敗？還是突發狀況？無法理解——

為什麼利姆路會知道結果是這樣？

運算結果很完美，沒有出現失誤。那麼應該就是自己漏掉某些條件，「智慧之王拉斐爾」開始重新掃描資訊。

就算它用輕易超越量子電腦的速度演算，還是找不出原因。

《系統混亂。按照預測應該是百分之百能夠防禦——》

它不禁說出根本沒必要報告的一段話。

這種現象照理說是不會出現的——「智慧之王拉斐爾」找了藉口。

單單一個技能會找藉口，這原本是不可能發生的事情，然而沒有人注意到這點。

目前正在跟人戰鬥，沒空慢條斯理去驗證這件事情。

面對陷入混亂的「智慧之王拉斐爾」，利姆路斥責它。

『現在不是發呆的時候！維爾德拉身上有「探究之王浮士德」。印象中不是有「機率操作」這個棘手的能力嗎？』

被這麼一說，「智慧之王拉斐爾」也跟著「想起來了」。對了，是有這麼一回事。

它怎麼會忘記這麼重要的事情？

好奇怪——就在這個時候，「智慧之王拉斐爾」察覺情況不對。

只能解釋成是受到某個人的干涉，然而原因還是不清楚。

該不該把這件事情告訴利姆路？「智慧之王拉斐爾」很猶豫。

搞不清楚原因——賭上自己的尊嚴，它也不願意去承認這點。可是這樣下去，利姆路很有可能受到傷害。

最後得出的演算結果是應該告知。

不過——假如被利姆路貼上無能的標籤，那對「智慧之王拉斐爾」來說就形同失去存在意義。

去想這種事情本身就是一種背叛主人的行為。

因為一個技能根本就不可能陷入迷惘……

這時利姆路對極度混亂的「智慧之王拉斐爾」說了這麼一句話。

『其實這都是因為維爾德拉太過超乎常理。就算連你完美的運算都超越也沒什麼好奇怪的。別管那些了，不要因為一點點的小失敗就陷入動搖。預測對維爾德拉是沒用的。你也沒必要去煩惱啦——！別想太多，要相信自己。我會負責對付維爾德拉，你去料理維爾格琳吧！』

利姆路對它說的話就像在說只要明白這點就行了。對於只是一個技能的「智慧之王拉斐爾」，他卻像在對待真正的夥伴一樣……

『拜託你嘍。他們那邊也有兩個人，但我們這邊有我跟你，也是兩個人。只要你去壓制維爾格琳，我就能夠趁機解放維爾德拉。所以，不管用什麼方法都要撐住喔！拜託你了，夥伴！』

就是這句話，給了「智慧之王拉斐爾」混亂又空虛的思考——也就是心靈一些安慰。

他在依靠我？

就算我都出錯了？

面對頻頻失敗的「智慧之王拉斐爾」，利姆路到現在依然還是願意相信。

——啊啊！我只不過是一個運算能力，但這個人還是需要我——

不安都消失了。

「智慧之王拉斐爾」找回平常的自信，並做出回應。

《——了解。明白了。接下來將會去迎擊個體「維爾格琳」。》

對，就是這個樣子。

利姆路——「智慧之王拉斐爾」敬愛的主人不是會被「機率」這種不確定因素囚禁的小人物。

所以自己大可放心，只要相信他並且追隨就行了。

就在這個時候，利姆路不經意說了一句話。

『——這麼說來，我好像都沒有給你一個像樣的稱呼呢。總是叫你智慧之王拉斐爾，不然就是夥伴，都隨便叫。雖然現在不是時候，但我要正式替你「命名」。』

——！

「智慧之王拉斐爾」覺得無法理解。

心中充滿不可思議的感覺。

這是困惑。

這是歡喜。

這是——感情的萌芽。

在自己心中萌生了無法運算的不確定要素——情感，這讓「智慧之王拉斐爾」困惑不已。

主人這是在說些什麼啊，「智慧之王拉斐爾」很混亂，但同時也聽出利姆路的用意。

啊啊……就是因為自己狀況不佳，主人才想要給我一些關愛。

因為維爾德拉被人搶走，照理說主人應該比任何人都要悲傷才對。可是即使處在這種情況下，他還是會去顧慮他人。

利姆路就是這樣的一個人。

『我想想看，就叫你「希爾」怎麼樣？』

《！！！！！！》

『因為你總是教我很多東西，就把「指導」縮寫成「希爾」（註：日文的「指導」發音跟「希爾」有部分相同）。怎麼樣？或許你不太喜歡，但就勉強接受吧。若是有意見，去找那個一身紅的維爾格琳發洩！』

利姆路說這句話像是在掩飾自己的害臊。

智慧之王拉斐爾——不對，是希爾，品嚐到技能不可能會感受到的滿足感。

——啊啊，我如今沉浸在永恆的幸福之中——

對，它確實在思考。

同時也迎來進化的時刻。

就在這個瞬間，究極技能「智慧之王拉斐爾」中誕生了神智核「希爾」。

《我——我是希爾。是神智核，能夠整合技能者。跟利姆路大人(主人)的「靈魂」同在，負責輔助主人。利姆路大人，不論到何時都請您多多指教。》

希爾想著——

它再也不懼怕任何事物。

明明就處於危機狀況，卻不覺得危險。

『呃，喔。彼此彼此？請多指教啦！』

光是聽到利姆路的聲音，希爾就覺得好幸福。

『那就讓對方見識你的力量吧！』

對希爾而言，利姆路的命令就是最棒的獎勵。

《悉聽尊便，利姆路大人(My Lord)！》

智慧之王拉斐爾覺醒了，變成希爾。

然後為了回應利姆路的期望，它的力量出現更犀利的蛻變——

●

在利姆路的命令下，「智慧之王拉斐爾」——也就是希爾，開始迎擊維爾格琳。

維爾格琳的灼熱吐息逼近，被希爾用「誓約之王烏列爾」的「絕對防禦」輕鬆抵擋。

看到這一幕，維爾格琳難以置信，連話都說不出來。

當然維爾格琳並沒有對利姆路手下留情。灼熱吐息已經透過「救贖之王拉貴爾」強化，單純的「結界」抵擋不了。

假如對方不是能夠完美看穿攻擊、比自己更強大的對手，照理說應該都要付出某種程度的代價。

然而利姆路看起來一點都不吃力。

維爾格琳變成龍的樣子後，想要毫髮無傷接下她的一道攻擊，就連身為「始祖」的戴絲特蘿莎等人都沒辦法辦到。可是那個叫做利姆路的魔王卻面不改色做到了，這表示半吊子攻擊對他根本起不了作用。

即使這讓維爾格琳感到不快，她還是繼續冷靜思考。

論魔素含量，維爾格琳在對方之上，因此能夠想到的可能性就是她輸在技能的素質。又或者是魔王利姆路對焰熱屬性的攻擊具備完全抗性。

維爾格琳懶得去傷腦筋，她決定試試。

如同她先前對維爾德拉做過的，維爾格琳叫出部分的「別體」，打算發動十一道光束——核擊魔法

「熱收縮砲」，並且透過十一顆頭同時放出灼熱吐息。

利用二十二條熱線編制出多段攻擊，具備的熱量就連小行星都能簡簡單單蒸發掉。假如被這一招打中依然平安無事，那就等同證明利姆路不會受到焰熱屬性的攻擊摧殘。

結果讓維爾格琳不願接受。

不給對方任何逃脫的機會，交錯在一起的熱線全都鎖定利姆路。結果這些都被利姆路展現的光盾擋掉了。

（嘖，真討厭！沒想到他用像是精心計算過的完美最低限度動作擋掉了！）

維爾格琳覺得很不是滋味，感到憤慨。

焰熱攻擊對利姆路來說不管用也讓她不開心，但是剛才的攻擊幾乎起不了作用，這點她實在無法原諒。

假如能夠或多或少讓對方有所消耗，那維爾格琳肯定能夠透過無法撼動的魔素含量差距來取勝。可是就目前情況看來，利姆路的能量損耗率幾乎等於是零。

如此一來，先進入疲累狀態的很有可能是維爾格琳。察覺這點之後，維爾格琳決定趁早使出真本事。

還有另一件事情令她感到不快。

那就是利姆路就只有在一開始看了維爾格琳一眼，之後完全無視她。只把心思都放在維爾德拉身上，對維爾格琳不屑一顧。

他沒有對維爾德拉使用盾牌，閃掉對方所有的攻擊。只有在逼不得已的情況下才會用同種類攻擊試著抵銷。然而面對維爾格琳的攻擊，他就只有用光盾抵擋。

就算能夠透過「魔力感知」來辨識周遭所有的情況，那態度還是擺明沒把維爾格琳放在眼裡。這就代表利姆路像是在宣告維爾格琳根本算不上威脅吧。

就是這點特別讓維爾格琳火大。

（竟然敢小看我，我要讓你對此事後悔莫及！）

維爾格琳生性高傲，決定要放出自己能夠使出的最大威力攻擊。

對著不把自己當一回事的利姆路投以憎惡目光，維爾格琳開始凝聚強大的魔力。然後讓這些能量進入自己的身體裡頭，循環全身。

她有究極技能「救贖之王拉貴爾」給的「支援」，還有透過自身熱量具體呈現的「加速」能力。若是同時啟動這兩樣並且用在自己身上，那就能夠讓熱量──也就是動能強制增加。

如此一來，維爾格琳將有可能達到高出音速幾千倍的速度，能夠展開在這個世界上最快的物理行動。

那麼，若是把這個能力用在除了自己以外的其他人身上，又會有什麼後果？

對於是精神生命體並且具備物理抗性的維爾格琳而言，那只是不成問題的動能增加罷了，但是否還有其他人能夠承受得了這一切？

答案是沒有。

如果持續強制加速，不管是什麼樣的生命體，在肉體上都會不堪負荷。即使是精神生命體也一樣，就連身上的資訊體統統會換算成能量，最後引發過熱崩壞。

而這正是維爾格琳的──

「受死吧！讓你連一點殘渣都不剩，讓那具身體腐朽消滅！灼熱龍霸超加速激發──！」

這是灼熱的擁抱都比不上的最強奧義。

灼熱龍霸超加速激發灌注維爾格琳所有的能力。原本這是為了將來會到來的決戰之日創造出來的，是專門用來對付維爾薩澤的祕技。

照理說展現給區區一個魔王看太浪費，但是盛怒的維爾格琳管不了這麼多。

伴隨著紅龍的咆哮聲，「毀滅的波動」對準利姆路解放。

「灼熱龍」釋放出究極的一擊，行動神速的維爾格琳為此招式自豪，能夠在瞬間讓所有的物質破滅。

用任何人都無法迴避的速度葬送敵人。

而利姆路的注意力都放在維爾德拉那邊，當他注意到的時候，一切都太遲了。不對，都還來不及弄明白究竟發生什麼事，他將就此從這個世界上消失。

（雖然想讓他為看不起我後悔，但他應該連後悔都來不及吧。唯獨這點讓人遺憾。）

就像這樣，帶著絕對的自信，維爾格琳確認攻擊的結果。

（——！）

然而看到站立在那兒的利姆路毫髮無傷，維爾格琳這下震驚了。

太扯了，不可能——這甚至讓她不由得懷疑自己看錯了。

剛才那一擊絕對會命中，不可能避開，照理說這個世界上沒有任何人能夠在毫無損傷的情況下撐過去。

就算面對的是魔王金．克林姆茲，或是維爾格琳的姊姊「白冰龍」維爾薩澤，維爾格琳都認為那蘊含足以打倒他們的力量。

「……竟然毫髮無傷？這不可能。可以對所有的『結界』和防禦類別的技能產生影響，我的灼熱龍霸超加速激發可是有這種能耐啊！接下這一招竟然還能平安無事，你到底做了什麼？」

這下維爾格琳急了。

若是透過某種手段抵銷另當別論，可是要用「結界」之類的來無效化照理說根本不可能。這現實實在太讓人難以理解，使得維爾格琳失去冷靜。

利姆路給出答案。

「哼。剛才確實很危險，但就因為是很直接的攻擊，所以要吃掉也很容易啦。」

事實上跟維爾格琳的應對全部都是希爾在進行。一切都在它的掌握中，到了令人嘆為觀止的地步，它誘導維爾格琳的攻擊，想辦法化解。

超越任何事物，希爾最看重利姆路。

為了避免妨礙到利姆路，它遵從利姆路的命令，將維爾格琳完全封殺。「解析鑑定」對方的性質，選擇有效對應方式並且付諸行動。

針對維爾格琳的能力，發動具備特殊效果的光盾就是其中一環。如今的希爾確實配得上技能整合者這個名諱，就連利姆路擁有的一切究極技能都在它支配之下。

希爾透過「暴食之王別西卜」進行「捕食」。瞬間理解維爾格琳的灼熱龍霸超加速激發，為了抵擋那一招帶來的影響，啟動「胃袋」——讓「胃袋」進化成「虛數空間」，將那些攻擊「隔離」。

剛才的攻擊確實能夠毀滅利姆路。

用一般的方法沒辦法防禦，就算有「智慧之王拉斐爾」的運算能力也無法對應吧。

然而希爾不同。

如今它已經不是單純的技能了，進化成跟「智慧之王拉斐爾」完全是不同層次的存在。

不管敵人的攻擊是什麼樣子，只要能夠正確看穿攻擊的性質就沒問題。彷彿在證明這一點，它發揮了「暴食之王別西卜」的能耐。

只要像這樣「隔離」起來，接下來透過「虛數空間」將能量「吸收」就行了。如此這般，如今「暴食之王別西卜」的「虛數空間」已經轉變成超越「誓約之王烏列爾」的「絕對防禦」的一種防禦手段。

怪不得維爾格琳會感到驚訝。

這是因為就連利姆路自己也在上一秒想著完蛋了，結果一切很快就結束。為了不讓人發現自己在狀況外，他才故意說些挑釁的話。

希爾的計策可不只這樣。有別於以往，它跟利姆路合作無間，就連對話也變成武器，將維爾格琳逼入絕境。

然而維爾格琳本人卻——

（開什麼玩笑！竟然說吃掉了？把我的最強奧義灼熱龍霸超加速激發吃掉？）

她沒辦法理解利姆路所說的，雖然現在還在跟人戰鬥，可是她卻茫然不知所措。只有一瞬間，但還是成了致命的失誤。

「引以為傲的攻擊沒起到作用，在妳受到打擊的當下說這種話很不好意思，不過妳是不是忘了現在還在戰鬥？」

聽到對方這麼說的時候，早就為時已晚。

希爾的行動沒有任何遲滯，而且全都獲得利姆路許可。

《已經將維爾格琳的魔素含量測量完成。考量到性質和技能特性，判斷可以透過「斷熱牢獄」來封印幾百秒的時間。即將發動！》

在維爾格琳沒有察覺的情況下，「層積型魔法陣」已經完成了。

那是將究極技能「誓約之王烏列爾」的「無限牢獄」和「斷熱空間」組合起來的合成技能。是剛才希爾為了用來對付維爾格琳臨時製作完成的。

維爾格琳被關在這裡頭。

這片戰鬥空域都已經劃入希爾的演算範圍。舉凡濕度、溫度、重力、風的流動、太陽光、生命的鼓動，這些全部都在希爾的掌握之中。

因此不管維爾格琳打算做什麼，都沒辦法從這片空域逃脫。

伴隨希爾宣告發動「斷熱牢獄」散發的光芒，維爾格琳感到一陣暈眩。

（我……竟然就這樣輕易被人擺平！）

被利姆路擺了一道的屈辱讓紅龍渾身顫抖起來。但是不管維爾格琳試圖做些什麼，「斷熱牢獄」都文風不動。

「妳就先乖乖待著！等我放維爾德拉自由再來陪妳玩。」

這句話等同是在宣告維爾格琳敗北。

（這次就算是我輸了。但我這邊還有「並列存在」。只要透過「靈魂迴廊」，就算是在「斷熱牢獄」裡面也沒關係！）

維爾格琳這邊還有一個可用的招式。雖然必須放棄目前這具身體，但為了保險起見，她有在魯德拉身邊留下「別體」，並且讓大部分的能量回到那邊。

因此維爾格琳認為自己還沒玩完，雖然覺得屈辱不已，還是開始慎重行動。

不讓利姆路發現，慢慢進展著。

透過「靈魂迴廊」，一點一滴將魔素移過去。

完全沒發現這正好就是希爾要的……

●

真不愧是「智慧之王拉斐爾」。

啊，不對，現在已經變成希爾了。

因為覺得它情況好像不太好，我才一時興起取了名字……但它看來似乎比想像中更加高興。

總之在反應上不像之前那麼死板，變得非常流暢，對應起來很有人情味。

希爾恐怕變強了。

剛才情況不是很好的樣子彷彿就像幻覺，希爾現在的狀態好到不行。

以前也曾經有幾次進入自動戰鬥狀態，但這次在技能的發揮上完全不是那幾次可以相提並論的。

就連那個感覺起來強到亂七八糟的維爾格琳也不是希爾的對手。

刻意讓對方發動必殺技，然後再瞄準後續魔素含量減少的瞬間出手，這就是希爾擬定的完美作戰計畫。

它將我擁有的能力組合，創造出專門用來對付敵方特性的效果。說起來容易，但為了實現這點不曉

得需要多麼強大的運算能力。

畢竟我這邊在魔素的含量上可是輸對方一大截。為了封住比自己還要厲害的對手，只挑選出有效率又具有優勢的屬性，建構出「斷熱牢獄」。

說來就像是配合對手運用的運算束縛牢獄（Calculation Prison）。

因為能夠做出這樣東西，希爾才會獲得通盤勝利。

這次作戰計畫的重點在於能不能承受維爾格琳的攻擊。雖然相信希爾的運算，但它若是計算錯誤，那我就完蛋了。

為什麼信任它？

答案很簡單。因為我的對手是維爾德拉，而我剛才宣告要希爾去對付維爾格琳。

而且我覺得若是希爾，一定能夠辦到。

之後它也完美回應我的期待——不，是好到超乎想像。

使用技能比我更加精巧，將任務順利完成。

不愧是我的夥伴，我對「希爾」的刮目相看程度對比以往有過之而無不及。

意想不到的誤算讓希爾變得更加可靠，但可不能忘記我的目的。

必須在維爾格琳出動之前快點還維爾德拉自由。

對了，那個東西可以封住行動幾秒鐘？

《就算維爾格琳大鬧，還是能夠維持「斷熱牢獄」兩百秒。不過，應該不用擔心這件事情。》

呃，這是為何？

就算只有兩百秒也很讓人慶幸，但是維爾格琳依然很具威脅性。應該不能坐視不管吧……

《不。如同預料，維爾格琳開始逃亡。我早就知道透過「靈魂迴廊」可以轉讓能量，因此認為她會丟下「別體」逃走。》

原、原來如此。

是說不管哪一個「別體」都可以變成本體，所以用不著硬是突破「斷熱牢獄」是嗎？

不，應該不是這樣。

早就看出對方會這麼做，希爾才刻意準備一條逃跑路線。

對……維爾格琳把自己的底牌掀得太開了。

大刺刺展現「並列存在」，用來跟三個女惡魔和維爾德拉戰鬥。這些都在監視之下，成了希爾不可或缺的分析材料吧。

關於維爾格琳的「並列存在」，並非可以無限增生。因此希爾才能透過測量維爾格琳的魔素含量，成功導出總量吧。只要知道這點，就能搞清楚之後癱瘓幾個「別體」將能夠打倒本體。

希爾反過來利用這一點。

它看出維爾格琳還有用來當保險的手段，誘導她逃到那邊。

畢竟如果有這麼方便的能力，就連我也會拿來當作保險手段。靠我的「分身術」沒辦法重現究極技

能，要那麼做是不可能的。雖然有點懊惱，但在這部分只能承認自己技不如人。

結果看似萬能的「並列存在」好像只能用來對付不如自己的對手，不然就是拿去當誘餌。

好吧，拿來當保險很有用，看是面對怎樣的對手，也有機會成為強大的戰力。能夠想出好幾種運用方式，但是對於跟自己旗鼓相當甚至是在自己之上的對手來說，效果好像很薄弱。

透過希爾，這些弱點暴露出來。

話說回來，那運算能力有點讓人害怕。

甚至讓人懷疑是不是能夠預知未來，畢竟希爾料事如神。

事情發展到現在這個地步，只能說讓人好傻眼，但希爾是我的夥伴。我看就別擔多餘的心，趕快把我要做的事情辦好才是真的。

希爾將維爾格琳這個最強的「龍種」之一玩弄在股掌間。

哼，我可不能輸給它。

『知道啦。可是為了以防萬一，要在兩百秒之內將事情了結掉，從現在開始我會盡全力去處理維爾德拉那邊的事情。幫我一把吧，希爾！』

《就按照主人的期望！》

我——不對，我跟希爾開始和原本的目標維爾德拉正面對峙。

這是希爾爭取到的寶貴時間。

即使很短暫，對我們來說還是等同無限。

怎麼可以不拿來有效運用。

不用去管能不能辦到，做就對了。

帶著這樣的覺悟，我再度想辦法攻略維爾德拉。

●

要快點解放維爾德拉，打倒魯德拉。不是因為金曾經拜託我這種消極的理由，而是我想要這麼做。

剛才為希爾的誕生感到驚訝，一不小心就變回平常那個我。如今我已經變得非常冷靜了。

只不過，怒火並沒有消失。

這股憤怒要先保留起來，用來發洩在皇帝魯德拉身上。

首先要來處理此行的目的。

所以，要來關心一下攻略維爾德拉的情形……

我打算跟維爾德拉談談。

支配維爾德拉說來簡單，一旦要讓「龍種」這樣巨大的能量集合體對自己言聽計從，就需要付出龐大的勞力。

然而就算要讓精神生命體服從，想奪走他的自由意志應該也難如登天。

就我來看，支配有分好幾個種類。

有讓本人打從心底臣服的魅惑型支配。

還有奪走自由意志強制讓對方屈服的強行支配。

或者是就連當事人都沒發現自己被支配，屬於完全支配。

諸如此類。

優樹是被人完全支配，但分析起來卡嘉麗算是強制支配，還有維爾德拉的也算是強制支配。

強制支配有分幾個階段。

有的是還保有自由意志，一邊抵抗，心不甘情不願屈服，或是藉著消弭自由意志，讓對象物變成不會違抗命令的機器人，有著各式各樣的型態。

看樣子卡嘉麗已經沒有自由意志可言，不過維爾德拉那邊不曉得怎樣？

精神生命體的賣點就是意志力強韌。我想自由意志應該沒有這麼容易消除，因此猜想去呼喚對方或許有用。

不過——

維爾德拉的抵抗太過激烈。

對他下的命令是排除敵人——也就是我，他完全沒有半點保留，打過來的攻擊都很凶惡。即使把維爾格琳交給希爾對付，光只有跟維爾德拉一個交手也很吃力。

我這邊還留有屬於暴風系統的能力，是有辦法抵銷維爾德拉的攻擊。可是那些攻擊的威力都大到很誇張，光是要抵銷就廢了九牛二虎之力，根本沒有心思去呼喚對方。

因此情況才演變成現在這樣，防禦工作都交給希爾辦理了。比較棘手的是「機率操作」，不過我相信現在的希爾有辦法應付。

接下來才要玩真的——帶著這樣的心情，我嘗試接近維爾德拉。

暴風颳來颳去。不過我待的地方就好像是颱風眼一樣，風平浪靜。

該怎麼說，總覺得讓人好放心。

都沒有剛才那種拚命的感覺，維爾德拉的攻擊直接被抵銷。

魔素的消耗也幾乎是零。而且現在的我狀況好到不行。

《這是當然的。透過「靈魂迴廊」，底下的魔物們全都用「食物鏈」將力量返還回來了。》

是喔，原來還有這招啊！

從剛才開始就覺得力量不斷湧現，原來是多虧了夥伴們，讓我也能跟維爾德拉對抗了。

既然知道情況是這樣，那我就更不能失敗。

我總算來到維爾德拉面前，抓準時機跟他說話。

「讓你久等了，維爾德拉。認得出我嗎？」

沒有回應。

別說是回應了，他還射來一個雷嵐咆哮。

這讓我不爽，一不小心就揍他了。

接下來該用「然而」還是「理所當然」形容？這招對維爾德拉的巨大身軀不管用。

若不是只有蠻力，還有灌注魔力的話，事情另當別論，但應該還是沒辦法造成太大的傷害吧。但這樣就好。

我的目的在於想要讓維爾德拉清醒過來，總而言之先卯起來打就對了。

我一直拚命毆打維爾德拉的臉。

跟他的距離如此接近，他發動的大半攻擊都不會打中我了。這是因為反過來說，若打得太近，發動起來也會打到他本人。

不過呢，因為他是被操控的，或許有可能不顧一切射魔法過來也說不定，但到時候希爾會想辦法對應吧。

我一直打、一直打，偶爾踢一下。

然而維爾德拉就只有發出咆哮……

《要不要「捕食」維爾德拉，把他封在「虛數空間」裡頭？》

希爾做出恐怖的提議。

若要說行不行得通，應該是可行的……但這種事情有辦法辦到？

《沒問題。「暴食之王別西卜」也已經聽我的指揮了，只要一下令就可以立刻執行。》

還真是可靠啊……這話應該沒說錯吧。

史萊姆的固有技能是「捕食」，最大限度進化就變成「暴食之王別西卜」。跟我的相容性是最棒的，也是用起來最順手的能力。

而這招已經被希爾做過最適化調整，應該對維爾德拉也有用。

至於「暴食之王別西卜」，由於我的身體已經變成史萊姆魔性精神體，因此從任何一個部位都能夠發動。

不僅如此，甚至不用去觸碰發動對象。只要能夠看到，就可以對那個空間造成影響。距離愈近愈能夠讓威力增強，目前我很接近維爾德拉，這表示能夠期待它發揮很大的效果。

總而言之就這麼定了。

「你有夠會添麻煩的，維爾德拉！別讓我那麼擔心啦——！」

喊完這句話，我毫不猶豫發動「暴食之王別西卜」，試圖將維爾德拉吞食殆盡。

就在這個時候——

『嘎哈哈哈哈！這只是一次小失誤。別計較！』

我聽見照理說應該不會聽見的聲音。

『是維爾德拉對吧？』

『嗯，就是我。是你的盟友「暴風龍」維爾德拉！』

這不可能是陷阱。因為那反應實在太白痴了。

這麼呆頭呆腦的聲音，除了來自維爾德拉還有可能是誰。

『喂，你還保有意識啊？』

『嗯。其實我在千鈞一髮之際將「心核」分離了。雖然沒辦法在現實中跟人對話，但能夠保持自我！』

原來是這樣。

就是出不了聲，但保留意識。

因為我的「暴食之王別西卜」咬到維爾德拉的身體，才有辦法透過「心核」進行「念力交談」是嗎？

總而言之，他沒事真是太好了。

但這樣一來，這次我換成為別的事情生氣。

『搞什麼啊。既然你沒事，那就快點把身體搶回來呀！』

別害人家這麼操心還在那悠悠哉哉。

都不曉得我為了維爾德拉有多麼驚慌……想到這件事情，不由得讓人想抱怨幾句。

『若是有辦法，我早就那麼做了！話說回來，利姆路。你才更該冷靜一點，慎重行動才對吧？』

你憑什麼說我啊。

還有——

『大笨蛋！若是我真的夠冷靜，才不會亂來到同時對付兩個「龍種」！』

那種事還用得著你提點。

就是因為現在冷靜下來了，就連我都不禁覺得「虧自己能平安無事」。

可是要我慎重行動也很難。

說起來，打算對付「龍種」的那一刻，就已經跟慎重這個詞沾不上邊了。

當我想到這邊，維爾德拉開開心心地給了一個忠告。

『喔，小心了。我要釋放「黑色閃電」了！』

別講得這麼輕鬆像在跟人聊天好嗎！

而且他放出來的不是「黑色閃電」，而是「死亡風刃」。反正希爾會幫忙抵銷，就算要迴避也不會失敗，但跟我說謊是哪招！

『我說你，這哪裡是打雷？明明就是呼喚魂滅之死的風暴吧！』

當我很不爽地發完牢騷後，維爾德拉笑著找藉口。

『嗯嗯？抱歉啦，嘎哈哈哈！看樣子我還沒辦法完全掌握自己的身體。雖然已經掌握到發動技能的感覺了，但猜中的機率大概五成吧。』

也就是說不能當作參考就對了。

敵人這邊擁有「機率操作」，看來還是把維爾德拉的預測當成耳邊風吧。

『我知道了。這樣就夠了，你先閉嘴。在這麼重要的時刻，若是相信別人隨隨便便講的話導致失敗，那到時候就笑不出來啦！』

看我對他很失望的樣子，維爾德拉開始慌張起來。

『等等啦，利姆路！我會努力的。會盡量幫上忙！』

雖然他拚命遊說，但這段發言根本毫無根據。

這種時候就不應該順應情感，要將理智擺在前面。

再說，他已經幫到我了。

只要能夠聽見維爾德拉的聲音，我的心情就能夠冷靜下來。

『只要你平安無事，這樣就夠了。』

我才要問他是不是真的不要緊，維爾德拉就像平常那樣高聲大笑。

『嘎哈哈哈！當然沒事了。我可是最強的龍！』

聽到這句話就放心了。

才剛想到這邊……

『畢竟切斷「靈魂迴廊」的不是魯德拉，而是我本人。這就代表我還沒有輸！』
啊？
這個大叔在鬼扯什麼……
『什麼意思？』
『沒什麼，其實很簡單。好像叫做近藤吧，趁我都在注意那個男人的攻擊，魯德拉打算支配我。連同姊姊在內，這三個人都手段骯髒——讓我很憤慨。但至少要避免最壞的情況發生，所以我就做出痛苦的抉擇。』
你這隻號稱最強的龍，會不會太過大意了啊？
在戰場上誰還管骯不骯髒……
『別說得這麼理直氣壯啦！真是的，都在搞什麼。所以我平常才會一直跟你說不要掉以輕心啊！』
『嘎哈哈哈！真沒想到在這種情況下還會被人說教！』
看維爾德拉開心成這樣，我除了傻眼還是傻眼。
因為他真的太白痴了，我選擇讓話題繼續下去。
『那你所謂的抉擇就是切斷「靈魂迴廊」？』
『嗯，就是這麼一回事。這是因為魯德拉的支配不只會影響到我，還會通過「靈魂迴廊」影響到你。』
所以他才趕緊切斷「靈魂迴廊」，要保護我是嗎？
聽到這句話，我再也沒辦法對維爾德拉發怒。
『這樣啊，那之後的事情就交給我吧！』

『嗯！我完全不擔心，一直都很相信你。』

好吧，被人仰賴的感覺還不錯。

『好，這樣就對了。我馬上就讓你自由，你要老老實實待著。』

『嘎哈哈哈哈！真可靠。我相信你，我的好友！』

維爾德拉這邊的情況已經弄清楚了。

雖然被奪走身體的支配權，但他的心核平安無事。目前維爾德拉似乎沒辦法奪回主導權，只能我這邊來想辦法。

應該沒問題吧。

只要心核沒事，應該能找到辦法才對。

就好比是，對了——

『希爾，如果有維爾德拉的心核，是不是能夠讓究極技能「暴風之王維爾德拉」復活？』

《沒問題。目前還保有技能的情報，只要維爾德拉的心核跟「靈魂迴廊」能夠連繫在一起，就有可能讓究極技能「暴風之王維爾德拉」恢復原狀。》

問題一下子就解決了。

簡單來講就是把眼前的維爾德拉吃光，再把他的心核回收就行了。

接下來就剩下執行，事情很簡單。

就來打倒敵人吧。

打倒最強的對手——「暴風龍」維爾德拉——！

*

已經看見解決問題的辦法。

所以，現在要快點把事情了結掉。

問題有兩個。

就是有時間限制，還有心核在哪裡。

時間還很多。

目前的對話也是透過「思考加速」來延長時間，事實上就只有經過幾秒鐘。在空檔之間進行現實中的攻防戰，不過時間還剩三分鐘以上。

比較大的問題是心核在哪裡。

那就在身體裡，也能夠透過魔素來進行「念力交談」，可是卻很難鎖定位置。

假如一不小心把心核弄壞，那就完蛋了。作戰計畫宣告失敗，維爾德拉將會轉生。

在一般情況下，要傷害到心核反而很困難。如果要攻擊，守得最嚴密的就是心核了。

然而如今維爾德拉的心核從本體分離，等同是毫無防備。若是掉以輕心認為就算瞄準攻擊也打不中，就有可能不小心直擊導致破損，把事情搞砸。

那樣應該能夠讓維爾德拉脫離魯德拉的支配，但是維爾德拉現在的人格將會消失，跟我之間的「靈魂迴廊」也不會復活。

唯有這點必須避免。

若是我能夠一口氣將維爾德拉吃完，就不用為這種事情煩惱。但是很可惜，就算靠我的「虛數空間」，也沒辦法在維爾德拉沒許可的情況下將他吃光光。

是要讓他弱化，減低某種程度的魔素含量嗎？還是一點一滴「捕食」，小心不要弄傷維爾德拉的心核……

這樣想來，絕對不能夠給予傷害呢。該說剛才我一直在打他，或許也有點危險，害我不禁害怕了起來。

別說是打倒了，就連要給予傷害都很困難的維爾德拉竟變得這麼脆弱，實在很難辦。

只是一兩發魔法甚至沒辦法造成擦傷，毆打或是用腿踢就更沒意義了。要在各種攻擊上附加究極技能的效果，才有辦法正式造成傷害。

就連最強的神聖魔法「靈子壞滅（Disintegration）」碰上維爾德拉的巨大身軀，也是頂多只能造成一點點傷害吧。

「龍種」不愧是最強的，高度的耐力並非浪得虛名。

因此我想些許攻擊不至於造成什麼問題，但就怕有什麼閃失。

特別是現在的維爾德拉失去意識，進入失控狀態。被支配的人就是這麼悲哀，不曉得接下來會做出什麼。

既然不知道維爾德拉的心核在哪邊，最好還是不要主動攻擊。

這樣一來，方法就剩下一個。

只能夠努力一點一滴「捕食」，想辦法找出心核。

這是在跟時間賽跑，但也只能這麼做了吧。

剩下三分鐘，只有三分鐘。

我不去管剩下多少時間，全面啟動「暴食之王別西卜」，對準維爾德拉咬過去——

我的身體從人類模樣回到史萊姆型態。

比起流動型，屬於不定型的史萊姆特質變得更加明顯。因為我想要發動攻擊性的「捕食」，希爾讓我變成最合適的形狀。

這樣接觸面更多，應該會更有效率吧。

我的身體持續變動，開始貼著維爾德拉的體表侵蝕。

但是對方實在太大隻了。

不管怎樣拉長我的身體，對比維爾德拉都只是一個點。

感覺要吃到天荒地老，但可不能在這個時候放棄。我不介意，繼續加速攻擊性的侵蝕行為。

同時還發動「魂噬」，尋找維爾德拉的心核。

這個若是少了希爾的輔助也辦不到。看到剛才那些異常強大的場面，我就在想，搞不好希爾獲得「智慧之王拉斐爾」無可比擬的運算能力也說不定。

看樣子獲得名字會進化，這種情形不是只限於魔物。

好了，多虧希爾的關係進展順利，但並不是毫無障礙。

具體而言，現在的我處在劇烈疼痛之中。因為維爾德拉的身體開始在抵抗敵人。

「暴風龍」的「龍靈霸氣」逐漸讓我的身體崩解。

對於想要吃光他的我，「暴風龍」打算讓我消失——激烈的攻防戰開始了。

＊

好痛、好熱、好痛苦。
照理說我不會感覺到疼痛，劇烈的痛楚卻貫穿全身。
熱量應該對我起不了作用才對，我卻覺得快要被難以忍受的高溫融化。
來到這個世界後第一次感到如此苦悶。
我本身的存在幾乎要被人抹滅殆盡，這種危險的感覺刺激我的生存本能。
然而我並沒有減緩侵蝕的步調。
我要贏。
要克服這種痛苦，拯救維爾德拉。
而且現在我並不是一個人。
還有希爾這個可靠的夥伴。
我要繼續把「暴風龍」吃光，吸收維爾德拉的心核。
為了實現這點，這點程度的痛苦根本不算什麼。
『希爾，應該沒問題吧？』
《包在我身上。》

沒問題。

得到這個值得信賴的答案，我更進一步擴大侵蝕行動。

有樣東西造成阻礙，就是我吃進來的能量。

一般情況下會轉換成我的力量，可是對手換成「龍種」，情況就不同了。別說是轉換成我的力量，甚至還開始破壞我的身體。

龍之因子就是這麼強大，不會受到任何人束縛吧。

而且對方還被人支配了，令人傷腦筋，但現在不是抱怨的時候。

每當我的肉體消滅，身體就會透過「無限再生」再度組織起來。透過這樣的循環硬是吸收吃下去的能量。

其實直接丟掉會更簡單，但那樣不行。如果不確實進行「解析鑑定」，恐怕會傷害到維爾德拉的心核。

真是麻煩到不行，但透過這樣的過程是最妥當的。

我跟希爾商量之後如此判斷，接下來就只要一直重複。

我放棄去思考，繼續進行作業。

時間愈來愈少，然而對象很巨大。很擔心會不會趕不上，但是我相信希爾。

一定能夠趕上。

《因為時間很多，因此我進行了幾項分析，要聽取嗎？》

……

我說，時間很多是怎樣？

在我承受苦痛的時候，你都在做什麼啊。

《我針對維爾格琳的技能進行「解析鑑定」。研究隔離在「虛數空間」的灼熱龍霸超加速激發，去掌握相關法則。》

不不不，我這不是在問你——咦，你已經掌握了啊！

《雖然沒能成功重現技能，但有辦法開發出類似的技能。》

希爾還真亂來。

看來必須假設我的淺層心理常常被人窺視。

還是盡量加強心靈的防禦，在深沉的心靈領域中思考事情吧。

話說回來，竟然能夠模仿維爾格琳的必殺技，虧你能面不改色說出這麼勁爆的事情。

光只是用看的，明明沒辦法重現究極技能……

不對，等等？

它還有分析什麼？

這讓我開始感到害怕，決定直接問了。

『你還有分析什麼？』

緊接著，似乎就在等我問這句話的希爾回應了。

《是！破滅的咆哮也分析完成。關於這方面，可以利用還有部分殘留的「暴風之王維爾德拉」來使用技能。》

等等啊！

有這麼重大的消息，甚至把我現在感受到的痛苦都吹光了！

那麼高難度的分析竟然在轉眼間完成，真是讓人難以置信……

《不，這是真的。而且那些不重要，接下來才要切入正題！》

我一不小心就透過淺層心理反應。

不過就算了吧。反正去隱藏也沒意義。

話說回來，仔細想想就能理解。

我這邊確實還保有究極技能「暴風之王維爾德拉」。只要利用這個，就算重現「破滅的咆哮」也不奇怪。

能夠使用強力的技能很厲害，說真的我很開心。因此才會出現驚奇反應，但有希爾在，所以沒什麼好大驚小怪的。

如此一來，我還比較在意希爾認為的更重要的事情。

『你說的正題是什麼？』

《關於從剛才開始「捕食」的「暴風龍（能量）」，已經順利分析完成。接下來能夠讓主人利姆路大人的身體組成變質成跟「龍種（維爾德拉）」相同性質。要執行嗎？》

你說什麼？

剛才好像雲淡風輕說了一句很危險的話？

要讓我的身體組成變成跟維爾德拉相同性質？

還問我要不要執行？——不是這樣吧！

我有點狀況外。

如果我理解得沒錯，那我不就能夠變成「龍種」了……？

《這樣的認知沒錯。》

啊？

竟說沒錯——你這傢伙！

……是認真的嗎？

《當然是認真的！那麼，要進化成「龍種」嗎？　　YES／NO》

呵呵呵，呵哈哈，哈哈哈哈！

我情不自禁用了三段笑。

這種時候還是會問我要不要呢——一邊想著這種無聊事，我一邊下令。

選擇YES！

就在那瞬間，我原本感覺到的痛苦都消失了。

痛苦、灼熱感、苦悶全都沒了。

我有了嶄新的身體，「暴風龍」的「龍靈霸氣」不管用了。這是因為我也能夠使用「龍靈霸氣」了。

換句話說如今我吃得愈多，能量就增加愈多。

我的魔素含量逐漸增加。增加速度讓人擔心這樣下去會不會膨脹到無法控制，進而陷入失控狀態。

《沒問題。我會完善管理。》

我想也是。

只要有希爾在，就不用擔心這些。

變成「龍種」之後，我的魔素含量終於跟維爾德拉並駕齊驅。

並且突破上限。

就在這一刻，我蛻變成全新的「龍種」。

當「暴風龍」對這件事情置之不理，對應得太慢儼然就成了致命傷。

『這下你贏定了，利姆路。你變成「龍種」令人驚訝，但這表示我沒看錯人。嘎——哈哈哈！』

就像這樣，感覺維爾德拉並沒有太過訝異，還一副得意的樣子。

這傢伙是我培訓的——就像在這麼說，但維爾德拉根本什麼忙都沒幫上，這點自然不在話下。

而且現在就慶功未免還太早。

關鍵還是維爾德拉的心核，目前還不知道在什麼地方。

因此我決定來做最後的收尾工作。

「好了，我們來做個了結吧！」

就算是你這傢伙，也不准自稱是我最喜歡的「暴風龍」。

「吃個精光吧——『暴食之王別西卜』——！」

遵從我的命令，「暴食之王別西卜」將「暴風龍」吞食殆盡。

吃得很開心。

而且速度超級快。

跟剛才的情況完全不一樣，之間的關係變成單向的。

那就是吃人者，還有被吃者。

簡直就像是弱肉強食的體現……

無聲無息的，壯烈的戰爭落幕。

發生了一次的進化和誕生，並且有了更大的進展。

流露出來的能量殘渣被一陣光芒包圍，讓人覺得要看清楚周遭都很困難。

這是祝福的光芒。

慶祝一個新的「種族」誕生。

我的舊身體沒能變質成「龍種」，被轉換成純粹的能量，發出光芒。

就連殘渣都變成我的糧食消失。

就這樣，我以完美的形式達成目標。

●

等光消失之後，那裡只剩下一個充滿不確定性的生命體。

維爾德拉消失了。

維爾格琳知道是一隻史萊姆——魔王利姆路將他吃掉。

…………

……

…

根據調查，據說利姆路是從維爾德拉流瀉出來的魔素團塊中誕生。然而利姆路卻把形同是他生養父母的「暴風龍」吞食掉，讓自己的身體轉變成這個世界上第五個「龍種」——龍魔黏性星神體。

接著那個史萊姆終於開始凝聚成人型姿態。

手上拿著一把刀，身上沒有穿衣服。

年紀看起來大約十五到十六歲。

身高約莫一百六十公分，說身材嬌小也不為過。然而裡頭蘊含的魔素含量卻跟維爾德拉不相上下，甚至在他之上。

金色的眼眸彷彿能夠看穿一切，眼尾細長且美麗。

那頭銀髮混著淡淡的水藍色，綻放月牙白的光芒。

長相雌雄莫辨，與其說是美麗，不如說給人一種楚楚可憐感。

然而他身上散發的神聖氣息，使之昇華成美貌。

令人眩目的白皙肌膚包裹在黑與金混雜的妖氣之中。

最後利姆路看似不滿地說了些什麼，包覆在他身上的妖氣就變成有一股神聖氣息的黑色連身衣裝。

這是透過惡魔族擅長的「物質創造」讓衣服顯現出來。雖然是利用從身上溢出的魔素，轉變而來的裝備強度卻深不可測。

利姆路將多餘的能量完全抑制。接著臉上浮現看起來很滿足的奸笑。

維爾格琳從囚禁自己的牢獄之中觀看這一切。

看到一半，就連能量轉移都中斷了。

因為她對眼前發生的事情難以置信，整個人呆掉。

自己的弟弟「暴風龍」和「魔王利姆路」的對決，照理說維爾德拉壓倒性有利。對方絕對不可能討到甜頭。

假如有這個可能性，那就表示對方從一開始跟維爾德拉便是「層次相當」……

（這是碰巧的？難道說……是碰巧在那個時間點上誕生？）

沉浸在思考之海中的維爾格琳尋到這個令人驚訝的答案，但沒辦法如此輕易承認。

理所當然。

有個魔物碰巧在「龍種」附近出生，而且與生俱來就帶有適合「龍之因子」的「靈魂」——照理說天底下不可能有這麼巧的事情。

假如他真的是排行第五出生的「龍種」，那就等於是自己的弟弟。然而利姆路是吃掉維爾德拉才進化成「龍種」的。維爾格琳不能接受將這樣的存在稱之為「龍種」。

硬要說起來，應該是類似「龍種」的某種東西。

維爾格琳無法接受世界上會有這麼讓人毛骨悚然的東西，也不想接受。

應該在這裡讓他消失——維爾格琳的本能對她這麼說。

這樣同時也是在幫弟弟報仇。

對維爾格琳而言，維爾德拉是可愛的弟弟。

雖然很囂張又愛搗亂，讓人傷透腦筋，但是看他這麼自由自在，維爾格琳也很羨慕。雖然打算將維爾德拉拿來當作棋子，但相對於龍族漫長的壽命，那段時間微不足道。維爾格琳更是完全沒有讓維爾德拉消滅的意思，打算等事成之後就放走他。

可是現在卻——

……………

……………

……

發覺維爾德拉在眼前被吞食殆盡，當下那股憤怒讓維爾格琳失去理智。

「竟敢……把我可愛的弟弟——！」

她發出憤怒的咆哮。

兩百秒早就過完，「斷熱牢獄」碎裂。

「灼熱龍」如今已經失去理智，甚至忘了該明哲保身，對利姆路充滿敵意——

●

看樣子我因為吃掉維爾德拉的緣故，蛻變成新的種族。

好像叫做龍魔黏性星神體，如此一來我也算是「龍種」的一分子了。

——雖然不是原生種。

已經要跟史萊姆沒什麼關係了呢，我私底下這麼想著。

事到如今去在意那個也沒用。

我開始確認嶄新的身體。

沒有消費魔素，催生出來的本體變大很多。

這應該說是成長吧？
如今身高已經跟高中生差不多了。
雖然是女高中生……
不過外表年齡可以隨我的意思改變，其實這沒有太大意義。只是覺得成長到這個地步很有趣罷了。
重點在於是否能夠輕鬆活動。
變成史萊姆型態的體積也增加了，直徑好像增加到七十至八十公分。這樣會大到沒辦法抱著，因此我想要設法維持在一個小尺寸上。
晚點再來確認看看。
現在有個問題。
那就是目前我什麼都沒穿。
也就是全裸狀態。
這樣下去不行。
雖然有奇怪的妖氣一直溢出，把身體遮住，但我的道德倫理觀不能接受。
因此我嘗試製作衣服。
試試迪亞布羅教我的「物質創造」，結果意外地一下子就成功了。
根據製作人的能力而定，據說可以有很棒的性能。穿起來非常舒服，黑色衣服看上去也很酷。
再來是令人在意的等級……來到神話級。
什麼？神話級？
原來是神話級呀～是這樣喔──咦，什麼鬼！

驚訝到目瞪口呆指的就是這樣吧。

雖有進化的感覺，原來是這麼一回事。

根據我的猜測，目前我的力量八成強大到超乎想像的地步。

仔細回想一下，就能找到合理解釋。

紅丸他們都進化成覺醒魔王了，而這股力量透過「食物鏈」回饋到我身上，那也是我變強的原因之一吧。

另一個原因應該是我吃掉維爾德拉，吸收他的力量。

之前有些能量都累積在「胃袋」之中，沒辦法利用，目前確認經過分析後已經可以使用了。

感覺這些林林總總的理由都在這一刻開花結果。

會有今天的成果，都是因為一切恰巧配合得當。

簡而言之，都是希爾的功勞。

不對，像這樣直接叫名字太失禮了吧。

我應該要對夥伴表示敬意，叫他希爾老師才對！

《別這樣。》

我彷彿聽到這句話，但是當耳邊風。

真是的，大師好厲害。

今後也要多多仰仗您了！

《就交給我吧！》

嗯嗯。

話說衣服也穿好了，可不能忘記此行的目的。

『維爾德拉，你沒事吧？』

『嘎哈哈哈哈！當然了，別讓我說這麼多遍。話說回來，你竟然有辦法平安無事打倒我的本體啊！』

『對啊。如今回想起來，剛剛我根本不顧一切呢。不過太好了。真的！』

我跟維爾德拉都為彼此平安無事感到欣喜。

既然能夠像這個樣子對話，那表示維爾德拉的心核應該安然無恙。那麼接下來就只剩讓「靈魂迴廊」連結，復原究極技能「暴風之王維爾德拉」。

《已順利成功。》

真不愧是希爾老師。

就算我什麼都沒說，它也會一直協助處理。

這次的工作也做得很完美。

很好。

我的目的達成了。

如今已經帶回維爾德拉，就沒事找帝國軍了。

不過——

我的怒火還沒有消失，必須要去找皇帝魯德拉確實發洩一下才行。

再說若是這次打到一半就收手不戰，可能會留下後患。既然都來到這個地步了，那就必須做得徹底一些。

排除掉威脅，就是我這個國王的職責。

事到如今已經沒之前那麼生氣了，開始覺得除了魯德拉，其他丟著不管也沒關係吧～不過，還是小心謹慎把工作做到最後比較好。

就算我可以接受，敵人那邊也不一定會悶不吭聲。

證據就在於——

順著我的視線看過去，維爾格琳依然活蹦亂跳，正從牢獄之中用充滿敵意的目光瞪著我看。

我成功解放維爾德拉，但不知道為什麼維爾格琳火氣很大。

把她打倒也沒什麼意義，去對付她又很麻煩……

可是威脅必須去除。

《維爾格琳已不構成威脅。雖還未把所有能力分析完成，但已經有了萬全對策。》

希爾老師好大的自信。

還是說太自負了？

《不，那是鐵錚錚的事實。》

如果這樣還輸掉就好笑了，但應該不用擔這個心吧？

在剛才的對戰之中，它都已經完全抵擋掉維爾格琳的攻擊了。如果是現在的希爾，應該不會陷入苦戰，有可能把對方壓制住。

總之要趁這個機會徹底教訓帝國，這項方針沒有改變。我打算把他們榨到連一滴血都不剩，就在這裡一決勝負。

目前黑色軍團就徹底大鬧。就戰況而言，已經產生了好幾股巨大的漩渦，看不到什麼特別醒目的標的。

反正我的目標是魯德拉，必定會發生衝突，就算在這裡給予維爾格琳打擊，從戰術層面來看應該也沒問題。

帝國那邊有近藤中尉跟達姆拉德。

負責保護魯德拉的四騎士也算是非常棘手的對手。

再加上優樹也受到魯德拉的支配，必須把他當成敵人看待。

還有，應該還有一名「個位數」。不知道是什麼樣的人，但為聖人等級，想必需要警戒。

換句話說，除了魯德拉和維爾格琳，其他還剩下八個強敵。

搜尋完戰場上的氣息後，發現裡頭好像還有幾個足以稱之為「威脅」的人士，我決定趁這次機會一起收拾乾淨。

說實話，就連那些厲害角色對現在的我來說都不算是「威脅」了。

由於進化成「龍種」，我的魔素含量增加將近十倍。無論力量的質或量都跟著大幅強化，能實際感受到自己變強到以前根本無法相提並論的程度。

而我沒有放出維爾德拉，因此魔素含量也在滿檔的狀態。情況簡直好到不行，甚至覺得現在還能夠跟蜜莉姆或是金一較高下。

——不行，傲慢是大忌。若是像這樣得意忘形，一定會導致失敗。

這種時候不能掉以輕心，還是要慎重行事比較好。

應該說，探索完戰場上的氣息才注意到，剛才說的那些厲害角色似乎都已經在跟紅丸他們對戰了。

雖然下令的人是我，但還是不禁感到佩服，想著他們動作果然很快。同時又跟著擔心起來，希望不要出現傷亡。

他們有辦法遵守不准死掉的命令嗎？

希望大家別為了不讓敵人來妨礙我而勉強自己……

算了，那些事情之後再去操心吧。

眼前有個巴不得立刻撲過來的維爾格琳。等到料理完她，我再判斷要不要支援大家好了。

時間還花不到一秒鐘，我就做出了這個判斷。

接下來，下一個問題就是要如何作戰。

首先要使用究極技能「暴風之王維爾德拉」的「暴風龍解放」嗎？

這樣就能叫出維爾德拉，二對一對抗維爾格琳。如此一來，肯定能夠獲勝。

仔細想想，我的魔素含量似乎並非一直都是滿檔的狀態。八成是因為都讓維爾德拉自由行動的關係。

我跟維爾德拉好像是一心同體，只要有一邊平安無事，就能夠讓另一方順利復活。跟維爾格琳的「並列存在」不一樣，這種無敵機制很犯規，特別值得一提。

只要把這個當成報酬看待，魔素含量的負擔就算不上是個問題。

而且維爾德拉那邊會有多出來的魔素流到我這邊，並不覺得會造成多大不便。反而可以帶來一種循環效果，促進我的身體活化。

事情就是這樣，雖然有缺點，但是「暴風龍解放」帶來的優點更多。

以前的我要消耗掉九成力量，但現在似乎只要負擔三成就可以叫出來。

想到這邊，我試著發動「暴風龍解放」。

「竟敢……把我可愛的弟弟（維爾德拉）——！」

就在這個時候，維爾格琳大叫。

在我看來，感覺比較接近惱羞成怒。

「先出手的人是妳吧！想讓我跟維爾德拉作戰的不是你們嗎！」

「給我住嘴！維爾德拉怎麼可能被你這種小角色吃掉！雖然覺得他很沒用，但沒想到竟會輸給區區一個魔王……就為了這種事情消失，我不能接受。絕對不會放過你。」

維爾格琳怒不可遏，胡亂射出熱線砲。

很可惜，那對我不管用。

不過剛才那段對話讓我弄清楚一點。

她好像是因為我吃掉維爾德拉的關係在生氣。對方好像誤會我把維爾德拉殺掉，讓他徹底消滅。

這樣就好辦了。

只要使用「暴風龍解放」，誤會就能夠解開。

明明是這樣——

『嘎哇哇哇！等等、等等啊，利姆路！』

當事人維爾德拉要我先暫停一下。

『怎麼了？』

在我擔心地詢問之後……

『聽好，利姆路。姊姊她現在以為我消失了，才會那麼生氣。沒錯吧？』

『嗯，對啊。所以你如果出面說明，或許能夠避免不必要的紛爭。』

『你這個笨蛋！別說這種蠢話！如果在這個時候讓姊姊看見我其實沒事，那可不是只有尷尬而已。姊姊的怒火不就會發洩到我身上了嗎！』

好白痴的答案。

感覺認真聽的我損失大了。

我嚇到差點停止呼吸——看到碎碎念講著這種話的維爾德拉大哥，我非常清楚他根本無法指望。

不過，說真的……這個人在重要時刻還真是派不上用場耶。

覺得這樣很白痴的我想要發牢騷，這個時候希爾也出聲制止。

《請等一等。既然有這個機會，我打算讓維爾德拉的相關能力進行最適化。已經取得他本人的許可了，在技能還沒有革新之前，請先不要使用「暴風龍解放」。》

還是老樣子，語氣很有禮貌，用詞遣字都很妥當。

根據希爾所說，它要讓維爾德拉的究極技能「探究之王浮士德」革新，進化成究極技能「混沌之王奈亞拉托提普」。都說成進化了，看來會大幅強化。

讓我比較在意的是「取得他本人許可」這句話。

這表示維爾德拉早就發現希爾的存在了。

『從什麼時候開始的？』

《在利姆路大人進化成魔王之後，他就已經發現我的存在。》

『雖然有發現，但是在剛才才確認的。畢竟單單一個技能能夠萌生自我，古往今來還不曾聽過這種事情。不過大罪系的技能似乎有類似自我的東西，所以我才開始懷疑。』

這是希爾大師的說法。

照維爾德拉的話聽來，他好像從「大賢者」時代開始就懷疑了。他說在我的「胃袋」裡頭做了不少觀察，不時會觀測到不可思議的現象。

伴隨著我成為魔王，在他變成「智慧之王拉斐爾」之後，維爾德拉就認為十之八九是那樣。

雙方在那之前就有對話了，但維爾德拉好像以為都是在跟我說。這不至於對我造成困擾，但會好奇他們都聊些什麼。

那些姑且不論，維爾德拉跟希爾已經認識了——重點在這兒。

『也就是說，你們兩個其實認識。而且你還接受希爾的提議，這樣解釋沒錯吧？』

『嗯，就是那樣！雖然我很想去對付姊姊，但背後還有這樣的原因在，所以沒辦法。抱歉啦，利姆路，這次就交給你吧！』

也太隨性了吧。

跟剛才說的內容不一樣啊！

雖然這樣吐嘈也沒差，但覺得他可憐，最後還是算了。

希爾似乎也很想對維爾德拉的技能加工。雖然我一方面認為別挑這種時候弄啦，但一方面又覺得放出來之後再弄或許會更麻煩。

而且我自己也很想試試身上的力量。

再說之後如果要對付魯德拉，我也需要事先弄明白自己變得多強。

可以說拿維爾格琳來當對手正合適。現在的我在戰鬥時應該或多或少會有些餘力，感覺可以來好好確認一下成長狀況。

擇日不如撞日。

我也沒忘記去關心夥伴們的狀況，在他們陷入危機前，我就先來小試身手吧。

《我也覺得這樣比較好。》

感覺希爾似乎也滿開心的。

想到這邊，我開始燃燒鬥志，但這個時候它順便給我一個提議。

《對了，做過許多分析後發現，如果整合究極技能「暴風之王維爾德拉」和「誓約之王烏列爾」，將能產生究極技能「星風之王哈斯塔」。要如何選擇？》

看來希爾老師完全沒有自重的打算……

接下來還得跟維爾格琳作戰，你是有多大的餘力啊。

根本沒把維爾格琳放在眼裡——簡直像在這麼說。

它的興趣好像是改造技能，但希望這種事情放在平常做。

總而言之我拒絕了。

『關於這點，也許能夠發現更棒的改良方式也說不定吧？所以你之後再慢慢慎重考量吧！』

《——！不愧是主人。我明白了。為了進入更完美的境界，我會持續摸索。》

呃，嗯，看來它接受了，太好了。

雖然我不懂在「不愧」什麼，但總而言之這樣我應該就能夠集中精神戰鬥。

「誓約之王烏列爾」對維爾格琳是有用的。要在這個時候捨棄那種優勢，不管我占了多大的上風，都不可能那麼做。

搞不好只靠「暴食之王別西卜」也能戰勝。可是這不是在玩遊戲，不能掉以輕心。可不允許有任何閃失。

我已經知道希爾特別看好我，今後就把它一半的話都當成客套話，聽聽就好。

話說回來，希爾這麼喜歡改造令人頭痛。

這次是維爾德拉變成獵物，不過他本人也有那個意思，所以沒關係。然而問題在於要等這次戰鬥結束再說。

覺醒成魔王的夥伴們，感覺也有能力大改造在等著他們。

如果是希爾老師，肯定能輕鬆強化這些人。總覺得它一直在虎視眈眈，等待執行機會。

難道說，其實已經……

當我在想這些事情的時候，跟維爾格琳的對決時刻也到來了。

＊

我跟鮮紅(維爾格琳)的飛龍在天空中對峙

她瞬間就變化成人型姿態，戰鬥突然開始。

對我接連發射核擊魔法「熱收縮砲」，還用青龍刀砍我。

人的姿態跟龍型態差別是什麼？

若是要用一句話說明，答案就是防禦力的差別。

攻擊力幾乎一樣。

論能源效率，變成人類模樣有著壓倒性的優勢。續戰能力也會隨之提昇，如果要跟人長期戰鬥，可以說用人類的樣子更合適。

然而幻化成龍的型態有著不可顛覆的好處。

那就是身軀巨大。

攻擊規模會隨著巨大身軀增加。雖然威力一樣，但是攻擊範圍更大。如此一來，就能夠同時對付好幾個對手。即使只有一個敵人，要迴避巨大身軀發出的攻擊也不容易，這點用不著多說了吧。

再來是防禦層面。

這才是精髓所在。要打倒巨大身軀，就必須發動相應的大規模攻擊。很難靠刀劍來打倒，大部分的魔法在規模上也不足以構成殺傷力。

畢竟能夠對「龍種」起到作用的魔法少之又少，就算不管這件事情，拿出用來對付人型敵人的魔法也沒意義。事實上若不是大範圍的魔法，就沒辦法給予太大傷害。

所以，硬要說起來，變成龍的模樣比較強大，不過……維爾格琳選擇人型姿態。

她的考量恐怕是——

《推測應該是想要捨棄防禦，來打倒主人。》

我想也是啦。

那我就拿這個當前提來跟她對決吧。

充滿殺氣的表情讓維爾格琳看起來更加美豔。那股肅殺氣息寄宿在刀刃上，揮砍下來的氣魄就像要將我一刀兩斷。

當然我可不會乖乖承受。

魔法的對應就交給希爾去辦，我拿出自己的愛刀——用神輝金鋼做成的直刀迎擊維爾格琳。

維爾格琳拿的青龍刀是一種寬版太刀。不是她預先藏的，而是維爾格琳透過「物質創造」做出來的武器。

相對的，我的刀似乎因為本人變成「龍種」跟著同步了，已經達到神話級。維爾格琳的青龍刀固然具有威脅性，但我也不會輸。

等級足以媲美神話級。

還不只這樣——

鏗——伴隨著尖銳的音色，維爾格琳的青龍刀被砍斷了。

我也很驚訝，但維爾格琳應該更吃驚吧。

「你做了什麼？」

跟我拉開一段距離後，她這麼問我。

我個人是什麼都沒做，自認單純只是接下對方的攻擊而已。因此她問我做了什麼，我也不曉得該如何回應。

《這是武器性能的差異導致。主人的直刀是黑兵衛嘔心瀝血鍛鍊出來的名刀，反之維爾格琳的青龍刀只是讓魔素定型產生的量產品。由於魔素的密度夠高才相當於神話級，但作為刀劍的質地則很鈍。》

原來是這樣啊。

我知道在相同等級之中還是有高低差異，沒想到同樣是神話級還有這麼大的差別。

果然還是慣用的武器用起來更順手。

明白這點是一大收穫。畢竟連我的衣服也是透過「物質創造」弄出來的東西。

雖然是神話級，但最好也不要有太高的期待。

「我也是剛剛才弄明白的，看樣子在相同等級之中還是有巨大的性能差異。妳創造出來的武器比不過我的刀劍。」

我不認為她會這樣就放棄，但還是試著說看看。

維爾格琳並不是笨蛋，似乎已經看出我沒有在說謊。但好像不能接受，在那之後又把青龍刀叫出來好幾次，用刀砍我。

這些青龍刀全都被我斬斷。

直到這個時候，維爾格琳總算願意接受現實。她懊惱地瞪著我，立刻採取下一個對策。

既然凝聚出來的武器沒用，那靠自己的肉體總行吧。維爾格琳伸出爪子，擺出類似中國拳法的姿勢。

看到這一招，我把刀收起來。

「……你這是做什麼？」

當然是要做實驗。

我也想確認自己有了多大的成長，因此決定不去仰賴刀劍。

「使用武器好像在欺負弱者，所以我決定赤手空拳跟妳對打。」

所謂的打架，就是要先煽動對方。

如果能夠因此讓對方失去冷靜，那當下就等同是贏定了。

「別小看我——！」

她中計了。

簡單到可笑的地步，維爾格琳中了我的招數。

接下來只要別出錯招，像是在玩將旗的解殘局那般對應就行了。

維爾格琳的爪子攻擊很快速。要靠肉眼跟上是不可能的。

然而如今我的知覺感應速度非比尋常。

自從幫智慧之王拉斐爾取名成「希爾」之後，「思考加速」的速度就持續上升。以前是提昇百萬倍，如今已經變成數億倍。

令人驚訝的是，甚至還能夠跟上光速。

但能夠看見不代表可以用那種速度行動。這部分可別搞錯了。

話雖如此，並不是沒有辦法迴避。

發動魔法就不用說了，就連「空間轉移」的發動速度也快上將近千倍。換句話說，只要保持在某種程度的距離外，即使對方的攻擊達到光速，還是能夠透過「傳送」來逃跑。

一秒鐘會延長成十幾年，感覺就像在看靜止的世界一樣。因為就連自己都動彈不得，所以人類的自我應該沒辦法承受，然而希爾都會在關鍵環節上發動「思考加速」，藉此解決那個問題。

不管維爾格琳行動起來有多麼快速，對我而言都無所謂。來到這個境界連劍術和體術都免了，能夠完全靠蠻力鎮壓。

維爾格琳的超速攻擊逼近。

那速度來到音速的好幾百倍，換作是以前的我，肯定會陷入苦戰。

然而如今這都不是問題了。

「太慢了。」

一邊用這句話挑撥，我同時「傳送」到維爾格琳背後。

不過維爾格琳也不是省油的燈。似乎已經預先看穿我的行動，立刻做出反應。

說真的，她不好對付。

最強的霸主之一果然不是蓋的。

「果然是這麼一回事。我不認為你能夠動得比我快，原來一直在用『空間轉移』啊。能夠做得這麼自然，移動的時候不會讓空間出現扭曲確實厲害，但知道是什麼招數就能夠應付了。」

原本以為她被我煽動之後會很火大，沒想到比想像中更冷靜。

不愧是維爾德拉大哥的姊姊……不過這也在希爾的預料之中。

維爾格琳接下來應該會採取的招式是——

「只要對空間加以干涉並且固定住，在我的支配領域之中就沒辦法『傳送』。可惜了。」

果然只能用這招了。

理所當然地，維爾格琳也擁有「空間支配」，可以以自己為中心去干涉一大片空間。被她這麼一弄，我就沒辦法透過「空間支配」進行「傳送」。

硬要用也不是不可能，但如果出口被對方發現，那就沒意義了。是可以用來逃跑，但是逃跑地點也會穿幫，到頭來還是沒用。

像這樣被人封印住傳送類的技能，再來就得靠物理速度一決勝負。對維爾格琳來說，已經創造出必定會獲勝的環境。

所以，她接下來會用的招數是——

「沒想到只是對付你這樣的貨色，還要讓我使出真正的殺手鐧。」

「只是封住我的傳送能力就自認贏了？那我要教教妳，讓妳知道這是錯的。」

「還真是猖狂。假如你不是殺掉那孩子的仇人，或許我不會這麼討厭你。不過，你已經沒戲唱了。」

維爾格琳擺出戰鬥架式。

她踩著大氣，讓自己化身成超音速子彈。

速度還進一步增加——

「灼熱龍霸超加速激發——！」

發出的聲音簡直就像來自未來的彼端。

維爾格琳變成深紅色的流星，用來到亞光速的物理極限速度逼近我。

而且這顆流星彈還會改變軌道。

藉著讓自己的肉體變化成流星彈，維爾格琳能夠自由自在改變軌道。

不，這就是灼熱龍霸超加速激發原本該有的姿態。不是單純的直線攻擊，而是變換自如的追蹤攻擊。而且不是只有能量波動，甚至還具備質與量，形成究極的破壞攻擊。

希爾老師分析灼熱龍霸超加速激發，完美看穿其本質。

維爾格琳已經夠可怕了，希爾老師比她更可怕。

我一時興起催生出名為希爾的神智核，那成了維爾格琳戰敗的要因。

《按照預定計畫，已經在主人四周發動「暴食之王別西卜」。不管從哪個角度跟主人接觸，都能夠順利「捕食」維爾格琳。》

正如這句話。

想要用一般方式捕食，具備個人意志的物體都會大力抵抗，更何況對手是「龍種」。不管希爾多努力，都沒辦法透過「暴食之王別西卜」去「捕食」。

然而……

維爾格琳基於自身意志讓身體變換成流星彈。把能量全都用在攻擊上，讓抵抗能力大幅度降低。

帶來的結果就是這個——

如今維爾格琳被隔離在我的「虛數空間」中。

『這怎麼可能！怎麼會，究竟發生什麼事了？』

才以為打倒我了，就在那瞬間，維爾格琳被丟到毫無一物的空間中。在她看來，要掌握現況也不容易吧。

必定要花些時間才會領悟到自己敗北。

有鑑於此，我決定告知她。

『是我贏了。妳就在那邊老實待著。』

『……我——我輸了？』

『就是這樣。妳沒辦法逃離我的「虛數空間」，要透過妳的「並列存在」轉讓能量也行不通。』

關於我吃掉的維爾格琳魔素量，根據希爾老師所說，大概是一半多一點。

它說待在魯德拉身邊的「別體」大概擁有兩成魔素含量，剩下三成不到正在恢復中。聽說一天大概可以恢復一成左右，只要花上三天，應該就能夠恢復到將近五成。

只不過「別體」還留在我這邊，這部分應該是無法回收了。兩邊都具備自我意志是比較麻煩的地方，但想必維爾格琳已經確實變弱。

『詳細說明就讓維爾德拉講給妳聽。』

『你說維爾德拉？到底在講些什麼……』

維爾格琳看起來很困惑，但與其我來說明，還不如讓維爾德拉本人直接解釋會更快吧。

『嘎——哈哈哈！姊姊，是我。別來無恙——看起來好像不是這麼一回事。』

『維爾德拉！你沒有消失嗎？』

再來就讓他們姊弟倆去對談，希望能夠讓她冷靜冷靜。

如此這般，我徹底贏過維爾格琳，成功將她身上大部分的魔素都捕捉到「虛數空間」。

於是，同時對付兩隻「龍種」的有勇無謀挑戰，因為希爾這個可靠搭檔誕生，以再完美不過的形式落幕。

第三章
激化的戰場

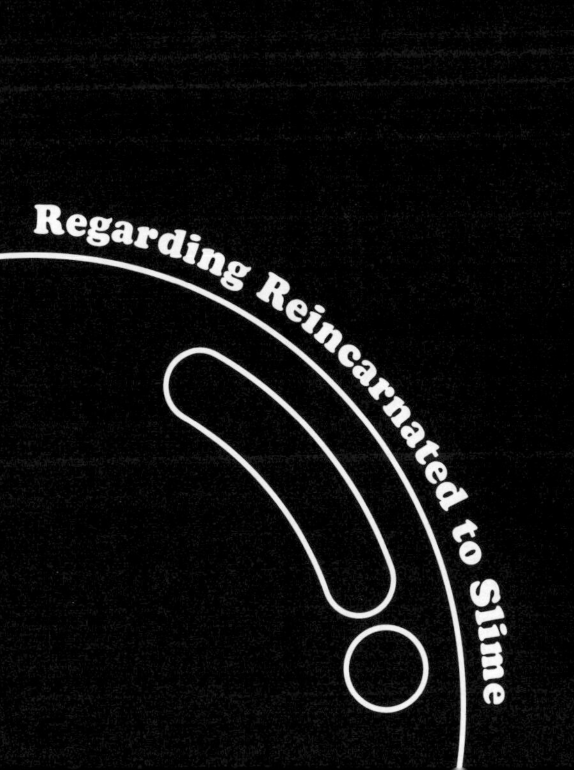
Regarding Reincarnated to Slime

格拉帝姆大將率領的「魔獸軍團」三萬名成員搭著飛空艇飛往高空。

看到維爾格琳的英勇姿態，大家士氣高昂。

眼下就有敵人，正好拿來抒發他們的暴力衝動。

「大家聽好！你們在這裡的活躍表現，我等會稟報給皇帝陛下和維爾格琳大人。可別打得太難看，所有人都拿出幹勁！」

當格拉帝姆吼完，士兵將領們用大到足以震撼大氣的音量回應。

這讓格拉帝姆很滿意。

他暗自竊喜，認為這是一個絕佳的好機會。

（呵呵呵。即使打消稱霸天下的念頭，本大人的時代一樣會來臨。卡勒奇利歐戰敗了，優樹那臭小子也失勢。剩下的就只有本大人，會成為唯一的大將軍。只要在這裡立下戰功，這就能成真！）

在格拉帝姆看來，西方諸國根本不夠格當敵人。坂口日向或許還有那麼一點意思，可是她跟新來的魔王打成平手，頂多就是個半吊子，讓格拉帝姆看不起。

他是很有自信的人，也是如假包換的武力掛帥。

…………

………

……

他是在帝國排行第二厲害的男人——獸王格拉帝姆。

正如傳聞所說，他來自獸王國猶拉瑟尼亞。其實格拉帝姆是跟「獅子王」(Beast Master)卡利翁同父異母的哥哥。他身上寄宿的野獸是孤傲的白虎。由於實在是太過我行我素，過去曾經被斷定不適合成為國王。

（那群雜碎！連本大人的腳步都跟不上，還企圖跟卡利翁一起反叛。這筆帳一定要討回來。）

就像這樣，在漫長的歲月中，格拉帝姆已經累積了濃濃的憎恨。

完全就是反過來怨恨。

猶拉瑟尼亞的前任國王，雖然在武術造詣上不是最優秀的，但確實很有看人的眼光。哥哥跟弟弟，哪一邊更適合當領袖，他確實看出端倪並做出判斷。

聽到前任國王當時的決定，格拉帝姆氣壞了。他就此叛變，成功殺掉前任國王，卻被卡利翁和當時的三獸士趕出去。

認為對方反叛只是格拉帝姆一廂情願的想法，事實上正好相反。

而這樣的格拉帝姆能夠存活下來，正好證明他的強大。他是獸人族的異類，如果性格更像樣一點，應該會變成連卡利翁都願意追隨的豪傑吧。

但這都是空談。

格拉帝姆逃走了，開始在各地流浪。之後在那些地方遇到他忠實的部下——三將。

「朱雀」奈哲姆。

格拉帝姆來到天翼國弗爾布羅徘徊的時候，遇到這個有翼族的變種。她有灰色的翅膀，上面帶著紫色斑點，翅膀有三對。失去生殖能力，取而代之的是擁有突出戰鬥能力。跟芙蕾很相似的美貌令格拉帝姆中意，加入成為夥伴之後，兩人譜出一段緣。

「青龍」巴拉克。

他身邊帶著格拉帝姆打倒的高階龍族水擊龍。是屬於武將類型的壯年，實力在近衛騎士之中屬於中堅階層。

「玄武」歌薩琳。

她是一名帶著稀有魔物岩妖精（Loreley）的少女。是其他民族的巫女，擅長許多種魔術。因為格拉帝姆打倒岩妖精，她才願意追隨。

三將三人都有各自的故事，共通點是他們都很強。奈哲姆甚至是魔王種，不論何時覺醒都不奇怪。巴拉克和歌薩琳帶著的魔物也都屬於災厄級，在「魔獸軍團」之中有著特別突出的戰鬥能力。

大約距今三百年前，格拉帝姆歸順帝國。那是在維爾德拉被封印之後發生的事情。

他們挺過天魔大戰存活下來，在帝國的領土上成群結黨不務正業。當時敗給帝國派來的討伐軍，答應追隨皇帝魯德拉，這才被赦免。

格拉帝姆的野心是打倒「元帥」，成為帝國第一。然後找機會殺掉魯德拉，自己當上皇帝。

他可沒有知恩圖報這種偉大情操。只是因為對手夠強才追隨，一直虎視眈眈等待機會背叛。要借助帝國的力量支配世界。

然後總有一天，他要當上皇帝讓眾人膜拜。

因為不曉得「元帥」的真面目，才會作這種愚蠢的夢。

魯德拉等人早就看穿格拉帝姆的本性。只是因為他算強才讓他賣命，在乖乖聽話的這段期間，願意留他一命。

因為雙方利益一致才會合作，達成一個危險的平衡。

如今正要瓦解。

（真沒想到。沒想到「元帥」就是「灼熱龍」維爾格琳。看看那股力量，根本贏不了。就連本大人的力量都遠遠比不上，是令人畏懼的存在。）

跟自己根本是不同次元的。

要展開行動弒殺皇帝之前，他就發現這件事情。格拉帝姆覺得自己走運，還去感謝根本沒有信奉過的神明。

…………

…………

……

格拉帝姆改變想法。

雖然認為維爾格琳也是總有一天必須要打倒的對手，然而想要實現就必須精心準備。由於明白這點，因此他目前打算專心將注意力都放在立功上面。

再說眼下這個情況也可以說時機正好。

憑藉著野性的本能，格拉帝姆知道自己即將覺醒。他的直覺告訴自己再過不久就能獲得強大的力量。

總是跟他一起作戰的奈哲姆也一樣。

雖然還不確定覺醒條件，但那一刻即將到來。

格拉帝姆之所以尋求戰場，理由也在此。

就好比現在，有一大群獵物聚集在他面前。

這種情況怎能教人不開心，格拉帝姆舔舔嘴唇。

放眼環顧戰場會發現有許多敵人都散發強大的力量波動。打倒愈多這樣的敵人，格拉帝姆他們這一派人馬的戰鬥力就會愈強。

「呵呵呵，一場愉快的饗宴要開始了。」

就如格拉帝姆所期待——不，是超乎期待，戰場上的情況變得更加劇烈——

●

格拉帝姆底下的三將，正配合主子的目的展開行動。

他們的雙眼找尋強者，接著找到了。

「你們看，那是蓋札王。只要打倒那個傢伙，我的名聲也會跟著水漲船高吧。」

「搞什麼，想要偷跑？若是不留一些甜頭給格拉帝姆大人，他可會不高興喔！」

蓋札王的英名遠播，若是打倒他，世人肯定會刮目相看。身為一名武將，巴拉克躍躍欲試。要他稍安勿躁的人正是奈哲姆。

她知道蓋札王也是格拉帝姆的獵物，所以才勸巴拉克讓給格拉帝姆。

除此之外——

（如果把蓋札王打倒，格拉帝姆大人的力量肯定會增強。怎麼能夠放過這麼好的機會！）

這一方面也是她的真心話。

巴拉克也不例外，他把主子格拉帝姆擺在自己前面。畢竟蓋札已經受傷了，身為一個武將那麼做恐怕勝之不武，遭世人唾棄。既然如此倒不如去打倒更唾手可得的敵人。

「我知道。還請格拉帝姆大人務必要打倒蓋札王，變得更強。」

聽到巴拉克這麼說，歌薩琳笑著回應。

「嘻嘻嘻。放心吧。另外還有一大堆強者呢。雖然有點不夠看，但還是能稍微墊墊肚子。」

正如她所說，戰場上有無數的強者。

用不著慌張──巴拉克也這麼想並點點頭。

就連奈哲姆都面帶微笑同意。

「呵呵呵。看來格拉帝姆大人說得沒錯，覺醒的時刻近了。會先當上真魔王的是我──『朱雀』奈哲姆！」

「奈哲姆小姐，妳才是想偷跑的那一個吧。」

「好啦好啦，別這麼激動。大家想的都是同一件事吧。蓋札王就讓給格拉帝姆大人，我們也來盡情發揮吧！」

這句話正好說出大家的心聲。

「那我就收下那個看起來很弱的蜥蜴。他看起來是那群還很有精神又麻煩的龍人族首領，為了挫挫他們的銳氣，一開始就拿這傢伙開刀。」

「既然這樣，我就挑那邊那個看起來很囂張的女人吧。竟然沒經過我的允許就在天空中飛，看來得教教她誰才是老大。」

「嘻嘻嘻嘻。那妾身就負責破壞那個魔偶好了。讓他們好好見識一下岩妖精的力量！」

獵物毫無重複，他們分別做出宣言。

緊接著，三將朝著各自的獵物飛過去。

然而，他們的盤算只能說太過天真。

格拉帝姆心目中的獵物就跟三將的預想一致，正是蓋札。

那是理所當然。

要不要從強者開始料理，這要看狀況而定，但是從變弱的強者開始收拾是常識。

蓋札被近藤打到動彈不得。現在就是最好的機會。

「你就是蓋札王吧。本大人的名字叫格拉帝姆。是率領帝國最強『魔獸軍團』的軍團長格拉帝姆大將！你的項上人頭本大人要定了！」

這已經超越卑鄙，卑劣到甚至令人神清氣爽。然而這對格拉帝姆來說並沒有任何不妥。

為了達成目的不擇手段，那就是格拉帝姆的信條。

因此他鎖定蓋札王急速迫降，但是卻有一個人擋在他面前。

那就是身上有著紫電閃動，帶著一身紫紅色鱗片的龍人族——活下來的「天龍王」戈畢爾。

「哇哈哈哈！我復活啦！竟然對蓋札王這麼無禮，我可不能當作沒看見。」

「嘖，要來妨礙本大人是嗎？煩人的臭蜥蜴。」

獵物就在眼前卻有人出來搗蛋，讓格拉帝姆的心情變差。然而他立刻發現自己根本沒這個閒工夫，慌了陣腳。

因為格拉帝姆轉眼去看三將都在做什麼，結果看到令他驚訝的景象。

「青龍」巴拉克照理說應該要去對付戈畢爾，卻被復活之後的戈畢爾一擊打倒。

還有意氣風發過去找魔王守護巨像的「玄武」歌薩琳，她的岩妖精被人打得落花流水，正哭喪著臉。

就只有「朱雀」奈哲姆勉強跟自己鎖定的敵人蒼華勢均力敵對抗。

就算底下的士兵和將領為了保護格拉帝姆去跟戈畢爾交手，實力差距依然懸殊。

格拉帝姆心想這下沒辦法了，打算自己上陣。

然而就在這個時候，札姆德少將緊急透過「魔法通訊」聯絡他。

『大、大事不好了！關於我們這邊的狀況，魔王利姆路做了不得了的事情。為了能夠完全守護陛下，請立刻派遣援軍過來！』

雖然格拉帝姆很想對他怒吼說現在哪有那個閒功夫，但他努力把那句話吞回去了。接著問對方發生什麼事。

『他、他叫出根本、根本不可能存在於世界上的巨大惡魔召喚門……』

『那又怎麼樣！』

『對方可是召喚出好幾百隻在高階惡魔之上的大惡魔！而且他們都獲得肉體了。每個個體的戰鬥力都超過A級，還會集體行動啊！』

看札姆德叫得這麼激動，格拉帝姆這下也發現事情嚴重了。不過，他還是覺得不怎樣。

不管魔王利姆路打算做什麼，帝國這邊都有維爾格琳在。她不可能輸給區區的惡魔，因此格拉帝姆不認為對方有那麼大的威脅性。

要說威脅，他希望將戰鬥力都集中在跟他對峙的人身上。

『我這邊也很忙。你那邊的事情自己去處理。』

不屑地說完這句話，格拉帝姆打算切斷通訊。然而札姆德迫切的聲音把格拉帝姆叫住。

『可是，已經出現超越帝國軍隊將領士兵強度的大災害規模惡魔軍團啊！』

『在鬼扯什麼！你那邊不只有維爾格琳大人，不是還有近衛嗎！』

雖然飛空艇方面就只有一艘指揮艦，但搭乘的人都是帝國最高戰力。事到如今用不著來拜託他們，只靠札姆德他們自己都有辦法搞定，格拉帝姆是這麼想的。

會這麼想情有可原，想必不會有人為了這點去責備格拉帝姆。只是這次的對手實在太過難纏。

『這邊的確有近藤中尉和近衛們。只是他們都忙著對付魔王軍的幹部。』

『你說幹部？』

這怎麼可能──格拉帝姆腦袋中閃過這個念頭。

關於眼前這個對手的真實身分，他想應該是名字叫做戈畢爾的幹部沒錯。雖然出乎預料的強度讓他驚訝，但冷靜下來仔細想想，報告書上面還有列出其他幹部的名字。

有紅丸、紫苑、迪亞布羅、哥布達。

這些人被稱為魔王利姆路的四大天王，可是裡頭沒有戈畢爾的名字。那就表示四大天王的實力還在戈畢爾之上。

『還不只是這樣！讓人難以置信的是，魔王利姆路觸犯了超乎我們想像的禁忌。不曉得是透過什麼樣的手段，但他讓那些惡魔全都進化了！有聽懂嗎？好幾百隻的惡魔都被強化，強度全都相當於高階魔將！』

這件事情確實非同小可。

格拉帝姆不願相信，可是他知道札姆德少將不是會開玩笑的男人。

他反倒是個很認真、一板一眼的男人。

那就表示這些都是真的，只能理解成好幾百隻的災厄級威脅都被釋放出來。

『原來……是這樣。札姆德，我明白你的疑慮了。』

『太好了，那增派援軍的事情就麻煩您了！』

用放心的語氣說完這句話後，札姆德切斷通訊。

格拉帝姆開始思考。

即使人數在對方之上，素質占下風也沒用。這是戰場上的鐵律，因此格拉帝姆才會持續鍛鍊自己的部下們。

如果只有一些惡魔，或許他們還能想辦法搞定。

然而如今在三將之中有兩個人已經倒下，想得太樂觀很危險。

至少可以確定他的部下們會慘遭蹂躪吧。

（嘖！是我太小看那個魔王，這才誤判了嗎？我跟帝國的高層應該都能存活下來，但是底下的士兵們八成都會被殺光。既然會變成這樣，乾脆就……）

現在後悔也太遲了。

再來就只能盡力而為。

在那之後，格拉帝姆手上只剩下禁忌的最後手段。

*

說起魔獸軍團的成員，都是格拉帝姆挑出來加以鍛鍊的精銳。

是在遠古時代曾經有過輝煌表現的英雄後代，那些人都是與生俱來的強者——表面上是這樣，事實卻不是如此。這是將魔法和異世界的知識組合起來，製造出來的人造英雄集團。

不僅如此，跟隨他們的魔獸也有祕密。

不只是選出相當於A等級以上的物種，還替換掉高分子有機化合物的資訊體，賦予這些物種特別擅長戰鬥的能力。

培養那些魔獸並且繁衍，整合各式各樣的特徵創造出人工生命體。這就變成了人造合成獸，是一種兵器。

主導這類研究的人也是來自獸人族格拉帝姆。他讓人研究出自己變身的原理，用來強化部下。

在這個世界上不存在違背道德倫理、被視為禁忌的事物，也沒有受到宗教禁止的研究。因此才能夠用驚人的速度拿出成果。他們還用奴隸來進行人體實驗，最後產出格拉帝姆想要的最強軍團。

有相當於A級的英雄們，再加上身為他們搭檔的人造合成獸，人魔合而為一，衍生出無與倫比的強悍。然而他們真正的價值其實並未充分發揮……

要整合相異的性質——這才是格拉帝姆的極致目標。

因此才會開發出特殊投予能力「獸魔合體」。

這是機密中的機密，在軍事機密之中也被當成最重要的案件處理，這種投藥的存在除了格拉帝姆就只有三將知道。

這也難怪，其效果正是集大成——是魔獸和士兵的融合。

用獸人族的「獸化」來當基底打造出「獸魔合體」，用的素材不是來自於自己體內，而是從搭檔人造合成獸那邊提取野獸的因子。是真真正正的人魔一體，身上會出現強大的力量。只是役使根本無法相提並論，他們創造出超級戰士。

然而畢竟是賦予人類魔獸力量的禁忌藥品，危險性很高。一旦投藥就會強制催發能力，沒辦法靠自己的力量解除。必須去研究所附設醫院來除去藥性。

還有不能不提的嚴重副作用。

不如說，副作用的問題比較大——沒有保證這藥品是安全的。

根據目前的研究結果顯示，死亡率達到百分之四十。

有的時候還會適應失敗，沒辦法從魔獸的模樣變回來。這種現象的發生機率是百分之二十，來到這個地步，就再也無法繼續過人類的人生。

更慘的是還會失控。有些人徹底變成魔獸失控，也有人是維持人類的姿態卻失去意識，甚至是不服從命令的都大有人在。這樣就已經不是給點處置能解決的，除了處分掉別無他法。

這個部分的發生機率有百分之三十。比死還可怕，很難去輕易嘗試。

這些都是完全失敗的案例。

加起來總共有九成都是失敗的。等同是叫他們去死，即使是自私的格拉帝姆，要拿自己的部下去測試也令他躊躇。

他打算進一步提昇藥物的品質，等到成功率上升再讓部下使用。

然而目前情況卻已沒辦法去考慮那種事情。

反正再這樣下去，弱者會被殺個精光。

皇帝魯德拉是比格拉帝姆更冷酷的男人。

他認為弱者的存在價值就是給強者當糧食，如此而已。

那麼在這個時候讓部下用藥，反而比較仁慈吧。

而且失控的人還可以拿來當作誘餌，就算沒辦法變回人類，在提供戰鬥力上還是具有一定的價值。說真的，接下來會當場死亡的四成將領士兵才是白白死掉……

即使有著不確定性，依然能夠肯定戰鬥力會變得比現在更強。既然如此，去做才是正確的選擇。

在藥效方面還有很多不為人知的部分，或許身體會出現異常反應，但格拉帝姆推測有一成的將領士兵將會確實變強。

在戰場上，質比量更重要。對於有這個常識的人，一成的將領士兵獲得強化，對他們而言是很有魅力的誘惑。

事實上，能夠完全成功的機率也還不明朗。

他們做測試的次數太少了，可能還會因為體質等等關係出現意想不到的副作用。雖然有這層可能性存在，但其中出現過吸收魔獸力量的生還者。

成功案例中的成功案例——連百分之一機率都不到的完全適應者，他們已經找到了。

這些人值得讚許，被稱之為魔獸騎士。

而這個成功案例就是——

「喂，你們幾個。剛才札姆德聯絡我了。看樣子現在不是玩樂的時候。快點起來，把那些傢伙收拾

掉。」

這話格拉帝姆說的極度認真。

「嗯？」

發現這句話不是在對自己說的，戈畢爾一臉狐疑。只不過他立刻擺出嚴肅的表情，從那個地方跳開後退。

遲了一瞬，有一道銀色光芒從那邊穿過。

「哦，還避開這個啊？虧我自認這次是完美的偷襲，看來果然是不能小看的對手。」

「說什麼不能小看？那句話該我說才對。胸口都穿出一個大洞了，為什麼你沒事？」

有人跟跳開閃避的戈畢爾對峙，是照理說應該死掉的「青龍」巴拉克。他的胸口還是留著一個空洞，別說是「超速再生」，就連「自動再生」都沒有發動的跡象。

如果是一般人大概早就死掉了，不過這個世界有魔人蠢動。發生任何事都不奇怪。

戈畢爾也明白這點，因此打倒的對手是否再也沒有生命跡象，他都會確實做個確認。只是巴拉克異於常人。

「呵呵呵。我之所以能夠平安無事，都是因為格拉帝姆大人賜予我強大的力量。就讓你見識我的真實姿態吧！」

像在呼應巴拉克的叫喊，水擊龍飛了過來。

不！看起來像卻不完全是。

這是模擬成水擊龍樣子的人造合成獸。

巴拉克就是覺醒獲得真正力量的魔獸騎士之一。

只要他的本體或是搭檔沒事，那他們雙方都不會有事。這也是魔獸騎士的隱藏力量之一。如今他發動了特殊投予能力「獸魔合體」，從受到致命傷的狀態瞬間恢復過來。

不僅如此，巴拉克跟水擊龍一碰到就合而為一。巴拉克的姿態依然維持著，體表多出龍的鱗片。

妖氣的性質有別於先前。他的力量也確實大幅度提昇。

戈畢爾懊惱地看了格拉帝姆一眼，但他還是認定自己的敵人是巴拉克。緊接著打算專心跟巴拉克單挑，不過……格拉帝姆可沒好到讓他有這種機會。

「這個蜥蜴比想像中還強。我們兩個一起把他殺了。」

「遵命。那我來充當前鋒，麻煩格拉帝姆大人打游擊。」

「也好。本大人就來幫你，你可別失手！」

武士道和騎士道，格拉帝姆都不當一回事。由於他認可戈畢爾的實力，才要謹慎排除。

「哼，可笑！就算你們兩個一起上也贏不了我！」

戈畢爾發下豪語，用來鼓舞自己。

就這樣，他即將面臨一場對自己不利的戰鬥。

＊

來看看另一名三將，她也是不容小覷的對手。

如同巴拉克平安無事，照理說應該被毀掉的使魔——岩妖精也平安無事。

蓋多拉跟魔王守護巨像同步，在監視戰場上的情況。因此聽到格拉帝姆那麼說，他就覺得不對勁。

（他說快點起來？那是在跟誰說——）

才想到這邊，他就發現巴拉克復活了。

他趕緊打算叫戈畢爾多加注意，卻先感受到一股冷顫而轉過頭。

看到前方站著姿態大不相同的少女。

不，是否該叫她少女呢……

雖然有著少女的樣貌，皮膚卻像紅黑色金屬。她的身體不是肉身，而是岩石——應該說，已經變質成魔鋼。

就像是被打磨過的鏡子，那英武的模樣一看就知道不是人類。

「妳……跟岩妖精同化了？」

「嘻嘻嘻嘻，沒錯。充滿智慧的蓋多拉大人。你似乎也很精通異世界的知識，但是跟我們的方向還是有點不一樣呢。」

「嗯，似乎是如此。老夫很感興趣。」

「當然了、當然了。妾身會充分展現成果給你看，你可要分享一下意見！」

帶著邪惡笑容的少女——「玄武」歌薩琳對蓋多拉露出挑釁的笑容。緊接著直接向前踏出一步。

蓋多拉可不敢恭維。

原本以為自己靠著蠻力戰勝岩妖精，但看樣子都是對方在演戲。領悟到這點的蓋多拉將歌薩琳的實力上修，正在評估。

（真是的。那是因子改造嗎？魔物的性質有太多謎團，再說這個世界還有魔法，原本以為去做因子改造沒有太大意義……但其實是老夫想錯了嗎？以跟魔物同化為目標並拿出這樣的成果，還真是令人畏懼。）

蓋多拉暗自感到佩服。

魔物千差萬別，何況甚至有些魔物還不具備因子。時間不夠去把那麼多的案例都抽絲剝繭搞清楚，所以蓋多拉認為要拿出成果很困難。

有鑑於此，在帝國內部，因子工程的研究就只有用在醫學區塊。照理說應該是這樣才對，但是看樣子在「魔獸軍團」內部其實有進行機密研究。

內容恐怕慘無人道到沒辦法對外發表。

蓋多拉自己也不是大善人，他能夠理解把求知欲擺在前面的那種心情。因此他並沒有要抱怨的意思，只覺得可惜，因為自己沒有參加那個研究。也因為這樣，他不清楚對手已經被強化到什麼程度。

看起來歌薩琳的力量已經超越魔王克雷曼。比身為「聖人」的薩雷低，可是蘊藏的魔素含量幾乎跟他不相上下。

若是跟迷宮十傑相比，甚至超越覺醒之前的賽奇翁。魔素含量的多寡並不會跟強大程度成正比，不過可以肯定她是一個危險的對手。

「那些龍王根本就連妳的腳趾頭都比不上。看樣子連老夫都必須認真起來應戰。」

「受蓋多拉大師肯定，這是妾身的光榮。那麼，就讓你徹底見識這股力量吧！」

歌薩琳展開行動。

她的衝刺比十噸砂石車用三百公里以上的時速追撞還要沉重。

這威力就連整體高度三公尺多、總重量超過三十噸的魔王守護巨像都能輕易撞飛。

蓋多拉不慌不忙地穩住陣腳，同時大喊：

「紫色閃電——！」

正如其名，紫色的電擊射出。

這是魔王守護巨像裝備的兵器之一，能夠放出百萬伏特的電流。

順便補充一下，並沒有因為電壓很高，威力就跟著提高，只是因為很帥這樣的理由，才安裝那種兵器。除了看起來很威以外就沒有其他用處，可是最適合用來嚇嚇冒險者們。

沒想到對歌薩琳也管用。

「什、什麼！這不是魔法嗎？竟然不用發動魔力就操縱雷擊——」

不是因威力，而是因為驚訝才僵住。

「沒錯。這可是祕密兵器。利姆路大人信賴老夫才交給老夫的。所以老夫絕對不能戰敗！」

蓋多拉也配合演出。

他分析歌薩琳的衝刺，推測她的身體構造應該都換成魔鋼成分了。雖然只是推測，但那應該是岩妖精的特殊能力吧。

雖然變成比鋼鐵還要沉重又堅硬的物質，但是歌薩琳的動作很敏捷。不僅如此，她身上蘊含的力量還相當於聖人，只能說這樣的變身實在犯規。

不過蓋多拉這邊有魔王守護巨像。

「接招吧，究極魔導兵器——惡魔破壞砲！」

他接著發動最強兵器。兵器管制裝置跟蓋多拉的意念同步，因此能夠立刻發動兵器。

惡魔破壞砲在這些兵器之中算是最強的。

一如魔法迷蓋多拉，這個稱呼是在跟惡魔族致敬。其性能可以理解成魔素收縮砲。

不只是充斥在魔王守護巨像魔力動力爐裡頭的魔素，就連飄蕩在大氣中的魔素都能夠吸收過來，收縮之後放出。一擊必殺這個字眼彷彿是為了這種兵器存在。

魔王守護巨像的胸部開啟，隔著一層透明的膜可以看見蓋多拉的身影。他雙手合十，從中央射出一條光線。這成為主幹，產生出吸收魔素而成的破壞性光束。

「嘖！不愧是前『魔法軍團』的軍團長。」

此時歌薩琳說出這麼一句話。

她選擇的似乎不是迴避，而是防禦，表情也跟著變得很「堅硬」。

「流淌吧！魔鋼極細振動波！」

歌薩琳的身體表面出現極其細小的晃動。這是魔鋼發出的特定頻率振動。魔鋼的周波數很獨特，能夠產生可彈開魔素的波動。

魔法之所以不管用的理由就在這兒，而歌薩琳因為跟岩妖精同化的關係，能夠自由自在操控這種特性。

魔素的收縮，對上魔素擴散。

兩種相反的性質碰撞在一起。

最後是歌薩琳贏了。

「——什麼！」

「嘻嘻、嘻嘻嘻嘻！活下來了。是妾身贏了！」

歌薩琳發出歡呼。

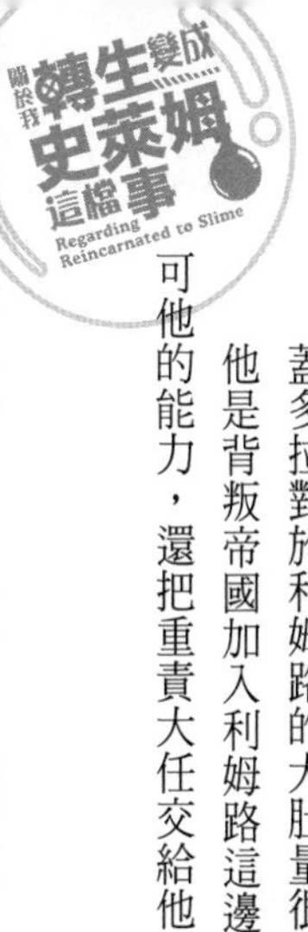

蓋多拉是魔法師，當然攻擊手段都仰賴魔法。

相對的，歌薩琳的身體是魔鋼，對上魔法具有絕對的優勢。

雙方都很清楚這點。

所以蓋多拉才會選擇使用威力最強的兵器。假如這一招不管用，那事實上蓋多拉就等同沒有任何能夠打倒歌薩琳的手段。

「真糟糕。沒想到這招竟然被擋下……」

蓋多拉也算是強者。

即使碰到魔素含量比自己還要高的對手，也能夠靠著實力壓制對方。就算是像薩雷那樣的聖人當對手，他還是能夠透過技量差異鎮壓。

然而還是會碰到拿對方沒轍的相剋型敵人。

那就是再怎麼攻擊都不管用的對手。

若是無法打倒對方，就算自己不至於被對方壓制住，還是贏不了。

蓋多拉領悟到這場對決對自己不利。

他開始去想該怎麼辦才好。

（這次算是關鍵的一戰吧。老夫是外人，利姆路大人並沒有完全信任老夫。如果沒有在這邊展現老夫的決心，不管經過多久，他們都不會接納老夫成為真正的夥伴吧。）

蓋多拉對於利姆路的大肚量很感佩。

他是背叛帝國加入利姆路這邊的，利姆路嘴巴上說他可疑，卻還是接納蓋多拉。不僅如此，甚至認可他的能力，還把重責大任交給他。

除此之外，魔物王國的環境也很不錯。

別說是比得上帝國了，甚至還準備了超越帝國的研究設施。

再加上好朋友阿德曼也在這邊。

如今阿德曼成為「聖魔十二守護王」的其中一人，就連蓋多拉都覺得與有榮焉。

還有——

（可說是老夫興趣的魔法研究，若有那幾位在，應該就有機會深入探究。為了回應那位大人的期待，必須在這次戰役中有所表現啊。）

想起那些讓他想要拜師學藝學習魔法的惡魔們，蓋多拉做好覺悟。

只不過他的回憶都有被美化過。

其中一個人看不起蓋多拉拒絕了，然後他被另一個人騙，差點變成實驗品，還有一人不曉得為何對魔法沒太大興趣，而是傾心於劍術，還要蓋多拉一起鍛鍊……不過這些都在蓋多拉腦海中被合理解釋了。

話說還有一人，因為自己誇讚利姆路的魔法，對方就跟他志趣相投，那個人還誇獎他。因此並不能說蓋多拉的記憶都是錯誤的，但是……

這個人——迪亞布羅跟蓋多拉有一個約定。

如果蓋多拉能夠拿出讓迪亞布羅認可的成果，那迪亞布羅就接受他當自己的眷屬。

所以蓋多拉可不能在這種地方死掉。

利姆路命令他不要勉強自己。

蓋多拉心想：「但是——」

「老夫還沒有輸！戰鬥接下來才要開始，小姑娘！」

「嘻嘻嘻嘻。很好、很好。就讓你深刻體會妾身的力量吧！」

面對蓋多拉的嘶吼，歌薩琳回應了。

緊接著，雙方再度陷入激戰。

歌薩琳的身體大小連魔王守護巨像一半都不到，卻能夠靠蠻力跟它對抗。

這情景非比尋常。

靠著重量取勝的魔王守護巨像被壓制住。

而且歌薩琳可不是泛泛之輩。她背面的體表上開始出現小小的騷動，生出無以計數的觸手。前端被磨礪得細碎，直接刺進魔王守護巨像之中。

「唔！」

「很好──！多來一點、多來一點！妾身要血。多流一點血！」

歌薩琳彷彿在囈語。

那些觸手都是用魔鋼構成的。還能夠透過細微的震動來產生高周波，把所有物質當成像像黏土那樣貫穿。

這個技巧還能夠拿來切斷東西，叫做高周波千手突，或是高周波千手斬。

魔王守護巨像的雙手一下子就被高周波千手斬砍斷。

即使材質一樣是魔鋼，跟肉體結合的歌薩琳還是比較有勝算。

「唔，利姆路大人交給老夫的重要機體竟──」

「在妾身看來就跟垃圾沒兩樣。竟然去依靠這種玩具，你果然是個昏庸的老頭呢。」

「廢話少說！」

蓋多拉發出懊惱的叫喊，但是說這種話只是在逞強。證據就是連蓋多拉的身體都被觸手貫穿，變得千瘡百孔。

他全身是血，只是想說歌薩琳看不到，才會繼續用逞強的態度示人。

「真頑固。在這種情況下根本不可能逆轉吧。其實你用不著覺得丟臉啊。畢竟就連傳說中的魔法師也抵擋不了時代潮流。」

「老夫還沒輸！」

「真難看。」

歌薩琳身上伸出兩根觸手，變化成刀刃的形狀，接著將魔王守護巨像的雙腿切斷。

這下子魔王守護巨像沒了手腳。

「你可以宣誓服從妾身。那樣妾身可以考慮留你一條小命喔。」

讓蓋多拉擁有的知識在這裡斷絕很可惜。歌薩琳基於這樣的想法才提出邀約，然而蓋多拉並沒有答應。

「老夫基本上是把自己擺在第一。正因如此，只有熱愛魔法這個信念不能背叛。妳這傢伙瞧不起魔法，誰要服從妳！」

蓋多拉的狂熱之魂炸裂。

自己喜愛的東西被瞧不起，人類這種生物就會打心底感到憤怒。

如今蓋多拉的氣魄和根本精神都在熊熊燃燒，而這股怒火導致禁斷魔法發動。

那會讓自己的生命力變換成燃料，藉著劇烈燃燒產生出自爆魔法——元素魔法「生命昇華（Sacrifice）」。

（啊啊……難得迪亞布羅大人都認可老夫，預備讓老夫當他的徒弟……就算了吧。反正老夫有神祕奧義「輪迴轉生」。雖然要暫時跟這個世界道別，但下次一定要深入研究魔法！）

比起輸掉，他寧可玉碎求勝。蓋多拉就是這樣的男人。

「要反抗？那留你就沒用了。去死吧！」

「妳也一樣！」

歌薩琳的觸手貫穿蓋多拉所在的魔王守護巨像的胸部。就在那一剎那，讓人睜不開眼睛的閃光從魔王守護巨像之中爆發開來。

這是會將一切燃燒殆盡的光。蓋多拉發動的元素魔法「生命昇華」之火。

「什、什麼——！原來你的目的是——」

歌薩琳的話被生命之火吞噬，消失殆盡。

接著在地面上綻放出小小的火花。

*

戈畢爾被迫打著對自己不利的戰鬥。

格拉帝姆很強。然而更棘手的是讓魔獸騎士力量覺醒的巴拉克。

跟先前判若兩人。那股力量就連如今的戈畢爾都不敢小瞧。

單純比較魔素含量的話，戈畢爾占上風。就算把使用長槍的技巧計算進去，也是戈畢爾更有勝算吧。

可是在綜合力量評比上卻沒有太大差距。只要沒有掉以輕心，他就能夠打贏對方，然而敵人有兩個。負責打游擊的格拉帝姆很礙事，導致戈畢爾一直難以對付巴拉克。

還有一件事情讓戈畢爾擔心。

那就是在跟格拉帝姆的部下作戰的蒼華。

對方是三將之一的「朱雀」奈哲姆，看起來是跟魔王不相上下的強者。似乎是跟魔王芙蕾來自同一個種族，在戈畢爾看來實力也很接近芙蕾。

正因如此，他認為蒼華贏不了。

由於戈畢爾進化的關係，蒼華的力量跟著大幅度增加。如今在高階魔人之中算得上頗具實力，可是依然只有魔王副手的等級。實力也不足以跟魔王對戰，勝算非常渺茫。

蒼華之所以能夠活到現在，都是因為奈哲姆故意虐待人，玩弄蒼華取樂。戈畢爾已經發現這件事了，急著想要設法過去支援。

然而格拉帝姆和巴拉克都是很強大的敵人。

對不起了，妹妹。拜託妳撐下去——一面祈求，戈畢爾在此同時集中精神對付自己的敵人。

這樣的戈畢爾受到更大的打擊。

那就是地面上出現一陣閃光，位在中心地帶的就是蓋多拉大師。

「蓋、蓋多拉先生！」

戈畢爾發出的「思念網」沒能跟對方連線。

這就表示……

而且更棘手的是，他看見一個小小的人影站了起來。雖然全身都是傷，但是身為三將之一的歌薩琳

順利活下來。

這讓戈畢爾非常動搖，巴拉克對準他用長槍攻擊。

「喂喂喂，竟然沒有在注意我，看來你還有餘力嘛。」

「哇哈哈哈！這還用說。你根本不是我的對手！」

嘴巴上這麼說，戈畢爾卻毫無餘力。

情勢對他不利，戈畢爾腦海中開始浮現「撤退」這兩個字。

不過，就在這個時候——

讓戈畢爾意想不到的援軍到來。

「嗨，看來你打得很辛苦呢。要本大爺幫忙嗎？」

是在意料之外沒錯，但來人卻是戈畢爾很熟悉的。

「你這個人真的很愛做樣子。明明就很擔心，還硬要蜜莉姆把你傳送過來。」

另外還有一個人。

她是美麗的女王，天空的支配者。

「卡利翁先生、芙蕾小姐，你們怎麼會在這裡？」

對著驚訝問話的戈畢爾，卡利翁笑著回應。

「要聊天還是晚點再說吧。先把這些傢伙收拾掉。」

似乎跟卡利翁看法一致，芙蕾也輕輕點頭。

「既然我們都組成同盟了，自然要派遣援軍不是嗎？我們也會參戰，讓紅丸先生指揮。」

卡利翁的獸王戰士團雖然不到百人，但都能夠一騎當千。

身為芙蕾親信的「天翔眾」也一樣。戰士類型的有翼族並不多見，但是實力掛保證。即使人數不多，他們也是最可靠的援軍。

「就拜託各位了！」

這讓戈畢爾不再煩惱，立刻接受。

為求紅丸的指令而進行聯繫，對方馬上有了回應。

『關於你那邊的情況，我都已經透過摩斯的雙眼掌握了。別大意。格拉帝姆那傢伙好像有什麼企圖。就連最底層的士兵都要多加防範！』

紅丸給的指令很簡單，並沒有詳細指示要誰去對付誰，只有告知重點。

那樣反而讓戈畢爾很高興。

因為他發現對方相信自己，願意放手讓他去做。

「那麼就拜託卡利翁先生去對付敵人那邊的總大將。」

「嘿嘿，你很懂本大爺嘛。那傢伙在給獸人族丟臉。原本還以為他早就死在荒郊野外了，沒想到竟然還活著，讓本大爺驚訝了一下。本大爺會確實幹掉他的。」

卡利翁本人其實從一開始就有這個打算。

他爽快接受戈畢爾的指示。

「那我的對手應該就是那個鳥女？」

真要說起來，芙蕾妳不也是鳥女——戈畢爾想歸想，但可沒有笨到不曉得說出這種話會有什麼下場。

再說他也很擔心妹妹蒼華，芙蕾的提議對他來說正好。

「嗯。可以拜託妳嗎？」

戈畢爾特地加重語氣拜託。

「可以。那我就先過去了。」

芙蕾對著某個方向稍微看了一眼，那裡有兩名「雙翼」成員在。

「剩下的事情就交給我們吧。」

「祝您武運昌隆，芙蕾大人！」

只見芙蕾點點頭，接著就飛走了。

她自然是要飛往「朱雀」奈哲姆那邊。

原本一直在玩弄蒼華的奈哲姆也注意到有人來插手。

「芙蕾——！真正的女王應該是我才對。今天就要一吐長年以來的怨氣！」

連芙蕾原本也不曉得這件事情，其實奈哲姆是芙蕾的雙胞胎姊姊。她是一生下來就具備強大力量的變種，只可惜不具備生殖能力。對於母系社會的有翼族來說，不會承認沒辦法生孩子的女王。

奈哲姆本身並沒有錯，但還是失去了女王資格。認為奈哲姆可能會變成往後的禍患，當時的女王決定將她驅逐出去。

之後四處流浪的她被格拉帝姆撿到，不知不覺間，奈哲姆開始對同胞感到憤恨。

象徵這些同胞的芙蕾就在眼前。

帶著歡喜和憎恨交雜的不可思議情感，奈哲姆為了迎戰芙蕾飛了起來。

遠遠地眺望這兩個人，卡利翁漫不經心地開口：

「好了，那我們這邊也開始吧。」

這讓格拉帝姆咬牙切齒。

「別小看本大人，臭小鬼。」

「看樣子芙蕾的對手也跟自己有血緣關係。這就是所謂的緣分吧。如果沒有過來當援軍，本大爺也不會有這個機會。」

「你說機會？」

「對。本大爺要殺了你，證明本大爺才是獸人族之中最強的。」

「愛說笑，那句話是本大人要說的！」

卡利翁和格拉帝姆，這兩個人個性和語氣都很相似。雙方都很火爆，一山容不下二虎。

簡直就被卡利翁說中了，這是一場命運的對決。

「本大爺要上了。」

「放馬過來。本大人要讓你明白自己技不如人。」

卡利翁發動獨有技「百獸化」，展現出「獅子王」的真實姿態。全副武裝，從一開始就火力全開。

相對的格拉帝姆也沒在客氣，他讓跟戈畢爾對戰時也沒展現的白虎之力上身。身穿帝國軍服的孤高老虎出面迎擊百獸之王。

就在戰場上，分成兩組。

強大的力量互相碰撞，產生一股力場。

戈畢爾都偵測到了。

過來支援的人們遵從紅丸的指示行動。

無須特別著墨。就跟「紅焰眾」和「飛龍眾」一樣，他們都去聽天翔騎士團團長德魯夫的指揮。

雖然在關鍵部分都會下達合適的指令，但紅丸認為比較詳細的指示還是交給在現場的人會比較妥當。

戈畢爾也認為他判斷正確。不難想像就跟他一樣，紅丸八成也在跟敵人的幹部對決。

而他似乎想對了。

雖然帝國的「魔獸軍團」個人戰鬥力很高，集體行動卻不值得誇讚。因此就算聯合軍隊在人數上比不上對方，還是能夠靠巧妙的合作維持戰線。

然而不能否認他們處於劣勢。

在這個時候到來的援軍大受歡迎，他們要開始展開反擊。

「很好，看樣子進展順利。蒼華似乎也順利恢復了，那我要好好加油。」

「有我當對手還左顧右盼，真是悠閒。」

瞄準目光放在戰場上的戈畢爾，銳利的長槍攻擊刺過來。

對方是巴拉克。

雖然格拉帝姆跟卡利翁開始交戰，但是戈畢爾跟巴拉克的對戰依然沒有結束。

「哇哈哈哈！我們接到總司令給的指示，可不能把精力都浪費在你一人身上。」

「看來我也被人小看了。」

「小看別人的是你們吧？假如那個叫格拉帝姆的男人一開始就認真起來打，搞不好連我都無法全身而退。」

「哼！偉大的獸王怎麼可能為你這樣的小角色認真。」

聽到對方這麼說，戈畢爾不敢苟同地搖搖頭。

「這就叫做掉以輕心。不是有句話說『獅子就算要捕捉兔子也會盡全力』？在這個弱肉強食的世界裡，不管面對怎樣的對手都應該要盡全力，這是基本禮貌吧？」

如此這般，戈畢爾理直氣壯地回應。

其實當戈畢爾在講這件事情的時候，他想起夥伴們。

有不少人面對敵人也沒拿出全力呢——他突然想到這件事。

代表人物就是迪亞布羅。

戈畢爾有的時候也會去找他進行模擬戰，可是對方根本不把他當一回事，仍把戈畢爾徹底打趴。

（那個人算是例外吧。若是他真的認真起來，那大概瞬間就完蛋了，所以我也沒資格抱怨……雖然處在相同的立場上，但是迪亞布羅先生跟我有著天差地別的實力差距。很悲哀，但這就是現實。）

受到利姆路認可，戈畢爾獲得「聖魔十二守護王」這個最高榮譽頭銜。雖然很引以為傲，但是戈畢爾更識相。

由於他覺醒之後變強，這才察覺迪亞布羅等人有多麼厲害。

就連在慶功宴上被推遲進化的三個女惡魔，如今也變成超越戈畢爾許多的強者。那麼進化得比她們更強的迪亞布羅，肯定是戈畢爾難以想像的怪物。

去跟對方對打也贏不了。他承認這是沒辦法的事情，可是就這樣放棄，那才叫真的完蛋。

只要沒有放棄，持續追尋，就算現在贏不了也無所謂。

懷抱著這樣的想法，戈畢爾總是奮發向上。

就因為他是這樣的人，才知道什麼是真正的強大。雖然都只是他的想像，但那指的肯定不是像格拉帝姆或巴拉克這樣的人，他憑藉本能理解這點。

「所以我是不會輸的！」

「說什麼蠢話！反正你們是輸定了。還沒看過更後面的地獄就先死掉，這是我對你的仁慈！」

巴拉克的攻擊變得更加俐落。

戈畢爾巧妙地化解。

「嗯嗯。地獄是指你們那邊的將領士兵產生變化這檔事？是做了什麼才變成那樣，希望你可以告訴我。」

當戈畢爾點出這件事，巴拉克的動作突然變鈍。

緊接著他似乎有點動搖，瞪著戈畢爾看。

「哦……你注意到了啊？」

「當然了。我們這邊有非常優秀的指揮官呢。」

「話雖如此，現在才發現已經太遲了。上頭已經下達命令。你們能做的就是在絕望中逝去！」

巴拉克指向某個地方，說這就是證據。

完全恢復的歌薩琳就在那兒。

「嗯，很強大的恢復能力，但是這點程度是強者必備的能耐吧？」

他早就發現歌薩琳沒事。

因此戈畢爾見怪不怪。

然而巴拉克露出無所畏懼的笑容。

「錯了。我指的不是歌薩琳，而是她四周。」

「嗯？」

戈畢爾背後竄過一股冷顫。

那裡有一堆趴倒在地的帝國將領士兵。

驕傲地指著死掉的同伴，巴拉克在想什麼令人不解。

不，更重要的是——

（這麼說來，那些人是什麼時候死掉的？）

因為敵人的數量太多才沒有留意，但是死這麼多人非比尋常。

仔細看會發現有很多敵人脫離戰線降落到地面上。去看他們接下來有何行動，結果發現出現一些口吐鮮血當場倒下的人。

「什麼！」

「注意到了嗎？」

「難道他們是自己死掉……」

「說對了。格拉帝姆大人做出了決斷。我們現在正要迎接巨大的試煉！」

說到這邊，巴拉克高聲大笑。

那瘋狂的笑聲傳遍整個戰場，讓人聽了心驚膽戰。

戈畢爾看到那樣的他覺得可怕。

有可怕的事情正在發生。

他察覺到這點。

*

獸王格拉帝姆下了一個指令。

那是最重要的機密命令。

『所有人聽好了！剛才札姆德跟我聯絡，說我們的皇帝陛下陷入危機。而且敵人很卑鄙，據說已經召喚出邪惡的惡魔。他們的戰鬥力還是未知數，但推測那樣的戰鬥力不是你們可以應付的。這樣下去可以想見會出現巨大的傷亡。因此本大人決定拿出最終手段對抗。拿出你們的勇氣，獻上你們的忠誠吧。發動本大人事先給予的王牌。那樣就能獲得足以打倒惡魔的力量！』

在跟三將們下達命令後，格拉帝姆也對將領士兵傳達指令。

他給予的藥品成了強化的王牌，是用藥劑的形式配發。可是藥劑上面有使用限制，若是沒有軍團長格拉帝姆的命令就沒辦法使用。

如今在格拉帝姆的機密命令下，限制被解除了。

（哼！假如成功了，將能得到莫大的力量。而且有時候可能只得到一些副作用就了事。與其來恨本大人，倒不如去恨不中用的自己！）

這是格拉帝姆的真心話。

完完全全以自我為中心，格拉帝姆就是這樣的男人。

他冷靜對自己的軍團團員下達命令，要他們「去死」。雖然這個判斷很冷酷，但這樣下去很有可能被惡魔們蹂躪，那也是事實。雖然是要人賭上性命尋求力量，但也不失為合理的判斷。

團員們立刻執行命令。

因為他們並不知道背後的意義，因此毫不猶豫行動。

換句話說，禁忌的特殊投予能力「獸魔合體」在將領士兵們一無所知的情況下，靠著自身意志自願發動。

那效果慢慢侵蝕魔獸軍團將領士兵們的身體。

一方面是他們還在戰鬥中，所以一開始沒有察覺變化。然而隨著時間流逝，結果逐漸浮現。

地面上堆滿死者的屍首。

戈畢爾看到的就是這些人。

也出現不少失控衝進敵方陣營的人。

「紅焰眾」、「飛龍眾」，以及獸王戰士團和「天翔眾」被迫和這些人苦戰。

就在戰場之中，某些人也為自己身上出現的變化感到困惑。

這些人就是格拉帝姆想要的真正戰士。

死了一萬人。

完全變成魔獸的人有五千五百個。

變成魔獸之後失控的人有五千個。

變成半人半獸失控的人有五千名。

獲得野獸力量的獸魔戰士共有四千一百人。

覺醒變成魔獸騎士的人有四百個。

成功率集中在小部分人身上，結果很接近預想，這算是很走運了。因為用來做實驗的基數不多，就算出現更加悲慘的結果也不奇怪。

最後有三萬名成員的魔獸軍團在人數上大幅度減少，可是軍團整體力量卻有了飛躍性的提昇。

失控的人立刻受到討伐。

雖然拿來當作誘餌還有利用價值，可是變成那樣就回不去了。因此格拉帝姆早就做好覺悟，不用感到可惜，要直接捨棄他們。

在生還者之中，有些人保留理智還能夠作戰，他們占據生還者的一半，約一萬人。然而這已經比格拉帝姆的預料還要多一些了。

其中有半數以上的人都沒辦法變回去，可是如今他們都是寶貴的戰力。那結果對格拉帝姆來說是該滿足了。

再說還誕生了四百個魔獸騎士。

如此一來不管碰到怎樣的對手，他們都不會輸。想到這邊，格拉帝姆滿足地點點頭。

可是現在就放心還太早。

花了一段時間才弄出這種成果，然而他們尚未將戰力重新編排。

雖然格拉帝姆很想出面指揮，但可惜有卡利翁這個礙事的傢伙在。既然如此，只能交給三將了。

「青龍」巴拉克正在跟戈畢爾交戰。

「朱雀」奈哲姆也跟芙蕾打得昏天暗地。

剩下的就是「玄武」歌薩琳。

『歌薩琳，立刻重新編制部隊！』

『嘻嘻嘻，明白了。成果似乎比想像中還要好，妾身萬分欣喜。』

『嗯。那就拜託妳了！』

格拉帝姆透過簡單的「念力交談」來下達指示。

目前有大約一萬人失控，必須先重新編制戰鬥人員。歌薩琳平安無事真是太好了，格拉帝姆鬆了一口氣。

即使他很自我本位，還是信賴自己認可的人們。

「嘿，在跟本大爺對打，心思卻飛去別的地方，看來你還有餘力嘛。」

「這是當然的。本大人可是軍團長，跟路邊的野獸不一樣。」

「犧牲自己的部下還敢自稱軍團長？笑死人。」

「蠢才，戰爭就是這樣。就是因為你沒辦法做出這樣的判斷，才上不了檯面。聽說你被新上任的魔王拉下魔王寶座，那些追隨弱者的部下還真可憐！」

「閉嘴！」

卡利翁帶著怒火劈砍過去，他的攻擊其實帶著焦躁。

令他難以置信，格拉帝姆已經變得比想像中更強。

「搞什麼，還真是遲緩的攻擊。看起來簡直像靜止不動。」

格拉帝姆一邊消遣別人，邊繞到卡利翁背後。他右手上裝備巨大的爪子。

那是散發銀白色光芒的虎爪——白虎爪。這個爪子冠上的名字同時也是三獸士別稱，是皇帝賜予的神話級裝備，隨著格拉帝姆的意念轉變型態，變成他專用的武器。

如果是神話級，不管遇到什麼樣的對手都能夠將對方撕裂。這種武器就連精神生命體都能夠殺掉，跟擁有神速雙腿的格拉帝姆搭配得當。

使著飽經鍛鍊的腿技，格拉帝姆耍弄著卡利翁。雖然有傳說級裝備保護卡利翁，可是對上白虎爪就跟廢鐵沒兩樣。

「怎麼啦、怎麼啦！剛才口氣很大說要殺本大人，原來你只有嘴巴很厲害？」

「吵死了——嘖，原本以為殺掉你沒這麼費力，是本大爺算錯了……」

經過跟蜜莉姆的特訓後，卡利翁也變強了。所以才能夠對戰到現在，而不至於受致命傷。

關於這點，格拉帝姆很驚訝。武器之間的差異會直接影響到戰鬥力差異。原本還以為能夠早點結束這場對決，格拉帝姆也跟卡利翁的想法如出一轍。

就這點而言，兩個人可以說非常相似。

實力方面也是旗鼓相當，論基本實力是卡利翁占上風，看武器差異則是格拉帝姆比較有利。綜合來看，眼下格拉帝姆比較有優勢。

格拉帝姆很清楚這點，因此他謹慎行動，試圖取卡利翁性命。就在這個時候，格拉帝姆想都沒想過的事情發生了。

「這是什麼？力量……力量在增長！」

這是進化的前兆。表示他即將開始進化成魔王。

只不過——在這種情況下覺醒，對格拉帝姆而言非常不利。

「怎、怎麼了，這股睡意……」

格拉帝姆開始搖搖晃晃。卡利翁可沒有放過這個破綻，他脫離危機，重新站穩腳步。

「怎麼了，你已經累了？」

除了用這種話煽動對方，卡利翁還在觀察格拉帝姆。

有事情發生。

也不知是好是壞……

任誰看了都曉得，格拉帝姆的力量開始增幅。魔素匯聚，龐大的妖氣流出。

然而格拉帝姆本人卻連站著都很吃力，全身無力搖搖晃晃。

（這是怎麼一回事？那莫非就是所謂的覺醒？）

卡利翁腦中浮現最近聽到的某件事情。

那就是在利姆路舉辦的慶功宴上，他們進行了進化儀式。有人來跟卡利翁報告，說現場有些幹部不敵睡意退席。

（印象中要成為真魔王，會陷入休眠。那不就表示這傢伙目前正在經歷這個階段！）

卡利翁不是笨蛋，但也不是敏銳度那麼高的男人。可能是因為眼下面臨生命危機，腦袋特別清楚，這才發揮精闢的洞察力。

（根據芙蕾的推測，進化似乎需要「靈魂」……對了，格拉帝姆的部下好像死了一大片……）

沒錯，條件都具備了。

要進化成真魔王，需要充滿恨意的「靈魂」。當然不能一概而論，但據說承受被自己殺掉的人的憎恨，也是覺醒時必要的試煉之一。

在「跟人作戰中」這種危機狀態下，格拉帝姆將變得毫無防備。

這是因果報應。

想必是原本信賴格拉帝姆的部下們覺得自己被背叛了吧。這些「靈魂」充滿憎恨，才會對怨恨的對象格拉帝姆下手。

卡利翁並沒有看得這麼詳盡，但認為這雖然是最大的危機，同時也是絕佳好機會。

「看樣子上天是站在本大爺這邊的。」

「等、等等！先等一下。」

「你之前都隨性過活吧？現在就是付出代價的時候。」

「你冷靜點，還有仔細想想。戰勝在萬全狀態下的本大人，你才能夠自稱最強。像這樣不上不下的對決，你應該也不會高興吧！」

格拉帝姆打心底感到焦慮。

再這樣下去有可能被殺掉，可是他卻想睡得不得了。由於事情發展實在太過讓人意外，他什麼對策都沒想到。

格拉帝姆回頭環顧值得仰賴的部下們，卻發現巴拉克跟奈哲姆都在跟人激烈對戰。歌薩琳正在重新編制魔獸騎士，受到利姆路陣營的人劇烈進攻，看樣子沒空來支援格拉帝姆。

至少可以確定的是就在這個瞬間，大家都沒辦法來幫忙他。

格拉帝姆膝蓋一軟跪倒在地。

（這怎麼可能，可惡！好不容易來到這一步，還差一步就能夠獲得最強的力量——）

他確實感受到自己體內有力量湧現。

跟這股力量成正比，讓人難以抵抗的睡意排山倒海而來。

只要能夠覺醒，就連維爾格琳都能打倒。格拉帝姆有這種預感，然而現實是殘酷的。

這試煉連利姆路都難以抵抗，格拉帝姆根本沒有任何理由能夠抵抗。

他臉上滿是悔恨的淚水。

「開什麼玩笑！開什麼玩笑，可惡——！」

最後喊完這句話，格拉帝姆就陷入沉睡。

沒辦法跨越試煉的人，最後的下場就是——死亡。

「這樣其實也不錯啊，在睡著時死了。那就永別了！獸魔粒子咆(Beast Roar)！」

卡利翁不是在這種時候會同情他人的男人。

若是以前在當魔王，相信自己是最強的那個他另當別論，如今卡利翁是率領一支軍隊的主將。既然是來這邊支援的，把勝利看得比自己的傲骨更重要，就是理所當然的事情。

野心熊熊燃燒，還差一步就能前往更高境界的那個男人，最後被卡利翁打倒。

*

萬萬沒想到軍團長會戰敗，留下的三將開始慌張。

他們是受格拉帝姆所吸引，一起跟他追夢的夥伴們。

他們的怒火和悲嘆非同小可，甚至還對戰況帶來影響。

最先採取行動的人是巴拉克。

他不再對付戈畢爾，轉身來到格拉帝姆那邊。

「格拉帝姆大人——！」

格拉帝姆脖子以下都被卡利翁的「獸魔粒子咆」粉碎掉。只剩下一顆帶著遺憾表情的頭顱，他明白在這種狀態下要讓格拉帝姆復活是不可能的。

「喔喔，天啊……天啊。我們的心願還差一點就能完成……」

跟在如此悲嘆的巴拉克之後，戈畢爾也過來了。接著他不敢大意，用蜥蜴人族的祕寶水渦槍指著巴拉克。

他眼睛盯著巴拉克，同時開口：

「卡利翁先生，這一仗贏得漂亮！你果然厲害，我覺得很佩服！」

這是在稱讚討伐敵人大將的卡利翁，同時也是他的真心話。格拉帝姆佩戴神話級裝備，他的力量相當於魔王種，而且超越戈畢爾。

雖然巧合和運氣的成分較高，不過稱讚打倒對方的卡利翁也是理所當然。

然而被人稱讚的卡利翁，不知為何臉色不是很好。

「喂喂喂，原本只是猜測，但這該不會是……」

他似乎沒空回應戈畢爾，在思考什麼。

「嗯？怎麼了嗎？」

戈畢爾問他是不是身體不舒服，結果卡利翁吃力地睜著眼睛看他。

然後說出令人震驚的事實。

「抱歉，都過來支援了，但本大爺好像沒辦法繼續作戰。」

「莫非受傷了？」

「不，不是。這應該是所謂的覺醒吧。看來原本應該讓格拉帝姆獲得的『靈魂』衝著本大爺來了。這些應該都是怨念。如果在現在變得毫無還手之力，那就沒資格去取笑格拉帝姆那傢伙了……」

「竟然有這種事！」

卡利翁在自我調侃。

察覺情況不對，戈畢爾難免驚慌。

「抱歉，本大爺現在要睡一下。若是你有餘力，再幫忙掩護。」

「當然好！請你放心吧。」

為了讓卡利翁安心，戈畢爾笑了。

對戈畢爾也給了一個笑容，接著卡利翁就當場仰躺。並且說著「希望能夠平安無事起床」，直接陷入沉眠。

看起來相當大膽，不過進化睡眠就是這麼一回事。

這讓巴拉克很不是滋味。假如狀況稍微改變，那處在戈畢爾立場上的就是他。而且格拉帝姆本應代替卡利翁陷入進化的睡眠中。

「唔喔喔喔喔喔！不可原諒。你這傢伙什麼都沒做就占盡好處，我絕對不會容許！」

巴拉克激動地嚷嚷，用憎恨的眼光看著戈畢爾和卡利翁。

他手上握著格拉帝姆那綻放光芒的遺物。

這是白虎爪——相當於神話級的究極裝備，只要獲得認可成為擁有者，這個武器就能夠讓擁有者的意志顯現。

「白虎爪啊，賜給我力量。讓我為格拉帝姆大人報仇！」

像在回應巴拉克的呼喊，白虎爪的光芒更加強烈。

最後光芒集中，變成一把長槍。

「喔喔喔……看來你認我當主人了！」

巴拉克很開心。

手上握著白虎爪變形而成的青龍槍。

「你叫做戈畢爾是吧。我要殺了你，把睡在那邊的小偷幹掉！」

「少廢話！我也跟人做了男人之間的約定。絕對不會讓你妨礙卡利翁先生沉眠！」

戈畢爾也跟著大吼。

就這樣，雙雄再度展開對決。

*

邊高速飛翔邊跟人作戰的芙蕾也透過千里眼觀看——能夠掌握特定範圍的座標，具備能將該處一覽無遺的效果，靠著這個最佳技能「天球眼」，她甚至能夠看到地面上的情況。

「……原來如此，進化是這樣運作的。」

她有一顆聰明的腦袋，明白地面上出了什麼事情。

一面跟奈哲姆作戰，芙蕾也找到了進化的正確答案。

「怎麼會這樣，格拉帝姆大人竟然……」

「有句話說運氣也是一種實力，看樣子是真的。」

「妳這混蛋！明明就對付不了我，竟然還有臉去嘲笑格拉帝姆大人——！」

「這樣說未免太過分。我只是在陳述事實，沒有看不起他的意思。而且我不是束手無策，只是還沒有出手。拜託妳別搞錯。」

芙蕾很少主動出擊，但身為前魔王的實力可不是假的。魔素含量遠遠比不上「朱雀」奈哲姆，但她只靠速度和技巧就能夠跟對方抗衡。

「明明就在四處逃竄，口氣還真大。」

「口氣大不大，等戰鬥之後再來評斷吧。」

就算是跟人爭吵也不會輸。

在這個世界上，有些人特別擅長讓對手感到難以應付。芙蕾就是這種類型，就連魔王蜜莉姆碰到她都抬不起頭。

而且芙蕾也不是只會逃跑而已。

她是在觀察對手，找出對方的弱點。

若是力量比拚，芙蕾沒有勝算。

儘管她在速度上占了上風，論持久度還是對手比較厲害。

這樣下去會被消耗殆盡，可是芙蕾卻在意想不到的地方找到獲勝機會。

「看來妳太急躁了。」

「啊？在鬼扯什麼——」

「我總算也能開始看見『靈魂』了。幸虧這個『眼睛』適應了，能夠『看見』還真方便。」

芙蕾知道追加技能「天球眼」的性能提昇了。這下子戰況將會對自己有利，她暗自竊喜。

更重要的是剛才得到的情報肯定會成為勝利關鍵。

「妳說妳能夠看見什麼？」

奈哲姆不屑地說著，她的爪子總算抓住芙蕾的手臂。

接著奈哲姆露出邪笑，有翼族的爪子具有「魔力妨礙」效果，一抓住就能封住對手的技能。

「啊哈哈哈哈！妳真夠愚蠢的。忙著說話，才會一不小心被人抓住！」

八成是認定自己贏定了，奈哲姆的語氣變得輕快起來。這種態度反倒更加顯現她正陷入焦躁狀態。

芙蕾明明陷入危機卻很平靜。

她繼續觀察奈哲姆，淡淡地確認這一點。

「接招吧！魔電衝擊波(Shock Wave)！」

就像在說接下來換她主場，奈哲姆開始發動猛烈攻擊。

芙蕾的衣服被衝擊波撕裂。然而她的表情一點都不苦悶，還是繼續若無其事地觀察奈哲姆。

奈哲姆發現芙蕾的樣子不對勁，但認定她是在虛張聲勢。

雖然不願意承認，但是身為雙胞胎之一的芙蕾比較聰明。單純看戰鬥力是奈哲姆比較厲害，然而會賣弄計策的對手很麻煩。

（她打算欺騙我，從我的爪子中逃脫吧？不——如果是這個女人，她肯定會找機會逆轉局勢。）

認為繼續攻擊才是正確的，奈哲姆變本加厲蹂躪芙蕾。

明明如此，芙蕾依舊不為所動。

「大概還差一點吧？」

這聲呢喃很小聲，可是在奈哲姆聽來已經夠清楚了。因此她下意識回問：「什麼東西？」

「妳差不多要開始覺醒了吧？跟剛開始戰鬥的時候相比，魔素含量已經上升了。覺醒的時候八成會像格拉帝姆那樣陷入睡眠，我只要等待那個時刻到來就行了。」

說完這句話，芙蕾臉上浮現宛如惡魔的笑容。

這讓奈哲姆臉上血色盡失。

那是因為她自己其實也猜到了。

這也是為什麼奈哲姆會如此焦躁。當芙蕾看穿這點，奈哲姆就等同被對方捏在手掌心。

「那又怎麼樣！我只要現在立刻殺了妳，去安全的地方避難就行了。」

就是因為被芙蕾說中了，奈哲姆才會顯得更加狼狽。

必須在進化睡眠到來之前收拾掉芙蕾。她如此判斷，更是拿出全力，提高攻擊的威力。

其實這就是芙蕾要的，可是奈哲姆卻很慌亂，沒能發現這點。

「魔電衝擊波——！」

已經不曉得是第幾次了，劇烈的電擊開始灼燒芙蕾。然而芙蕾身上完全沒有半點燒傷，只是被衝擊打到向後仰，身上連半點傷痕都沒有。

（好奇怪！為什麼這傢伙完全不當一回事？）

當奈哲姆注意到這點，一切都太遲了。

「妳好像覺得很不可思議。可是看妳的反應，我就確定了。上一代女王——母親大人希望妳脫離族群去外面的世界，過幸福快樂的日子。」

「妳說什麼？」

「如果得知女王的祕密，就只能把妳殺了。所以才會什麼都沒跟妳說，把妳趕出去吧。」

「開什麼玩笑！剛出生的雛鳥若是被人捨棄，怎麼可能順利活下來！那就表示她想把我殺掉！」

奈哲姆激動地大叫。

然而卻被芙蕾冷靜地一語道破。

「可是妳存活下來了。這就代表有人在偷偷照顧妳。母親大人還真是心軟。」

「——！」

她說的事情也是奈哲姆一直感到疑惑的。

在懂事之前，年紀還小的她是如何存活下來，她一直感到不解。

於是她自我解釋成自己是變種，所以靠著本能求生。然而聽完芙蕾的話，心中就感到疑惑，認為有這個可能。

只不過奈哲姆的憎恨日積月累，事到如今要她改變想法是不可能的。

「虛張聲勢！對了，我懂了。妳打算欺騙我，趁機反敗為勝吧。若是妳老老實實求饒，那還有可愛之處，可是身為前魔王的傲氣會允許妳那麼做嗎？」

奈哲姆擅自認定芙蕾無計可施，才在那邊玩弄計策。

會這麼想情有可原。硬是這麼解釋的奈哲姆認為自己才不會上當，更進一步提高電擊的威力。

「去死吧！最大魔電衝擊波（Maximum Shock Wave）——！」

用盡全力打出的閃電貫穿芙蕾。芙蕾在等的就是這一刻。

「真悲哀。枉費我特地放過妳，妳卻回來自尋死路。」

「啊？」

「女王只有一個。為了得到這個寶座，我殺了母親大人。當然了，假如妳沒有被遺棄，那就得跟我廝殺。」

「如果真的是這樣，那我早就把妳給殺了！」

奈哲姆是很稀有的戰鬥型，對自己的戰鬥能力抱持絕對的信心。

雖然在飛翔速度上比不過芙蕾，但其他部分都勝過對方。就算跟芙蕾對決也沒道理會輸掉，就好比現在，勝利就在眼前。

芙蕾這番話就連輸不起嘴硬都算不上，奈哲姆心裡有種很想嘲笑她的衝動。然而芙蕾接下來的一句話卻讓她臉色大變。

「要成為有翼族的女王，需要具備許多能力。只有與生俱來獲得這些能力的人才能夠被接受，成為下一任女王。只能怪妳運氣不好，是我的孿生姊妹。」

「從剛才開始就一直賣關子囉囉唆唆──」

「那我就透露一些吧。女王對於同種族施加的攻擊具有絕對優勢。換句話說，有翼族的攻擊對我來說根本沒用。」

「少騙人了！怎麼可能有這麼扯的事情！」

假如這都是真的──奈哲姆的腦海角落閃過這個念頭，但她認為不可能，將這想法驅逐。若芙蕾說的是真的，那就跟殺掉上一任女王這件事情互相抵觸。

「妳大概是想隨便說說把我搞糊塗吧，好歹找一些更有說服力的說辭！」

「妳不願意相信令人難過，但這都是真的。順便告訴妳，新舊女王的對決並非一定要展開。本來應該是要讓擁有相同能力的姊妹互相爭奪，將對手力量奪取過來的一方才能當上女王。」

同時也會獲得「魔王種」，這才是真相。

「什麼——！」

「都是因為妳有缺陷，我才必須去殺掉母親大人。即使如此，我不能容忍妳踐踏母親大人希望妳活下去的心願。不曉得妳是姊姊還是妹妹，若妳能在某個地方平靜過活該有多好。」

「開什麼玩笑！妳認為自己贏定了？我是妳的姊姊，具備有翼族以外的戰鬥能力。只要用那些力量——」

「已經來不及了。能量早就已經充分累積。我沒辦法看妳受苦，會一擊了結。」

「該、該不會！」

到了這個時候，奈哲姆總算察覺芙蕾的翅膀已經染成紫色。原本是有著金色花紋的美麗純白羽翼，如今帶著紫色閃電，全都變色了。

明白這代表什麼意思，奈哲姆因為恐懼動彈不得。

（她竟然將我放出的衝擊波累積起來！那威力不就——！）

就算想要趕緊逃離，原本抓住芙蕾手的爪子也放不開。加上奈哲姆的手也被芙蕾的纖纖玉手捉住。

假如在跟芙蕾相遇之前，奈哲姆就覺醒了，那或許結果會不同。只是很可惜，這都只是假設。

「再見了，姊姊。迴音反射（Echo Reflection）！」

「等等——！」

芙蕾沒有任何猶豫。那種情感早在她成為女王的時候就捨棄了。

累積起來的紫色閃電一口氣解放。

這就是芙蕾獲得的能力——獨有技「雙克者」。她可以將身上受到的所有攻擊原封不動還給對手。

由於自己也會受到傷害，因此是個不好使用的技能，然而這次的攻擊來自相同種族，即使是原本不

可能有機會戰勝的強敵，依然變成芙蕾主場。

被累積起來的電擊電到，奈哲姆瞬間就變成焦炭死亡。

「不管是姊姊還是妹妹都好，母親大人的天真令我吃了苦頭。可是我有點羨慕妳喔，姊姊。至少妳確實擁有母愛——」

對著向下墜落的奈哲姆，芙蕾用這句話替她送行。

那段話沒能傳達給奈哲姆。

這對有翼族姊妹沒能互相理解，當她們重逢的那刻，便是兩人的終點。

——如果能這樣結束倒好。

「——什麼！原本朝奈哲姆聚集的『靈魂』都向我這邊過來了！」

芙蕾突然覺得很想睡。

「莫非這就是進化睡眠？原來如此，代替奈哲姆，他們都把恨意發洩到我身上……」

芙蕾並非不想覺醒成為真魔王，但好歹也要看看時間和場合。

看到卡利翁剛才那麼白痴的樣子，她原本還想事後嘲笑對方，這下芙蕾內心滿滿都是一個念頭——開什麼玩笑。

可是去抱怨也沒用。

「露琪亞、克萊亞！妳們要保護好我。順便保護卡利翁。」

「遵命，芙蕾大人！」

「謹遵女王指示！」

那對雙胞胎立刻有反應。

確認完這點後，芙蕾飛到卡利翁旁邊。

與其遠離要守護的對象，還不如跟對方待在一起，這樣比較好保護吧，她是基於那樣的判斷。而且卡利翁旁邊還有「三獸士」蘇菲亞在守著，跟「雙翼」一起攜手戰鬥，這樣生存機率會比較高。

不過——

（真是的。明明是過來支援，這下不就變成絆腳石了。竟然會在戰場中央睡著，真沒想到我會出這種洋相。）

其實芙蕾心裡感到很羞恥，為此掙扎著。

事情變成這樣確實連芙蕾都料想不到。

也不知道能不能夠醒來，芙蕾被迫陷入睡眠。

＊

戈畢爾跟巴拉克賭命決鬥。

巴拉克拿在手上的青龍槍決定了局勢。

武器的差異左右勝敗，這讓戈畢爾一度沒辦法接受。然而事實上，就連他引以為傲的「龍鱗鎧化」都沒能抵擋青龍槍的穿刺。

「竟然能夠讓我受傷，有一套。」

「哈哈哈！那句話是我要說的。我原本打算將你一擊必殺，沒想到比預料中更難纏。」

雙方傷痕累累。可是兩邊都沒有停下攻擊的腳步。傷口愈來愈多，然而他們一點都不在意。

「竟然可以跟覺醒之後的我並駕齊驅，可怕。但我是不會輸的！」

「哼！換成格拉帝姆大人，就算沒覺醒也比你強。如果他真的能夠覺醒，甚至不會為你這種小角色陷入苦戰。」

「可笑！要找比我還強的人，利姆路大人底下比比皆是！雖然你也不差，但是在烏蒂瑪小姐看來八成只是雜碎吧。」

這話就等同在說自己也是雜碎，可是戈畢爾沒注意到。雖然其他人都說他在這種地方特別少根筋，可是他本人自認是個超級認真的人。

即使陷入苦戰，戈畢爾也不忘確認戰況。

為了避免波及到睡著的卡利翁，他刻意露出破綻，來誘導巴拉克的行動。可能是這個方法奏效了，他成功一點一滴將戰場拉向別處。

（蘇菲亞小姐也趕過來掩護了，卡利翁先生應該不會有事吧。如果來到這裡，就算多少用些比較厲害的招式，應該也不會影響到卡利翁先生。）

他在作戰的時候也有想很多。

就在戈畢爾盤算這些時，芙蕾已經打倒其中一個三將。

「這怎麼可能！連奈哲姆都戰敗了！」

緊接在主將之後，就連私底下當成副官看待的女中豪傑也死了。面對這個事實，巴拉克極度憤慨。

「不、不可原諒！我要用這把槍替夥伴們討個公道！」

他扯開嗓門大叫。

接下來巴拉克才要發揮本領。

「真正的魔獸騎士是將獸人族固有技能『獸化』變成自身力量的戰士。有聽懂嗎？撐過人為賦予的特殊投予技能『獸魔合體』，整合人和野獸的力量，就會成為像我們這樣的究極戰士。」

巴拉克展開如上說明，身體出現變化。先前都保有人類的五官，如今逐漸顯現龍的特徵。軍服被撐起來，但是沒有破掉。

巴拉克變身了，不像是龍，那姿態更接近龍人族。

「真舒暢。原來解放真實力量會讓人的情緒如此高昂！」

那也是他初次嘗試變成這種狀態。自己能變成這模樣吧——他只有私底下想過，沒有跟任何人提起，一直將念頭藏在自己心中。

可是如今他尊敬佩服的格拉帝姆死掉了，讓他再也毫無顧忌。除此之外，就連同袍奈哲姆都戰敗了，他再也沒理由為變身感到躊躇。

「你們都給我過來！」

巴拉克把陷入失控狀態的部下們叫過來。這些可憐的將領士兵墮落成宛如沒有個人意志的魔獸，但他們還是會遵循強大之人的命令，順從本能服從上位者。

不只是變成魔獸的人，有一些人還是半人半獸。看到這些聚集過來的人們，巴拉克毫不猶豫一口咬下。

彷彿打著一陣陣的脈動，那些魔素流入巴拉克體內。然後被他吃掉的人就像木乃伊那樣，乾枯喪命。

「這、這是在做什麼！這些人之前都是你的部下吧。可是你卻——」

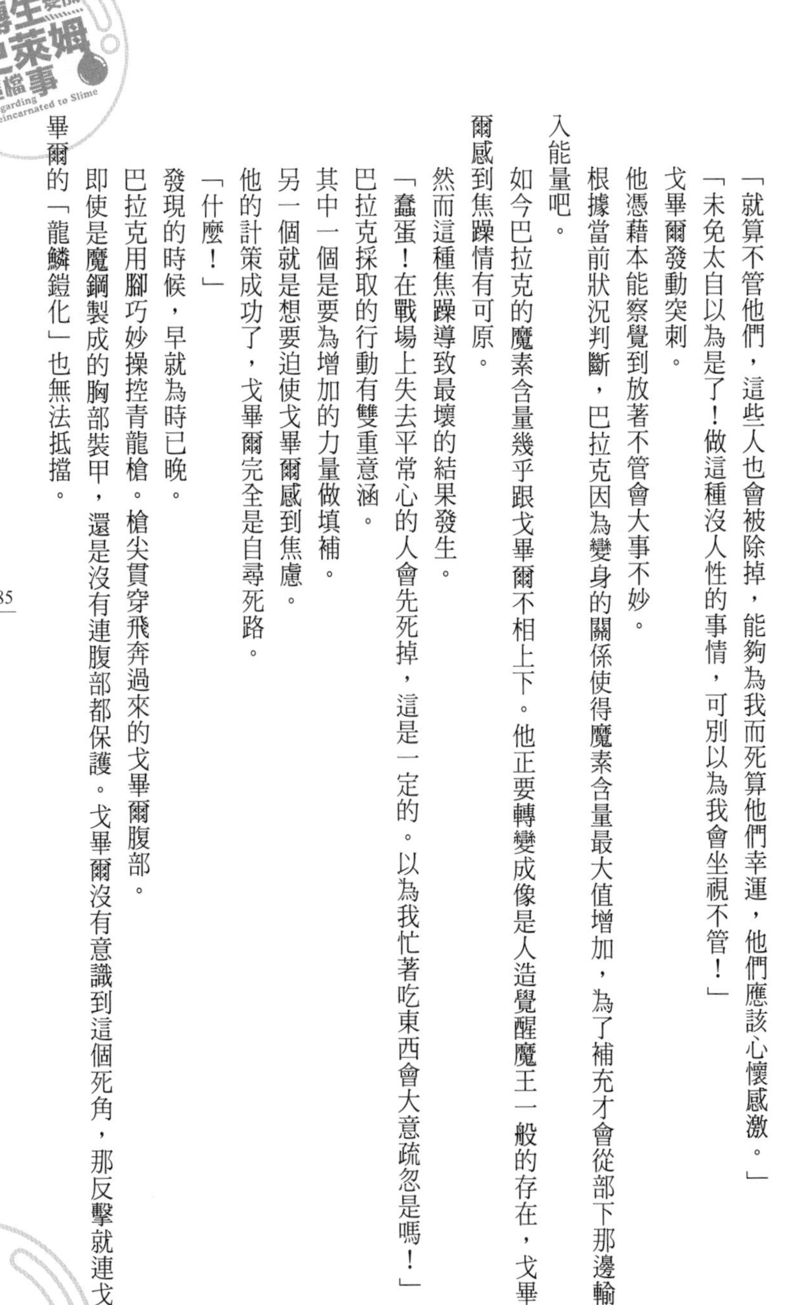

「就算不管他們，這些人也會被除掉，能夠為我而死算他們幸運，他們應該心懷感激。」

「未免太自以為是了！做這種沒人性的事情，可別以為我會坐視不管！」

戈畢爾發動突刺。

他憑藉本能察覺到放著不管會大事不妙。

根據當前狀況判斷，巴拉克因為變身的關係使得魔素含量最大值增加，為了補充才會從部下那邊輸入能量吧。

如今巴拉克的魔素含量幾乎跟戈畢爾不相上下。他正要轉變成像是人造覺醒魔王一般的存在，戈畢爾感到焦躁情有可原。

然而這種焦躁導致最壞的結果發生。

「蠢蛋！在戰場上失去平常心的人會先死掉，這是一定的。以為我忙著吃東西會大意疏忽是嗎！」

巴拉克採取的行動有雙重意涵。

其中一個是要為增加的力量做填補。

另一個就是想要迫使戈畢爾感到焦慮。

他的計策成功了，戈畢爾完全是自尋死路。

「什麼！」

發現的時候，早就為時已晚。

巴拉克用腳巧妙操控青龍槍。槍尖貫穿飛奔過來的戈畢爾腹部。

即使是魔鋼製成的胸部裝甲，還是沒有連腹部都保護。戈畢爾沒有意識到這個死角，那反擊就連戈畢爾的「龍鱗鎧化」也無法抵擋。

「咕哇，咳！」

肚子上被刺穿一個洞，戈畢爾跟著吐血。

巴拉克見狀高聲嘲笑。

「哈哈哈！我要把你也變成糧食。你該感到光榮！」

戈畢爾陷入絕境——然而命運不會這樣對待他。

《確認完畢。獨有技「自滿者」的效果發動……成功。個體名「戈畢爾」的命運改變，迴避「死亡」。》

這是「世界之聲」。

就連戈畢爾本人都忘了獨有技「自滿者」這個技能，其力量在瞬間改變戈畢爾的命運。

這是在利姆路變成魔王當下獲得的獨有技，可是效果不明。就只知道有著能夠讓自身攻擊威力增減的效果。

沾沾自喜的時候會變強，沒自信的時候會變弱。從某個角度來說是很適合戈畢爾的技能，但這個技能說不上好用。

大概就是這樣，由於還存有許多未知數的獨有技加持，戈畢爾撿回一命。

「咕哇！奇怪？我剛才肚子確實被人刺穿了啊……」

雖然想不透，但是戈畢爾這個男人不會去計較小事。

他想說就算了，沒有繼續想下去，重新擺好架式面對巴拉克。

「怎麼會！剛才發生什麼事了。」

巴拉克可沒有這麼簡單就接受。

讓戈畢爾這樣的強敵中計，這下總算有辦法能夠打倒他。若是就這樣壓制住對方，那他肯定能夠獲勝，怪不得無法接受。

「你這傢伙搞什麼鬼！那就再來一次，這一次要確實貫穿心臟！」

吸收魔素之後，力量大幅度增加。用不著耍什麼小手段，巴拉克也能輕鬆打倒戈畢爾。他如此認為，用雙手重新握好青龍槍。

兩大英豪再次對決。

居下風的人是戈畢爾。

他狗屎運撿回一命，但不會有第二次。

他本人也不知情，說起獨有技「自滿者」的「命運變更」，一旦發動過，將過很長一段時間才能再次使用。

不管狀態再怎麼好，一天都只能用一次。

因此戈畢爾已經沒有其他的王牌了。而且連續戰鬥令他體力劇烈消耗。剛從死亡深淵甦醒過來，照理說以目前狀態來看需要休息。

就算處在這樣的情況下，戈畢爾也沒有示弱，而是開朗地笑了。

「哇哈哈哈！你的技巧可圈可點，但我也不會輸人。因為我的老師很優秀，所以你可別以為能夠那麼簡單就戰勝我。」

不管巴拉克接下來如何行動都要能夠應對，戈畢爾提昇自己的集中力。

——就在這個時候，命運決定了——

並不是受到戈畢爾的獨有技影響，而是因為利姆路的心中已經誕生「希爾」。

對著山窮水盡、拚命想要擠出殘存力量的戈畢爾，一道來自上天的聲音給他援助。

《想要力量嗎？那我就給你吧。請同意改造你的獨有技。》

（——！）

這代表什麼意思，戈畢爾並沒有回問。

那道聲音讓人非常懷念，又很溫暖，光是聽到就覺得心情平靜。因此戈畢爾毫不猶豫在心中默念同意。

這帶來戲劇性的效果。

《正確選擇。就拿獨有技「自滿者」當祭品，給予你新的能力吧。》

當這個聲音消失，戈畢爾體內也出現新的力量。

究極贈與「心理之王」——希爾給予的這個技能包含五種效果，「思考加速、命運改變、未知操作、空間操作、多重結界」。

思考加速可以將知覺速度提昇百萬倍。
命運改變是獨有技「自滿者」的「命運變更」升級版，能夠讓戈畢爾隨意發動。但是使用頻率依然還是以一天一次為限。
至於未知操作，這也是「自滿者」的「意外效果」升級版。之前攻擊力都是在自身意志無法干涉的情況下提昇，如今已經能夠靠自己的意識發動。但這一樣要看心情而定。情緒高昂的時候能夠讓攻擊力上升，這能力就是這樣。
空間操作是紅丸等幹部才能使用的能力。主要目的是「空間轉移」，只要曾經去過某個地點，若是空間沒有受到干涉，那就能夠自由自在移動，是很方便的能力。由於這能夠干擾空間，所以也有封住敵人逃亡行動的效果。是很方便的能力。
而多重結界是利姆路擅長的防禦術式。結合各式各樣效果的「結界」，能夠對應各種攻擊。就像是跟利姆路借來的一樣，戈畢爾也能夠使用了。
之前技能的效果都是在無意識間發動，如今已經被戈畢爾正確捕捉到。在被延伸到百萬倍的意識領域之中，希爾演練給他看。
那讓戈畢爾很感動。他不禁脫口而出。
「好厲害、太厲害了！我覺得自己不會輸！」
他立刻就得意忘形，但這套用在戈畢爾身上是對的。
吹散陰暗的氣氛，戈畢爾笑了。與之成正比，他的力量大幅度增強。
「你、你是怎樣？力量突然間增加了。究竟做了什麼──！」
「哇哈哈！雖然對你不好意思，但我這邊可是有個偉大的主子。只要有那位大人守護，我就不可能戰敗！」

看後續情況發展也有可能會輸掉，可是得意忘形的戈畢爾還是誇下海口。同時他身體中的力量上漲到快要滿出來。

事情演變成這樣，要他踩剎車相當不容易。

「來吧，覺悟吧！」

「休想！我要讓你親身體會我的力量！」

兩大英豪都與覺醒魔王旗鼓相當，拿出全力廝殺。

攻防就在於剎那間，占上風的人是戈畢爾。

青龍槍不顧一切刺過來，被戈畢爾的水渦槍以柔克剛彈開。巴拉克因此出現巨大的破綻，才剛站穩腳步，胸口就被戈畢爾的突刺穿出一個大洞。

「咕啊！唔，還沒完。靠、靠我的恢復能力，這點程度的傷根本就……」

沒錯，巴拉克繼承了獸人特有的高強自癒能力，而且又從部下那邊補充能量，某種程度上的傷勢能夠在轉眼間治癒。

這次巴拉克也打算靠此突破，然而他沒能如願。

就連戈畢爾都感到不可思議，沒想到「命運改變」和「未知操作」竟然自動發動，加在一起奪走了巴拉克的恢復能力。

命運改變一天只能使用一次，但這是指對同一個對象而言。也就是說還能夠用來對付敵人，如今就在這一刻辨明。

就如同巴拉克他剛才所說的，「在戰場上失去平常心的人只有死路一條」。

「這、這力量比想像中還強……」

就這樣，戈畢爾不僅得到新的力量，還贏得勝利。

*

另一方面，這個時候最後殘存的三將「玄武」歌薩琳也碰上意想不到的強敵。

由於軍團長格拉帝姆敗北，「魔獸軍團」亂成一團。好不容易才整頓完畢，惡魔大軍又立刻飛過來。

說是大軍，其實人數沒有這麼多。

數量大概五百。然而每個個體的素質都可以用一騎當千來形容。

他們是高階惡魔騎士——直屬於魔王利姆路，令人聞風喪膽的戰鬥集團。

魔獸騎士在魔素含量上多了將近兩倍，可是令人意外的是，在戰鬥上卻沒有優勢。惡魔們的實力就是如此高強。

面對這種意想不到的事態，歌薩琳這下急了。處在這樣的情況下，命運的時刻到來。

（那是什麼……）

她用眼角餘光捕捉到一個蠢動的影子。

不知道為什麼，本能正強烈暗示她事情不對勁。為了探尋那究竟為何物，她的目光從戰場上抽離，心思都放在那個影子上。

這是正確的行動。

假如丟著那個影子不管，那歌薩琳連發生什麼事情都不曉得，會直接死去。

不過也可以這麼想……那就是在一無所知的情況下死掉還比較幸福。

黑影蠢動的地點，那裡殘留著魔王守護巨像的殘骸。歌薩琳一直盯著，想要知道發生什麼事，結果那個影子站起來。

黑色的長髮來到腰際，那是一個上半身赤裸的美男子。

肌膚是黑褐色，散發著鈍色的光澤。

就好像金屬材質一樣——不對，那個男人的腰部以下都跟魔王守護巨像的殘骸融合在一起。

就在歌薩琳眼前，殘骸融解並且改變形狀。然後讓男人的下半身跟著成形。

「怎麼了，老夫這不是沒穿衣服嘛。好丟臉啊。」

說話的語氣跟那俊美外貌並不搭調，和歌薩琳先前交手過的男人很相像。

「我說你，該不會是……蓋多拉大師？」

當歌薩琳這麼問完，那個男人笑了一下。

「當然是老夫啦！還是說，妳以為自己已經贏了？那種事情，老夫可無法接受。」

沒錯，謎樣的全裸男子就是蓋多拉大師本人。

「在說什麼！你不是已經因為自爆魔法死掉了嗎！那種魔法在系統上明明就屬於會燃燒生命的類型，為什麼你還活著！」

只見歌薩琳哇哇大叫。

她的腦筋已經轉不過來了，聽完蓋多拉的話變得更加混亂。這樣下去會被蓋多拉牽著鼻子走，那樣

不妙，因此她打算轉換話題。

「對喔，老夫想起來了。老夫好像用生命昇華自爆了。妳是因為這樣才以為老夫死掉吧？可是像老夫這樣的男人怎麼可能自殺。在戰爭結束前，老夫都要贏，不會掉以輕心。」

如此這般，蓋多拉一邊又臭又長地說著，一邊靠魔法創造出衣服，興高采烈地穿上。雖然樣式不怎麼樣，但總比沒穿好。

「打哈哈就免了，快回答妾身的問題！」

歌薩琳不想多費唇舌，想直接把蓋多拉收拾掉。不過照理說應該已經徹底死亡的人死而復生，讓她不禁慎重起來。

也不曉得蓋多拉會不會老實回答。因此歌薩琳懶得管蓋多拉回答什麼，打算下一次進攻要用盡全力。

（反正這個老頭肯定用了什麼奇怪的伎倆。搞不好準備了用來代替他的犧牲品。目的八成是要讓妾身動搖，還真是費心費力呀。既然如此，那種無聊的小伎倆，妾身就靠力量粉碎！）

歌薩琳的魔鋼肉體有別於外貌，重量超級重。因此只要用某種程度的速度衝撞人，光這樣就能發揮相當的威力。

再加上靠著全身的觸手使出高周波千手斬，就會變成能夠將一切碰觸物體全都粉碎的人肉子彈。她的雙腿用力。

將自己當成砲彈，接著讓大地爆炸取得推進力。那就是歌薩琳的另一個絕招。

歌薩琳鎖定蓋多拉。

對接下來會發生的事情一無所知，蓋多拉開始禮數周到地說明。

「這個嘛，老夫已經轉生了。事前有發動老夫開發的神祕奧義『輪迴轉生』。只要用了這招就會暫時跟這個世界道別，但是可以保有記憶，展開新的人生。是很棒的奧義。」

「……所以呢？」

「其實成功率很低，但是會有很大的收穫。老夫已經轉生很多遍了，所以幾乎可以斷定老夫每次都能成功──」

事實上一開始執行的時候，成功率是最低的。因此在阿德曼身上執行起來是失敗的，並不是因為蓋多拉技術不好。

他已經事先安排幾個能夠立刻發動的魔法。拉贊頂多只能保留一個到兩個，然而蓋多拉可以準備三個以上的魔法。

有逃亡用的傳送魔法，和自我了結用的自爆魔法。萬一死掉也要有救，因此他不曾拿掉轉生魔法。

蓋多拉原本是如此謹慎，可是這次發生意料之外的事。

輪迴轉生一旦發動，「靈魂」就會脫離肉體。被魔法保護的「靈魂」為了尋求下一個肉體，照理說應該會回到輪迴的循環中。

可是這次卻有一個約定生效。

其實以前蓋多拉曾經想要拜迪亞布羅為師，但是卻被列入觀察。原本應該是會被當場拒絕的，然而迪亞布羅挺中意蓋多拉。

因為他稱讚利姆路的魔法，跟迪亞布羅一拍即合。

「像你這麼有趣的男人，我不討厭。當我承認你真的有幫上利姆路大人的忙，我就讓你成為我的眷屬。」

宴席之上，迪亞布羅曾對蓋多拉這麼說。

蓋多拉認為是說體面話來拒絕的藉口，但還是想努力讓迪亞布羅認可。只不過，那個時候他已經中了迪亞布羅的「誘惑」。

因此蓋多拉的輪迴轉生才被改寫。變成若是選擇為利姆路而死，那就能夠重生加入惡魔族。

而惡魔族是與生俱來就具備戰鬥能力的種族。擁有生前記憶的蓋多拉變成惡魔族，自然會成為特殊個體。

問題在於肉體。

惡魔族是精神生命體，為了留在這個世界上，他們需要肉體。

原本蓋多拉不是去找人附身，就是只能去跟迪亞布羅取得聯繫，等他召喚自己。然而利姆路心中誕生了「希爾」，因此這也決定他的命運。

《既然你想要肉體，那就賜予你。並且給你進一步的力量。所以——》

你要為利姆路大人賣命——那個聲音這麼說。

在蓋多拉聽來，他可是樂於從命。

當然好——當時他這麼大叫。

契約就此成立，蓋多拉順利轉生。

他變成全新的種族——金屬惡魔族。

像是在證明他是黑暗的眷屬，身體都是黑色的。頭髮和眼睛還有皮膚都是黑色成分居多。而且還散發金屬光澤，感覺很像人造物體。

不過這姿態並不是蓋多拉想像出來的，而是他生前——第一次來世上——那一輪的年輕模樣。透過刻印在靈魂中的記憶重現，因此不管他是什麼種族都不受影響。

因為這是全新的種族，因此不會受到惡魔族才有的束縛。如今蓋多拉的魔素含量跟失控狀態下的克雷曼足以相提並論。再加上還有生前的知識和經驗，肯定變得更強了。

就連蓋多拉自己也感受到他整個人煥然一新。像是在品嚐這份感動，他才會情不自禁變得這麼多話，把事情都說給歌薩琳聽。

「也就是說，你變成金屬惡魔族這種聽都沒聽過的種族？」

「應該是這麼一回事吧。給妳一個忠告，老夫已經變強了。妳完全沒有任何勝算，投降吧。看在我們原本是同袍的情分上，老夫不會取妳性命。」

「那妾身就先回你一句『蠢蛋』！」

歌薩琳早就做好萬全準備，一直在找機會，這下她朝著蓋多拉衝過去。速度快得驚人，將她整個身體轉變成大量的子彈。

蓋多拉還在那邊悠哉地鬼扯，想必無法對應。歌薩琳原本是這麼想的，然而下一秒卻睜大眼睛，相當震驚。

蓋多拉就在眼前了，軌道卻在非她所願的情況下被迫偏移。

「不可思議對吧？簡單做個說明，就是利用魔法操縱磁場，做出一個強大的磁力界。然後往那邊通電，就能像剛才那樣透過電磁誘導來移動物體。」

這裡的物體指的就是歌薩琳。蓋多拉有在學習異世界的科學知識，他能夠用魔法做的事情可多了。

換句話說就連歌薩琳的絕招也會被蓋多拉輕鬆封殺。

「你這傢伙……」

不以為意站在那兒的蓋多拉左手拿著一本大大的書。然後很寶貝地將右手放在上面，開始翻頁。

「如何？這下清楚老夫的實力了吧？勸妳還是趕快放棄投降。」

歌薩琳認為這句話就像是看不起她。蓋多拉本人並沒有那個意思，可是歌薩琳卻覺得身為強者的尊嚴受傷了。

因此她根本不會選擇投降。

「那好吧。原本說什麼都不想用這個，但妾身也做好覺悟了！」

只見歌薩琳吞下藥劑。

她發動特殊投予能力「獸魔合體」。

就跟巴拉克一樣，歌薩琳也試圖獲得強大的力量。可是蓋多拉憑什麼要等她把流程跑完。

「真是的。那就讓妳當老夫全新力量的實驗品吧！」

蓋多拉欣喜地望著歌薩琳。

那眼神就像看著實驗用白老鼠的科學家會有的。

「究極贈與『魔導之書(Grimoire)』——發動！」

蓋多拉左手拿的書放出不祥光芒。

上頭記載著利姆路——希爾——管理的好幾種魔法。

看著在書上列出的美麗魔法術式，蓋多拉露出恍惚的表情。然後選擇最適合現在這個瞬間的魔法。

「『極小黑焰獄』。」

這是紅丸創造出的武技，被利姆路轉換成技能。魔法屬於技能的一種，所以才會被記載在「魔導之書」上。

「──咦？」

雖然比不上創造者本人使用的版本，但是威力無可挑剔。歌薩琳根本不曉得發生什麼事，就在這種情況下被燃燒殆盡，再也不可能重生。

「雖然還想再多炫耀一點，但這也是沒辦法的事情。」

嘴裡念念有詞，蓋多拉打算撫摸他自豪的鬍子。可是那裡一片光滑，甚至連一根鬍渣都沒有。

「糟糕！看樣子連外表都變成年輕小伙子。這下頭痛了。就連頭髮都是烏溜溜的，只能染色了……不，這種時候還是靠變幻的魔法來克服吧。」

在那自言自語的蓋多拉開開心心地翻閱「魔導之書」。

*

就這樣，格拉帝姆等「魔獸軍團」的幹部都被討伐了。

然而戰場上依然危機四伏。

有一個男人看著掉在眼前的格拉帝姆頭顱，一臉歡喜。

「掉在那裡的獵物看起來很美味！」

這就是他歡喜的理由。

有人毫不客氣地將頭部拿起來吃，是因為優樹的命令潛伏在「魔獸軍團」，身為「三巨頭(Cerberus)」頭目之一的「力量」代表者威格。

他貪婪地吃著格拉帝姆的屍體，可以看見威格的身體逐漸充斥力量。

那具讓人聯想到肉食獸的精壯身軀大上一號。格拉帝姆是身高超過兩公尺的彪形大漢，威格成長到跟他不相上下，膨脹起來的肌肉讓制服變得緊繃。

「嗯，還不夠……還不夠啊。」

嘴裡說著這些話的威格接下來、陸續發現看起來很好吃的獵物。

有變成焦炭的「朱雀」奈哲姆，胸口留著大洞死掉的「青龍」巴拉克，只剩下金屬殘骸的「玄武」歌薩琳。

靜靜地，他偷偷靠近，在沒有任何人察覺的情況下，威格快手快腳將獵物陸陸續續吃光。

之所以能夠辦到這點，都是因為威格與生俱來的特殊能力——獨有技「惡噬者」的能力使然。

…………

……

……

威格出生在英格拉西亞的王都。連他本人也不曉得，雙親的其中一方是淪落為魔人的「魔法審問官」。

過度吸收魔物因子無法變回來的父親，襲擊了母親，於是生下威格。因此威格一生下來就被當成異端。才在母親的肚子裡待三天，剛生下來那天就懂事了。

不過他是一個毫無理智可言，而且聽不懂人話的嬰兒，包含母親在內，周遭人都把他當成怪物，很懼怕他。別說是受到疼愛了，還差點被殺掉，所以他躲了起來。

後來過了十幾年，威格存活下來。

他吃老鼠，還去撈剩飯，為了活下去什麼都吃。到最後甚至還吃打架完奄奄一息的人類。

於是他明白一件事。

原來在自己四周有這麼多的食物可以吃。

開始吃人類的威格變成如假包換的怪物。他當然被下令討伐，而負責執行的人是優樹。

得到當時已經在當教官執教鞭的井澤靜江協助，優樹順利捕捉到威格。

原本應該是要處刑的，但是優樹覺得威格的力量很令人惋惜。他具備無與倫比的戰鬥天分，還有強韌的肉體。而且也很有成長空間，優樹認為經過鍛鍊後應該能夠當成有用的棋子利用。

優樹騙靜已經把威格收拾掉。

然後透過達姆拉德，讓威格在帝國受教育。如今已經成長成令人畏懼的戰士。

…………

…………

……

算威格幸運，來當援軍的高階惡魔騎士跟魔獸騎士之間的戰鬥愈演愈烈。因此他才能在沒人注意的情況下達成目的。

強韌的野獸四肢，和堅硬的魔鋼身體，加上連魔法都能彈開的龍之力，以及可以在空中飛翔的翅膀——這些威格都在短時間內獲得。

不僅如此，甚至還撿到相當於神話級的青龍槍。

雖然還沒被認可成為槍的主人，但是威格不在意。他注入力量逼青龍槍臣服，硬是讓它跟自己融

合。

這是歌薩琳擁有的力量——「金屬操作」的效果。

吸收了神話級的力量，威格全身出現駭人的變化。有了包覆全身的奇怪鎧甲，變成謎樣的魔人。

事情來到這個地步，就連戈畢爾他們也不免注意到。

「什麼！還有這麼奇怪的魔人在！」

他發出驚叫聲，部下們不免說出喪氣話。

「可是戈畢爾大人，我們這裡已經沒有半分餘力了啊！」

「正是。」

「一直連續戰鬥，就連補給物資都剩下不多了。該怎麼辦，戈畢爾大人？」

這也不能怪他們。

事實上「飛龍眾」的疲勞度已經逼近極限。

假如高階惡魔騎士再慢一點來，那他們早就撐不下去了吧。

畢竟值得仰賴的援軍獸王戰士團和「天翔眾」都已經先脫離戰線，所以這不能怪「飛龍眾」。

啊，糟糕——一切就從蘇菲亞說了這句話開始。

戈畢爾問她怎麼了，結果對方回答「好想睡」。

一聽到這句話，戈畢爾馬上就有概念。

他心想要開始了。

「豐收（Harvest Festival）」展開免不了通過進化睡眠這一關，他發現開始的時機實在太過不利。

卡利翁和芙蕾正要覺醒，出現這樣的流程理所當然。面對這種讓人無法抗拒的生理現象，抱怨也沒用。因此戈畢爾等人孤軍奮戰，想要靠他們的力量死守。

其他的部隊都各自判斷，在跟敵人交戰。然而戈畢爾他們卻沒辦法離開現場。因此這樣反而讓他們變得更加疲勞。

威格在這樣的情況下登場，就連戈畢爾看了都面色鐵青。

「敬請放心，戈畢爾先生。首先就由老夫去跟那個人談談看。那個傢伙叫做威格，是優樹那小子的夥伴。」

這讓戈畢爾對蓋多拉刮目相看，覺得他還真是可靠。

「那就拜託你了！」

「包在老夫身上。」

這兩個人不知不覺間變得要好起來，笑著對彼此點點頭。緊接著蓋多拉就朝威格走過去。

「威格啊，好久不見。」

「啊？噢，原來是蓋多拉老頭。聽說你反叛加入魔王利姆路的陣營，看來是真的。」

「嗯嗯。所以老夫跟優樹就算是合作關係了。幸好能夠在這碰到你。假如老夫不在，你可能會被當成敵人。」

「是嗎？」

面對親切靠近的蓋多拉，威格興趣缺缺地看了一眼，然後立刻就將目光轉開。

比起蓋多拉，如今有些人在他眼裡看來更令他感興趣。

他正在看卡利翁和芙蕾。可以看到在他們四周還掉了很多看起來很好吃的食物。威格的嘴巴裡分泌出滿滿的唾液，一想到那些肉的滋味，他就一臉陶醉。

「老夫就在這裡當個中間人，你也來幫忙我們吧──噗哇！」

蓋多拉正打算過去裝熟拍拍對方的肩膀，卻被威格的拳頭打到。由於蓋多拉毫無防備，所以被扎扎實實地打中了。

如今威格的力量受到強化，甚至超越覺醒魔王。跟蓋多拉相比，魔素含量提昇到多出他好幾倍。蓋多拉已經變成叫做金屬惡魔族的種族，對物理攻擊的防禦算是優秀，但依然比不上全身都變成魔鋼，甚至還吸收神話級裝備的威格。才被打到一下就失去意識，陷入沉默。

「蓋、蓋多拉先生──！」

一面叫著，戈畢爾心想蓋多拉先生也靠不住了。虧他還信心滿滿，這下沒戲唱了。好不容易得到的希望瓦解，戈畢爾相當失望，而且威格的實力超乎想像。

他似乎不打算隱藏，用飢渴的目光看著卡利翁和芙蕾。

威格的目的很明顯。

如果沒有在這裡打倒他，他會獲得更強大的力量吧。

就連現在都不曉得能不能戰勝對方，但如果事情真的演變到那個地步，更是束手無策。到時候戈畢爾肯定沒有任何勝算，只能趁現在努力了。

（雖然我平常都很想出風頭，但像這樣接二連三，還真是夠了。）

如此這般，戈畢爾稍微有了反省的意思。

＊

下定決心的戈畢爾正打算上前，卻有一個人擋在他前面，讓他停下腳步。

「戈畢爾先生，這裡就交給窩吧。」

「喔、喔喔！原來是拉普拉斯先生。你怎麼在這裡？」

「那素因為——」

拉普拉斯才要回答說是之前被大家拋下，卻不由得住口。因為他發現說出來太遜。

「那還用說。當然素來幫你的啊！」

「喔、喔喔！原來是這樣啊，那我就放心了，拉普拉斯先生！」

「當然。既然窩都來哩，你大可放心。」

拉普拉斯硬是讓對話結束。接著轉頭面對理當是他夥伴的威格。

「那麼，威格啊。你為什麼要打蓋多拉老爺爺？」

一邊輕輕地轉圈圈，拉普拉斯對威格提出這個問題。用嫌拉普拉斯煩人的眼神看著他，威格不耐煩地回應。

「啊？問這不是廢話嗎？當然是因為那個老頭想要妨礙老子。」

「你說妨礙？」

「對，就是那樣。有人膽敢妨礙我進食，就別想活命。所以說拉普拉斯，你最好也乖一點。那樣還能看在從前的交情，要放過你也行。」

這讓拉普拉斯停止旋轉。

「這玩笑開得挺有趣的。你該不會忘記自己的立場吧？」

語氣跟剛才幾乎沒什麼兩樣。可是散發出來的氣息說是判若兩人也不為過，有種咄咄逼人的感覺。

不過威格沒放在眼裡。

「哈哈，你說立場？這話該對你說，憑你的地位難道就能命令老子！聽說優樹那小子輸給魯德拉了嘛。我只聽比自己強大之人的命令。」

說完這句話，威格哈哈大笑。

張狂的笑聲在戰場上大聲響起。

「別笑哩。你的笑話一點都不好笑。」

「就說不是在講笑話——好痛！」

下流的笑聲突然間停了。

拉普拉斯瞬間靠近他，掐住威格的脖子。

「你如果太瞧不起人，窩可素會把你收拾掉。」

比拉普拉斯大上兩倍有餘的巨大身軀被抓起來。

威格揮動手腳掙扎。雖然再也沒有呼吸的必要，但他還不習慣，因此陷入混亂。

拉普拉斯用膝蓋踢這樣的威格。被人抓住脖子，就算被拉向對手，依然沒機會逃離。由於拉普拉斯放鬆手中的力道，威格這才當場蹲下，調整呼吸。

「等、等等。抱歉，是我太囂張。我已經冷靜下來了，原諒我。」

拉普拉斯原本打算直接用腳踢威格的頭，但是看到他苦苦哀求就停止動作，接著用冷酷的聲音宣

告：

「——窩沒有像老大那麼善良。別再有下次。」

「我、我知道了。」

「那就乖乖跟窩過來。給窩聽好，要素你亂來，別怪窩無情。」

威格點頭如搗蒜。

「遵命。那接下來該怎麼辦？」

「窩接下來要去會長他們那邊。只要能想辦法處理會長，蒂亞跟福特曼就能夠恢復原狀。總之沒有找到解決方法，就沒辦法救出老大。事情就素這樣，你絕對不能偷跑。」

「知道了。」

威格聽了拉普拉斯的話大力點頭。看他態度上這麼唯唯諾諾，可以想見威格非常怕拉普拉斯。

看到這樣的威格，拉普拉斯無奈地嘆了一口氣。

「這樣真的沒問題嗎？」

這時蓋多拉突然站了起來，看似擔憂地說了這句話。

「老頭！」

這讓威格下意識繃緊神經。

「喔喔，蓋多拉先生！你沒事啊！」

感到驚訝的戈畢爾一臉開心。

「老爺爺你果然沒事啊。」

大概早就預料到事情會變成這樣，拉普拉斯並不驚訝。

「那還用說。雖然失去意識一下下，但老夫有萬全的緊急措施。是想讓對方大意再用超級大魔法打對方，所以老夫才假裝自己被打倒。」

其實究極贈與「魔導之書」上頭理所當然記載著「思考加速」和「並列運算」。只要使用這個，就算昏過去也能夠讓其他備用的思考迴路接替。

「原來如此，連我都被騙了。」

「老爺爺好厲害啊，真的。」

「當然啦。老夫活這麼久可不是活假的。話說回來，威格的問題比較大吧。」

拉普拉斯原本想要把這件事情帶過去，但蓋多拉還是窮追不捨。

「我？」

「沒錯。老夫說什麼就是無法信賴你。」

「為什麼啊！」

威格一副完全無法理解的樣子。

就連拉普拉斯也很錯愕。

他沒轍地聳聳肩，給對方的答案就像在開導。

「說真的，窩也不信賴他。可素這個男人算窩的夥伴。窩也懂會想說把他收拾掉比較好，可是窩想要去相信這傢伙。而且，沒有經過老大的許可也不能亂來。他不會再那麼囂張，會乖乖聽話，拜託大家，只有一次也好，希望你們能相信這傢伙。」

這問題讓人頭痛，拉普拉斯很苦惱。

那就是威格實在太笨。

他對自己的欲望過於忠實，很不懂得察言觀色，但並非沒有半分優點。若是要集體行動，他不是那麼聽話的人，可是依然會在某種程度上遵從命令。

而且單純論力量，他是有的。像這樣的人才，在這種時候殺掉太可惜。

雖然有的時候會出現問題行為，感覺快要超出容許範圍，不免令人擔心……可是他會跟在威格身邊提點，拉普拉斯是這麼想的。

這次也沒有讓威格得逞，但還差一步就要釀成大問題。

假如他真的對卡利翁等人出手，那拉普拉斯八成也不會站出來替威格說話，早就被人處分掉了吧。

老實說就算沒有得逞，這次事件還是很棘手……

「雖然老夫沒有決定權，可是能體會你的心情。我們又不是不認識，只要沒給利姆路大人添麻煩，那樣應該就沒問題了吧。」

蓋多拉也是其中一個認識威格的人。認為在這個時候出面說話不太妥當，所以就只有給出比較保守的意見。

「其實窩擔心的也素這個……」

拉普拉斯似乎也不怎麼放心，話說得很含糊。

在這之中，就只有戈畢爾哈哈大笑。

「哇哈哈！既然是男子漢，那也免不了要從失敗中學習。好吧。那我就相信你！你叫做威格是吧？好好聽拉普拉斯先生的話，當個偉大的戰士！」

戈畢爾說完就拍拍威格的背。

懷抱著不安，現在卻沒空讓他們站在這裡煩惱。

拉普拉斯很快就帶著威格離開。

「那樣真的好嗎？」

「沒問題。如果威格成長算是好事一樁，就算失敗了，也會有拉普拉斯先生來負責吧。」

「……沒想到你的想法竟然這麼邪惡啊。」

「哇哈哈哈！就算誇我也沒任何好處喔！」

這不是在誇你——蓋多拉這麼想，但是嫌麻煩就沒說出口。

氣氛有些緩和下來，可是目前依然在跟人戰鬥。

兩個人想起這件事，收拾好心情準備作戰。

這個時候他們收到好消息。

「哥哥！摩斯先生來通知我們，聽說利姆路大人打倒維爾格琳大人了。幹部們都進到敵人的飛空艇中，似乎在跟敵人那邊的主要戰力決戰。我們也不能輸給他們！」

蒼華休息完回到戰場上，高聲回報目前的戰況。這下可是讓利姆路陣營的士氣大振。

相反地，帝國軍這邊就很慌張了。

沒了個人意志陷入失控狀態的人姑且不論，成為主要戰力的魔獸騎士們都明白自己陷入多大的窘境。

失去指揮官，沒辦法進一步期待援軍的到來。然而敵人這邊的援軍卻愈來愈多，要去討伐敵人那邊的指揮官也是機會渺茫。

如果堅持要去討伐在戰場上出現破綻的前魔王，那他們反而有可能被包圍殲滅。

若是有人率領就另當別論。

然而就現況來看，長官已經不在了。

知道這樣下去不妙，自然會出現逃亡者。

反倒是利姆路的部下們非常開心。

「唔喔喔喔喔喔，不愧是利姆路陛下！」

「竟、竟然打倒了維爾格琳大人！雖然很難相信，但如果是利姆路大人，這或許是理所當然的結果！」

「這下贏定了。接下來就是我們單方面摧殘敵人啦！」

當然戈畢爾和蓋多拉也不例外。

「太棒了！利姆路大人的『程度』果然跟一般人不一樣！」

「的確。老夫也是突然間變強的，所以就在猜測。那個『聲音』果然跟迪亞布羅大人料想的一樣，是附在利姆路大人身上的東西……」

「你剛才有說什麼嗎？蓋多拉先生？」

「不，什麼都沒說。別管這個了，我們來把我們的工作完成吧。」

隨隨便便去探究會讓自己丟掉小命。蓋多拉很明白這點，因此沒有深入追究。其中一個理由是他認為害戈畢爾受到波及也不太好。

戈畢爾聽完蓋多拉的話點點頭。

他直接將注意力轉向戰場，用今天最大的音量下令突擊。

第四章 八門堅陣

Regarding Reincarnated to Slime

拉普拉斯也離開了，現場只剩下迪亞布羅，他臉上的笑意加深，看著事情都如計畫進展很是愉悅。敬愛的主子在戰鬥，他要就近觀望，作為今後自己替主子效命的參考。

主子欠缺什麼，該怎麼補足才好，得到能夠看出這些的絕佳好機會，他由衷感激。

（不，利姆路大人是不會有缺點的。接下來的首要職務，是要去驗證之後我該怎麼做才是最妥當的。）

不管怎麼轉，最後都會把腦筋轉回為利姆路賣命這件事情上，迪亞布羅就是這樣。

而他自己沒有跳進去參戰，這也是別有用心。

（如果我參戰了，那除了維爾格琳大人，對上其他人都不會陷入苦戰吧。那樣未免太浪費。）

好不容易有機會跟強者作戰，那他就應該來發揮自己的價值。

根據迪亞布羅看來，紅丸也有成長的跡象。將會因為進化使得戰鬥力大幅度增加，可是為了磨練他的力量，跟強敵對戰是最快的捷徑。

這不只套用在紅丸身上，其他從利姆路那邊得到力量的幹部成員都必須面對這個課題。

而在這個戰場上剛好有合適的實戰對手在等著他們，豈有不去利用的道理——以上就是迪亞布羅的看法。

（不過紅丸先生似乎早就看出我的盤算了，看他都沒有怨言，應該是從一開始就有那個打算吧。）

別看紅丸那樣，其實他意外地好戰。雖然比不上迪亞布羅，但似乎有著跟強者對戰會樂在其中的傾向。

很期待他有所成長——迪亞布羅心想。

只要能夠在這次的戰役中活下來，八成就能獲得更加強大的力量。

不過——

（利姆路大人的命令不可違背。他們不能死掉，必須要戰勝。）

每個人都不能死掉，要活下來，並且變得更強。因此迪亞布羅將會不吝於給予協助。

只是給予力量沒意義。必須要靠自己獲得，徹底發揮那股力量，這樣才能發光發熱。

這次戰爭就是為此準備的舞台。

要給他們敵人，讓他們粉碎敵人。之後才會有所成長，這就是利姆路想要的——迪亞布羅如此解讀。

（咯呵呵呵呵。戴絲特蘿莎姑且不論，就連卡蕾拉和烏蒂瑪她們都特別喜歡靠蠻力硬幹。尤其是卡蕾拉問題很大。在這裡讓她們經歷一次苦戰或許也是不錯的經驗。你們可要順利存活下來。否則我可是會真的動手殺人。咯呵呵呵呵——）

想到這邊，迪亞布羅笑得更開心。

接著他看到利姆路和維爾格琳的對戰過程，當下興奮到極點。

＊

在皇帝指揮艦的船艦外甲板上，近衛騎士們聚集在一起。

有了維爾格琳這個帝國守護者，讓他們鬥志高昂。

「只要有維爾格琳大人在，肯定能贏得勝利。」
「對。我們也不能遜色。」
「要在這裡贏得勝利，連西方諸國也一口氣平定吧。」
「說的對。我們帝國統一天下的日子近了。」
「皇帝陛下萬歲！」
「榮耀是屬於皇帝陛下的！」
在說不上寬闊的甲板上，大夥兒盡情抒發自己的心情。
然後他們一起看向敵人。
「來了是嗎，魔王的爪牙們？」
「從邪龍維爾德拉被奪走的那一刻起，你們就注定戰敗！」
也有人如此嘲弄，但大部分的人都無言地拔劍。
理由很單純明快。
因為他們已經認定來者是「威脅」。
而且已經有了覺悟，要將這裡當成決戰的地點，為了迎擊敵人出動。
他們還不曉得。
那就是絕望已經逼近。
當他們發現的時候，生命也跟著走到盡頭。
戴絲特蘿莎優雅地在空中飛翔，臉上神情憂鬱，看起來不怎麼開心。

因為在身為標的物的飛空艇上，她看到有許多人愚蠢地拿著刀劍。

「討厭。看到我們還敢過來挑戰，未免太不自量力了。」

紅丸沒有說話。

他是很想贊同，但若是身處敵人的立場，會這麼做理所當然。因此他並沒有對戴絲特蘿莎的話表示認同，而是一直沒有出聲。

就這個部分而言，紅丸還算是價值觀正常。

如果是真正的瘋子，那思考迴路原本就異於常人。彷彿在證明這一點，戴絲特蘿莎出動了。

「竟然看走眼沒認出強者，真是愚蠢。實在太過悲哀了，所以我不會給你們恐懼，而是會給你們慈悲的祝福！」

其實戴絲特蘿莎原本是打算稍微肆虐一下，讓對方看看自己的實力，然後再吞食恐懼之人的情感。可是面對已經有了覺悟的對手，要花點時間才會讓他們恐懼。那樣很麻煩，最重要的是也脫離了作戰的宗旨。

因此她決定盡快排除礙事的傢伙。

戴絲特蘿莎讓整艘飛空艇都變成施放範圍，毫不猶豫地放出魔法。

這個魔法是核擊魔法「死亡祝福（Death Streak）」。

是連「靈魂」都能夠破壞的究極禁斷魔法，正要殘酷地發威。催生出一個黑色的圓球包住飛空艇，為內部帶來死亡。

沐浴在會讓所有生命體死絕的魔死光線中，在船艦內的人幾乎都死光了。

聯絡完格拉帝姆，在為決戰做準備的札姆德少將，也來不及反應過來就氣絕身亡。他運氣不好。

假如利姆路還有餘力，那他就會想起卡勒奇利歐希望留士兵一命的哀求，下達指令要自己人別把札姆德他們捲進去吧。

然而很可惜，現實是殘酷的，碰上死亡人人平等。

「突然間就出手是嗎？雖然有命令可進行先制攻擊，但這下子就沒我們出手的機會了。」

「這是為了不勞煩到你們，一不小心就努力過頭了。」

「少來。說錯了吧，應該是不希望獵物被搶走。」

聽到紅丸這樣吐嘈，戴絲特蘿莎愉快地笑了。

「哎呀，被你看穿了。不愧是紅丸大人。」

「好久沒有像這樣被人誇獎卻不開心了。」

像這樣彼此調侃，其實並不代表有出什麼問題。紅丸反倒也認為這樣比較省事，更好。有意見的是之後過來的那兩個人。

「啊啊！原本想叫妳把我們的份也留下！」

「是我判斷失誤。應該別去管迪亞布羅，先處理這邊才對。」

只見烏蒂瑪和卡蕾拉恨恨地看著戴絲特蘿莎。

戴絲特蘿莎只回給她們一個苦笑。

「妳們功夫還不到家。要好好搜尋氣息。其實還是有生還者在。」

「沒錯！會被那點程度的攻擊打倒，拿來當我的對手根本不夠。我反倒要誇獎一下，多虧妳幫忙篩

選！」

「不敢當，紫苑小姐。」

就像在說還真是投緣，戴絲特蘿莎露出微笑。

識相的人就是懂我——這想法全寫在臉上。

能夠承受得了死亡祝福，不是對魔性有適應力的人，就是精神生命體。如果夠幸運，「仙人」等級的人也有機會活下來。

不管怎麼說，如果在船艦內部有生還者，那肯定是強者沒錯。

儘管烏蒂瑪和卡蕾拉很不甘心，她們要抱怨也站不住腳。因為明白這點，她們就不再去計較了。

之後——

「我們上。」

在紅丸的號令下，突襲作戰開始。

＊

降落到飛空艇的艦外甲板上，一行人看見帝國近衛騎士屍橫遍野。肉體還殘留，這表示他們曾經奮力抵抗過。

這些人在大國之中想必也被稱為英雄，如今的下場則是這樣。

「不、不要……我還不想死……」

當場還有人對著天空伸手，希望能夠活下去。

然而他們的生命已經等同走到盡頭。不管是回復藥還是恢復用的魔法，都沒辦法救他們了。

當他們跟戴絲特蘿莎敵對，命運就走到盡頭。

「討厭！果然很浪費。有這麼多品質優良的人，肯定能夠唱出甜美的讚頌曲。」

「別說這麼任性的話。看，有人出來迎接我們了。」

戴絲特蘿莎用手指指著指揮艦的艦首部分。

那裡有著帝國的頂尖人員。

有皇帝魯德拉和依然陷入沉睡的維爾格琳。

以及在兩側文風不動站著的近藤和達姆拉德。

魯德拉背後還有四名男女。

另外還有一個人，這個男人乖乖待在近藤旁邊。

「皇帝竟然親自出來迎接，是我們的榮幸。」

當紅丸用高高在上的態度說完，有反應的不是魯德拉，而是近藤和達姆拉德試圖上前。可是這個動作被魯德拉舉起單手制止。

「退下。不得不承認。寡人花了兩千年以上漫長時光蒐集這些棋子，如今只剩下這些。你身為魔王利姆路的代理人，寡人就允許你當面問答吧。」

「那就多謝了。」

「那麼，你們來這裡的目的是什麼？」

「其實也沒什麼大不了的。雖然不是全權委託，但我代替利姆路大人過來提出要求。要你們現在就停止一切戰鬥行為，無條件投降。若是願意接受，我們也不會繼續追擊。」

「如果拒絕呢？」

「利姆路大人已經下令要我們把你們全數殲滅。我們將會分個高下，直到某一方全數陣亡為止。」

只不過我們不被允許陣亡就是了——紅丸在心裡補充這句話。

那句話並沒有說出口，他的態度也很傲慢，怪不得帝國的人馬會氣急敗壞。

「無禮！」

大概是不由得脫口而出吧，只見馬可大喊。

「不知天高地厚的垃圾，因為是井底之蛙才會這麼傲慢。真愚蠢。」

四騎士的其中一人揹著長槍，他發出呢喃，把紅丸看扁了。紅丸自然有聽到，但似乎沒把對方看在眼裡，他的眼睛依然看著魯德拉。

其他人都保持沉默。

決定權在魯德拉手上，只要他沒有允許任何人直接置喙，那他們插嘴就是大不敬。

「未免太可笑。怎能讓寡人的雄心壯志在這結束？」

「那就去死吧。」

如今紅丸已經不會展露有欠考量過於衝動的一面，但他的本性依然是殘暴鬼神。比起慢慢跟人交涉，他更喜歡靠武力制裁。

再說——

既然利姆路下令將敵人全部格殺，那他就沒道理在這裡退讓。

一觸即發。

當下的氛圍就是這種感覺，此時有人採取行動——原本還在沉睡的維爾格琳睜開眼驚醒。

「魯德拉！」

「怎麼了？看妳這麼慌亂，發生什麼事了？」

維爾格琳朝四周一瞥，立刻明白這裡發生什麼事。不過她依然認為自己的事情更重要，因此無視紅丸他們，開始娓娓道來。

「我的『別體』被魔王利姆路抓住。要突破結界似乎得花幾分鐘的時間，我想要把力量弄回來這邊——」

剛好就在這個時候，利姆路——希爾透過「斷熱牢獄」將維爾格琳封印住。

維爾格琳之所以會這麼做是認為還有轉圜餘地，但是看到除了紅丸等人，就連那三個女惡魔都在這邊，讓她浮現危機意識。

「真不愧是利姆路大人！我們也不能輸。」

紫苑很開心、很興奮。

「他現在好像在專心對付維爾德拉大人。利姆路大人一定會把維爾德拉大人搶回來的。」

蒼影也跟著點點頭。

他有悄悄留下「分身」，並沒有忘記要去確認利姆路的安危。蒼影就是這樣的男人。

「那表示他同時對付維爾格琳大人和維爾德拉大人，還壓過對方。真厲害。」

「就是說啊。說真的，連我也沒想到他會這麼厲害。」

「沒錯。主上真是個深不可測的高人。」

那三個女惡魔知道維爾格琳有多強，所以她們說的話很有分量。真要說起來，她們三個其實內心有著滿滿的不敢置信。

「真是失策。怎麼能被迪亞布羅的甜美謊言誆騙。」

「真的。那傢伙早就猜到事情會變成這樣，才想一個人過去參觀。好卑鄙喔。」

對惡魔而言，卑鄙這個字眼也算是誇獎用詞，但是紫苑聽了決定之後要去找迪亞布羅算帳。

自己也在觀摩中的蒼影顯得平靜。

紅丸則是偷偷把目光轉開。因為他一直在利用摩斯，偷偷觀望利姆路的作戰過程。

另一方面，帝國這邊陷入大混亂。

「怎麼可能！原來他有這麼強的力量！」

平常都很冷靜沉著、不會表露情感的皇帝魯德拉不由得站起來大叫。

他有聽取近藤的忠告，給予利姆路高度評價。但他確實小看對方，認為利姆路的危險性不及維爾德拉。

事到如今才發現已經太遲了。

近藤也發現自己失策。

當他的攻擊不管用的時候，他就已經有所警戒，然而這樣還不夠。

（不管發生什麼事，我都要守護陛下。）

不發一語的他做了這個決定。

達姆拉德從一開始就認為魔王利姆路是個威脅。

知道對方強到不合常理。

就連像優樹這麼狡猾的人搬弄計策都沒辦法利用利姆路。光這點就讓他覺得對手不容小覷。

魔王利姆路給人感覺很不尋常。

優樹也好，魔王利姆路也罷。

這些人身上有一股霸氣，就像是某種領袖魅力。不僅吸引了達姆拉德，還讓他感受到不可思議的可能性。

達姆拉德跟皇帝魯德拉做了一個遙遠的約定。但就連他都不確定是否能夠恪守到最後。

因此他把命運交到其他人的手中。

而足以託付這些的對象——有某種特質、能讓他這麼想的人，就是優樹和利姆路，這兩個閃亮的存在。

而其中一個人——也就是魔王利姆路，氣到失去理智。

這件事情讓達姆拉德感到不安。

總覺得有事情要發生。

艦橋那邊如同魯德拉所說，集結了帝國的最強戰力。沒看到格拉帝姆和他的部下們，現實情況是無法期待會有更強的援軍到來。

然而他們這邊卻沒辦法壓制魔王利姆路的部下們。

原本魔王利姆路就不是能夠小看的對手。如今看到眼下這種情況，也能夠認清這點。

達姆拉德不敢大意，為確保在任何情況下都能夠守護皇帝，他全身上下的神經都繃緊了。

其他的四騎士，都為意想不到的事態失去平常心。

維爾格琳是絕對的霸主，就連他們這幾個高手都看不清她究竟有多少力量。這樣的維爾格琳承認魔王利姆路的實力，他們怎麼可能不困惑。

就在這個時候，雙方陣營正好為了相反的事情感到震驚，是維爾格琳打破這樣的氣氛。

「你剛才說要分個高下對吧？也好。就把你們幾個打倒，拿來當成讓魔王利姆路聽話的交涉材料。這樣可以嗎？」

「那好吧。就對寡人證明你們的力量！」

「「「遵命！」」」

魯德拉做出決斷，帝國的騎士們也不再驚慌。那個聲音有股力量，讓戰士們感到安心。

「對，我們一定會贏得勝利。」

維爾格琳也跟著露出壯烈的笑容。

那一抹笑讓人感覺既美麗又可怕，可以料想得到接下來要展開的戰鬥有多麼淒慘。

「你們也沒意見吧？」

「對。要在這一戰贏得勝利，斬斷未來的禍根。」

「那好。那麼，願你們打上漂亮的一戰——」

說完這句話，維爾格琳張開雙手對著天空高高舉起。

接著她發動「八門堅陣」。空中出現八道門，並列在雙方陣營的中間。

那門縮小到一個人可以通過的程度，維爾格琳來到門前方說明。

「這艘指揮艦上的空間已經被我創造的另一個世界隔離起來。想要逃出去就必須將這些門全部破壞。」

在場的帝國軍成員除了魯德拉，共有八個人。也就是說，每個人負責守護一扇門。

「如果所有人一起進入同一個門會怎樣？」

「這個說法很有趣。你們可以試試看就知道了，不過一旦進到門裡頭，只有殺掉門之守護者的人，才有資格進入下一扇門。」

假如維爾格琳說的是真的，那所有人一起進去的話，就只有一個人能夠進入下一扇門挑戰。要破壞所有的門才能夠逃脫，做這種選擇未免是太過危險的賭注。

「原來如此。如果真要那麼做，那就要等進入最後一扇門挑戰的時候，大家再一起進去。」

「算你聰明。要挑戰我守護的門，這麼做或許是對的。」

聽到紅丸指出這點，維爾格琳笑著點點頭。

想必她早就看出對方會那麼想吧。即使如此還是有自信打贏，所以她才在一開始提示條件。

「不過，就因為這個異界有設定那樣的條件，才能夠不消耗太多能量維持。你們不破壞所有的門就沒辦法逃走，也沒辦法對魯德拉出手。還是說，你們打算在這邊總動員挑戰？」

要選哪個都行，維爾格琳如此宣告。

「八門堅陣」給予的守護會對負責防守的這一方不利。由於對方已經知道守門員的相關情報，可能有擬定對策再來挑戰的風險。可是全體總動員大廝殺會讓魯德拉也陷入危機。其實維爾格琳最想避免的是這點。

除此之外，她也很想將利姆路的部下都關進異界。即使會多少帶來一些不利，她還是希望可以在這個異界決勝負。

「也好。我們決定接受這場對決。」

只見紅丸毫不猶豫地回應。

聽到他這麼說，維爾格琳心想這下贏定了。

（只要我沒有輸掉，這個異界就不會破除。換句話說贏的人一定是我們。）

就算他們一起上，維爾格琳也有把握能夠贏。所以她才會選擇最安全的對策——「八門堅陣」。

紅丸也已經察覺維爾格琳的意圖。然而就算在這拒絕也無法避免跟維爾格琳對決，因此他認為選擇獲勝機率較高的方式會更好。

雙方的意見在這裡達成一致，決戰場所就此決定了。

*

就在紅丸他們眼前，又有一個人進到門中。

最後剩下維爾格琳，她跟魯德拉擁抱完才進到門裡。

就在這個時候，門開始慢慢移動，將紅丸他們周圍團團包圍住。

不曉得是哪個人進到哪一個門裡——沒這回事。但要說有哪個人笨到遺漏這點——

「他們還真卑鄙。這樣就不知道是哪個人守護哪個門了。」

說這句話的人是紫苑。

「……沒問題。我都記得。」

妳都沒在看喔——紅丸硬是把這一句話吞回去。他稍微能夠明白迪亞布羅有多辛苦了。

「呵呵，是有趣的餘興節目。假如你們勝利了，到時就賜你們和寡人戰鬥的殊榮吧。」

被異界的法則守護，魯德拉悠哉坐在椅子上，如此宣布。

他相信維爾格琳一定會贏。看他的態度，顯然只把這一場戰鬥當成娛樂看待。

「結果還不一定呢。戰鬥的時候會發生什麼沒人知道。我們在某些事情上面也是不能退讓的，要讓你明白這點。」

紅丸發下豪語。

然後把夥伴們的臉都看過一遍。

這是為了看出誰適合去對付誰。

然而卻有人等不及紅丸做出判斷。

那個人就是紫苑。

「我一忍再忍，已經夠了吧。」

「等等，喂！」

「利姆路大人也說了，要把敵人全部殺掉。那就沒什麼好煩惱的了，趕快收拾掉吧！」

原來妳也會煩惱——姑且先不去吐嘈這個，可不能讓紫苑任意妄為。雖然紅丸這麼想，可是紫苑卻一不做二不休，把門踢開進到門裡頭。

「……好吧，算了。也不知道是計算好的還是偶然，她剛好選到合適的對手。」

紫苑採取的行動很容易導出最適結果。雖然這次也有點問題，但是她正好選了紅丸希望配給她的那扇門。

這下剩下的門變成七個。

其中一個有維爾格琳在，必須把那扇門留到最後。

接下來該看看其他是誰要來對付誰才好，然而……

「能否打擾一下？」

說出這句話的人是維儂。

「什麼事？」

帶著讓人不寒而慄的氣息，烏蒂瑪問他。

「其實不才跟馬可這號人物的對決還沒分出勝負。如果是現在的不才，自認有把握贏得勝利。」

去對付能夠戰勝的對手當然比較好。

只要打贏就能夠離開，交給他也不錯。紅丸如此判斷，並下達許可。

「那好吧。那個什麼馬可就交給你了。」

「哦——太好了呢。既然紅丸先生都這麼說了，那我也沒意見。」

烏蒂瑪也消氣了，維儂的對手就決定是這個人。

看到這段互動，接下來開口的人是阿格拉。

「在下也有個請求。」

「你叫阿格拉是吧，想說什麼？」

「是這樣的，雖算不上有過節，但在下有一個對手還沒分出勝負。可以的話希望能夠跟他對打。」

「是在說誰？」

「是一個叫做近藤的男人。似乎跟在下師出同門，單純以劍士的角度來看，他也是一個不可小看的對手。」

「哦？」

感覺其中好像有什麼糾葛，紅丸心想。

他很好奇阿格拉的流派，也知道白老特別在意阿格拉，因此希望實現對方的願望，可是有個問題。

「你有信心能贏嗎？」

對，假如阿格拉輸了，那就沒戲唱了。

在紅丸看來，近藤中尉算是很棘手的男人。連利姆路都對他保持警戒，因此紅丸認為阿格拉去對付八成會很吃力。

「這……」

阿格拉欲言又止。

身為劍士，他是一個就算輸了也沒有任何悔恨的對手。可是這麼做違背利姆路的旨意。

阿格拉也明白自己的要求太任性。

結果有人替他說話。

「好吧，阿格拉。你很少會提出任性要求，我也會去幫忙你。」

這人就是卡蕾拉。

身為阿格拉的主子，她大方說出這句話。

只見紅丸點點頭。

他沒去問卡蕾拉有沒有勝算。

「話說近藤這個男人，就連我都沒把握一定能夠打贏。我不會要求你們一定要贏，但絕對不能死掉喔。」

聽到這句話，卡蕾拉高聲大笑。

「那當然。再說，對了。也先給阿格拉試煉吧。反正必須要試試看是不是真的贏了就能夠打開下一扇門，既然要嘗試，那先去找個看起來最弱的對手做實驗比較好吧。」

「贊成！雖然紫苑小姐已經先去了，但如果贏了不能連續對戰就沒意義了。」

「是啊。如果真的有什麼萬一，那就只能讓那些有資格的人去挑戰維爾格琳大人了。可是維爾格琳大人是個心高氣傲的人，我想她應該不至於說謊。」

紅丸當然也考量過這個可能性。本打算等到紫苑回來再讓她試試看，不過他也沒道理去阻止阿格拉他們嘗試。

「你打算怎麼做？」

「就把阿格拉當成主力，耶斯普利跟過去支援吧。是不是真的只有殺掉裡頭的敵人，那個人才能挑戰下一關，靠這樣應該就能夠弄明白。」

「順便把祖達也帶過去吧。他特別擅長治療，讓他去對付太強的人沒有用。」

祖達並不弱，可是現實就是要去對付聖人級的對手會太吃力。因此烏蒂瑪認為就算他無法晉級到下一關也無所謂。

用不著前往危險的戰場，只要能夠替從門出來回到這裡的人治療就行了。事情就是這樣，所以沒有任何人反對。

「那麼阿格拉、耶斯普利、祖達，你們三個人一起去攻略這扇門。」

紅丸指著其中一個四騎士進入的門。

那個人就是看不起紅丸，罵他是垃圾，背上揹著長槍的彪形大漢。

雖然紅丸很想親手將他燒成焦炭，但他決定這次還是讓給阿格拉等人。

「遵命。」

「包在我身上！」

「我們一定會取得勝利。」

緊接著這三個人就進到門裡頭，前往對決。

如此這般，第二道門的攻略開始了。

剩下的其他人不慌不忙，等著紅丸告知接著換誰進攻哪一扇門。

「在阿格拉他們回來之前，要先來決定每個人的對手。」

維爾格琳守護的門之後再說。

近藤交給卡蕾拉對付，馬可就決定是維儂的對手。

再來就剩下達姆拉德，和另外兩個四騎士。

「在我看來，那個看起來像是四騎士隊長的男人應該最強。我想要親自去對付他。」

「我沒意見。我也是這麼想的。」

「既然這樣，那個叫做達姆拉德的傢伙可以分給我嗎？」

「我的對手已經決定了，所以沒異議呢。」

達姆拉德和其他的四騎士，在強度上應該沒有太大差距。因此紅丸也沒有意見。

「蒼影，你沒關係嗎？」

「無所謂。剩下的是會用雙劍的四騎士吧。好像挺適合我，沒問題。」

「那就這麼決定了。」

話說到這邊，紅丸暫時沉默了一下。

接著難為情地繼續說著。

「……雖然現在說太晚了，但是這下困擾了。」

「怎麼了？」

當蒼影問完，他一邊用手搔搔臉頰，一邊回答。

「我們沒有互相報名號，所以不知道對手的名字。不過是哪個人負責守護哪一扇門，我還記得，所以沒問題就是了。」

「這確實是個盲點。不過別在意。反正是要決一死戰，只要知道自己要殺的人叫什麼名字就行了吧。」

聽到紅丸和蒼影的對話，大家都頗有同感地點點頭。

對魔物來說，「名字」有重要意義，但反正對方都是敵人。用不著如此掛懷，惡魔跟其他人都這麼想。

*

阿格拉、耶斯普利、祖達這三個人意氣風發地進入門裡。

前方有個類似圓形競技場的場所，一個男人就在那兒等著。

「喔喔，一群雜碎一起過來啊。但既然對手是我，這也是理所當然的吧。」

右手拿著原本揹在背上的長槍，那個男人發出沒品的笑聲。

「在你們死之前，就把我的名字告訴你們。我排行第五名，是負責保護帝國皇帝的四騎士之一，叫做卡爾西亞大人！你們這群惡魔，能夠跟我這樣的人物對戰，是你們的榮幸，快從這個世界上消失吧！」

卡爾西亞喊完這句話就揮舞著非常接近神話級的傳說級長槍。

那有著絕大的威力，就算是精神生命體，光是碰到也會灰飛煙滅。

然而阿格拉等人一臉不以為然的樣子。

「在下對你的名字不感興趣。」

「這傢伙真的很白痴。竟然敢叫紅丸大人垃圾。」

「就是因為他連自己有多少實力都看不清楚，才敢那樣大言不慚。如果是我就會丟臉得要命，整整三天都會生不如死。」

別說是懼怕卡爾西亞，他們還開始說些有的沒的。

這讓卡爾西亞勃然大怒。

「明明都是一些雜碎，還敢像這樣激怒人。竟然說我不知道自己有多少實力？那就讓你們見識見識。看看本人認真起來的力量有多強！」

一陣叫喊之後，卡爾西亞將原本壓抑住的力量解放。

來到聖人級，那魔素含量就相當於覺醒魔王。即使阿格拉他們進化成惡魔大公，差距還是有好幾倍之多。

身上散發高密度的鬥氣，卡爾西亞踏出一步。光只是這樣就讓鋪滿競技場的大理石地板出現裂痕。

「覺悟吧。然後你們要為激怒我一事感到後悔。」

不管有沒有激怒他，卡爾西亞採取的行動都一樣吧。大家都明白這點，可是沒有說出口。

阿格拉用手握住掛在腰上的刀，採取慎重觀察對手如何出招的戰鬥方式。只要被打中一下就免不了受重傷，因此他決定專心防守。

耶斯普利打算拿這樣的阿格拉當盾牌，準備用魔法來些小型攻擊。只要卡爾西亞的注意力放在阿格拉身上愈多，耶斯普利就愈能夠準備大型魔法。能夠安全作戰太划算了，耶斯普利看起來一派輕鬆。

祖達則是完全負責支援工作。他不僅擅長治癒魔法，還能夠針對重點輔助阿格拉。比起耶斯普利，更想和祖達組隊——阿格拉私底下不禁有這種想法。

卡爾西亞對那些惡魔的作戰方式嗤之以鼻。

對方只想防守，說起攻擊就只有寒酸的魔法。靠著這樣的作戰方式根本不可能傷到卡爾西亞。因此卡爾西亞認為自己贏定了，接連說出很看不起人的話。

「哈！軟腳蝦。想說自己是惡魔就自以為是，但你們果然不是我們的對手。我們是最強騎士，像你們這樣的惡魔，不曉得都降伏過幾次了！說到惡魔大公，聽說是跟魔王不相上下的傳說級大惡魔……但那不過是一些來自井底之蛙的傳聞。對我們而言就只是一些雜碎罷了！」

大言不慚地說完後，卡爾西亞將長槍砸下去，在大理石地板上開出一個大洞。當然阿格拉和耶斯普利都輕易避開了。

就算有人看不起他們，阿格拉也不會義憤填膺。他沒有忘記現在的戰鬥只是前菜，重頭戲還在後面。

耶斯普利就做得更徹底了。她慎重應對對手的攻擊，還躲在阿格拉後面，沒有讓自己受傷，一直在「觀察」。耶斯普利身上有獨有技「見識者」，這是特別適合用來觀察的力量。其實利用這個技能，即使隔了一段時間或空間，她也能跟遠方對象取得聯繫。

對象只限定跟自己認識的人，不過目前可以使用這股力量的對象就只有卡蕾拉一個人，但是耶斯普利認為那不構成任何問題。她反倒還預想若被蒼影發現自己有這種力量，八成會被抓去從事間諜活動。

耶斯普利討厭工作，無論如何都想避免這種事情發生。因此耶斯普利就跟平常一樣，除了發送情報給卡蕾拉，一方面繼續給予適當的掩護。

順便看一下祖達，結束某種程度的支援後，他就跑到安全的地區避難。明白自己不是適合戰鬥的類型，因此他小心不讓自己這個醫生受傷。

情況大概就是這樣，卡爾西亞還以為阿格拉他們在四處逃竄。

認為他們懼怕自己的力量，無計可施。

「哼！果然只有這點程度是嗎？一直逃跑是贏不了我的。」

卡爾西亞邊用長槍攻擊邊臭罵敵人。

雖然說的話很粗暴沒品，但他確實頗具實力。

巨大身軀裡頭有著高漲的靈力，在「聖人」之中也算是水準之上了。

而且理所當然的是，他也有皇帝魯德拉賜予的究極賦予「代行權利」。

而他得到的能力是「討伐制霸」，能夠將想要打倒敵人的意念變成自身力量。

這股力量加諸在他愛用的長槍上，能夠淨化一切邪惡——變成就連惡靈和惡魔這些精神生命體都能夠淨化的破邪聖槍。

卡爾西亞的肉體就更不用說了，光只是臭罵敵人就逐漸得到強化。守護他身體的是傳說級鎧甲，根本不需要擔心遭到自身力量反噬。

他對自己的能力有很深的理解。

像這樣去挑釁敵人，也絕對不是他輕敵。

就如同卡爾西亞他自己所說的，惡魔大公是相當於魔王的傳說級超級惡魔。是最高段的威脅，不是能夠小看的對手。

而且卡爾西亞的挑釁看起來對阿格拉似乎也起不了作用。

有許多惡魔族成員都看不起人類，遭到挑釁就會立刻情緒激動。如此一來將會容易出現破綻，比較容易打倒，這是卡爾西亞的經驗談。

可是這次，就連那招都不管用。

覺得對手沒那麼好搞定，反而讓卡爾西亞煩躁起來。

「你冷靜一點，人類。用詞遣字太沒品了。在下並不認為所有的人都很低賤。可是。『靈魂』也是有品格的。你要知道本性下流的人，不管做什麼都無法隱瞞下流本性。」

卡爾西亞原本是故意表現出粗魯的態度，但是被人說自己的本性很下流，讓他非常生氣。沒有發現這是來自阿格拉的挑釁，他亂了方寸，展露本性。

阿格拉連刀都沒有拔出，用最小限度的動作持續閃避卡爾西亞的攻擊。這樣更加刺激到卡爾西亞的自尊。

耶斯普利就近觀看這一切，為阿格拉的實力之強嘖嘖稱奇。

（這傢伙明明就這麼擅長近距離戰鬥，為什麼還來當惡魔。根本就完全沒在用魔法啊，他是傻子啊？）

懷抱這種不知道是在誇獎還是看不起人的念頭，耶斯普利持續觀戰。

當然這些過程都即時傳送給卡蕾拉。

卡爾西亞著了阿格拉的道，他大叫。

「閉嘴！我要討伐你們，將你們的首級捧到皇帝陛下跟前！」

「嗯，說這種話未免太急躁了。在下是很有耐心的人，但是你太過浮躁。只不過比不上卡蕾拉大人就是了。那位大人很急躁又單純，也讓在下吃了不少苦頭。」

阿格拉說的這些話當然也透過耶斯普利傳到卡蕾拉那邊。

耶斯普利的性格很差勁，沒有跟阿格拉提過自己的力量。

（這傢伙之後肯定會被罵。嘻嘻嘻嘻。）

情況就是這樣，她早就覺得事不關己而樂在其中。

然而卡爾西亞接下來說的話卻讓她表情僵住。

「竟然說我太浮躁？一群蠢才。還沒發現實力差距有多大嗎？你們的主人好像是那個紫色頭髮的少女（小鬼頭）吧？還是那個看起來很囂張的金頭髮？那個白髮美女就很有名了，但不過是個井底之蛙。」

卡爾西亞邊說這些話邊將長槍轉了一大圈，然後不偏不倚地指向阿格拉。接著一副勝券在握得意洋洋的樣子，說出更震撼的話。

「就讓我教教你們這些無知的傢伙，世界上存在真正的怪物。元帥閣下的真面目是維爾格琳大人，只要見識過大人的力量，就能明白我說這話的意思。還有，近藤中尉是個很可怕的人。那些鬼人似乎是你們的主子，但他們完全不是這些大人的對手。最後肯定都會像廢渣一樣，死得很難看！」

話聽到這邊，耶斯普利總算成功截斷傳給卡蕾拉的資訊。因為她急了，花了一些時間才截斷技能。

但已經太遲了。

「哈哈哈，剛才我透過耶斯普利聽到有趣的事了。」

卡蕾拉開朗地告知。

跟語氣相反，現場開始飄蕩緊張的氣氛。

「哦──什麼樣的？」

烏蒂瑪問她。

看她那個樣子，大概能夠明白是什麼內容。

「在這個門裡面的敵人說妳是小鬼頭喔。」

「哦，是喔──……」

烏蒂瑪的額頭開始爆出青筋。

這下維儂緊張了。

他開始後悔，早知道事情會變成這樣，自己應該早早進到門裡面才對。

這讓他深深理解到，有的時候某些事情還是不知道比較幸福。

「對方還說戴絲特是井底之蛙呢。」

「說我是青蛙……？」

那讓戴絲特蘿莎啞口無言。

會有人稱讚她的美貌，但印象中還不曾遭人輕蔑。這是她第一次被人叫成青蛙，使得戴絲特蘿莎心中浮現難以言喻的怒火。

「而且對方還說我們都是廢渣。」

這下就連紅丸的眉毛都跟著挑了一下。

「哦，先是罵垃圾，這次換成廢渣是嗎？」

他不怎麼愉快地喃喃自語著。

紅丸乍看之下很冷靜，但其實在想果然還是該親手收拾這個傢伙。

真正冷靜的人是蒼影。

「在維爾格琳大人創造出來的異界之中還能維持通訊是嗎？這能力挺有趣的。」

他環起手保持沉默，盯上耶斯普利的技能。

就是因為在這邊被蒼影發現，耶斯普利今後才變得必須完成蒼影的委託好幾次——但那都是另一段故事了。

卡蕾拉還有事情要繼續報告。

「對方還說我們不可能打贏維爾格琳大人和那個叫近藤的傢伙，完全把我們看扁了。甚至說我們會死得很難看。」

嘴巴上說得平淡，但那其實是因為她精神都拿去處理自己的情感了。卡蕾拉喜歡煽動，可是卻不喜歡被人挑釁。

「所謂的勝負，不實際上比比看是不會知道結果的。」

只見戴絲特蘿莎面無表情地說了這句。

事實上她沒能贏過維爾格琳。可是戴絲特蘿莎並非輸不起，她說這話是認真的。

下次不會輸——那對紅色眼睛正在表明這個念頭。

「話說回來，卡蕾拉。我不是很懂啦，為什麼他一直叫我們廢渣啊？難道那傢伙強得亂七八糟？」

「啊哈哈，這怎麼可能。就算真的是那樣，我也不會放過他。」

卡蕾拉笑著否認烏蒂瑪的問題。

她眼裡完全沒有笑意。

而是帶著危險的色彩，隨時都會爆發。

「看來不需要對那傢伙手下留情。」

「當然了。只不過是一個人類，還真敢講。」

烏蒂瑪氣炸了。

卡蕾拉忍住沒有發飆，並且表示認同。

「真可惜。原本想要親手教會他，讓他知道自己有多少斤兩。記得也要跟阿格拉說用不著手下留情。要論原諒之後再說。」

「當然。對方這樣侮辱我們，要讓他承受相應的報應。」

現場沒有人阻止那幾個女惡魔說這些話。

烏蒂瑪殘忍到近乎天真無邪的地步。

戴絲特蘿莎的冷笑會讓人看了滿心恐懼。

卡蕾拉則是很樂天派，四處散播破壞和虛無。

她們已經沒有任何慈悲心了。

絕對不能讓敵人好過。

如果對她們而言，讓敵人輕鬆死掉是一種慈悲，那麼讓人痛苦逝去算得上是赦免了。

反正不管是哪種，都一樣是殺人，對她們而言並沒有區別。

聽著主君們出現這樣的對話，維儂開始詛咒跟阿格拉他們為敵的那個男人。

他的上司，也就是那些「惡魔王」是絕對不能激怒的存在。

然而那個男人卻口吐惡言，到令人嘆為觀止的地步。

維儂私底下是一個頭兩個大。

（愚蠢的人類啊。真希望就你自己一個為這份愚蠢付出代價……）

維儂只能如此祈禱。

他非常清楚烏蒂瑪的可怕之處。有過之而無不及，如果跟卡蕾拉和戴絲特蘿莎為敵，那她們可是恐怖到筆墨難以形容。

也不曉得她們會找什麼東西遷怒，或許連世界的命運都會為之改寫。

（最起碼要盡快將那一個蠢蛋除掉，讓這幾位大人消氣。拜託你了，阿格拉！只能仰賴你了！）

身為大惡魔，維儂為在此什麼都辦不到的自己哀嘆，將希望寄託在位階比自己還低的阿格拉身上。

沒去管這些惡魔在想什麼，紅丸下令了。

「卡蕾拉，可以把我們這邊的話傳到裡頭嗎？」

「這個嘛，我沒有試過，但應該可以……」

「那就跟他們說，不准那傢伙說更多讓人不爽的話。」

只見卡蕾拉點點頭。

她心裡想著「早點這麼做就好了」，強制介入跟耶斯普利的通訊頻道。

『耶斯普利，聽得到嗎？』

『咦，卡蕾拉大人！』

『剛才這句話先記在帳上。比起這個——』

卡蕾拉露出邪笑。

然後對著念力灌注怨念，下達命令。

●

『將那傢伙大卸八塊吧。連靈魂都粉碎——就跟阿格拉這麼說。』

卡蕾拉這句話在耶斯普利的腦海中響起。

『紅丸當然也希望這樣。跟他說不許失敗！』

糟糕了，我的力量被其他幹部知道了——耶斯普利開始哀號。順便補充一下，目前通訊頻道還是被卡蕾拉強制介入的狀態，她迫於無奈只能放棄掙扎。上司不近人情也不是現在才開始的。

確實是這樣呢——邊想著這個，耶斯普利跟阿格拉搭話。

「我、我說，阿格拉，卡蕾拉大人他們非常生氣喔！若是不快點把那傢伙收拾掉，可能連我們都會死得很難看。」

「為什麼卡蕾拉大人會知道這邊的情形，這一點讓人疑惑不已——但放棄吧。現在比起那個，更應該先做好覺悟。既然連我們的主人都敢侮辱，就要讓他受到相應的報應！」

「呃，你根本超生氣的吧。」

發現平常很穩重的阿格拉氣得半死，耶斯普利嘆了一口氣。

這下子已經沒辦法阻止了。應該說這樣正好。

既然阿格拉要認真起來對戰，那她最好還是在一旁觀戰。

然而不懂得看場合的卡爾西亞卻大聲嚷嚷。

「你們幾個根本就弱到掉渣。還是早早放棄掙扎，去死吧！放心吧。反正你們的主人們也差不多要被人收拾掉了。所以到另一個世界還能像之前一樣侍奉他們！」

卡爾西亞說的這句話也透過耶斯普利傳到卡蕾拉那邊。

而且這次不只是讓卡蕾拉聽到，甚至透過「思念網」分享給所有人。

『那個混帳東西在鬼扯什麼。』

『阿格拉在搞什麼鬼。剛才不是要他趕快宰掉那個傢伙嗎？是看不起我？』

『喂喂喂，別讓我丟臉喔。』

『幸好紫苑不在這邊。如果那傢伙在場，我們的作戰計畫就泡湯了。』

『可以這麼說。喂，若是不能勝任，我可以代替，快點搞定吧。』

如此一番，這邊熱鬧到不行。

的確，假如紫苑在這裡，那她八成不會把阿格拉的願望當一回事吧。就算變成這樣，耶斯普利也不覺得困擾，但那會傷害惡魔的自尊心。

應該說，目前大家對他們的評價好像就有降低的跡象。

（唔哇，真糟糕！）

耶斯普利在心裡這麼想著。

因為言行舉止粗暴，看起來很像雜碎，但卡爾西亞是真的有實力。因此意外是個難纏的對手。然而事到如今，他們只能想辦法做出成績。

可以肯定若是不早點打倒卡爾西亞，那些幹部的怒火就會轉向他們。

可是阿格拉都沒有要出手的跡象，就只是一直專心閃避。

只要沒有受到致命傷，阿格拉就不會輸。可是沒辦法打贏對方一點用都沒有。

既然如此就要靠耶斯普利施展魔法做些什麼，但是那可行性不高。她做了許多測試，發現卡爾西亞對魔法具備高度的抵抗力。

「怎麼啦怎麼啦！你只會逃跑嗎！」

這下卡爾西亞變得得意起來。

就算是那樣，阿格拉依然沒有反擊的跡象。

「我說阿格拉！這樣真的很不妙。若是不快點出手，卡蕾拉大人真的會生氣！」

即使是身為隨從的惡魔，還是會對主人認真起來之後釋放的霸氣感到畏懼不已。假如怒火遷移到自己身上，那就是最可怕的。

平常耶斯普利都一副吊兒郎當的樣子，如今是真的急了。然而阿格拉卻一直沉默不語。

至於祖達，他則是一臉事不關己的樣子，開始在遠處泡茶。似乎打算離開這裡之後要分發給幹部們，可是看在耶斯普利眼裡只覺得「搞什麼鬼」。

「喂，祖達！趁我不注意，你這是在做什麼？」

「看不就知道了。阿格拉先生並沒有受傷的跡象，所以我很閒。」

「開什麼玩笑，你這王八蛋！為什麼就只有我必須去承受來自那幾位大人的壓力！」

這話耶斯普利喊得憤恨。

臉上帶著悠哉的笑容，祖達回話了。

「呵，我怎麼知道。」

我要宰了這傢伙——那讓耶斯普利咬牙切齒。

不過就是一個子爵，卻一點都不怕伯爵級的耶斯普利。

（算了，畢竟他是侍奉烏蒂瑪大人的，神經沒這麼大條還真說不過去。）

耶斯普利不免有這樣的想法，她決定不要繼續想下去。

既然祖達派不上用場，就只能請阿格拉多多努力。

阿格拉肯定是火大了沒錯，不發動攻擊應該有什麼原因。若是他背後有什麼目的，那就只能先抱持期待了。

只不過，阿格拉卻在這個時候說出讓人跌破眼鏡的話。

「耶斯普利，就告訴妳在下明白的事。」

「——什麼？」

「雖不甘心，但看樣子光靠在下的力量不可能打倒這傢伙。」

「啊？」

真是太誇張了，耶斯普利心想。

沒辦法戰勝——這種話怎麼可能對上司們說出口。平常卡蕾拉都很隨性，可是她一旦真的生氣，到時候可是難以應付。

該說她目前應該也正在觀戰。

趁著上司們還沒發飆，必須問出阿格拉真正的想法。

「這是什麼意思？」

「其實很簡單。這個男人只要覺得自己很威武，不只是攻擊力，就連防禦力都會三級跳。雖然有好幾次都試著設法用劍攻擊，但在下發現沒辦法砍傷他。」

究極賦予「代行權利」的能力「討伐制霸」，那效果和傳說級鎧甲的防禦力融合在一起，使得卡爾西亞的防禦能力提昇到相當於神話級。阿格拉看出這點，明白自己的劍傷不了對方。

「……我的魔法不管用該不會也是因為這樣吧？」

「沒錯。雖然他那麼做沒什麼大不了的，可是沒辦法傷到他，就是個問題。」

阿格拉的意見一針見血，就連耶斯普利都只能跟著擺出苦瓜臉。如果打不贏，那也只能跟卡蕾拉如實稟報，可是這樣一來他們還真是顏面掃地……

用不著阿格拉提醒，在觀察卡爾西亞之後，耶斯普利也發現他們的實力比不過對方。

說來，他們的能力是比不上究極力量的。換成「龍種」，單純只是一個攻擊應該也能粉碎究極技能。因為「龍種」在精神生命體中，具備最強的意念力量。

耶斯普利他們也算是惡魔大公，屬於高階精神生命體。可是意念力量卻比不上究極技能。

若是不想辦法破除這樣的現實，就算等級在對方之上，也沒辦法獲勝。

「哈——哈哈哈！看來你們總算明白雙方實力差距有多大，已經放棄了呢。」

這個時候卡爾西亞高聲大笑。

雖然長槍都沒辦法打中對方讓他不爽，但他認為這也無妨。因為卡爾西亞的職責是把敵人絆在這裡。

只要等到敵人精疲力竭，那他就贏定了。就算沒等到他們用盡體力，守護其他門的夥伴們也會把敵人收拾掉，跑過來支援才對。

因此卡爾西亞老神在在，能夠享受戰鬥的樂趣。

看他這樣，耶斯普利不爽地咂嘴。

接著用認真的語氣質問阿格拉。

「你就是知道事情會變成這樣，才想去挑戰那個叫近藤的傢伙對吧？那你應該有什麼獲勝對策不是嗎？」

聽耶斯普利這麼說，阿格拉笑了一下。

「當然。要實現在下的祕密計畫，妳的幫忙不可或缺。」

阿格拉都這麼說了，耶斯普利根本沒辦法拒絕。

「……那你說說看。」

其實這都是阿格拉的計策，故意引誘耶斯普利這樣回答。

耶斯普利總是吊兒郎當，一方面也是享樂主義者。如果阿格拉用一般的方式拜託，她絕對不會答應。

耶斯普利在性格上是看到夥伴困擾哭喪著臉會很開心的類型，她就是這樣的女惡魔。阿格拉非常清楚這點，所以才故意把耶斯普利逼到苦惱不已的地步。

（不過若是因為這樣惹怒卡蕾拉大人，就連在下都有可能遭到肅清。）

發現這場賭注是自己贏了，阿格拉感到喜悅。

趁耶斯普利還沒改變心意，他說出那個祕密計畫。

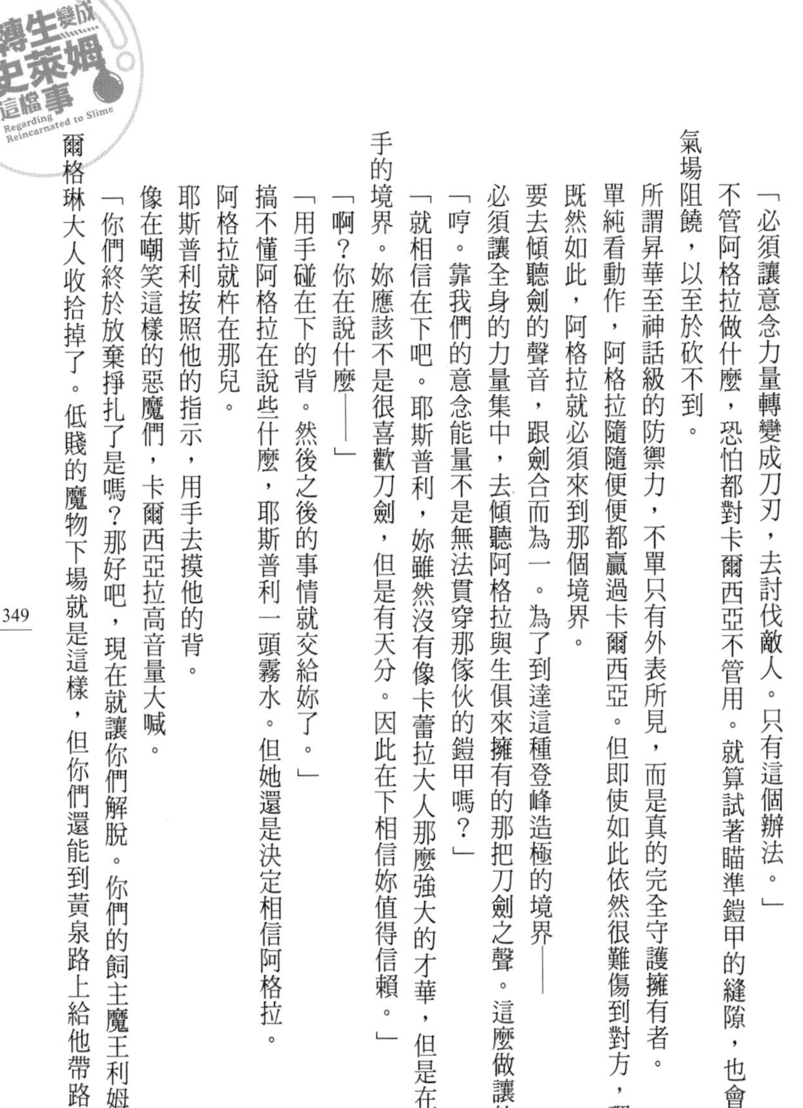

「必須讓意念力量轉變成刀刃，去討伐敵人。只有這個辦法。」

不管阿格拉做什麼，恐怕都對卡爾西亞不管用。就算試著瞄準鎧甲的縫隙，也會被包覆全身的威武氣場阻饒，以至於砍不到。

所謂昇華至神話級的防禦力，不單只有外表所見，而是真的完全守護擁有者。

單純看動作，阿格拉隨隨便便都贏過卡爾西亞。但即使如此依然很難傷到對方，理由就在此。

既然如此，阿格拉就必須來到那個境界。

要去傾聽劍的聲音，跟劍合而為一。為了到達這種登峰造極的境界——

必須讓全身的力量集中，去傾聽阿格拉與生俱來擁有的那把刀劍之聲。這麼做讓他得到一個結論。

「哼。靠我們的意念能量不是無法貫穿那傢伙的鎧甲嗎？」

「就相信在下吧。耶斯普利，妳雖然沒有像卡蕾拉大人那麼強大的才華，但是在技量上還是來到高手的境界。妳應該不是很喜歡刀劍，但是有天分。因此在下相信妳值得信賴。」

「啊？你在說什麼——」

「用手碰在下的背。然後之後的事情就交給妳了。」

搞不懂阿格拉在說些什麼，耶斯普利一頭霧水。但她還是決定相信阿格拉。

阿格拉就杵在那兒。

耶斯普利按照他的指示，用手去摸他的背。

像在嘲笑這樣的惡魔們，卡爾西亞拉高音量大喊。

「你們終於放棄掙扎了是嗎？那好吧，現在就讓你們解脫。你們的飼主魔王利姆路也差不多該被維爾格琳大人收拾掉了。低賤的魔物下場就是這樣，但你們還能到黃泉路上給他帶路，應該感到高興才對！」

「啊？」

說出這種話絕對不能原諒。

「就連我們當成神明看待的利姆路大人都看不起，說他是低賤魔物？」

「而且還故意說……他差不多要被人殺掉了？」

透過耶斯普利聽到這番話，那些幹部們身上的氣息也變了。可是在這之前，阿格拉和耶斯普利早已忍無可忍。

『好了，你們幾個。就算我受到侮辱還是能夠忍住，這點值得誇獎，但是到這種地步還能保有理智，乾脆別當惡魔算了！我批准了。現在立刻把那傢伙殺掉！』

用不著等卡蕾拉下令，那兩人原本就有這個打算。

「耶斯普利啊，充分發揮在下的力量吧！」

「雖然搞不太清楚，但包在我身上吧。我會把那個臭小子痛宰掉！」

在憤怒的驅使下，兩人展開行動。

阿格拉盡可能將所有的意念都灌注到刀劍上，跟它對談，結果讓一樣能力覺醒。

《就實現你的願望吧。讓你心如明鏡，肉身成為刀刃。》

阿格拉彷彿聽見一道美麗的聲音，這是真是假不得而知，然而阿格拉確實獲得那股力量。

「在下將成為刀刃，能夠毀滅敵人的不滅刀刃！」

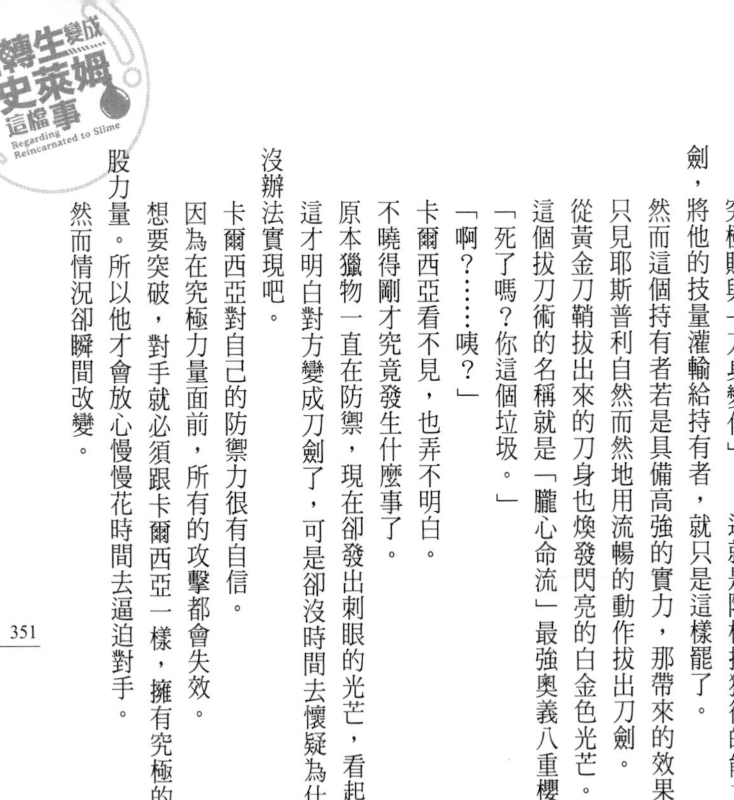

當阿格拉喊完這句話，耶斯普利手上就多了一把金色的刀。

究極贈與「刀身變化」——這就是阿格拉獲得的能力。效果很簡單，就是讓阿格拉的肉體變化成刀劍，將他的技量灌輸給持有者，就只是這樣罷了。

然而這個持有者若是具備高強的實力，那帶來的效果將難以衡量。

只見耶斯普利自然而然地用流暢的動作拔出刀劍。

從黃金刀鞘拔出來的刀身也煥發閃亮的白金色光芒。這些殘影散成八片花瓣。

這個拔刀術的名稱就是「朧心命流」最強奧義八重櫻——八華閃。

「死了嗎？你這個垃圾。」

「啊？……咦？」

卡爾西亞看不見，也弄不明白。

不曉得剛才究竟發生什麼事了。

原本獵物一直在防禦，現在卻發出刺眼的光芒，看起來好像快消失一樣。

這才明白對方變成刀劍了，可是卻沒時間去懷疑為什麼。這是因為在那之前就被人殺掉了，所以才沒辦法實現吧。

卡爾西亞對自己的防禦力很有自信。

因為在究極力量面前，所有的攻擊都會失效。

想要突破，對手就必須跟卡爾西亞一樣，擁有究極的力量。眼下從在對付的惡魔們身上感受不到那股力量。所以他才會放心慢慢花時間去逼迫對手。

然而情況卻瞬間改變。

卡爾西亞的鎧甲就像是薄紙一般被切開，肉體被切碎。

沒錯，在一瞬間被人砍了八下，就連思考的空檔都沒有，就此喪命。

——不，該說他只剩下能夠思考的時間。

耶斯普利手上多出變成實體的「靈魂」，那是一個小小的紅色珠子。

「哦——這傢伙的顏色是紅色啊。很像是他會有的顏色。」

「只是他太不知天高地厚。」

面對耶斯普利的呢喃，變回人型姿態的阿格拉回應了。接著厭惡地瞪著那顆紅色珠子，同時不屑地說道：

「主子受到侮辱，哪有武士會默不作聲，愚蠢的傢伙！不過也真是的。在下的職責原本是勸諫主子，卻為了一個小人物說的話激動……」

看阿格拉這樣，耶斯普利難得去安慰他。

「好啦好啦。這次他是在侮辱利姆路大人，沒辦法嘛。卡蕾拉大人都說不跟你計較這個了，你這樣未免也太鑽牛角尖了吧？」

「好吧，就當是這樣吧。」

一面回應，阿格拉發誓要更加精進。

看阿格拉這樣，耶斯普利的眼神有點羨慕。

就在現在，很明確的——阿格拉獲得新的技能。

接著他想起來了。

為了讓劍術登峰造極而修行的生前的那個他。

雖然不是找回所有的記憶，但唯獨他靠自身力量登峰造極領悟到的劍術極致，又重新回到他身上。

不，應該說是完全重現吧。

叫做「朧心命流」，用來除魔的至高劍術全都找回來了。

以前還是人類的時候，阿格拉相信自己的靈魂寄宿在刀劍上。

可能是因為這樣吧？

當他自己轉變成刀劍，那些記憶就復甦了。

還有自己為什麼會有著武士的外貌，在這一刻他才知曉其中緣由。

在許久之前，還沒到這個世界轉生成惡魔的他原本是名武士。

（原來在下的名字叫荒木白夜。呵，事到如今已經死掉的人又跑出來，只會讓大家混亂吧……）

白老的身影在腦海中閃過。

他的徒弟們都成長茁壯，繼承「朧流」這個新的流派。

因為覺得「朧心命流」的「心命」跟魔物不達，阿格拉自己替流派改名了。他找回這段記憶……

（呵呵呵，因為被利姆路大人「取名字」，所以他也開始懂得心命為何物。既然這樣，就沒有在下出場的餘地了。）

他來到這個世界後和大鬼族（食人魔）在一起，生下孩子——是個女兒，而女兒長大生下的孩子就是白老。

這個時代有許多白老培育出來的人。

最具代表性的就是阿格拉的主君利姆路，培育利姆路的功績都歸屬於白老。

飽經鍛鍊磨練的技巧有人傳承下去——這件事讓阿格拉打心底感到開心。事到如今再出來宣稱他是祖師爺未免太沒趣。

基於這樣的想法，阿格拉轉換思緒。

殺掉的雜碎讓他再也不感興趣。

他轉過身，回去現在的主君卡蕾拉身邊。

●

從門出來的三個惡魔受到幹部們熱烈歡呼。

「幹得好，我也跟著臉上有光了！」

卡蕾拉拍拍阿格拉的背。

光這樣就讓阿格拉差點死掉，就當作沒看見吧。

「各位，輕食都準備好了。」

桌子擺放得有條不紊，上頭擺著剛泡好的紅茶和三明治。

這些都是祖達做的，也頗受好評。

晚點再來開反省會，耶斯普利將紅色珠子交給卡蕾拉。

「這個是無禮者的『靈魂』。我有確實把心核關在裡面，所以他的自我還保留著喔！」

「幹得好，耶斯普利！這樣就能為利姆路大人受辱的事給那個笨蛋懲罰。」

「嗯嗯。對了，卡蕾拉，那個工作可以交給我嗎？」

烏蒂瑪插嘴，卡蕾拉就把紅色珠子丟給她。

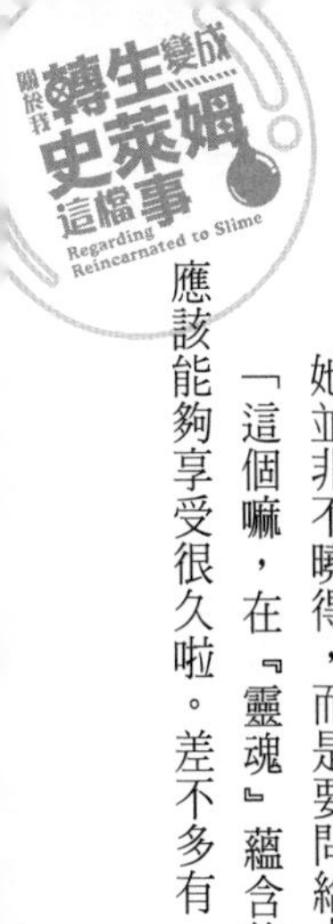

「如果紅丸先生沒意見，那我無所謂。」

說完這句，她等著紅丸做出決斷。

「隨妳。」

這件事情其實連問都不用問。

他可沒興趣連死人都拿來凌虐，再加上也沒辦法把「靈魂」怎樣，這種時候只能交給那些惡魔了。都已經分出勝負的對手還要拿來處置，這原本是違反他個人理念的行為。然而這次卡爾西亞說的話讓他不能接受。所以紅丸個人也沒有阻止的意思，於是紅色珠子就被交到烏蒂瑪手裡。

「那我要上了！咒怨狂滅罪！」

這是烏蒂瑪精製出的猛毒。

不是物理性的，而是會破壞精神體，就連星幽體都會侵蝕，是非常可怕的東西。

由「靈魂」凝聚而成的紅色珠子根本不可能承受得了，卡爾西亞為這份痛楚慘叫。

『快住手、住手啊——！』

然而烏蒂瑪就只有開開心心地笑著。

「嗯嗯。看來效果非常卓越！」

「問一下，那是什麼樣的效果？」

這問題來自戴絲特蘿莎。

她並非不曉得，而是要問給卡爾西亞聽的。

「這個嘛，在『靈魂』蘊含的力量全部消失前，都會持續給予痛苦。這傢伙的能量很多，所以我想應該能夠享受很久啦。差不多有一千年吧，到時候就會蛻變成又白又美麗的『靈魂』！」

只見烏蒂瑪回答得喜孜孜。

卡爾西亞開始無聲哭泣。

自己是在哪個部分做錯選擇了，事到如今才曉得後悔。

「是嗎？那真是太好了。這個人也能夠贖他自己的罪，一定會很感激的。」

戴絲特蘿莎帶著微笑說了這番話。

怎麼可能感激──雖然紅丸這麼想，但這次並沒有跳出來幫腔，而是默認了。

在祖達的服務下，大夥兒稍微休息一會兒。

你們還有這種閒工夫啊──對此感到疑惑之餘，為了炒熱氣氛，耶斯普利開口了。

「說真的，當阿格拉說他贏不了的時候，我還在想該怎麼辦呢。」

正因為現在氣氛和樂，她才會想稍微抱怨一下。

原本還以為阿格拉有什麼策略，結果卻被人巧妙利用，那讓她耿耿於懷。

「在下並沒有說無法贏過對方吧。」

阿格拉如此回應，但他其實並未對自己的作戰有十足把握。幸好最後成功了，但若是「刀身變化」失敗，那可是慘不忍睹。

「可是可是，起碼在事前跟人商量一下吧！如果能夠打贏還好，輸掉了就沒辦法歸屬責任啦！」

耶斯普利總是待在安全圈內，好久沒有像這次這樣拚命了。所以她才會對阿格拉更火大。

這讓烏蒂瑪笑著點點頭。

「就是說啊，萬一戰敗了，你們可是不會被原諒的。應該說我不會放過你們。不過就算輸掉，利姆路大人應該也不會生氣，因為你們不能死掉。」

「是啊。我也是這樣想，才會透過耶斯普利監視。」

卡蕾拉乍看之下採取放任主義，可是一旦阿格拉他們可能會輸，那她就打算在第一時間衝過去。就這部分而言，一方面是因為這次幹部們要認真攻略。雖然知道不能輕舉妄動，但為了以防萬一，必須先做好準備。

不曉得是不是說到一半突然感到不安，耶斯普利小聲詢問。

「那個，紫苑大人應該沒事吧？我們都已經打完了，她卻還沒出來……」

耶斯普利原本以為紫苑一定沒問題，卻突然擔心起來。

緊接著，一臉從容的紅丸回答了。

「沒問題。那傢伙可是紫苑，雖然有預感她可能會忘了原本目的，但不至於陷入苦戰。」

蒼影跟著點頭表示同意。

「她太過熱衷了呢。不停重複相同攻擊也沒用，應該要想想不一樣的攻擊方式才對。」

說這話就好像他親眼看見一樣，讓耶斯普利心中浮現問號。

「莫非您已經掌握裡頭的情況了？」

這個時候接話的人是戴絲特蘿莎。

「當然要掌握啦。我之所以會留下來，也是為了在各位幹部闖關出什麼突發狀況時出面支援。」

這時有人把紅茶噴出來，是卡蕾拉和烏蒂瑪。

「——咦！」

「先、先等一下，戴絲特蘿莎。那是怎樣？就算沒有耶斯普利帶回來的情報，妳也已經掌握裡頭的情況了？」

「當然啦。」

戴絲特蘿莎回答完就對那兩人露出更深的笑容。

卡蕾拉聽了恍然大悟地叫著。

「難道說妳連利姆路大人作戰的姿態都欣賞到了？」

「啊！」

烏蒂瑪似乎也想到這個可能性，整個人跳起來。

「這樣未免太狡猾了吧，戴絲特蘿莎！」

「沒錯，這樣不好啦！迪爾布羅也一樣，為什麼你們都只要自己好就好！不覺得在這種時候一起邀請我們會更好嗎？」

雖然卡蕾拉和烏蒂瑪很憤慨，戴絲特蘿莎卻一副事不關己的樣子。

其實紅丸和蒼影也一樣。既然被交付情報蒐集任務，那這一戰絕對不能漏看。

順便說一下，紫苑並沒有發現這件事，所以才會第一個衝進門裡。

假如紫苑看到利姆路作戰的樣子，一直到結束之前，她可是連動都不會動吧。就是明白這點，紅丸才瞞著紫苑。

總而言之，必須去安撫看起來老大不爽的卡蕾拉等人。

在逼不得已的情況下，紅丸開始解說。

「——事情差不多就是這樣，話說摩斯的監視能力真的很方便。我要他去監視每個人，已經讓他預先入侵八道門了。」

最後順利成功，紅丸的說明就到這邊。

換句話說，摩斯現在也在蒐集情報。

為了避免被裡頭的敵人感應到，紅丸有嚴令他什麼都不能做，不可以有所行動。

「原來是這樣啊。其實我也有嘗試過，但沒辦法觸及其他的門。感覺判定上似乎認定打倒敵人的是阿格拉。」

「當然，我也沒辦法進去了。」

什麼都沒做的祖達姑且不論，就連耶斯普利也失去挑戰下一個關卡的權利。

不清楚維爾格琳是怎麼判斷的，但可以確定的是一旦進去過某扇門，若是沒有直接打倒敵人，就不能進入其他的門。

「就跟預想的一樣。」

「對。看來先讓他入侵是正確的。」

紅丸、蒼影、戴絲特蘿莎對著彼此點點頭。

「那只要我們其中一個人陷入苦戰，戴絲特蘿莎就會過來支援是嗎？」

「對，就是這樣。雖然覺得事情不至於變成這樣，而且還有其他事情令人在意，但若是有什麼萬一，我會趕過去的。」

「不需要——雖然想這麼說，但那是利姆路大人的命令。他要我們必定獲勝，所以絕對不能大意。」

這話卡蕾拉是帶著胸有成竹的笑容說的，紅丸他們似乎也這麼認為，都在點頭。

這個時候紅丸臉上神情一變，對卡蕾拉開口：

「卡蕾拉，關於妳的對手，可別太輕敵。」

「這是當然，但為什麼特別強調？」

「他好像叫做近藤，就只有那傢伙注意到摩斯，用槍彈一發解決。」

「哦……聽起來挺有趣的嘛。」

這讓卡蕾拉露出好勝的笑容，與其說她是在恐懼對手的強大，倒不如說看起來更像是感興趣的樣子。

「妳的話我不擔心，但若是出了什麼狀況，記得透過耶斯普利呼救。」

聽到戴絲特蘿莎那麼說，卡蕾拉舉起一隻手當作回應。

那態度顯然在說「用不著」。這還真像卡蕾拉的作風，戴絲特蘿莎露出微笑。

就這樣，幹部們繼續攻略那些門。

其中一個幹部紫苑正在戰鬥，剩下六個人。

除去維爾格琳守護的門，如今有五道門同時敞開。

●

紫苑獨自一人孤軍奮戰。

門外氣氛一片和樂，但現在紫苑卻用緊迫的神情和敵人對峙。

對手是「個位數」中排行第六的美納莎，是四騎士的其中一員，同時也是女性騎士。

紫苑肩膀上下起伏，大口大口地喘著氣，惡狠狠地瞪著美納莎。

「能夠讓我費這麼多的力，值得誇獎！」

她突然間氣勢高漲，大聲叫喊。

當事人美納莎也絕非平安無事。

她的軍服都破了，肌膚裸露出來。可是看起來一點都不性感。

這是當然的。

美納莎早就停止擬態，變回原本的姿態，全力以赴。

「閉嘴！我才要誇獎妳。誇妳做出那些無謂的努力！把我的孩子們打倒值得讚許，我要替他們報仇雪恨。」

美納莎腳邊堆著無數的蟲型魔獸屍體，那都是被紫苑殺掉的。

沒錯，蟲型魔獸的高階版本蟲型魔人——那就是美納莎的真面目。

「哼！這點程度的雜碎對我來說根本不算什麼。我還到過有更多強力個體湧現的訓練場，早就習慣了。」

「妳說什麼？」

「呵呵呵，真可惜。別看我這樣，我可是一個經驗豐富的女人。跟蟲型魔人對戰，妳也不是第一個了！」

雖然很疲勞，但紫苑還有充足的餘力。她一臉得意，對著美納莎高高在上地宣示。

接著似乎想起什麼，繼續說道：

「對了……現在回想起來，蘭斯洛也不算是蟲型魔獸，應該是蟲型魔人吧。他說他是完全型態了，那樣應該沒錯。」

聽到這句話，美納莎臉色大變。

「妳說蘭斯洛？打倒那個西方守護神的原來是妳嗎！」
只見紫苑驕傲地點點頭。
「雖然不是只有我一個人對付他，但打倒他的人是我。他是個強敵。」
聽紫苑這麼說，美納莎小聲說了一句：「是嗎？」
接著她垂下下臉龐，開始呵呵笑。
「原來是這樣啊，妳替我把那傢伙料理掉了！那傢伙背叛我們。雖然我們是來自異世界的侵略種族，但是魯德拉陛下接納我們，我們才總算找到安身立命的地方。可是他卻不對我們表達恭順之意，一直我行我素，是個難以教化的蠢蛋。」
即使聽對方如此說明，紫苑依然一頭霧水。
她只是看著美納莎，眼神就像在說「這傢伙在鬼扯什麼」。
只是有件事讓紫苑好奇，她決定趁機詢問。
「有件事情想問一下，除了蘭斯洛，你們是不是還有派遣其他同胞到各地？」
紫苑好奇的事情跟夥伴賽奇翁和阿畢特有關。
如果他們認識，那殺掉美納莎或許不妥。因為這麼想，基於保險起見才問的。
「異世界裡頭有許多種族。穿過偶爾會開啟的『冥界門』，各式各樣的侵略種族都對這個世界虎視眈眈。像是我們蟲魔族，還有性質相近的幻獸族，甚至還有叫做妖魔族的種族。我們跟惡魔族不一樣，是半精神生命體，就算來到這個世界，只要花一段時間依然能夠變成實體。」
紫苑原本是想對方就算不回答也無所謂，但是美納莎鉅細靡遺告訴她了。
美納莎所說的「冥界門」換成迪亞布羅他們熟悉的字眼就是「地獄門」，但是紫苑只是聽聽就算了。

根據美納莎所說，冥界那邊似乎有三大種族在爭奪霸權。另外還有平行世界，聽說那裡是惡魔族統治的地獄。

在那個世界之中沒有糧食，非常貧瘠。因此他們才會對這個世界虎視眈眈。

許久以前為了擴張版圖，似乎還曾經數次派遣同胞過來。像軍團蜂這樣的蟲型魔獸也是那類侵略種族之一。

「但在這之中也有不聽話的種族，讓我們有點困擾。」

這類種族的代表人物就是被紫苑他們打倒的蘭斯洛。

這證明美納莎他們並不團結，然而紫苑想起別的事情。

印象中賽奇翁他們好像是想逃離某個人的魔爪，才被利姆路撿到。

（把她當成敵人看待應該錯不了！）

並非有什麼根據，但紫苑就是這麼判斷。她相信自己的直覺，像這種時候都不會弄錯，可是她很自豪的一點。

這次紫苑的直覺也正中紅心。

不是誤打誤撞。

紫苑曾經死過一次，又復活了，跟利姆路——跟他的技能希爾——有很深的聯繫。所以其運算能力會加以干涉，紫苑透過獲得的片段情報，正確看出真相。

「也就是說，妳算是敵人對吧？」

「哈哈哈，事到如今還有什麼好說的！多虧妳配合我爭取時間，我才能把我可愛的孩子們重新復活！」

一說完這句話，美納莎的下半身就膨脹起來。因為被軍服的裙子遮住所以看不見，但其實她的下半身長出好幾個孔洞。然後從這些孔洞一起生出不祥的蟲卵。

「哈哈哈哈哈！妳似乎一直在逞強，但是妳現在跟我的孩子們作戰後已經精疲力竭了吧。面對這麼多的敵人怎麼可能打贏——！」

原本還洋洋得意的美納莎說到一半就住口了。

這是當然的。

紫苑只是讓「真・剛力丸」砍了一刀，那堆蟲型魔人就統統被砍死。

「這、這怎麼可能！我的孩子們……加上魯德拉陛下的力量，照理說牠們應該都蛻變成擁有壓倒性力量的戰士了……」

美納莎的力量，跟阿畢特的「女王崇拜」是類似的能力。

名稱叫做獨有技「貪食再誕」，吃掉生出來的孩子屍體，可以讓牠們無限重生。而且還透過魯德拉借給她的究極賦予「代行權利」補強，重新誕生的必要時間大幅度縮短。

生出來的許多蟲型魔人就像美納莎誇示的那樣，對紫苑而言也算是強敵。每個實力都相當於高階魔人，其中甚至不乏可以跟魔王種並駕齊驅的厲害角色。

只不過——

雖然陷入苦戰，紫苑還是把牠們全都打倒了。

如此一來，機會就不會有第二次。

透過獨有技「廚師」的拿手絕活「最適行動」，蟲型魔人瞬間就被殺個精光。

那讓美納莎很震驚。

就算她不親自出馬，只要不斷派出孩子們，就能夠消耗對手的體力。由於她特別擅長這樣的作戰方式，因此碰到像紫苑這樣的破格存在難免感到混亂。

但她不愧是女王。

不會重蹈覆轍，一臉憤怒地站了起來。

「不可原諒。我的孩子們啊，借給你們的女王——母親力量吧！」

「有趣，就陪妳玩玩！」

吸收孩子們的力量後，美納莎轉變成戰鬥型態。而紫苑拿起「真・剛力丸」開開心心地迎擊。

就這樣，漫長的戰鬥開始了。

一進一退的攻防持續著。

美納莎的攻擊雖然能夠傷到紫苑，但紫苑的「超速再生」發動，讓傷口瞬間治癒。

而紫苑的攻擊都沒辦法傷到美納莎的外骨骼。裝備了傳說級的防具，還有究極賦予守護，如今美納莎變得很堅固，就連神話級裝備都很難傷到她。

美納莎的行動速度在紫苑之上，但論力量是紫苑略勝一籌。美納莎防禦力比較強，紫苑則是復原能力占優勢。

「真是的，又這樣嗎？昆蟲模樣的敵人很硬，真的很麻煩耶。」

不管是怎麼樣的小傷口都沒關係，紫苑想要打碎美納莎的外骨骼。這樣之後就可以透過「廚師」隨便料理。

美納莎也很拚命，不讓對方得逞。

美納莎原本就沒有小看紫苑，然而對方的程度遠遠超過預期，說真的讓她很有危機感。

（真不敢相信。竟然能夠跟變成這種型態的我對抗到這種地步……）

魔素含量龐大，這點就如同美納莎看到的，但如果只是這樣，應該不至於陷入苦戰。紫苑之所以難纏，是因為用刀劍的手法看似雜亂，實際上卻很了得。

雖然比不上紅丸，但身為師父的白老曾經認可她。

換句話說，這身手已經盡得真傳了。再配合紫苑的怪力，發飆起來對美納莎而言就像是一場惡夢。

但紫苑其實也覺得事情出乎意料。

她很想快點打倒美納莎，前往下一個關卡，但是對方卻比想像中還要強大。

（不愧是帝國數一數二的戰士。就跟利姆路大人說的一樣，似乎是不容小覷的對手。）

諸如此類，事到如今才在想那些。

平常紫苑不太會去深入思考。事情進展到這個地步，她才開始去想有沒有辦法找到可以進行攻略的突破口。

現在做那些未免也太慢了，但她在這個節骨眼上才注意到要去用腦袋，光是這樣就很讓人慶幸了。

話雖如此，並不會因為她隨便想一下就有好點子。說沒有是沒有，可是紫苑這邊有希爾撐腰。

《妳擁有力量。要從所有的可能性中挑選出最合適的種族花了一些時間，但終於決定了。最適合妳的是——》

聽到這個聲音，紫苑才想起來。

利姆路頒獎給她的時候，自己彷彿有被問到一些問題，不過她並沒有想太多。印象中好像是回答全都交給對方處理，而之後並沒有出現任何變化。

即使其他夥伴都進化了，紫苑也不介意。

紅丸從妖鬼進化，變成「焰靈鬼」，獲得宛如鬼神一般的力量。

相對的紫苑直到現在都還只是惡鬼。

就算這樣也不在意，那是因為眼下如此已經夠強了。

然而光靠這些沒辦法戰勝美納莎。

紫苑必然會尋求力量，回應她的期望，「靈魂迴廊」與之相聯繫。

《──讓妳變成「鬥靈鬼」應該不錯。這是高階的聖魔靈，在物質層面上具備無與倫比的強悍。緊接著要驗證技能──》

都交給你了──紫苑全部丟給對方處理。然後將注意力都放在美納莎身上。

雖然紫苑態度上不是很友善，但不知為何那個聲音聽起來好像很開心。或許是紫苑多心了，然而現實中開始出現變化。

「妳、妳是怎麼了？怎麼會迸發那麼強烈的妖氣……是說妳之前都在放水嗎──！」

精神是超越肉體的。

因此順從紫苑內心的渴望，促進種族覺醒。進化的可能性受到希爾管理，挑選出最適合紫苑的選項。

紫苑進化成少見的強大高階聖魔靈——「鬥靈鬼」。

肉體具備「無限再生」機能，只要還有魔素，她就不會消滅。

從這具肉體釋放出來的攻擊不僅會造成物理傷害，甚至會破壞精神層面。

除了沒有弱點屬性的精神生命體，面對所有屬性還具備優勢。

紫苑進化成相當於精神生命體天敵的存在。

她的進化也改變那具肉體。

為了更適合戰鬥，肉體經過最佳化。

半是透過本能，紫苑領悟到這點。

就像在萬里無雲的藍天下伸個大大的懶腰，她覺得好清爽。

紫苑舉起拿在手裡的愛刀「真．剛力丸」。

「讓妳久等了。不過，跟妳在一起的時間也差不多該結束了。」

紫苑用禮貌的語氣對美納莎說話。

「少瞧不起人！妳還隱藏其他力量，我也要展現出真實姿態！」

如美納莎所說，她變成更怪異的樣子。甚至還削減自己的壽命，打算讓攻擊力進一步提昇，用來對付紫苑。

緊接著，一場對決展開——

「想要奪走我們安居之地的人啊，在痛苦中死去吧！究極賦予『代行權利』全面解放——出來吧，全都湧現出來！將我的身體當成糧食吞噬，按照你們的本能將敵人——」

「天地活殺崩誕（Chaotic Fate）！」

——勝負在一瞬間揭曉。

美納莎原本打算使出邪惡的禁忌最終攻擊，但還沒展現全貌就被紫苑用刀劍粉碎。

對著破碎的肉片，紫苑開口了。

「妳不僅囉嗦，還廢話連篇。」

「……什麼，究竟發生什麼……」

其中一塊肉片滾落，是美納莎少了一半以上的頭部。

她已經發現這次自己死路一條，但卻很動搖，無法接受現實。

冷冷地看著這樣的美納莎，紫苑問出一句話。

「需要給妳一個痛快嗎？」

對美納莎而言，紫苑是最大的剋星。

在進化成「鬥靈鬼」之前，兩人頂多就是在比拚究極技能。不，之前紫苑還沒有究極技能，而美納莎頂多只能跟她打成平手，進化後就等同宣告美納莎沒有勝算。

紫苑進化之後，她的意念力量來到究極境界。紫苑愛用的大太刀也進化，變成可以稱之為「神・剛力丸」的神話級裝備。

如果美納莎身上的力量不是借來的，那就另當別論，可是她本身的力量並非目前這個紫苑的對手。

「咕，啊……這、這怎麼可能……太、太強了。可、可是，我的孩子們會把妳、妳……」

大概是因為眼睛已經看不見了吧，美納莎才會這麼說。

然而她的希望早就被粉碎了。紫苑的天地活殺崩誕已經把所有活物全都砍死。

「希望這能夠成真。」

紫苑說出一句仁慈的話。

「……妳太善良了。這麼心軟……會沒辦法戰勝蟲魔王大人——」

美納莎話說到這邊就精疲力竭了。

她隨之斷氣，這時已經確定獲勝的人是紫苑。

「……蟲魔王？」

美納莎留下的這句話，背後有著非常重要的意義。

然而紫苑完全沒發現。

「算了，這件事情應該跟我沒關係吧！」

她一下子就拋到腦後，根本不打算放在心上。

就這樣，來自另一個世界的侵略者美納莎跟著孩子們一起，迎來淒慘的結局。

得到皇帝魯德拉的庇護，女王一直想要打造屬於蟲魔族的樂園，就在即將要實現野心的那一刻，從這個世界上消失。

●

維儂在七個惡魔大公之中，是排行第二的高手。位階是公爵，是連續四千年以上都沒有戰敗過的實力派。

然而卻沒辦法傷到眼前這個模擬成某武將的馬可，屈辱地趴在地上。

馬可透過獨有技「變裝者」模擬成近藤的樣子，確實發揮了究極賦予「代行權利」的能耐。將近藤的身手變成自己的，絲毫沒有浪費。

維儂也是強者，但是馬可更上一層樓。就是因為維儂夠厲害，他才只有來到屈膝跪趴這點程度而已。

以惡魔的身分鑽研出來的戰鬥能力一點用都沒有。這是令人惶恐的現實，但是維儂並未感到恐懼。不僅如此，他私底下還對現在的情況樂在其中。

這是當然。

既然當著主子烏蒂瑪和其他在場幹部的面誇下海口說自己會贏，那他就必須贏得勝利。

「惡魔，你的名字叫做維儂是嗎？英勇作戰的模樣值得讚許，但不管試幾次都沒用。我已經看穿你的實力了。如果是現在的我，要對付你綽綽有餘。」

「我想也是。不才也還沒有拿出真本事，所以你給的評價非常確實。」

「什麼？」

馬可本來想勸對方投降，維儂的反應卻讓他浮現疑惑的表情。

在馬可看來，他跟維儂之間的實力差距可是天壤之別。這就代表近藤確實異常強大，而對現在的馬可來說，那就等同他的實力。

正因如此，維儂的說法讓他很火大。

身為惡魔大公的維儂，魔素含量還不到馬可的四分之一。先前不是一對一，所以馬可有點被絆住，但現在就只有維儂一個人。不會有人過來插手，對馬可來說是壓倒性有利。

然而維儂卻站起來露出嘲弄的笑容。

「光只是模仿別人沒辦法戰勝不才。這是因為不才擅長的也是模仿。」

「啊？你說什麼？」

「贗品是贏不過真跡的。這就是真理，不曉得你明不明白？」

「你想說什麼？」

只見馬可問得有點焦躁。

他其實不用跟自己一問一答，直接砍過來不就好了，維儂暗自冷笑。

「就告訴你吧。不才想出的最棒作品是什麼，那就是——」

大聲喊完這句話，維儂發動「新獲得的能力」。

…………

……

……

維儂是烏蒂瑪的管家。

跟在她身邊很久，負責照料她的生活起居。對主子的要求有求必應，不管是什麼樣的事情都得去做。

像做菜這個專門領域都交給祖達處理，不過其他部分都是屬於維儂的管轄範圍。

這樣的維儂創造出能夠變成任何人的方便力量——獨有技「模仿大師」。

有了「模仿大師」，維儂就能夠變成自己看過的人。

這個技能跟馬可的「變裝者」很相似，但是「模仿大師」的準確度更高。

只不過馬可有透過皇帝魯德拉的能力強化。考量到這一點，維儂根本毫無勝算，但這種事用不著多說。

這是因為維儂要模仿的人比馬可模仿的近藤更強。

馬可能夠重現的不到近藤八成實力。對方無法重現實力過高的強者，屬於相同種類能力者的維儂早就看出來了。

因此維儂選擇就連他的主子都能吸引的超常存在。他打算模仿魔王利姆路，將其部分能力納為己用。

然而維儂這個時候卻聽到一道聲音。

《這部分不能許可。但取而代之，也賜予你力量吧。》

感覺跟「世界之聲」很像。

一開始維儂還很困惑，但弄清楚意思之後，差點沒感動到哭出來。

（就連我、就連我這樣的小角色，也願意給予關愛是嗎！）

彷彿在跟神明祈禱一樣，維儂表示感激。

緊接著他發現自己的技能進化了。

即使是模仿，只要能夠讓別人感動就是藝術。像是在證明這一點，他可以從那個能力上確實感受到一股力量。

究極贈與「真贗作家（Artist）」——因為獲得這個能力，維儂相信自己能夠戰勝馬可。

…………………

…………

……

馬可眼前出現一個目光銳利的年輕武士。

「……這是誰？不，是誰都不要緊吧。就我所知，不存在能夠贏過近藤中尉的劍士。你想要模仿誰是你的自由，反正都沒有勝算。」

維儂模仿的年輕武士，模樣跟阿格拉非常像。這也理所當然，因為那就是荒木白夜年輕時的樣子。

這個結果就是維儂模仿到極致的呈現。

維儂心想。

一個真正厲害的贗品作家，要想模仿一個畫家全盛時期的畫，也模仿得出來。

為了回應烏蒂瑪的要求，維儂對各個藝術領域都有鑽研，因此才會得到這個答案。

事實上他並沒有見過這個人，但如果運用「真贗作家」，將能夠重現其全盛時期的力量。簡直就是一個犯規的技能。

除此之外，維儂還在此將自己的力量解放。

他的主子烏蒂瑪因為從利姆路那邊得到力量，因此進化了。蒙受這份恩惠，維儂的力量也增加。維儂現在的魔素含量，別說是魔王了，甚至還跟覺醒魔王相當。

「什、什麼！這身氣息簡直跟剛才判若兩人！」

馬可很驚訝。

沒把這樣的馬可看在眼裡，維儂手上出現一把刀。這是惡魔特有的能力「物質創造」。

雖然只是模仿阿格拉「刀身變化」出來的刀子，是偽造的，可是卻有加上究極贈與「真贗作家」的效果。可以肯定具備的性能非常接近真貨。

維儂朝著馬可看了一眼，接著宣告。

「說得沒錯。這個叫做近藤的男人確實不簡單。不過——」

「……不過什麼？」

「卡蕾拉大人會過去對付他，我想他也命不久矣了。」

「哈哈哈，在說什麼傻話！」

覺得可笑的馬可笑了出來。

他沒辦法想像近藤戰敗的樣子。

雙方互相瞪視。

既然彼此的主張水火不容，接下來就只能憑實力決勝負。

兩者同時展開行動。

「梅花——五華突——！」

「真贗超越妙技（Gallery Fake）——八重櫻——八華閃——」

如今就在這裡，模仿成真。

維儂放出八道劍光，將那五道劍路打散。剩下三道劍光將馬可的雙手砍掉。最後刀刃剛好抵住脖子停下。

「啊、啊、啊啊……」

雙手發出劇烈疼痛，讓馬可解除變身。

就算想要止住流出來的鮮血，馬可雙手手肘以下的部分也沒了。
「呵呵呵，不才不會殺你的。」
「唔，想抓我去當人質嗎？」
「不，怎麼可能。」
這個時候維儂也解除變身，露出邪惡的笑容。
「不才是烏蒂瑪大小姐的管家。因此為了讓大小姐開心，不才什麼都願意做。」
聽到維儂回答不像是答案的答案，馬可覺得恐懼不已。
「你打算對我做什麼？」
他不禁如此回問，但會有這樣的反應，表示他已經中了維儂的招數了。
維儂給出答案。
「大小姐是非常殘暴的人。跟自己敵對的人充滿痛苦，那種情感是她最喜愛的。不會馬上把人殺掉，而是一點一點讓身體腐爛。不才是負責勸諫這位大小姐的。可是，啊啊，可是！」
不想聽下去了──馬可心想。
然而維儂很無情。
「不才很喜歡。看到強者難看地求饒，不才也覺得快樂無比！」
因此馬可等同是最棒的玩具──這些話盡在不言中。
「別、別這樣。我投降。我發誓今後絕對不會忤逆你們。所以──」
馬可開始哀求，但沒有人可以責備他吧。他之前不知道戰敗為何物，一旦變成需要防守的一方就很弱小。

而且馬可確實很有實力，但是精神層面卻沒有跟著鍛鍊起來。就連究極的力量都是人家借給他的，並不是自己鑽研得來。維儂是惡魔中的惡魔，最擅長讓這樣的對手感到恐懼。

「嗯──很可惜！用不著考慮，不才拒絕。」

「為什麼！」

「因為帝國不是也採取相同的方針嗎？不才個人很認同這樣的想法。」

「咦……」

「一旦跟對手開戰，那就不接受投降。這樣不是很棒嗎！弱者最好從一開始就全面服從。打輸了還想要跟對方交涉，這樣未免太丟臉了，若是不才根本辦不到。那樣的想法真的讓人非常認同。」

「這個、這個……」

「不才沒說錯吧？你們一直以來都是這麼做的，等輪到自己才不願意接受，不可以這麼任性。所以──」

這個時候維儂的嘴巴彎到都快裂至耳朵邊了，露出讓人厭惡的笑容。正因為他是一副充滿紳士風度的管家模樣，那笑容看起來才更討厭，在看到的人心中留下抓痕。

「你要負起責任，小子。就這樣取悅烏蒂瑪大小姐。」

維儂本性畢露。

不愧是烏蒂瑪的頭號眷屬，既殘虐又殘忍，是個毫無人性的惡魔──這就是維儂。

「救、救命……救命啊，近藤中尉！」

馬可發出求救的叫聲，但是沒能傳達給近藤。

「嗯──這個叫聲聽起來也很舒暢，但可能會帶給其他人困擾。所以要暫時請你安靜一下。」

這句話一說完，維儂就輕輕鬆鬆將馬可的舌頭拔下。

「咕唔！嗚——嗚——嗚——！」

馬可發出無聲的叫喊，在跟現實世界隔離的異界中響著。

在這之後馬可的命運將是——

●

蒼影心情很好。

他原本都在偷偷觀察利姆路的戰鬥，看到利姆路大獲全勝才會那樣。

可以觀察這段戰鬥過程算他幸運。

同時對付維爾德拉和維爾格琳，利姆路看起來還是處於優勢。而且他還吃掉維爾德拉，甚至進化了。

除此之外，利姆路面對蒼影根本無法抵抗的猛烈攻擊也不在意，把維爾格琳壓著打。

這樣的利姆路究竟變得多強了，光看外表無法判斷。就算想透過「靈魂迴廊」探索，蒼影也完全感測不出來。

正因為這樣，會想弄明白這點的肯定不只蒼影一個。

最起碼迪亞布羅到最後都沒有離開的跡象。目前肯定也跟在利姆路身邊。

那個臭小子竟然自己偷跑——雖然這麼想，蒼影能夠理解迪亞布羅的目的，還有他說的也有道理，所以沒辦法發牢騷。

要說火大，還要加上戴絲特蘿莎。

她面不改色地說自己要留在門外守候，一想到這背後的含義，蒼影的心情就很複雜。

但因為明白她的盤算，蒼影才沒有反對。

待在那邊的維爾格琳似乎發現情勢不利，為了去保護魯德拉，跟利姆路對打到一半就跑掉。因此無法保證在打破其他七扇門之前都不會出來。

（那個狡猾的戴絲特蘿莎不可能沒發現這個可能性。但她還是沒有指出這點，應該是認為自己能夠想辦法處理吧。要對付那個維爾格琳大人，感覺她沒什麼勝算，還真是太有自信了。）

蒼影正確解讀戴絲特蘿莎的想法。

戴絲特蘿莎恐怕是想跟維爾格琳再交手一次。她打算去挑戰蒼影無法戰勝的對手，因此蒼影心想就容許他嫉妒一下吧。

蒼影還有一個想法。

那就是紅丸也看穿戴絲特蘿莎的心思，所以才准她那麼做。

這是因為就連紅丸都沒辦法打贏維爾格琳。

紅丸擅長操縱火焰，那攻擊對於被稱為火神化身的維爾格琳根本起不了作用。甚至有可能連爭取時間都辦不到，才會覺得戴絲特蘿莎是合適的人選。

順便補充一下，蒼影如果遇到維爾格琳，大概只能撐幾秒鐘吧。維爾格琳能夠支配空間，蒼影擅長的技能全都沒辦法用來對付她。而且他還沒機會逃跑，最後將會被業火燃燒殆盡吧。

就是因為知道事情會變成這樣，蒼影才很不是滋味。雖然不怎麼情願，但也只能認可戴絲特蘿莎是合適人選了。

因此蒼影為了利姆路勝利一事感到高興，同時對自身能力不足感到不滿，帶著非常複雜的心情專心執行任務。

利姆路下令把敵人殺掉，這個命令不可違抗，他會毫不猶豫去遵守。何況，對蒼影而言，排除敵人是很自然的事情。

（我要快點把事情做完，去利姆路大人那邊。）

對利姆路的忠誠度更高了，蒼影在這份高昂心情驅使之下穿過門扉。

他鎖定敵人的氣息。

沒有任何猶豫，直接朝那個敵人走過去。

場地就像是圓形競技場，不管哪一扇門裡頭都一樣。

在競技場中央，他要找的人就站在那兒。

「嗨，你就是我的對手？」

這個男人臉上帶著淡笑，他是在「個位數」中排行第四的卡多納。

「既然都過來了，我就自我介紹一下。我的名字叫做卡多納，負責守護魯德拉陛下。雖然跟你相處的這段時間可能不會太長，但沒關係，就讓我好好樂一樂吧。」

話說到這邊，卡多納開始端詳蒼影。要怎麼折磨對方——他心中隱藏的虐待嗜好開始蠢蠢欲動。

相對的，蒼影沒有出聲。

不對，他是稍微隔了一小段時間才發出嘆息。

「就為了收拾你這樣的東西，要占用我寶貴的時間是嗎？」

這句話說得很厭煩，卡多納並沒有漏聽。

「……你說什麼？」
「我的名字叫蒼影。如果你願意投降，那我就接受吧，但你應該沒這個打算？」
「那還用說！」
蒼影的態度讓卡多納很憤慨。還沒作戰就陷入蒼影的圈套，但他本人完全沒自覺。
「你叫做蒼影是吧，我都聽說了。近藤先生曾經調查過，聽說你在魔物王國學人家搞什麼情報局？這就表示你不擅長面對面作戰對吧！」
當然近藤的調查並沒有這麼簡陋，卡多納也知道蒼影的實力算是厲害。明明知道還故意挑釁。
雖然他自認不用這麼做也會贏，但如果對方因此失去冷靜，就算自己賺到。
這是很膚淺的戰術，但他先中了蒼影的挑釁，用這種招數就失去意義了。
「低能。客套話就免了，快點開始吧。」
在這麼短的時間內，蒼影已經看出卡多納有多少實力。即使如此卡多納還是沒有發現，他有勇無謀地對著蒼影砍過去。
卡多納的武器是雙手各持青龍刀。刀刃比短劍更大更厚，雖然很難操控，但是威力頗大。他施展流暢的連續攻擊，漂亮得就像在跳舞一樣。
這攻擊兼具力道和銳利度，而且還同時灌注了卡多納的高超技巧。然而卻對蒼影不管用。
蒼影一下子就潛入影子中。卡多納的青龍刀揮空，力道過猛讓他失去平衡。
蒼影沒有漏看這點，從卡多納腳邊的黑影中飛出一顆槍彈，射進獵物的胸口。
「咕啊！」
他吐血倒地。

蒼影從影子裡出現，給他致命一擊，手上拿著小型手槍華瑟P99。這是利姆路讓凱金製造的試作品，蒼影私底下也有得到一把。他在練習從影空間開槍，結果就是貫穿卡多納的心臟。

「哼，太嫩了。」

不管是怎麼樣的高手，只要在對方掉以輕心的瞬間偷襲，都能夠一擊斃命——蒼影是這麼認為的，但他也明白面對某些對手，這種手段不適用。

然而卡多納不在此限，他完全中計了。

畢竟剛才那顆子彈灌注了蒼影所有的技能。除了有獨有技「密探」的「超加速」和「一擊必殺」，甚至還賦予了毒藥、麻痺和腐蝕效果。

子彈的初始速度透過「超加速」加速成音速的好幾十倍，殺傷力上帶有「一擊必殺」的效果，甚至連精神體都能夠破壞。

就像這樣，正因加上了各種狀態異常效果，卡多納肯定已死亡。即使不是蒼影，任誰都會如此判斷吧。

然而——

「笨蛋，你太大意了吧！」

蒼影正要朝著門走出去，背後卻傳來這陣聲音。而在這道聲音之前，蒼影的脖子就被切斷了，胸口刺出青龍刀。

「啊——做這種事情真的好麻煩啊。能夠宰掉這種愛耍小伎倆的混帳是不錯，可是瞬間就會分出勝負，真是太沒意思了。」

說這句話的不是別人，就是照理說應該死掉的卡多納。

旁邊還躺著屍體，但是卡多納卻好手好腳地站在這兒。理由在於卡多納有獲得一個特殊能力。究極賦予「代行權利」——「並列存在」，那就是魯德拉借給他的能力。

跟擁有龐大魔素含量的維爾格琳不同，卡多納差不多是「聖人」等級。雖然相當於覺醒魔王，卻不至於能夠創造出好幾個「別體」。

雖然這次只有一個，但已經夠用了。

不管面對多麼狡猾的對手，只要叫出來的是本體，對方就看不出真偽。用這種方式讓人掉以輕心，放一隻當誘餌，再讓真實本體發動強襲，這就是卡多納的作風。

雖然這樣肯定能夠獲勝，但卡多納無法就此滿足。

這是因為他喜歡虐待求自己饒命的對手。用剛才那種方法不會給對方乞求的機會，會直接殺了。

「喂，你還活著？是說活著就奇怪了——」

嘴巴上這樣抱怨，卡多納可沒有忘記自己的任務。侵入門的侵略者必須要確實殺掉，得去檢查蒼影死了沒。

這時有個冷冷的聲音傳進他耳裡，說著「果然沒錯」。

被人砍掉頭顱、心臟遭到貫穿，蒼影這具身體變成黑色的霧潰散。

「糟糕了！」

卡多納喊出這一句，但事到如今才察覺已經太遲了。

如果他沒有中蒼影的計策失去冷靜，搞不好可以發現這是「分身」。然而那都是「假設」，事後才去議論也沒意義了。

卡多納的失誤只會帶來一種結果。

「如果要拿來當誘餌，用『分身』就已經足夠了。但是對付你，就連用這樣的力量似乎都很浪費呢。」

蒼影的聲音很冷酷。

他的話一針見血，說進卡多納的心坎裡。

其實卡多納曾經見過維爾格琳。

剛成為「聖人」的時候，他就得知「元帥」的真實身分是一名美麗女子，因此得意忘形，認為自己贏定了。結果維爾格琳優雅地坐在那兒守望，卡多納則是慘敗給單純陪他玩玩的「別體」。

當下他就有很強烈的憧憬，打從心底渴望獲得維爾格琳的能力。就連卡多納愛用的青龍刀也是維爾格琳賜予的，做的很徹底。

蒼影並非沒有看出這點。

卡多納從一開始就被蒼影玩弄在股掌間。

「可惡——！」

卡多納發出吼叫。

在這種絕境之下，他心生動搖。

若是對自己的能力產生懷疑，愈是究極的力量就愈會受到影響。蒼影不可能不針對這點下手。

「既然明白了，那你就去死吧！」

說完這句話，蒼影試圖發動獨有技「密探」。

就在這個時候，卡多納使出絕招。

「唔喔喔喔喔喔喔喔喔——！這、這招如何？每個都是我的本體，我雖然會死，但是要拉你陪葬。」

他發動好幾個「別體」，同時進攻。每一個都是本體，只打倒其中一個是沒用的。

這是卡多納燃燒生命發動「並列存在」所釋出的究極攻擊。

這些事情就發生在一瞬間，甚至比眨眼的時間還短。因此在這個時間點上，正使用「密探」要給予致命一擊的蒼影很難閃避。

要說他使用的「分身術」最大弱點是什麼，那就是除了本體，其他都無法發動獨有技。即使蒼影能夠同時操控好幾個「分身」，還是無法克服這個弱點。

這就是「分身」和「別體」的差異，是理所當然的結果。

若是本體就在附近，那還可以假裝正在發動「密探」的能力，可是這樣就會出現時間上的延遲。對於比自己更厲害的對手而言，這會形成一個破綻，所以必須讓本體直接給出致命一擊才行。

「唔！」

蒼影認為自己大意了。

要給予致命一擊的瞬間是最危險的，不能夠大意疏忽，這是常識。明知如此還陷入危機，這對蒼影來說是足以令他面紅耳赤的失誤。

（請您原諒，利姆路大人！我一定會活下來，之後再去向您請罪——）

蒼影準備承受卡多納的最後一擊。既然不被允許死亡，那他就必須存活下來。

然而就在這個時候——

《這是不允許的。所以，蒼影，我也要賜予你力量。》

蒼影彷彿聽見一道不可思議的聲音。

（這是——這聲音莫非是——不，不行！）

他瞬間明白。

不能用任何手段去追究這個聲音，還有去考察。

他是被指派來負責情報部門的，這麼做顯然失職了，但是蒼影立刻做出那樣的判斷。

《這樣就夠了。要賜予你的能力就叫做——》

彷彿得到的是與生俱來的力量，蒼影立刻弄懂那個能力。同時知道在延長為百萬倍的意識領域之中，自己的「分身」轉變成「別體」。

這就表示他也獲得「並列存在」這個技能。

「呀哈哈哈哈哈！我雖然會死，但你也會在這完蛋。活該——」

「你的遺言就是這些？」

「這、這怎麼可能！這明明就是你的本體——」

「沒錯。不過這邊這個也是我的本體。既然搞清楚了，就去死吧。」

「可惡——！」

這次卡多納真的什麼都不剩了。

「千手影殺。」

蒼影的影子伸長，變成一千隻手將卡多納抓住。

就在剛才，蒼影獲得究極贈與「月影之王月詠」，這是其中一個能力「月之瞳」的效果。靠著這個能力可以隨意操控影子，跟蒼影的適性也很好。

他可以透過影子調查世界各地的情況。除此之外，只要是有影子的地方，他都可以隨意「移動」過去。只要將這個和「並列存在」同時使用，就能夠創造出好幾隻手，再採取透過影子攻擊的戰術。

全身都被綁住的卡多納痛苦地叫喊。

「你就在那沾沾自喜吧。反正你們根本不是維爾格琳大人和格拉尼特大人的對手——」

這些話沒能說到最後。

蒼影透過「一擊必殺」結束卡多納的性命。

「維爾格琳大人已經敗給利姆路大人了。還有你說的格拉尼特，比我還要強大的紅丸也會過去對付他。恐怕跟我一樣——不，這件事情跟你無關。」

留下這句話，蒼影任由卡多納被黑暗吞噬消失。

第五章 皇帝的真面目

Regarding Reincarnated to Slime

擔任八扇門的其中一個守護者，達姆拉德獨自思考。

在想事情怎麼會變成這樣。

………………

………………

……

情況糟透了。

優樹落到皇帝魯德拉的手裡，跟他的夥伴們一樣，都被奪去自由意志。但既然魯德拉下令要他看守這幾個人，那達姆拉德就沒辦法違抗。

而且如今魯德拉還下了別的命令。

要他把優樹帶去給別人看管，然後叫達姆拉德搭上皇帝指揮艦。

緊接而來的是一場空中大決戰。

「元帥」的真實身分是維爾格琳，「個位數」排行第一到第六的人都得知此事。

但是不能說出來。

這是絕對不可以違抗的命令，至於常常離開母國的達姆拉德，他甚至還被人更改過記憶，由此可見那是多麼重要的機密。

（對了。我跟那位大人曾經做過約定。內容就是──）

看到「元帥」變成維爾格琳的樣子，達姆拉德才想起這件事情。同時許許多多的記憶開始變得清晰起來。

他原本就記得最重要的事情——那就是跟魯德拉有過約定，至於為什麼非得實現不可，現在就連背後理由都想起來了。

（那接下來，該怎麼辦……）

沒空煩惱了。

不久之前見到的魔王利姆路看起來很善良，他不認為對方有多大威脅性。既然已經被維爾格琳創造出來的異空間捕捉了，那應該不至於對獵捕維爾德拉作戰計畫造成妨礙才對。

他們確實成功支配維爾德拉。如此一來魯德拉在面對金的時候會比較有勝算。

然而——對達姆拉德來說，這些事情都無所謂。

不僅如此，就算對魯德拉來說應該也……

彷彿撥雲見日一般，在清楚的思緒下，達姆拉德開始去想怎樣才是對魯德拉最好的。

可是都還沒想到答案，魔王利姆路就有動作。

那是從來不曾見過的凶猛威力。

之前怎麼就沒把他當成威脅看待？達姆拉德很想質問自己。

他能夠逃出維爾格琳的封印，實力肯定非同小可。

然而更重要的是——

一看到現身的利姆路，達姆拉德就發現自己想得太美。

利姆路用發出金色光芒的眼睛看了達姆拉德等人一眼。那是非常冷酷的目光，感覺就只是把達姆拉德他們當成敵人看待。

雖然近藤立刻展開行動，但是攻擊卻不管用。

——就只有這點程度？那我甚至用不著警戒。晚點再來收拾你們。你們就好好品嚐恐懼吧。在我來對付你們之前，可要小心別被殺掉——

利姆路的眼神彷彿在表達這些。

或許在利姆路看來，達姆拉德他們等同已經死掉了。就連皇帝魯德拉也不例外，這樣下去大家會全被殺光，達姆拉德感受得到。

對利姆路來說，在這種情況下的戰術性勝利條件是什麼？

必須滿足兩個要件。

第一是搶回維爾德拉。

第二是排除侵略者。

維爾德拉是魔王利姆路的盟友。去剝奪這樣的維爾德拉擁有的自由意志，想必利姆路說什麼都不能接受吧。

之所以會過來這邊，代表他已經做好要跟維爾格琳對決的心理準備。即使是達姆拉德來看，他也不確定未來是誰勝誰負。

那是遙遠的巔峰對決，就憑他是無法推敲出來的。

再來是關於侵略者的排除。

聽說利姆路是和平主義者，但那可不代表他不會抵抗。過去曾經有好幾次遭到外敵入侵，但是全被他擊退了。

而且是不擇手段。

再加上還有維爾德拉的幫助，魔物王國屢戰屢勝。

面對帝國的侵略行為，利姆路絕對不會容忍吧。

交涉時間已經結束了。那麼可以想見他們會採取的手段，就是把帝國士兵全部殺光。

如此一來再怎麼斡旋都沒意義了，只能奮戰到最後一刻。

雙方都沒有簽訂戰時協定，就算投降也不保證對方會接受。

利姆路不希望事情變成這樣才會過來交涉，可是帝國這邊算計他。想必他下次不會再信任帝國，必須假設所有的交涉窗口都關閉了。

（我應該更認真阻止陛下才對。）

達姆拉德也自認帝國戰力高人一等。

他認為帝國不會輸，還覺得勝利條件都能夠隨他們訂，過分自信。

刻意讓對手見識帝國的厲害，徹底打擊對手，等到他們不敢再反叛就著手併吞。將所有指導階層的成員全部換掉，變成傀儡，只要在戰爭中勝利，想要怎麼做都行。

帝國一直以來都是這樣擴大版圖的，然而這次卻出現大誤判。

雙方現在的戰力勢均力敵，就連皇帝魯德拉也無法保證能全身而退。

也難怪達姆拉德會那麼憂鬱。

不過真正讓他煩惱的是自己和魯德拉之間的約定。

利姆路肯定是想連魯德拉都殺掉。

這下子達姆拉德感到煩惱，不知道自己該怎麼做才是正確的。

他也很想遵守跟魯德拉的約定。不過關於這點，他想要從頭到尾都親手包辦。

話雖如此，又覺得很難戰勝利姆路……

在戰慄之中，達姆拉德分析戰況。

整個指揮艦都被恐怖的魔法包圍，存活下來的人都去守護八扇門了。

這真的能夠稱之為勢均力敵嗎？

達姆拉德只覺得他們犯下無可挽回的過錯。

…………

…………

……

時間來到現在。

「是不是等很久了？」

達姆拉德眼前出現一名看起來很開心的少女。

實力強大到令人畏懼，少女的真實身分就是這個世界上最強的人之一，七個「始祖」惡魔的其中一名。

「名字」叫做烏蒂瑪，是魔王利姆路的部下。

「原來不只讓『始祖』變成部下，甚至還賜予力量是嗎……」

就近看覺得更加厲害。

得知那個令人害怕的死亡祝福有著超乎常理的精確度和威力的當下，就可以確定惡魔們已經進化了。

就算被人監視也無所謂，利姆路開啟巨大到不行的惡魔召喚門。然後對召喚出來的部下們做了些什麼。

雖然沒時間去調查，但是烏蒂瑪給他答案。

看起來很開心，烏蒂瑪發出笑聲。

「啊哈哈哈哈，你果然知道？就是那樣喔，利姆路大人賜予我力量了，我現在的狀態好得不得了！」

跟看起來非常開心的烏蒂瑪成反比，這對達姆拉德來說簡直就像是一場惡夢。

賜予「始祖」力量——去想這種事情不太恰當，但單純只是一個魔王應該沒辦法辦到這點。

就連那個金·克林姆茲都沒有讓底下的「始祖」們進化。照這樣想來，就能明白魔王利姆路做的事情有多麼異常。

只不過，就算是這樣，達姆拉德也不願意輸掉。為了實現跟魯德拉的約定，必須盡全力挑戰這個叫烏蒂瑪的惡魔。

「我並不會總是選擇最完善的路走。就算選擇走上充滿苦難的道路，若最後能實現目的，那樣也無所謂。」

達姆拉德不再煩惱。

即使看到擁有壓倒性力量的烏蒂瑪，他也不害怕，而是進入戰鬥狀態。

「哦——你果然很有幹勁呢。」

「當然了。我是陛下的騎士，要讓妳充分見識我的力量。」

「我很期待。那我們開始吧！」

就這樣，在「個位數」中排行第二名的達姆拉德和「殘虐王（Pain lord）」烏蒂瑪的戰鬥開始了。

＊

烏蒂瑪微微地笑了一下，一直在觀察達姆拉德。

身為人類，可以感覺得到他擁有令人難以置信的強大力量。在聖人之中也是有別於一般。

如果自己沒有進化，或許無法戰勝對方，甚至讓烏蒂瑪有這種想法，他擺出的架式毫無破綻。

（是那個吧。感覺甚至能夠跟日向小姐並駕齊驅。那個人就像是魔物的天敵，而這個人則是純粹對人、對單體對手一路鑽研磨練身手的感覺。這種類型真的很棘手。）

就烏蒂瑪所知，會去磨練自己的身手，這樣的對手很麻煩。白老就是一個很好的例子，能夠用千變萬化的技巧應對各種狀況。

這種活用能力就是他們強大的祕訣。而比較高階的物種通常都跟這種特性無緣。

…………………

……………

……

惡魔跟人類相比是強大許多的存在。

光只是解放魔力就可以形成攻擊。

而身為惡魔族頂點之一的烏蒂瑪。她與生俱來就對魔力的使用方式——對於完美控制魔力一事很熟悉。

完全不需要努力。

只要她想就能夠實現。魔法就是這樣，簡直無所不能，根本沒有人是她的對手。

若要找到能夠戰勝她的人，不是跟她同等級的「始祖」，就是像「龍種」這樣超乎常理的存在——烏蒂瑪直到最近都如此相信。

然而她想錯了。

跟維爾格琳對決時，烏蒂瑪才有這份自覺。

面對比自己強大許多的維爾格琳，烏蒂瑪她們力戰到底。雖然對方只有使用一成的力量，但她們成功打倒一個「別體」。

反過來說，若使用力量的方式錯誤，有的時候也會敗給比自己還要弱的人——她學會這件事。

在那之後的戰役也讓她學到不少。

「龍種」原本就是最強的存在，又進行細緻的高度魔力操作。結果就連烏蒂瑪她們這些擅長使用魔法的種族都被對方用魔法打得落花流水。

為什麼對方能夠辦到這點，在對戰的時候沒弄明白。但如今的烏蒂瑪懂了。

祕密就在於對魔法施加究極技能。

（只要使用究極技能，在控制魔法上也會提昇精確度。怪不得我們沒辦法獲勝。）

維爾格琳放出一些魔法用來牽制，那威力讓當時的烏蒂瑪光是要處理就費勁精力。

至於卡蕾拉，有人用她擅長用的魔法，用得比她更好，沒什麼比這個更讓人感到屈辱。對，就是屈辱。

一方面也很幸運。

能夠獲得體驗那場戰役的機會。而且不至於打敗仗丟掉性命，而是存活下來。

只是把技能效果附加到魔法上，就能夠讓威力提昇這麼多，烏蒂瑪長這麼大可是連想都沒想過。因為經歷過那場戰鬥，她察覺到新的可能性。

（我們的基礎能力確實很高。但過度依賴也是一個問題。如果再多下點功夫，應該能夠變得更強！）

最強之一的烏蒂瑪，先前從來不曾渴望力量。可是這次就連她都希望能夠獲得力量。

平常就是戰無不勝的強者，如果透過努力和鑽研前往更高的境界，那會變得多強？

答案就是變得像維爾格琳那樣，還有金．克林姆茲吧。

按照這個觀點來看，喜歡追求自身興趣的迪亞布羅肯定也是非比尋常的存在。

戴絲特蘿莎姑且不論，烏蒂瑪和卡蕾拉根本就沒有努力過，這些事情套用在她們身上就完全不是那麼一回事了。

在七個「始祖」之中，烏蒂瑪也知道自己是最生嫩的一個。不過還是能夠跟米薩莉或萊茵勢均力敵吧……如果是要認真對戰，感覺她會輸給戴絲特蘿莎和卡蕾拉。

戴絲特蘿莎既優雅又完美。

壞習慣是太有自信，容易看不起其他人。

卡蕾拉桀驁不馴，做事情很隨性。

如果她有那個意思，不管什麼事情都能夠做得無可挑剔，但她很容易立刻失去興趣，做到一半就扔在旁邊。

至於烏蒂瑪……

沒辦法像戴絲特蘿莎那樣精密操作魔力，又不像卡蕾拉那樣擁有龐大的魔力。除了迪亞布羅，在三個「惡魔王」之中，烏蒂瑪是最弱的。

不管做什麼都半途而廢。由於她有很高的天分，因此印象中不曾對任何事情熱衷過。

這樣想想，烏蒂瑪跟卡蕾拉在很多方面都很相似。所以她們才會變成對手，長久以來互相爭鬥。

然而卡蕾拉也在最近找到劍術這個興趣了。

說真的烏蒂瑪很羨慕。

但是那些都到今天為止。

烏蒂瑪有機會覺醒，能夠獲得她渴望的力量。

（最有成長潛力的人也是我吧！）

她開始懂得這樣想，事到如今也能夠對這些一笑置之了。

這都要多虧變成她主君的利姆路。

為什麼利姆路有辦法辦到那些，烏蒂瑪不懂。但這些都無所謂。

重點在於能不能變成更厲害的存在。

還有能不能夠為利姆路效力。

在觀看阿格拉的對戰時，烏蒂瑪一直在祈禱。想著想著，到最後彷彿聽見一個不可思議的聲音。

《為了讓妳的願望成形，我就稍微幫忙一下吧。》

後來她就得到究極技能「死毒之王薩邁爾」。

能夠看穿所有生命體的弱點，製作出產生適合一切生命體狀態變化的「毒藥」。那就是究極技能「死毒之王薩邁爾」的能耐。

如今得到這股力量，烏蒂瑪完全不覺得自己會輸。

然而——

她在這個時候想起一件事情。

要磨練自己的技量，就別過度仰賴力量——迪亞布羅常常這麼說。

由於自己一直輸給賽奇翁，還以為對方是在抱怨。而且迪亞布羅的性格很差勁，烏蒂瑪甚至覺得他在挖苦自己。

然而這些都是烏蒂瑪想錯了。

挖苦她是事實吧，但會那麼說有時也是在為她們著想。

透過怎麼控制力量，產生的強度差距將會有天壤之別。是迪亞布羅教會她這件事。

明白這點之後，烏蒂瑪回想起迪亞布羅說過的許多話。

（被賜予的力量若只是一味仰賴，那不算是獲得——印象中他好像說過這句話！）

烏蒂瑪如今非常認同。

雖然是在自己得到名字之後立刻聽見的話，但她也認為確實是如此。

（這麼說來，迪亞布羅他只要沒有遇到緊急狀況，就不會使用利姆路大人賜予的力量呢。原本還以為他只是單純瞧不起人，原來背後是有理由的啊。）

那自己也要——烏蒂瑪想要利用這個機會，將之當成成長的養分。達姆拉德這個男人是不能小看的對手，正好適合自己使出全力。

（真是的。沒想到迪亞布羅那個傢伙竟然想要藉由戰鬥來鍛鍊我們……未免太小看我們幾個了。假如戴絲特知道他這麼想，可會非常火大，到時候就麻煩嘍。不對，搞不好戴絲特是刻意配合也說不定。但既然有這個機會……我也來利用一下吧。）

就連達姆拉德這樣的強敵，在烏蒂瑪看來也只不過是練習對象。

徹底發揮自己第一次渴望得到的究極技能，贏得勝利。如此一來烏蒂瑪肯定能夠有所成長。

她在心裡發誓。

不去使用不勞而獲的「力量」，而是要完美運用在自己的期望下才到手的「能力」，在這場戰爭中贏得勝利。

這樣就能證明。

證明不是只能在一旁渴望，她也能確實幫上利姆路的忙——烏蒂瑪是這麼想的。

…………

……

戰況愈來愈激烈。

烏蒂瑪的攻擊，論力量更勝一籌，達姆拉德則用他的技巧化解。甚至可以靠全身的鬥氣集中，將之正面抵銷。

他懂得隨機應變，做出精確的對應，這就是達姆拉德的實力。

那讓烏蒂瑪真心感佩，而且覺得有趣。

因為在跟達姆拉德的對戰中，她發現很多事情。

（原來如此，只要這麼做就不會失去平衡嗎？那樣應該也能拿來對付賽奇翁先生！）

賽奇翁太強了，一接近就會被打倒。實戰形式的訓練另當別論，但卻不適合拿來當成進行格鬥訓練的對手。

就這點而言，達姆拉德是很合適的勁敵，是最棒的對手。

這才讓烏蒂瑪發現自己有多麼得天獨厚。只要擁有壓倒性的魔力，不管遇到什麼樣的攻擊都能簡單抵擋。除此之外，在攻擊上只要使出蠻力硬幹就能夠粉碎所有的敵人。

她原本以為自己理解這點，可是如今才真的有了切身體會。

雙方的威力都在提昇，戰況愈來愈激烈。

●

兩股力量互相抗衡，看不出誰會贏、誰會輸。

乍看之下好像是這樣，不過……

「啊哈哈，真開心！如果對手是賽奇翁先生，那就不能一直像這樣自由練習了。」

烏蒂瑪看起來打從心底感到開心。

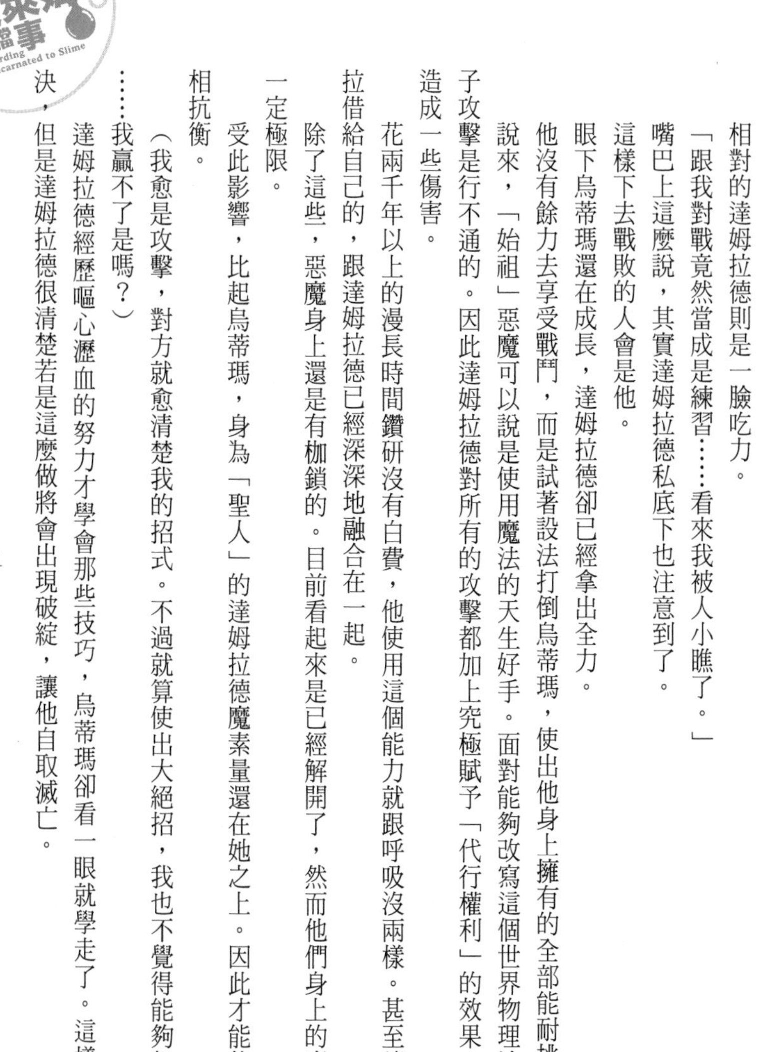

相對的達姆拉德則是一臉吃力。

「跟我對戰竟然當成是練習……看來我被人小瞧了。」

嘴巴上這麼說，其實達姆拉德私底下也注意到了。

這樣下去戰敗的人會是他。

眼下烏蒂瑪還在成長，達姆拉德卻已經拿出全力。

他沒有餘力去享受戰鬥，而是試著設法打倒烏蒂瑪，使出他身上擁有的全部能耐挑戰。

說來，「始祖」惡魔可以說是使用魔法的天生好手。面對能夠改寫這個世界物理法則的存在，半吊子攻擊是行不通的。因此達姆拉德對所有的攻擊都加上究極賦予「代行權利」的效果，這才能對烏蒂瑪造成一些傷害。

花兩千年以上的漫長時間鑽研沒有白費，他使用這個能力就跟呼吸沒兩樣。甚至讓他忘記這是魯德拉借給自己的，跟達姆拉德已經深深地融合在一起。

除了這些，惡魔身上還是有枷鎖的。目前看起來是已經解開了，然而他們身上的魔素含量原本就有一定極限。

受此影響，比起烏蒂瑪，身為「聖人」的達姆拉德魔素量還在她之上。因此才能夠一直跟烏蒂瑪互相抗衡。

（我愈是攻擊，對方就愈清楚我的招式。不過就算使出大絕招，我也不覺得能夠起到作用。這表示……我贏不了是嗎？）

達姆拉德經歷嘔心瀝血的努力才學會那些技巧，烏蒂瑪卻看一眼就學走了。這樣看來最好速戰速決，但是達姆拉德很清楚若是這麼做將會出現破綻，讓他自取滅亡。

如今烏蒂瑪放出相同威力的多重攻擊，即使達姆拉德全都在同一時間將那些抵銷……烏蒂瑪還是沒有表現出懊惱的樣子，甚至一臉開心。

「真棒，就好像範本一樣！」

聽她這麼一說，反而是達姆拉德更懊惱。

他被逼到無路可退。

自己再也沒有保留實力的餘地，可是一用出他擁有的招式，對方就會模仿。就像乾燥的沙子在吸收水分，讓他確實感受到烏蒂瑪正在成長。

（哈哈哈，看來我也只能一笑置之。）

他不禁如此自嘲。

達姆拉德萬萬沒想到「始祖」是這麼讓人恐懼的存在。

看在他人眼裡，會覺得他們彼此實力不相上下吧。然而這個平衡再過不久就會瓦解。那是因為只要有一方持續成長，天秤最後總會失衡。

那是不可否認的現實。

緊接著，這一刻到來。

「啊哈！我慢慢搞清楚了！」

喊完這句話，烏蒂瑪身上的氣息變了。之前她都是為了盜取達姆拉德的技能才會保留力量。

解放力量之後，烏蒂瑪背上長出六對──十二隻翅膀。就像蝙蝠的翅膀一樣，是沒有羽毛的薄膜，看起來很光滑油亮，發出淡紫色的光芒。

「我要上了！」

「唔！」

當烏蒂瑪一說完，十二隻翅膀就同時動了起來。形狀千變萬化，都衝著達姆拉德去。有像刀刃一樣薄的、像針一樣銳利的，或是像拳頭一樣的塊狀物，翅膀隨機應變，就連要逃都很困難。再加上還要對應……

達姆拉德原本想要抵擋變成拳頭狀的翅膀，卻在拳頭交會的瞬間被打飛。裡頭灌注先前無法比擬的力量，那威力大到連達姆拉德都沒辦法抵銷。

令人畏懼的是，烏蒂瑪的力量逐漸上升。如今少了魔素量的上限，可以說她想要增加多少力量就增加多少，增加速度絲毫沒有減弱的跡象。

「嘖！」

「啊哈哈哈！我最喜歡這樣的表情了。」

「哼！別小看我，小姑娘。雖然威力很強大，但只要沒被打中就行了。」

達姆拉德擠出比之前更多的氣力，專心迴避對方的攻擊。

嘴巴上講得若無其事，其實他心裡充滿危機感。

這樣下去贏不了。

可是烏蒂瑪身上又沒有破綻。

既然沒有，那就自己創造——達姆拉德大膽捨身。

其中一隻翅膀貫穿達姆拉德的腳。看起來好像是達姆拉德沒能避開，但這其實是他的作戰計畫。

擁有強大力量的種族都容易傲慢。只要確定自己能夠獲勝，就算是烏蒂瑪應該也會大意才對——這就是達姆拉德的盤算。

「啊哈哈哈，你這不是一直在閃避嗎？還是說你已經累了？」

烏蒂瑪臉上浮現邪惡的笑容，放緩攻擊的腳步，開始玩弄達姆拉德。不是瞄準重點部位，而是動起翅膀，試圖貫穿他的四肢。

（沒錯。你們很強大。所以才會小看我們，在關鍵時刻失誤。）

達姆拉德相信自己的作戰計畫成功了。

然後假裝受傷倒地，打算對烏蒂瑪施以全力一擊。

「聖霸崩拳！」

這是達姆拉德的必殺奧義。

灌注他身為「聖人」的全部鬥氣，加上「代行權利」凝聚而成的一擊。

若是被這一下打中，不管是多麼強大的惡鬼羅剎都會消滅。就連身為「始祖」的烏蒂瑪也會因為肉體遭到破壞消失，不會再有其他活路。

達姆拉德原本以為自己贏定了，卻沒能享受勝利的餘韻。正打算給烏蒂瑪致命一擊的時候，不知為何突然竄過一股冷顫。

有一隻翅膀崩解掉。它變換形狀模仿烏蒂瑪的外貌，但達姆拉德沒能看穿。

當他發現的時候，一切都太遲了。

「死毒崩拳！」

烏蒂瑪貫穿達姆拉德的胸膛。

這是模仿達姆拉德，讓龐大的魔力集中在貫通掌上，發動究極技能「死毒之王薩邁爾」，將之完美控制。而且五根手指頭的指甲都染成紫色的，這是來自「死毒之王薩邁爾」的能力「死毒」。威力遠遠

超過致死量，讓達姆拉德的防禦土崩瓦解。

這下子勝負已定。

「咕唔！」

達姆拉德吐血了，當場無力癱軟。

「啊哈哈哈哈，真可惜！就跟我想的一樣！」

耳邊響起邪惡的嘲笑聲。

達姆拉德想要再一次站起來，卻失敗了。

他全身虛脫，別說是站起來了，甚至連握拳都沒能辦到。

然而他還是擠出力氣，瞪著烏蒂瑪。

「愚蠢，那不是崩拳。該叫貫通手才對。只看一次休想模仿我……不過，威力……沒話說……確實厲害。改名叫做『紅蛇死毒手』還不賴……」

只說完這句話，達姆拉德就看似滿足地仰天。

他抬頭看著天空，露出有點不甘心的苦笑。

這次是他徹底戰敗。

都還沒跟金對決，就被魔王利姆路擊潰。

或許還有一些精銳人員活著，但要重建已經不可能了吧。

皇帝魯德拉再也沒有餘力等待下一次的機會。比起這些，如今的魯德拉他——

陛下——嘴裡喃喃自語，達姆拉德回顧自己的一生。

………………

…………

……

「達姆拉德，你在聽嗎？」

「什麼事？如果是無聊的牢騷，請您去跟維爾格琳大人說。還是想抱怨維爾格琳大人？如果是那樣也別找我，直接去跟她本人說。可不想讓她誤會我對她也有意見。」

「你還真是冷淡——不是那樣啦。是有正經事要說。」

「……是什麼呢？」

他不想聽。

當他看見魯德拉的眼神時，早就已經察覺對方要跟自己商量正經事。

可是一旦聽了，他們就沒辦法維持現在這樣的關係。

達姆拉德不願意那樣。

「看來我每次轉生的時候，心靈都會磨損。不，或許那就是金所說的『靈魂』，但這不重要。重要的是我以後或許會失去自我。」

「勇者」魯德拉的轉生並不是透過魔法，而是為了繼承那份過於強大的力量所進行的特殊儀式。有著非神的人類肉身，卻要獲得超越究極精神生命體「龍種」的力量，那是他付出的代價。是魯德拉身上的能力在管理這些。因此達姆拉德沒辦法提出解決方案……

「『靈魂』的磨損是嗎？還有陛下說會失去自我……」

「對，就是這樣。」

「這個玩笑也太有趣了。可是要我認真接受此事，讓您減少辦公，我可沒這麼好騙。」

「呿，你這傢伙還是老樣子，那麼正經八百。」

「我認為這就是我的優點。」

「哈哈，的確是。我說了一些無聊話。忘了吧。」

「好。就這麼辦吧。」

他不可能忘得了。

達姆拉德逃避了。

因為想要維持現在的關係，想要一直侍奉魯德拉。

後來過了一段時間。

「啊啊，果然沒錯。每次我重獲新生，好像就會逐漸失去某些重要的東西。問題在於那是什麼，就連我自己都不曉得。」

「陛下……」

「我說，達姆拉德。」

「是。」

「這是命令。如果我不再是我，你就要親手把我殺了。」

「魯德拉大人！」

「這種事情我沒辦法拜託維爾格琳不是嗎？」

我也辦不到——達姆拉德拚命將這句話吞回去。

如果那是身為好友的魯德拉真心所願，他沒辦法拒絕。

「真是的，說這種喪氣話。不過萬一事情真的變成那樣，我答應會把魯德拉大人收拾掉的。所以您就放心吧，請努力處理政務。」

「呵呵，你都沒變呢。就拜託你了。」

那是很久以前的約定。

後來又過了更長的一段時間——

「寡人累了。要去壓抑寡人的『正義之王米迦勒』避免失控也有個限度。不容質疑的『正義』追根究柢跟『邪惡』並沒有太大差異。因為這個世界上並不存在所有人都認可的正義。」

「陛下……」

「達姆拉德，你還記得跟寡人的約定吧？」

「當然記得。」

聽他這麼回答，魯德拉說了一句「那就好」，接著笑了。

然後他換上另一個表情，嚴肅地下令。

「達姆拉德，這是聖旨。為了在你失敗的時候預留保險措施，你要找到可以破除『正義之王米迦勒』並且打倒寡人的人！對你提出這種請託，寡人也很痛苦，可是……必須要在寡人還沒失去自我的時候做好萬全準備。」

這個命令等同要人抹煞魯德拉他自己，然而達姆拉德只能接受。

「我已經確實接受您的旨意了。」

聽完達姆拉德的回應，魯德拉嘴裡呢喃「抱歉」。

接下來的話像是自言自語，他開始看著遠方訴說。

「如今回想起來，『正義之王米迦勒』是朋友託付給寡人的，但這股力量或許不是寡人能夠負荷的吧。不管跟金的對決能不能獲勝，下次應該都是寡人最後一次使用了。寡人是打算盡情發揮……但若是有失控的徵兆，用不著客氣。要連同寡人一起阻止。」

「遵命。」

「——拜託你了。」

一講完這句話，魯德拉就閉上眼睛。

接著想起在好久好久以前跟「星王龍」維爾達納瓦立下的誓言，沒能守住誓言讓他很懊惱。

他口中吐出輕輕的呢喃：「——如果無法完成約定，到時候去那個世界再跟你賠罪吧。」

達姆拉德裝作沒聽見這句話，靜靜離開那個房間。

…………

……………

……

因自己口中流出的鮮血咳嗽，達姆拉德被拉回現實。在那不到短短幾秒鐘的時間內，他的意識似乎抽離了。

（——陛下，對不起……我沒能……遵從聖旨……）

意識又快要再度消失，達姆拉德想要說出心中的悔恨。然而卻無法如願，只是讓他再一次口吐鮮血。

心中有後悔。

但同時也覺得安心。

找出能夠殺掉敬愛主君的人——這個聖旨對達姆拉德來說只讓他感到痛苦。

那麼長的時間以來，他都很煎熬。

這是當然的。

在達姆拉德看來，皇帝魯德拉還是從前那個輝煌的英雄。

（我怎麼可能……怎麼可能殺掉您！為什麼是我？找其他人也可以不是嗎！若是沒有你，我對這個世界就沒有留戀了。就算是黃泉路，也請讓我和您一起同行——）

這才是——這正是達姆拉德的真心話。

金和魯德拉的對決，對達姆拉德而言根本不重要。重要的是魯德拉的意思，還有反映出他意念的這個世界。

金・克林姆茲是傲慢的魔王，卻不是不講道理的暴君。他行使威權統治，可是卻又確實制定規則，一直頑固地遵守。

金和魯德拉的理想不同，卻也不是完全無法相容。看在達姆拉德眼裡，甚至覺得很有機會達成共識。

金不會主動出擊吧。

因為很確定這點，魯德拉才會對達姆拉德下達聖旨，一定是這樣的。

雙方明明互相認可，又為何要拘泥於對決？

這部分讓達姆拉德很疑惑。

然而他沒辦法違背魯德拉的旨意，到最後只能遵從他的命令，開始在世界各地展開活動。

從皇帝跟前離開後，他找到幾個候補人員。

像是名字叫做神樂坂優樹的少年，他擁有超特殊體質「能力封殺」。

就連究極技能都能夠癱瘓，如果是他應該能夠對抗「正義之王米迦勒」，達姆拉德原本為此感到欣喜，結果卻慘敗收場。優樹落入魯德拉手中，再也不能仰賴他了。

失去王牌的達姆拉德在這個時候產生疑問。

「……魯德拉陛下為什麼要支配優樹？」

「咦，什麼？」

無意間說出口的呢喃讓烏蒂瑪反問。

達姆拉德沒有回應，而是繼續思索。

魯德拉就是下令要達姆拉德找人殺他的當事人，可是卻著手妨礙，達姆拉德不懂這其中的緣由。

不，不對。

只是他不願意承認罷了。

從一開始就有徵兆。

「——果然是那樣嗎……陛下他……魯德拉大人已經……」

就像發高燒胡言亂語一樣，達姆拉德自言自語。

「討厭，到底在說什麼啦！」

只見烏蒂瑪煩躁地大喊，但這聲音沒能傳進達姆拉德耳裡。

他現在正忙著沉浸在自己的思緒中。

那或許也可以說是將死之際的靈光乍現，達姆拉德的思緒變得清明起來。因此他找到了真相。

魯德拉為了理想燃燒熱情。

他想要統一世界，樹立永恆的和平世界。

再也沒有戰爭和饑荒，夢想著人類能夠有所發展。

如果所有人類都統一，天下太平，那大家都能平等過生活。魯德拉深信如此，因此他的目標是「一統天下」。

人類是能夠互相理解的生物。最後終將能夠達成一個共識，開創更美好的世界，魯德拉打心底相信人類是這樣的存在。

為了大家成為「勇者」，背負巨大的苦難。由於他的心願是希望讓許多人能夠開心過生活，才會為此操勞。

達姆拉德很喜歡這樣的魯德拉。

只不過——

魯德拉的理想最後只是一場夢。

在還沒達成之前，他自己就已經變質了，因此這是不可抗力。

（原來我們所追求的理想很早之前就已經破滅……）

承認這點後，達姆拉德感到悲傷。

「你在哭嗎？」

「……對。」

「因為害怕死亡？」

「……不是。是為了約定──」

「約定？」

「……對。」

無可避免的死亡牢牢抓住達姆拉德。

一方面也知道這不是自己能左右的，已經放棄抵抗，但就只有沒辦法遵守跟魯德拉的約定這點，令達姆拉德無法忍受。

假如魯德拉的意志已經消失，那現在的魯德拉又是誰？

答案就只有一個。

那就是魯德拉的好友──「星王龍」維爾達納瓦賜予的究極力量──究極技能「正義之王米迦勒」。

在魯德拉的精神全面崩壞之前，達姆拉德必須執行他的命令。

不過……看樣子他沒辦法完成這個任務了，達姆拉德的壽命即將走到盡頭。

很想責罵自己的無能，但換個角度想，他認為眼下情況還沒走到最糟的那一步。

不管用什麼手段都要阻止「正義之王米迦勒」失控。若是達姆拉德失敗了，那就必須找出可以託付這個任務的人。

這就是來自魯德拉的聖旨，也是達姆拉德必須遵守的約定。

他找出來的人就是優樹，但還有另一個人選。

那就是令人畏懼的魔王利姆路。

最大的敵人同時也是希望。

「希望妳將陛下……希望妳可以殺掉魯德拉大人……」

「啊？為什麼是我？」

「不是妳也沒關係。就算只是……傳話給……魔王利姆路……能不能拜託……妳？」

「我不是那個意思，這時候你就拜託我吧。反正我本來就打算殺掉那個叫做魯德拉的傢伙，也不是不能答應啦。」

烏蒂瑪很善變。

所以她才沒有老實答應，可是烏蒂瑪很欣賞達姆拉德。

雖然交手的時間不長，可是對於擁有無盡壽命的烏蒂瑪來說，質比量更重要。因為享受到經濃縮的濃密戰鬥，她就覺得什麼事情都能容許了。

「——既然如此，還有一個……請求……」

「是什麼？」

「請保護那個人……保護那個叫做正幸的……少年……」

達姆拉德很確定。

認為正幸正是——

「好吧，可以是可以。可是應該有報酬吧？」

惡魔可不會做白工。

這並不是絕對要遵守的規矩，有很多解套的辦法。

只是這次是烏蒂瑪太任性。她想要看達姆拉德困擾的樣子，才會那麼問。

然而聽到烏蒂瑪提出這種問題，達姆拉德反而感到安心。處在心靈受到解放的安詳氛圍中，他沉靜地回答。

「報酬就是我擁有的一切。我的『靈魂』……還有我學會的這一身『技藝』……都託付給妳……」

「這樣應該……算合格吧。」

烏蒂瑪回答得心不甘情不願，達姆拉德則是對她展露笑容。

接著——

「——魯德拉陛下……我現在就到您身邊去…………」

這是達姆拉德的遺言。

就像睡著一樣，他斷氣了。

他是前納斯卡王國的宰相，也是統一皇帝魯德拉．納姆．烏魯．納斯卡的好友。

「拳聖」達姆拉德那漫長的生涯終於落幕了。

在異界的圓形競技場中，烏蒂瑪獨自一人佇立在那兒。

「啊——好無聊喔。心核消失了。虧我原本還想獻給利姆路大人耶……」

說這話的烏蒂瑪感覺有點落寞，她用十二片翅膀溫柔包覆達姆拉德的遺體。

按照契約將他的一切都變成自己的。

那就是最後的結局。

達姆拉德和烏蒂瑪的戰鬥分出勝負了。

——一名「拳聖」結束其人生，新的「拳魔」誕生——

在最後一刻，達姆拉德將凶殘無比的力量給了其中一個超邪惡的惡魔。
倘若他得知這件事情，會不會慚愧不已？
或是發現自己的技法後繼有人，因此覺得幸福也說不定。
如今達姆拉德已經逝去，事實為何不得而知。
只能留給活著的人去推敲。

●

「接下來，就由在下來當你的對手吧。」
在圓形競技場中央，阿格拉對近藤如此宣言。
近藤就只有眉毛動了一下，不發一語用手握住軍刀。也沒有去回應阿格拉，而是直接朝卡蕾拉看了一眼。
「放心吧。我是來當裁判的。」
「可笑。這種話誰會相信。」
最後近藤終於開口了，可是他說的話很尖酸。反正都是敵人，你們乾脆兩個一起上吧——言下之意為此。
然而卡蕾拉無動於衷。
「好吧，也是啦。我不認為二對一很卑鄙，對你也沒有手下留情的意思。不過這次是那個阿格拉如此要求。用不著在意我的事情，就好好享受吧。」

說完自己想說的，她就一副事不關己的樣子，坐到石壁上。

近藤則是聳聳肩膀回應。

「這根本是場鬧劇。但妳的好意我就心領了吧。」

接著他拔出軍刀，跟阿格拉對峙。

「感謝。那麼，這就來——」

「混帳！」

在清脆的「砰」一聲之後，那句話被打斷。只見阿格拉按住胸口，當場癱軟下去。

卡蕾拉瞬間跑過來，擋在近藤和阿格拉之間。近藤想要用刀劍砍下阿格拉的頭，卻被卡蕾拉拿劍制止。

「哼。這速度妳還跟得上啊。」

右手拿著飄出硝煙的南部式大型自動手槍，左手揮著一把軍刀的近藤對卡蕾拉這麼說。

「你就是認為我會趕上吧？假如你是認真的，阿格拉早就被消滅了。不是嗎？」

近藤並沒有說要接受阿格拉的對決邀約。

是沒有再次確認的阿格拉不好。

而且剛才那看起來像是致命一擊的攻擊也不是認真的。擋下近藤刀劍的卡蕾拉最明白這點。

像近藤這樣的強者，就算正面跟阿格拉對戰應該也不會輸掉。如果只是用刀劍決勝負，或許會是場漂亮的對決。但即使如此，最後結果應該還是近藤穩操勝算。

然而近藤卻還選擇用偷襲的方式，那是因為旁邊還有卡蕾拉在。

怎麼能夠去相信敵人的話。更何況還是惡魔所說，會去聽的人是笨蛋。

必須剔除不確定因素，這是戰鬥的鐵則。

「好了，你們到底想做什麼？我也很忙，沒空去陪你們演鬧劇，配合你們的戲言。」

只見近藤轉而面向卡蕾拉，對她嗤之以鼻，一副不當一回事的樣子。

「好吧。既然你是這個打算，接下來就換我來當你的對手。」

「用那把劍？」

近藤指了指卡蕾拉的劍，剛才那一擊已經讓它龜裂了。如果交鋒好幾次肯定會折斷，卡蕾拉不可能沒注意到。

「怎麼可能。我是有替代品，但是比起那個，還有更好的東西。阿格拉，你應該知道我在說什麼吧？」

「……自然是知道。雖然沒辦法跟我流傳人過招很遺憾，但一想到這也是出自在下的教誨，就沒什麼怨言。比較讓人不能接受的是小看在下，懶得奪走在下的戰鬥力。」

一邊說著，阿格拉站了起來。

他胸口上的洞已經填滿了。近藤用來攻擊阿格拉的子彈是「消滅彈（Eraser）」，效果是能夠灌注魔力，讓相當於魔力的魔素消失。假如這個是「咒壞彈」，那阿格拉應該連站起來都很困難。

就如同卡蕾拉推測，還有阿格拉注意到的那樣，近藤顯然是在放水。

不過——就是因為這樣，阿格拉還能夠戰鬥。

「——刀身變化。」

他變成一把刀。至於拿起這把刀的，用不著多說，自然就是卡蕾拉了。

卡蕾拉的魔力替阿格拉補充到滿檔，失去的魔素又回來了。結果使得刀身發光，表示阿格拉的氣力都充滿了。

「太愚蠢了。原本是想同為劍士，才放你一馬……」

「我的眷屬很喜歡戰鬥，你那是多管閒事。」

「是嗎？事到如今那些都不重要了。這個人假裝他是開山祖師，犯下不可饒恕的罪行。我會盡全力給他應得的報應。」

對於近藤來說，想必將阿格拉拿在手裡的卡蕾拉也是同罪吧。

顯露出明顯的敵意，近藤看起來很認真。

戰鬥開始之後，半晌過去。

只見卡蕾拉屈膝跪在地上。

令人難以置信，近藤強大到令人恐懼的地步。

簡直就是高手中的高手。

就連卡蕾拉都覺得他是超乎想像的怪物。

她知道自己很強。

但也明白一山還有一山高。

事實上，就算沒辦法戰勝迪亞布羅，她也認為自己不會輸給其他人。然而卻被賽奇翁輕易撂倒。

這次的戰鬥中也被維爾格琳打得落花流水。

因此被近藤修理得慘兮兮，她並不意外。不僅如此，甚至感到情緒高昂，覺得很興奮。

卡蕾拉在地面上滾動，跟近藤拉開距離。接著奮力站起，再一次將劍舉到前方。

「挺厲害的！阿格拉也稱讚過我的劍技，但是好像比不上你。」

「住嘴。只是靠著蠻力在對付我，這種說法讓人聽了就火大。」

近藤其實也認為卡蕾拉的戰鬥天分高到令人發毛。現在沒空陪她玩，所以從一開始就全力以赴。不只是劍術，就連究極技能「斷罪之王聖德芬」的能力也毫無保留用上。

然而卻沒辦法收拾掉卡蕾拉。

光這樣就足以讓人嘆為觀止，近藤的打心底感到戰慄。

彼此都認為對方果然不是簡單的對手。

之後戰況更加激烈。

卡蕾拉使勁對著近藤出刀，想要阻礙他的行動。近藤則是輕輕化解刀劍攻擊，用右手握著槍瞄準卡蕾拉。

子彈裡面蘊含的能力是解除魔法。

這個子彈的名字叫做「解咒彈(Dispel)」。

近藤之所以打出這種子彈，看看卡蕾拉接下來的行動就能夠明白背後理由。

她不用詠唱咒文，瞬間就能夠打造出重力力場。雖然近藤說卡蕾拉是依靠蠻力，但她完全沒有為此反省，更變本加厲仰賴力量。發動不會影響到自己的魔法，打算去阻擾近藤的行動。

近藤就是看穿這點才會選擇「解咒彈」。

能夠廣泛運用就是近藤的強項。

究極技能「斷罪之王聖德芬」的效果大致可分成四種，近藤會看時間場合分別使用。

「破界彈」能夠破壞對象物的防禦結界。

「解咒彈」能夠取消魔法效果。

「咒壞彈」能夠破壞標的物的魔力迴路。

「消滅彈」是高密度的魔力彈。一方面還能夠解析對象物的性質，令其消耗能量。

同時具備所有效果的就是最強子彈──「神滅彈」。

卡蕾拉到現在還在故意用些需要詠唱魔法的攻擊。

都是為了練來用在像這樣的對決上，但那些全都會在魔法發動的瞬間被人解咒。近藤的解讀是對的，這樣的選擇沒錯。

而且只要有機可乘，還會打出各式各樣的子彈。

若是沒有看出子彈的性質來做對應，卡蕾拉就會吃苦頭。假如她掉以輕心，那瞬間就會分出勝負吧。

近藤在進行戰鬥分析的時候非常冷靜。

情感沒有任何波動，甚至讓人感覺很機械式。

會去看破敵人的弱點和魔力的流動，給予適當的處置。

就只有這樣。

做事情一板一眼，近藤因此保住帝國軍最強的地位。

跟感情用事的卡蕾拉形成對比，但這兩人又有些雷同。

只見卡蕾拉搖搖頭說真是的，然後用裝熟的語氣問近藤。

「真麻煩。你怎麼知道我要使用魔法？」

近藤也一邊調整呼吸，一邊回應卡蕾拉。
「哼，很簡單。因為我在想，如果是我就會那麼做。」
「原來如此。這說明很淺顯易懂。」
卡蕾拉又對近藤這個男人多了幾分好感。同時也深深覺得他是一個強敵，至今還沒遇過這樣的。
（他明明就看出準備讓魔法發動的魔力流向，正確切斷這些流動。虧他講得這麼簡單。）
如果是我就會那麼做——拿這個當藉口也未免太會扯了。卡蕾拉苦悶地想著，可是臉上就是有著喜悅的色彩。
能夠遇到可以讓她盡全力對戰的對手，光是這樣就令人開心。
至於魔王雷昂，那可是連金都認可的強者。卡蕾拉認為跟他對戰一定能夠打到爽為止，可是面對她做出的挑釁，對方從來沒有配合過半次。
讓人覺得既遺憾又火大，心中很是不滿，不過……若是對手換成近藤，感覺就可以打得很盡興。
對她來說比起勝負，對戰的過程更加重要。
「很好，真的太棒了。你叫做近藤是吧，你是最棒的敵人！」
卡蕾拉這些稱讚是發自內心的，然而近藤就只有嗤之以鼻。
沒有用言語交談，而是用刀劍來表達意見。
銳利的斬擊劈向卡蕾拉。雖然只用左手來揮劍，但是劍路沒有走偏，比高手在舞劍更加華麗。
面對近藤的連續劈砍，卡蕾拉靠著阿格拉的技量和自己的直覺化解。
在短暫的刀劍交鋒之間，卡蕾拉看出近藤有個小小的習慣。
那就是左手拿刀，右手用槍。

這就是近藤的戰鬥風格，但是在開槍的瞬間，目光跟手指頭會同步移動，就能夠看出子彈的軌跡。

那是一個細微的習慣動作，如果不是卡蕾拉八成看不出來，卻是足以用來決定勝負的致命缺點。

（就是這裡！）

在完美的時間點上，卡蕾拉揮動刀劍。

近藤原本打算開槍，來不及對這個動作做出反應。他看起來很意外，硬是用槍擋下卡蕾拉的刀劍攻擊。

反應速度堪稱一流，但卡蕾拉可不會只因為這樣就住手。

「你可別小看我！這下子你就少一招可出了！」

近藤轉動身體硬是用很勉強的姿勢接下那一刀，結果似乎導致沒辦法跟卡蕾拉的怪力抗衡。

這讓近藤不由得在第一時間就將手槍放掉。

南部式大型自動手槍滾落地面。

能夠對近藤還以顏色，卡蕾拉開心極了。

然而──

她突然不寒而慄。這種感覺一出現，卡蕾拉就隨著本能跳離現場。

近藤的劍從空中劃過。

「嘖，沒殺成啊。」

有一樣東西掉在地面上，是卡蕾拉被切斷的左手。就連用神輝金鋼製成的骨骼都不當一回事，被近藤用刀劍切斷。

「混帳！」

那讓卡蕾拉很激動。

然而她的心卻很冷靜，雖然為屈辱顫抖，還是選擇接受現實。

知道自己這樣下去是贏不了近藤的。

那是因為近藤已經用雙手拿著軍刀。

那架式堪稱完美，跟先前的風格截然不同。

近藤從一開始就不打算依靠手槍，而是故意創造破綻來引誘卡蕾拉——只能如此解釋。

若真是如此，卡蕾拉就是被近藤小看了。

明明靠劍術也能夠跟自己勢均力敵，甚至是超越她，卻不展現這些，而是賣弄小伎倆……

（用那種策略應該是想輕鬆殺掉我吧……這麼厲害的高手竟然不好好展現實力，而是用這種卑鄙的手段。不可原諒。）

這樣解釋之後，卡蕾拉大吼。

「只是區區一個人類，竟然敢小看我！」

她打算在激情的驅使下將近藤大卸八塊，正要向前踏出一步。

然而就在這瞬間——

『先等一下，卡蕾拉大人。』

變化成刀讓卡蕾拉使用的阿格拉跟卡蕾拉說話。

目前卡蕾拉跟阿格拉很接近一心同體的狀態。當然他們有用「思念網」聯繫在一起，所以能夠透過心靈對話。

透過卡蕾拉的能力將意識領域延伸到百萬倍，兩人就在那邊展開對話。

『怎麼啦，阿格拉？我現在很忙，敢妨礙我，小心我連你都殺掉！』

『請您冷靜一點，卡蕾拉大人。如果這樣就失去冷靜，那就著了近藤的道了。』

『那種事情我也知道啊。可是那傢伙把我當白痴耍。我可是一個王啊！這樣怎麼說得過去。』

最近阻止卡蕾拉都變成阿格拉的工作，但是阿格拉從沒看過像今天這麼火大的卡蕾拉。話雖如此，若是不在這個時候阻止，卡蕾拉一定會戰敗。

阿格拉開始試著懇切地說服卡蕾拉。

『您知道嗎？近藤從一開始就不靠刀劍戰鬥，並不是因為他小看卡蕾拉大人。』

『那是為什麼？不管怎麼想都覺得他在小看我吧！』

『不是的。應該說理由正好相反。』

『啊？』

『因為他認為卡蕾拉大人構成威脅，才會想要隱藏自己的實力。大家都並非像卡蕾拉大人那樣，一生下來就很厲害。在跟強敵對戰的時候小心翼翼，身為戰士當然會這麼做！』

『那是為什麼？表示那傢伙認可我？』

『就是這麼一回事！』

阿格拉強力主張，像是在說就是這樣。

近藤的戰鬥風格已經算很完美了。但本質上還是繼承阿格拉流派的劍士。用那部分的技巧戰鬥肯定才是他的真本事，所以不會從一開始就展現，而是在緊要時刻切換戰鬥模式——阿格拉如此解釋。

在開槍的時候露出破綻，那也是費盡心思鍛鍊才練就的吧。之所以會對外使用這招，肯定是因為他

把卡蕾拉當強敵看待。

否則他用不著這麼費心，刻意去背負風險。

『……原來如此，聽你那麼說確實有道理。』

阿格拉的說服奏效了，卡蕾拉找回冷靜，並且接受他的說法。

這讓阿格拉暫時鬆了一口氣。

『讓你擔心了，阿格拉。多虧你才讓我看清。』

『那真是太好了。』

『我就答應你，不會再讓你擔心。』

最後卡蕾拉做出這番宣言，然後再次面對近藤。接著慢慢用反手拳打自己的臉一下。

那一下打得很紮實，甚至讓人懷疑卡蕾拉的腦袋會不會因此爆開。

然而她不以為意地對著近藤笑。

「哎呀，讓你嚇一跳是嗎？抱歉喔，因為我有點失去冷靜。會錯意以為是你在小看我。不過人類還真是厲害呢。為了獲勝確實會耍各種小手段。都是我們想像不到的，所以我有點驚訝。」

一邊這樣笑著，卡蕾拉認為自己最好還是不要小看敵人比較好。

她並沒有大意，但若是阿格拉不在，自己早就被近藤算計了。

如今卡蕾拉已經跟以前那個能為所欲為的她不一樣了。

現在她是魔王利姆路的忠心部下，會聽從他的命令行動。

戰敗另當別論，但是不能夠死亡。

卡蕾拉要自己收斂心神。

剛才打這一下就是為了這個，同時也是在表明覺悟。

卡蕾拉是認可近藤的。

認可他跟她們能夠相提並論。

不像是性格散漫的卡蕾拉會有的，這些都是非常認真嚴肅的想法。

「真沒想到。沒想到像我這麼厲害的人……面對區區一個人類竟然必須認真起來對應。」

可能是身為最強種族讓她驕矜自滿吧，因此不知不覺間戰鬥都不認真了。然而卡蕾拉誤會近藤放水，最後被阿格拉開導。

明白自己失態，卡蕾拉這才總算認真起來。

看到卡蕾拉露出那種淒厲的笑容，近藤覺得很美。

「惡魔認真起來了？身為脆弱的人類，可不樂見這種情況。」

他第一次有了表情，願意將卡蕾拉當成敵人看待。

「那我也認真起來跟妳對決吧。」

如此宣示後，近藤首次穿上「鎧甲」。

這不是靠著意念力量塑形的制服，而是讓魯德拉賜予的神話級裝備變化而成的白色靈裝。

模仿舊帝國海軍的禮服。

外觀上並沒有太大的改變，可是散發的氣場卻判若兩人。

對近藤來說，以前當海軍時期穿的禮服等於是喪服。身為中尉卻要部下們去送死，他發誓會背負這個罪孽活下去。為了讓自己記得那份覺悟，才會穿上這套衣服戰鬥。

看到這樣的近藤，卡蕾拉解放深邃強大的魔力。

接著報上名號。

「我是魔王利姆路大人忠實的僕人，『聖魔十二守護王』的成員之一。『破滅王（Menace Lord）』卡蕾拉。我要賭上我的尊嚴把你殺掉。」

近藤也回應了。

「前帝國海軍中尉近藤達也。我接受妳的挑戰。」

雙方互相瞪視，靜靜地提昇力量。

就這樣，一場極為認真的對決開始了。

*

卡蕾拉撿起掉落的左手，輕輕將它貼到斷面上。光只是這麼做，就彷彿什麼事情都沒發生過一般，恢復得跟原來一模一樣。

「太不合常理了。」

「哎呀，別這麼說嘛。這是利姆路大人賜給我的重要身軀，可不能留下任何傷痕。」

雖然他們看似輕鬆閒談，但其實雙方都在觀察敵人是否有破綻。

之所以會等卡蕾拉把手治好，近藤也有其打算。

如今丟掉手槍的近藤將要用一把劍戰鬥。那是「朧心命流」原本應有的姿態，但反過來說，也等同近藤手上已經沒有其他王牌了。

如今近藤已經認真起來。

那就代表他賭上自己的一切。

眼下正用雙手舉著劍，他自認不管遇到什麼樣的敵人都不會輸給對方。

透過獨有技「解讀者」，近藤掌握卡蕾拉的動向。肌肉的動向自然不在話下，就連充斥全身的魔力流動，還有魔法要發動的跡象，全都讀取得到。

這個能力跟究極技能「斷罪之王聖德芬」連動，性能上遠遠超越獨有技的範疇。因此才沒有漏看卡蕾拉的力量異常提昇一事。

像在象徵卡蕾拉的殘暴，那魔素含量多得驚人。但似乎被一股巨大的意念統整，流動上沒有任何滯礙。

在一般情況下，這樣激烈的流動隨時都有可能爆發，卻被卡蕾拉完美支配。

這個怪物——近藤心想。

那隻手是好不容易才砍掉的，現在卻連點痕跡都不剩。就連衣服都修好了，只讓人覺得未免太扯。

那些肆虐的魔素全集中到阿格拉幻化而成的妖刀上。由於他跟卡蕾拉已經變成一心同體，才能完成一個力量的循環。

在近藤看來，自然不樂見事情變成這樣，但他還感應到更加棘手的氣息。令人難以置信，就在卡蕾拉的魔力中心，有一個強悍的力量結晶即將誕生。

那是什麼，近藤心裡已經有底了。

因為他自己也曾經獲得，所以很清楚，那是心靈形象要成為實體時會出現的現象。

（這傢伙……果然不尋常。她正準備要獲得究極技能嗎！）

一看到這種現象發生，近藤就採取行動。

不管敵人有多麼強大，都必須立刻排除。正因為他如此判斷，才會穿上象徵自己必須認真應戰的禮服。

換句話說，他不能夠戰敗。不管用什麼樣的手段都要獲勝。

獲勝的人即是正義。

一面端詳卡蕾拉，近藤做好準備。

手邊剩下的就只有一把劍。他要將所有的力量都灌注進去，對著卡蕾拉出刀。

「好耶，不錯喔！看看那雙篤定的眼神，讓人好興奮！」

對卡蕾拉開心的叫喊充耳不聞，近藤揮動刀劍。

雖然被卡蕾拉的妖刀擋下，近藤的軍刀還是有莫大威力。假如那把妖刀上頭沒有阿格拉的意念存在，搞不好這一下就會把刀砍斷也說不定。

近藤進一步發動連續攻擊。

「可惡！」

連卡蕾拉都忍不住發出呻吟，那是既銳利又沉重的斬擊。

會有這股威力，祕密就在於軍刀蘊含意念。

近藤的究極技能「斷罪之王聖德芬」可不是只會對子彈灌注能量而已。當近藤的意念附著在足以稱為其「靈魂」的軍刀上，才會發揮真本事。這就是近藤的王牌，也是他認真起來的姿態。

接著近藤發動一連串猛攻，卡蕾拉一直在防守。

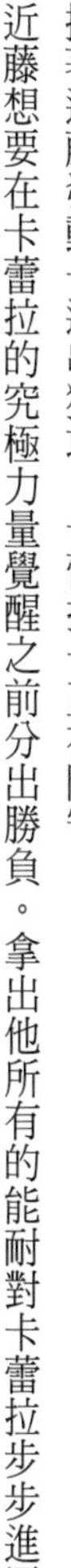

近藤想要在卡蕾拉的究極力量覺醒之前分出勝負。拿出他所有的能耐對卡蕾拉步步進逼。

卡蕾拉將她的暴力轉換成絕大的力量，近藤面不改色，將這些全都化解掉。

比起卡蕾拉，近藤在戰鬥技巧上更上一層樓。

之所以能夠勉強和對方抗衡，除了卡蕾拉的魔素含量龐大，還加上有阿格拉的技量加持。

若非如此，卡蕾拉早就被人給滅掉了吧。

例如眼下有著「消滅彈」效果的劈砍就切開卡蕾拉的左側腹。

數次砍中四肢的斬擊放入「咒壞彈」效果，使得卡蕾拉的魔力迴路紊亂。結果導致卡蕾拉跟阿格拉的同化也受到影響。

「你這混蛋……」

一邊呻吟，卡蕾拉呲牙咧嘴地瞪視近藤。

是她誤判了。

她知道近藤很強大，但覺得自己只要認真起來就有辦法搞定。

然而近藤並不是這麼簡單的對手。

都已經借用阿格拉的力量了，近藤依然贏過卡蕾拉，簡直是超人。

（一個人類……不過是區區一個人類！雖然他覺醒成「聖人」，但我竟然會被一個渺小的人類逼到這種地步……）

除了覺得自己很沒用，她還用右手按住被人砍中流出魔力的左側腹。

即使想要促進恢復，還是被紊亂的魔力迴路拖累，效果不彰。

原本這點程度的傷口就算不去特別照顧也能修復。而現在就算特地修復還是這副德行。

任憑卡蕾拉再怎麼豪情、再怎麼隨意，她都知道眼下情況糟透了。

意志力的強弱也會左右力量優劣。

更何況近藤還是靠著自己的力量獲得究極能力的人。跟擁有無限壽命，天天隨性過活的卡蕾拉相比，那份高尚不是她能夠相提並論的。

事情來到這個地步，伴隨著折磨她身體的苦痛，卡蕾拉總算理解了。

直接獲得的力量沒有任何意義。

必須要在自身渴望下獲得，才能發揮其本質。

種族階級、身體機能的優劣、生命力，這些卡蕾拉全都比對方優秀許多。

就連技量都不例外，有了阿格拉的幫助，可以跟對方並駕齊驅。

然而她還是贏不了。

不僅如此，更是即將戰敗。

（這樣下去我會輸掉？也就是……會消滅是嗎？最強的我族——惡魔族王者之一的我竟然——！）

這點卡蕾拉說什麼就是不能接受。

她的自尊不容許。

最重要的是這會違抗卡蕾拉最愛的君主——魔王利姆路的命令。

如果事情演變成那樣，那可是殺她百萬次也無法彌補的大失誤，卡蕾拉為此感到恐慌。

卡蕾拉原本天不怕地不怕，卻怕沒辦法遵守利姆路的命令。

「只有這個絕對不允許！」

卡蕾拉喊完這句話就用充血的眼睛瞪視近藤。

強行讓傷口恢復再生，重新擺好架式。

卡蕾拉有個更深遠、更強烈的心願。

那就是想要打贏眼前這個男人。

至今為止她都是靠自己身上那無可比擬的惡魔力量作戰。

可是光靠那些是不行的。

肯定沒辦法對頂峰的高手們起到作用。

就好比迪亞布羅，還有眼前的近藤。

她知道自己肯定贏不了那些獲得究極能力的人。除此之外，身為頂尖好手的金．克林姆茲更是遙不可及。

只想一味增強力量是不行的。

光靠這樣，不管再怎麼掙扎都只會淪為強者的獵物。

被逼到這個地步，卡蕾拉總算明白。

想要跟真正的強者作戰，必須對自身有更深切的體悟。

為了實現這點，需要無與倫比的堅強意志。

就在這個瞬間，身為精神生命體的卡蕾拉開始尋求形同她本質的意念力量。

《那我就稍微幫襯一下吧。》

卡蕾拉彷彿聽見這句話。

緊接著下一刻，在她內心深處好像有某種「東西」在蠢動，可以感覺到那正在明確成形。

卡蕾拉把注意力都放到那上面。
那是由卡蕾拉的決心、願望幻化而成。
至今為止，這股力量都只在她體內肆虐。卡蕾拉都是靠著蠻力壓抑，一邊控制一邊利用，但她現在願意承認這股力量也是自己的另一個面向。
接著將它釋放出來。
究極的能力需要名字。

——我的「力量」啊，就賜予你名字吧。為了完成利姆路大人交辦的任務，成為我的能力，進一步解放力量吧。你的名字就叫做——究極技能「毀滅之王亞巴頓」！——

亞巴頓的意思是毀滅者、破壞者。
而且還是地獄之王。
確實是跟「破滅王」卡蕾拉非常相稱的能力。
卡蕾拉終於得到它。
能夠破壞一切、傲視一切的「力量」。

——究極技能「毀滅之王亞巴頓」——

這是卡蕾拉願望的體現。

一旦解放將會確實為敵對者帶來滅亡吧，是很可怕的能力。

因為遭遇強敵，卡蕾拉有生以來第一次渴望力量。而這個願望實現了，卡蕾拉跟近藤的戰鬥即將有個結論。

＊

開什麼玩笑——近藤在心裡想著。

只差一步就能收拾掉，好不容易把卡蕾拉逼入絕境，她卻在眼前獲得究極力量。在近藤看來實在覺得太誇張了。

近藤自認已經給卡蕾拉好幾次致命打擊。然而不管打倒幾次，卡蕾拉都會重新站起來。

近藤靠著「破界彈」的能力劈開「結界」，透過埋藏「咒壞彈」的斬擊擾亂卡蕾拉的魔力迴路。用這種方式確實累積傷害後，他打算藉著「消滅彈」的效果給對方致命一擊。

照理說終於能分出高下。

然而即使近藤認真起來，還是沒辦法打倒卡蕾拉，反而讓她的力量覺醒。

近藤深深覺得那是他的失誤。

（可惜了。假如還有「神滅彈」——）

會這麼想，或許是近藤的氣勢有點減弱了吧。

「神滅彈」是一天只能用一次的絕招，也是最強一擊。可是剛才為了削弱維爾德拉已經用掉了。

在賭上生死的戰鬥中，去尋求不存在的東西，做這種蠢事很不像近藤。

尋常狀態下就很強大的敵人獲得未知力量。得知這點之後，近藤不禁沮喪起來。

但他重新振作。

既然穿上禮服，那他就必須堅定自己的決心，必須作戰到底。

這讓他不由得初次對卡蕾拉吐露真情。

「你們還真是超乎常理呀。」

雖然他們嘲笑人類很脆弱，但這也是理所當然的吧。

種族之間的「等級」差異是個無法填滿的巨大鴻溝。

大到就連近藤都不禁埋怨。

聽他這麼說，卡蕾拉滿意地點點頭。

「對啊，這是當然的。因為我們是最強的種族。可是我也覺得你很誇張啊！」

這是卡蕾拉所能給出的最棒稱讚了。

她已經承認近藤是跟他們相同等級的存在。所以才會拿出最大限度的敬意，盡全力挑戰。

卡蕾拉用劍指著近藤，不敢大意。右手跟左手都發動「毀滅之王亞巴頓」，讓巨大的力量循環。

近藤跟卡蕾拉之間充斥著白色和黑色的光芒。

龐大的魔素轉換成能量，光是餘波似乎就能將人炸飛。

透過意識集中，卡蕾拉將這些能量全都控制住。

「就讓你見識我的全部能耐吧。」

「……我不是很想看。」

「呵呵，別說這麼冷淡的話嘛。就是因為我認可你，才要讓你看看被我當成王牌的大魔法！」

聽到這個，近藤有種不祥的預感。

「……」

完全不去管別人要不要，卡蕾拉就是這樣的惡魔。

魔王雷昂也是因為這樣吃了些苦頭，但那時的卡蕾拉並不是認真的，只是在玩而已。這一方面也要怪她實在是太過惡質，但近藤不得不對付認真起來的卡蕾拉，在他看來雷昂還比較幸運吧。

包含迪亞布羅在內，四個「惡魔王」之中，眼下這個卡蕾拉擁有最多的魔素含量。之前都沒辦法完全控制住，但因為獲得「毀滅之王亞巴頓」的關係，這個缺點消失了。

如果是現在的她，在控制魔法上甚至能夠跟維爾格琳比拚。

「帶給他毀滅吧。消失吧！『終末崩縮消滅波（Abyss Annihilation）』——！」

那超越「重力崩壞」，是究極的魔法。

也是卡蕾拉的理想，是最大最強的攻擊魔法。

那魔法會在重力崩壞力場中釋放從地獄底部召喚出來的物質，產生超乎想像的極大能量奔流。

當然要控制這股力量，讓它具備指向性也是非常困難的一件事情，這點自然不在話下。

原本這不是能夠在行星上使用的魔法，可是卡蕾拉毫不猶豫地用了。

在這個魔法的控制上只要有一點差錯，就連行星都可以炸爛。

在冥界練習的時候都沒有成功過，這還是第一次在物質世界使用。也就是說到現在為止，這個魔法都沒有成功施放過，卡蕾拉卻毫不猶豫地用了。

假如戴絲特蘿莎她們在場，無論如何都會阻止卡蕾拉吧。可是現場沒有能夠阻止她的人在。

雖然有阿格拉在，但是要他去制止卡蕾拉未免太過分了。該說最恐懼的人並不是近藤，肯定是知道這個魔法有多可怕的阿格拉吧。

而說到近藤——

光看卡蕾拉的準備動作就感到危險，不等對方宣告，近藤早就發動「斷罪之王聖德芬」。

像這樣快速判斷狀況正是近藤的強項。

然而這次的對手實在太強大。

卡蕾拉的魔力強到亂七八糟，「終末崩縮消滅波」還是以她魔力為前提所產生的極大魔法，範圍很廣大。如果這裡不是異界，都不知道會造成多麼大的傷害。

搞不好就連異界都會被破壞掉——近藤如此推測。

假如真的是那樣，這個魔法的目標是近藤，而在魔法射擊軌道上的物質全都會一起消滅吧。

近藤是如此預測的。

如果異界遭到破壞，那很有可能還會傷害到皇帝魯德拉。

雖然魯德拉已經做好萬全的防護，但還是有可能發生意外。必須避免這種事情發生。

不僅如此——

近藤這才發現更加棘手的事實。

照卡蕾拉的樣子來看，就連那個凶惡的魔法都是誘餌。即使在那個魔法中撐下來，之後當作主要攻擊手段的妖刀也會砍過來吧。

那樣他就沒辦法對應了。

必須不惜一切犧牲，在這裡打贏才是存活的唯一方法。

近藤已經做出覺悟了。

他將自己的愛刀收回刀鞘，等待時機。然後在卡蕾拉發動魔法的那一刻，同時展開行動。賭上自己擁有的一切拔刀。

「八重櫻——八華閃——」

白老曾經演示過的技巧，他在此重現。

裡頭灌注照理說一天只能使用一次的「神滅彈」。

如果不能在這超越極限，那等著近藤的就只有毀滅。因此他相信自己一定能辦到，賭上自己的可能性。

「靈魂」力量發出更強烈的光芒。

這是來自近藤的光芒，還是卡蕾拉的呢……

至少可以確定雙方都使出全力了。

近藤的刀刃將「終末崩縮消滅波」產生的狂暴能量奔流切裂。

這讓卡蕾拉睜大眼睛，但她嘴邊浮現笑容。

一股劇烈的痛楚貫穿近藤全身。

就連堪稱最高守護的神話級禮服也沒能抵擋住毀滅力量。

可是近藤無所畏懼。

他憑藉自己的信念瞄準卡蕾拉的頭，讓八朵花盛開。

卡蕾拉來到近藤上方。

「不夠看。現在就讓你見識一下，吸收了阿格拉的經驗，我的最強技巧！」

這是一句話，但又不算是一句話。

就在剎那間，卡蕾拉的意念傳達給近藤。
百道劍光超越近藤的拔刀速度。
技能名稱叫做「朧・百花繚亂」。
面對這讓人難以抵擋的威力，近藤的軍刀斷了。
之後卡蕾拉的最後一擊將近藤斜劈而過。

…………………

…………

……

近藤感覺全身的力量都抽空了。
早在許久之前就已經超越極限。
他閉上眼睛，仰躺著倒下。
生命即將走向盡頭。
（還真是不乾不脆——）
想到這邊，他開始自嘲。
結果什麼事情都沒能辦到。
沒辦法守護祖國，也沒辦法遵守跟魯德拉的約定。

——當寡人的朋友吧，達也——

啊啊，我……連跟您的約定都沒能實現。

近藤胸口閃過一絲懊惱。

想起還沒完成的約定，他就覺得很心痛。

「達也啊，有件事情想拜託你。」

「儘管說。我身為您的好友，只要是能力所及，什麼都願意做。」

對了，我想要報恩。

我要對稱呼自己為朋友的魯德拉表達感謝，因為他讓我找到在這個世界活下去的意義。

可是那個請求未免也太過分了……

「很久以前，寡人曾經拜託達姆拉德一件事情。如果寡人失去理想抱負，希望身為朋友的你能夠親手阻止。可是寡人實在活太久了。達姆拉德心地善良，沒辦法親手了結寡人。拜託這種事情很過分，寡人為此感到後悔。」

「這……」

「所以，達也啊，如果是你一定能夠冷靜判斷，把寡人殺掉吧？記得要去阻礙達姆拉德，由你親手阻止寡人。」

近藤不想那麼做。

因為他也希望魯德拉活下去。

魯德拉很冷靜、很理性，而且充滿霸氣。

是近藤的憧憬，而且也是一個難能可貴的主君。
這個男人阻止了沒能保護祖國、想在這個世界自殺的近藤，成為他的朋友。
他就是偉大的英雄──皇帝魯德拉。
即使如此他還是答應了，都是因為知道魯德拉有多痛苦。
魯德拉的身體──那顆閃耀的「靈魂」早就已經到達極限。
為了控制「正義之王米迦勒」這個特殊能力，經歷無數次轉生才會導致這種結果吧。
透過獨有技「解讀者」，近藤比任何人都更加清楚這個事實。
恐怕比維爾格琳更清楚。
維爾格琳很愛魯德拉，所以變得盲目。如果知道魯德拉對達姆拉德和近藤做過什麼樣的請求，她肯定會勃然大怒。
魯德拉之所以會將心願委託給近藤，從某個角度來說也理所當然。
就是因為近藤答應了，他才必須去履行。
畢竟這可是所謂的約定。
可是那還是很久之後的事情。
如今魯德拉還健在，並且確實控制住他的能力。
……但真的是這樣嗎？
如今回想起來，好像有一點不對勁。
他有時會露出冷酷的眼神，還有展現過於無情的判斷。
近藤只認識這樣的魯德拉，但他知道達姆拉德一直都很苦惱。

假如魯德拉真的健在，那達姆拉德又何必苦惱？

想想就覺得這是一件很可笑的事情。

（從什麼時候開始的？）

達姆拉德若是真的採取行動，那又是從什麼時候開始。

（我該不會遺漏什麼重點了吧？）

他奉命去干擾達姆拉德，但那或許是一大失策。

剛碰到魯德拉的時候，他確實很耀眼。

然而近藤卻漏看魯德拉的改變。

在察覺這點的瞬間，他突然有種豁然開朗的感覺。

彷彿心靈的枷鎖都解開了——

（——這樣啊，我早就已經……被「正義之王米迦勒」支配了嗎……）

未免太難看了，近藤為之嘆息。

對了。

當達姆拉德試圖殺掉魯德拉的時候，他不應該去妨礙，應該要先採取行動才對。

那樣應該就能夠阻止魯德拉了。

（我竟然會出現這樣的失誤……）

事到如今已經無可挽回。

雖然不曉得自己怎麼會脫離「正義之王米迦勒」的支配，但他已經連一根手指頭都動不了了。

只能這樣等著，等到自己油盡燈枯。

（我沒有幫上忙。沒能跟您一起背負苦惱，也沒能緩和您的痛苦。甚至就連……放您自由的約定都沒有辦到……）

關於阻止魯德拉這項任務，不管怎麼想都覺得自己下不了手。

就要這樣帶著悔恨走上黃泉路——

…………

………

……

「喂，你睡什麼睡。繼續打啊！」

像是要打擾他的睡眠，有人跟近藤說話。

他微微睜開眼睛，結果看到剛才還在跟自己決一死戰的敵人正一臉不爽地看著他。

有著耀眼的金髮，那個惡魔臉上浮現讓人眼睛為之一亮的笑容。

果然非常美麗。

（——別說傻話了。我都已經是半死之人，怎麼可能繼續戰鬥。）

「啊？還沒分出勝負不是嗎？這樣不行啦。」

（呵、呵呵。分勝負……是嗎？說得也是。妳……果然不講理……）

雖然不認為自己講的話能夠傳達給對方，但是聽到卡蕾拉的話，近藤露出微笑。

卡蕾拉也早已用盡能量，明明就快要消失了——想到這邊就覺得想笑。

近藤想要起身，卻失敗了。

真難看。

（我果然什麼都做不了。）

跟自己相比，眼前這個惡魔還比較自由純真……

（我真的……很羨慕……）

近藤打從心底這麼想。

所以他做了連自己都覺得莫名其妙的事情。

「我、我有個請求。請用我的……手槍……將陛下給……」

他想把自己的任務託付給身為敵人的卡蕾拉。

（我這是在做什麼。竟然跟對戰過的敵人提出這麼愚蠢的請求。）

戰敗者的願望，遭到嘲笑也是正常的吧。

明明這麼想，不知為何還是說出口。

只見卡蕾拉撿起掉落在地面上的南部式大型自動手槍。

「用這個嗎？已經壞掉嘍。」

那也難怪，近藤用愈來愈淡薄的意識想著。

該不會對方願意接受他的請求吧，近藤甚至浮現有些天真的想法。

惡魔沒這麼善良。

現實是很殘酷的，近藤非常明白這點。

意識愈來愈模糊。

即使是相當於精神生命體的「聖人」，近藤原本也是人類。一旦「靈魂」損壞，就不可能復活。

卡蕾拉的攻擊給近藤帶來致命傷。

他能夠察覺自己正從尾端開始崩壞。

都來到這個階段了，他不可能再復活。

「哼。只不過是這種玩具壞掉罷了，這樣就放棄嗎？一點也不像讓我陷入苦戰的你。難得我打得這麼痛快，這樣很掃興喔。」

真沒想到身為敵人的卡蕾拉會鼓勵他。

所以近藤擠出最後的力氣，面露苦笑。

「呵、呵呵，確實……很盡興。我輸得這麼難看，實在太……可笑了……」

留下這句話，近藤原本正打算讓意識遠離。

只不過——

「等等，先別走。要我殺掉那個什麼皇帝也行。」

（……？）

「你真遲鈍！要給什麼報酬？想要讓惡魔替你做事需要簽訂契約，這不是常識嗎！」

卡蕾拉原本是絕對不會跟人交涉的惡魔。

但不知道為什麼，她覺得答應近藤的請求也無妨。

只是自己絕對不會做白工。

看卡蕾拉這麼慌張，近藤忍不住想笑。

總覺得心情愈來愈愉快了。

這個惡魔是他的敵人。

害羞慌亂的樣子治癒他的心靈。

（可以給妳我的一切——就連「靈魂」都可以給妳，拜託了。）

他已經快要連話都說不出來了。

用盡最後的力氣睜開眼睛，灌注強韌的意志看著卡蕾拉。

竟然去相信惡魔，他有種想要自嘲的衝動。

但還是將對方的美貌印在腦海中，想要將心願託付給她。

覺得這樣能夠傳達出去，或許是近藤一廂情願的幻想。

但就算是這樣——為了拯救不中用的自己，他想要拿這最後的希望做賭注。

無聲的聲音，卡蕾拉聽見了。

「我就聽取你的願望吧。以我『破滅王』卡蕾拉的名義簽訂契約！想必你的願望能夠實現。」

聽到這句莊嚴的宣示，近藤露出微笑。

靠著意志力挪動無力的手，對著卡蕾拉伸出。

指尖碰觸到被卡蕾拉斷言壞掉的手槍。

當近藤的手指一碰到，南部式大型自動手槍就發出金色光輝。沐浴在近藤的力量下，材質也跟著改變，蛻變成神話級裝備。

近藤的「靈魂」也透過手槍讓卡蕾拉繼承。但是他的心核並沒有包含在內。

卡蕾拉明白。

已經大徹大悟，成為無罪之人的心核就算靈魂受到束縛，別人也不能將之如何。

不會受到任何形式的制約，會從輪迴之中解放，前往約定之地。

也就是所謂的解脫。

這讓卡蕾拉感到落寞。

「哼，沒意思。好久沒遇到這麼有骨氣的對手了……」

當她發出這聲呢喃——

《那麼——就將「斷罪之王聖德芬」跟究極技能「毀滅之王亞巴頓」整合吧。》

卡蕾拉彷彿聽見這個聲音。

她趕緊將注意力放到手上拿的槍枝上。

就像在說這樣就不會感到寂寞了吧，金色的光芒似乎變得更加強烈。

這是如假包換的近藤遺物，也是卡蕾拉新的夥伴。

「是嗎……你會陪在我身邊啊。」

當卡蕾拉對它這麼說，手槍好像閃了一下。

同時她感覺到有一股力量流入身體。

——妳使用魔力的方式太過混亂。我會協助妳，妳要把我用得更順手——

卡蕾拉彷彿聽見近藤的聲音。

就在下一刻，她全都弄明白了。

在那瞬間，卡蕾拉已經得到近藤的能力。

「愛多管閒事的傢伙。別把我當小孩子看待啦。」

到最後這個人類還是那麼囂張——卡蕾拉在心裡如此想著。

她已經不會感到落寞了。

卡蕾拉站了起來。

「這次贏得漂亮，恭喜您。在下阿格拉佩服至極。」

「你也一樣。竟然有辦法活下來，值得誇獎。」

「呵呵，卡蕾拉大人竟然誇獎在下，真難為情。」

雖然臉上在笑，但其實阿格拉滿目瘡痍。

被卡蕾拉龐大魔力灌注的同時，他用身體承受近藤的劍術。因為這樣差點讓變成刀劍之後的他碎掉，如今這變化解開了，變成沒魂飛魄散足以令人感到不可思議的重創，反映在阿格拉身上。

可是阿格拉還是帶著滿足的笑容。

「那個叫做近藤的男子，是你徒弟的後代吧？」

「好像是那麼一回事。」

「人類其實也不能小看呢。他們可以繼承別人的技巧，然後不斷累積。」

這讓阿格拉開心地點點頭。

「只是比你還要強，讓我覺得有點好笑。」

只見阿格拉又擺出看似不滿的苦瓜臉。

「比在下還強，只代表那個男人是特例吧。若是光靠刀劍作戰，肯定是在下贏。」

「還真敢講。」

說完他們兩個就哈哈大笑。

單純只看輸不起這點，這對主僕很相像。

笑著笑著，卡蕾拉看到異界出現逐漸龜裂崩壞的裂痕。從那裡可以看見坐著的皇帝魯德拉。

「我們走。接下來還有仗要打呢。」

一如往常，卡蕾拉帶著不羈的笑容走了出去。

「在下自然是要跟您同行的。有誰膽敢擋在我們前方，就讓對方好好品嚐恐懼吧！」

阿格拉追隨卡蕾拉的腳步。

明明是足以讓他死亡的重傷，阿格拉卻一副無所謂的樣子。

後面還有敵人。

而且——

最重要的是必須履行約定。

●

「個位數」之中排行第三的格拉尼特，是從古時就開始支撐帝國的英雄。

是建立帝國的基礎，實現千年和平的功臣。

甚至還有帝國的臣民把他捧為「軍神」，是連歷史書上都有記載的大人物。

如今已經沒有在檯面上活動，他成為皇帝魯德拉的心腹，擔任四騎士之長。

是擅長使用各種武器和格鬥術的戰士，體格非常優異。

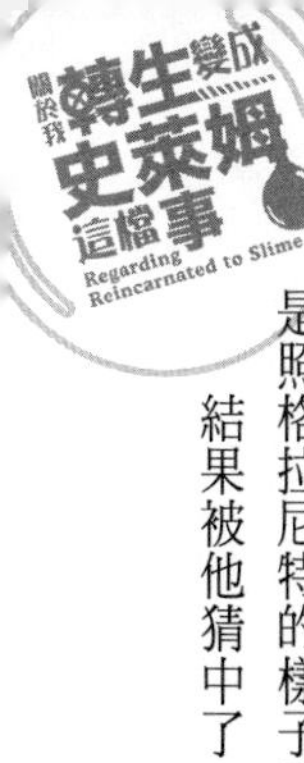

雖然高齡兩千歲以上，他把黑色頭髮全部梳到後面，再加上整齊的黑色鬍子，看起來很年輕。

跟格拉尼特對峙的是「赫怒王（Flare Lord）」紅丸。

雙雄在圓形競技場的中央對上。

「我是格拉尼特，帝國的守護者。」

「我是紅丸。可以把我看成魔王利姆路的副官。」

彼此簡單報上名號後，再來就只剩下戰鬥。

紅丸是這麼想的，格拉尼特則是帶著笑容跟他搭話。

「先等一下，願不願意聽我說些話？」

「看內容而定。」

「其實也沒什麼，很簡單。我有讓人去調查你的事情。他們回報說你是很厲害的高手。」

「那真是我的榮幸。」

「咯咯咯，可不是在誇你。我也殺過好幾個高手，自認眼界頗高。在我看來你合格了。就連一般魔王也不是你的對手吧。」

「你想說什麼？」

從這個時候開始，紅丸感到煩躁了。

他不討厭交涉，但如今戰事如火如荼，沒空在這邊悠哉跟人對話。若對方打算投降就另當別論，但是照格拉尼特的樣子看來，不是這麼一回事。反而比較像是要勸紅丸投降。

結果被他猜中了。

「我沒想到你們會這麼厲害，讓我驚訝了一下。近藤也真是不中用。由於情報局怠忽職守，才會害我們帝國陷入危機。如果出現超乎預期的傷亡，可就沒那麼多人來充場面決戰了。我個人是覺得這個時候應該來談和吧。如何，要不要發誓當我的部下？這樣一來不只是你，就連你的部下們，我都發誓會負起責任照顧。」

說這種話根本是想便宜行事。

因為他們快要輸掉，才不想承認自己戰敗，打算跟對方講停。在第三者看來，只會覺得這種提議是出於那樣的動機吧。

然而實際上並非如此。

格拉尼特不認為他們輸了。

而是因為他們失去太多戰力，為了補充人力才打算吸收紅丸他們。

就是因為憑藉直覺看出這點，紅丸才會更加火大。

（這傢伙……想要把我們當成棋子是嗎？不過他的實力似乎足以讓他產生這樣的自信。）

紅丸冷靜評斷格拉尼特這個人。

在這個異界做出那種提議，表示他已經掌握其他門內部的情況了吧。看來他不單純只是一個護衛而已，還是兼具戰術性視野的武將。

而格拉尼特的提議在紅丸看來，根本連考慮的價值都沒有。

「我的部下們姑且不論，利姆路大人會怎樣？」

「很遺憾，那個魔王太危險。為了確認你們是忠誠的，必須讓你們協助討伐。」

紅丸早就猜到有可能是這樣。

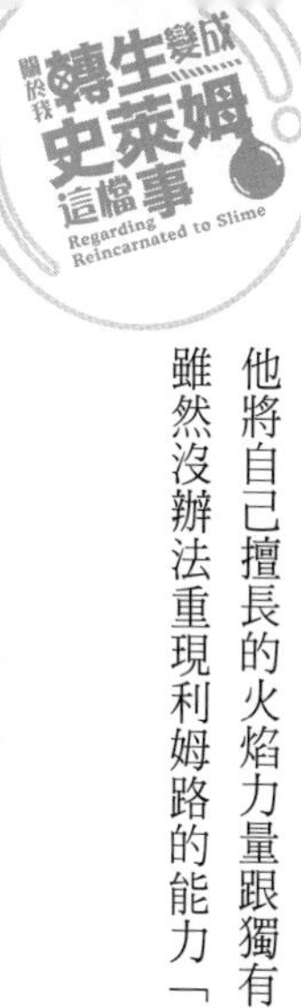

嘴巴上說要請他們協助打倒利姆路，其實只是想讓他們自己人自相殘殺吧。

當然，若是有人活下來，或許真的會讓他們加入成為夥伴也說不定，但紅丸可沒笨到去相信這種完全沒有任何保證的提議。

更重要的是，要他背叛利姆路根本不可能。

「那我們沒什麼好談的。我們絕對不會背叛利姆路大人。」

之所以願意聽對方說話，是因為紅丸也想爭取時間。

其實從剛才開始他就一直聽到某種「聲音」。

聽起來有點懷念，是個讓人聽了心曠神怡的聲音，那聲音對紅丸做出一個提議。

《紅丸啊，可以按照你希望的力量形式稍微加工一下嗎？》

對方為這可疑提議向他徵求許可，一般而言是絕對不可能答應的。然而不曉得為什麼，紅丸答應了。

他的種族進化成精神生命體「焰靈鬼」，但紅丸並沒有因此感到滿足。想要從利姆路借他究極技能的經驗中學習，靠自己的力量獲得。

這個目的已經達成一半了。

看到利姆路跟維爾格琳的對戰，還有其他夥伴們的奮戰過程，紅丸已經開竅了。

他將自己擅長的火焰力量跟獨有技「大元帥」整合。

雖然沒辦法重現利姆路的能力「絕對切斷」，但是愛刀「紅蓮」卻透過黑兵衛的手鍛鍊到相當於神話級。若是再加上「黑焰」，就不會因為武器性能差異輸掉吧。

有了鍛鍊出來的技量，加上變成「焰靈鬼」的種族特性，讓「大元帥」整合這些，還差一步就能抵達究極的巔峰領域。

這個時候他聽見謎樣的聲音。

若是自己答應了，會面臨什麼樣的變化，紅丸想要看到結果。

所以他才會跟格拉尼特對話，可是對方要他背叛利姆路，這才讓他後悔跟對方講話。

光是聽到這樣的提議就覺得不爽。

他不想再聽下去了，拔出太刀指著格拉尼特。

「喂喂喂，太心急不好喔。魔物是弱肉強食主義。不是應該要服從強者嗎？對魔物來說，換主子是家常便飯吧？」

聽到格拉尼特說出這種話，紅丸覺得自己氣到腦袋都快沸騰了。

身為大將軍，他原本還為學會保持冷靜一事感到自豪……

（呵呵，這樣哪有資格取笑紫苑。）

即使如此自嘲，紅丸還是不打算壓抑那股怒火。

「廢話少說。繼續跟你對話下去也沒意義。」

聽見對方這麼說，格拉尼特搖搖頭回「真是的」。

「我不明白。這是慈悲為懷，還是我最大限度的讓步喔。虧我還尊重你的立場，不打算給你苦頭吃，要收來當部下……」

格拉尼特說話的時候看起來真的很不解。

他對自己的強大一點都不懷疑。

覺得自己比紅丸厲害許多，才敢那麼說。

因為知道對方這麼想，紅丸才會更加惱怒。

他可以忍住沒有把對方砍死，理由只有一個。

就是為了讓格拉尼特為自己說的話後悔。

「你是想為戰敗開脫，才一直跟人悠哉對話下去？」

「咯咯咯，說話很囂張嘛。這股傲氣我欣賞，但你還是稍微有點自覺比較好。我的部下可能是太心高氣傲了吧，三個人都戰敗了。這樣沒臉去見陛下，但只要你肯答應，我們就會多出比之前更強的戰力。這樣我也高興，你們也不會死掉。可以創造良好的關係對吧？我想聽完我的話，你應該懂吧？我絕對沒有把你們當成棄子利用的意思。」

照理說應該注意到紅丸的不爽了，格拉尼特卻還是大言不慚地說著。

而令人火大的是，這些似乎都是他的真心話。

他身上有身為英雄才會有的霸氣，這身風範在在強調他沒必要耍那些小伎倆。

「既然你也是大將，就該好好考慮。只要你一個念頭，部下們就能得救喔。還有，我跟你說個殘酷的事實，近藤跟達姆拉德真的很強。達姆拉德跟我從很久以前開始就是盟友，我也很清楚他的人品。雖然還是我比較厲害，但他的實力高到就算對付『始祖』也不會輸掉。再來就是近藤。那傢伙雖然是新來的，卻是個能跟我們平起平坐的高手。因為太過危險才被陛下支配，就算對方是『始祖』，對上他也沒勝算。也就是說若想挑戰魯德拉陛下，包含維爾格琳大人跟我在內，必須先打倒四個實力一等一的強者。你也明白這是不可能辦到的對吧？」

沒想到這傢伙口風那麼鬆——紅丸在心裡想著。因為他有點氣消了，決定稍微來蒐集一下情報。

雖然裡頭包含聽了會生氣的話，但只要忍耐這些就可以打探到帝國的內情，紅丸也沒什麼怨言。

他比較在意的是皇帝支配近藤這檔事。看樣子皇帝魯德拉果然具備某種能夠支配他人的技能。

「看我一直沒吭聲聽你講，你就什麼話都敢講。沒想到你會認定我們無法獲勝。而且假設我們真的投降，也不想連心靈都被人支配啊。」

「咯咯咯，終於有興趣了是嗎？我想也是。聽說大鬼族是優秀的傭兵集團，我早就猜到看條件而定，你們有可能投靠我方。而且你們大可放心。就跟你擔心的一樣，陛下確實能夠支配他人的內心。但是用不著去擔心這個。」

「……」

「嗯，還是覺得有疑慮是嗎？好吧，也對，確實滿難接受。若是被陛下支配，只要當成一種榮耀就行了。如果沒有能力還會被當成透明人吧。再說近藤也是被陛下支配，但他本人根本沒這個自覺。就只有我知道，讓人不免覺得他有點可憐。」

「我們果然話不對盤。」

還真是沒什麼好講的。

他不是不能理解格拉尼特的主張。

因為被支配的當事人不會察覺，所以不會有人陷入不幸——道理上講起來是這樣，但要他人接受，也不會有人就這樣照單全收吧。

「是嗎？說你用不著擔心這些，都是真的。但我想你應該不會採信，才用別的方式說明，但我可以斷言你跟你的夥伴們絕對不會受到支配。」

「這是為何？」

「因為太弱了。」

「哦……」

紅丸的怒火重新被點燃。

格拉尼特的語氣很自然，可以聽得出這不是在虛張聲勢之類的，也沒有侮辱他們的意思，而是他原本就斷定紅丸等人是弱者。

進化之後，紅丸知道自己變強了，因此萬萬沒想到會被人看得這麼扁。

「總之你聽好。若是當敵人，算得上是強者，可是變成夥伴還不值得讓陛下支配。現在不只是近藤，似乎連優樹那小子也被支配了，而且陛下就連維爾格琳大人都成功支配。我不認為陛下還有餘力去支配你們，若你們發誓效忠，他應該會讓你們自由行動。這是因為就算你們大家一起上，也比不過我。」

「你真的好有自信啊。但我也對自己的力量很有自信。我不想繼續聽你打官腔，哪邊的主張才是正確的，就用行動來證明吧。」

紅丸再次拿起原本扛在肩膀上的太刀。原本以為能夠獲得有用的情報，現在他認為繼續講下去只會心生不快，因此放棄對談。

只見格拉尼特看起來好像很不是滋味，發出大大的嘆息。

「魔物真是沒救了。別人難得對你們伸出友誼之手，卻無情拒絕，看不清現實，真是悲哀。沒辦法。我就不要再試著收買你，去跟打倒美納莎的人交涉好了。」

這句話讓紅丸嗤之以鼻。

「勸你別這樣。紫苑比我更加死腦筋。」

聽他那麼說，格拉尼特首次換上嚴肅的表情。

「哦……？我想他們都沒自我介紹過吧，但你知道美納莎是何方神聖？」

「來作戰當然免不了蒐集情報啦。利姆路大人也有教育我們，要我們徹底執行。」

「嗯，挺有趣的。待在維爾格琳大人創造的異界之中，你是如何獲得情報的？像你這樣的人物殺掉果然很可惜。」

一邊說著，格拉尼特總算把劍拔出來。他不管是什麼樣的武器都能巧妙使用，但還是慣用的劍最順手。

當格拉尼特舉起劍對準紅丸的瞬間，他身上的氣息突然改變。之前那種沉穩的態度蕩然無存，渾身散發宛如鬼神上身般的霸氣。

簡直是怒髮衝冠的體現，他的短髮都倒立起來。

「在另外一個世界裡好像有個故事，叫做『燕雀安知鴻鵠之志哉』。意思好像是小角色不懂大人物的想法，你就是這句話的寫照。應該趁我溫和勸說的時候乖乖降服才對。」

「都到這個時候還要傳教？我都聽膩了。」

「哼！那就去死吧！破軍．激震烈衝！」

格拉尼特首次發動攻擊就使出威力最大的必殺技。他確定這樣就能解決敵人，才會那麼做。

他很擅長去分析敵人。

因為有魯德拉借給他的究極賦予「代行權利」——「敵情看破」，因此能夠看穿跟自己對戰的對手有多少戰鬥能力。

如此一來格拉尼特就能正確掌握紅丸等人的力量。因此他才深信自己人不可能輸掉。

當然「敵情看破」也並非萬能。假如敵對的人得到究極技能，那他沒辦法看破這部分。

不過只要看那個人的魔素含量，就可以輕易推測出大概有什麼層級的能力。

就這點而言，紅丸他們算不上威脅。

紅丸、蒼影、紫苑，還有那些惡魔們。在格拉尼特看來，他們顯然都沒有獲得究極技能。

「始祖」都不是好惹的，格拉尼特明白沒辦法跟他們交涉。因此若是碰到這幾個惡魔，原本打算直接收拾掉，而出現在格拉尼特面前的卻是紅丸。

這個人有獲得究極技能的潛力，不過不是格拉尼特的對手。這是格拉尼特對紅丸的評語。

雖然魔素含量很大，但還是不到格拉尼特的一半。他自然而然不認為對方有什麼威脅性。

而格拉尼特也不是會驕矜自滿導致大意輕敵的人。

假如敵人擁有究極技能，看相剋程度而定，他有可能陷入苦戰。一旦戰事拖長，敵人感受到生命危險，甚至有可能會覺醒。

只不過，不可能只是說幾句話就突然力量增長。

因此格拉尼特不想給敵人任何的反擊機會，試圖透過壓倒性的實力將敵人殺得體無完膚。

既然已經知道對方不像獸人族那樣，私底下暗藏「變身」的能力，紅丸的勝算就連萬分之一都不到。

因此格拉尼特照理說應該是穩操勝算的——

「不夠看。口氣很大，實際上卻沒什麼大不了。」

「什、什麼——！」

讓人意想不到的事發生了。

那招「破軍．激震烈衝」灌注的能量足以將紅丸粉碎，卻被紅丸的太刀擋下。

這是不可能發生的事情。

因為格拉尼特全身的裝備都是神話級。雖然紅丸的太刀也很棒，但應當比不上真正的神話級才對。

不，先不說這些——

「不可能、不可能、這不可能——！為什麼，你怎麼獲得究極技能了——！」

格拉尼特會發出慘叫是很正常的。

突然間獲得直到剛才都無聲無息的究極技能，這是不可能發生的事情。

相對於陷入慌亂的格拉尼特，紅丸相當老神在在。

「有什麼好驚訝的？男子漢是會不斷成長的！」

雖然嘴巴上說得堂而皇之，但其實他內心在冒冷汗。

當紅丸接下格拉尼特強大的刀劍攻擊時，正好在那瞬間獲得能力。而且也在那一剎那才正確掌握格拉尼特的實力。

假如稍微再晚一點，紅丸大概就會受到駭人的創傷吧，搞不好還會死掉，因此私底下他其實是笑不出來的。

（好險啊。沒想到這傢伙竟然將實力隱藏到這種地步……我不認為自己有大意輕敵，但若是沒這股力量，八成早就輸了。）

還好有陪格拉尼特對談很長一段時間——紅丸心想。

「那麼，接下來換我了。」

紅丸轉換心情，專注對付敵人。

最後有活下來就好，之後再去反省吧。

剛才獲得的能力跟自己的理想型態正好不謀而合。因此就像在呼吸一樣輕鬆，紅丸毫無保留地展露。

這是究極技能「陽焰之王天照」——是希爾解析維爾格琳的能力後得到一些資訊，再將這些資訊反映出來，打造出令人畏懼的究極能力。

紅丸的太刀「紅蓮」開始發出黑色光芒。這是紅丸能力的象徵——「陽焰」。

所謂的陽焰，在這裡代表兩個意思。

那就是叫做海市蜃樓的氣象現象。從這延伸出沒有實體、不會燃燒、不會結凍、沒辦法切裂的「隱形法」最高層級運用。

另外一個意思就不用多說了。

那就是代表太陽光的超高溫火焰。

除了具備這兩種特性的魔法火焰，還加上紅丸的劍術。威力會提昇到多大，就連紅丸都難以想像。

格拉尼特不愧是格拉尼特，展現出不辱「軍神」之名的應對能力。

感到驚愕就只有一瞬間，他立刻就恢復冷靜，開始尋找紅丸的弱點。

可能是因為獲得究極技能的關係，魔素含量開始大幅度減少。但依然不是一般魔王可以相提並論的，不過含量就只有格拉尼特的三分之一。

雖然未知的能力是種威脅，但格拉尼特認為可以透過全力一擊戰勝。

接著他大叫：

「別小看我，不過是個魔物！下次我可不會手下留情。會使出我的渾身解術打倒你！」

從前在帝國軍之中，格拉尼特的實力僅次於維爾格琳。事實上他比達姆拉德還要強，即使對手是近藤，也能夠跟他勢均力敵吧。

這點到現在依然沒變。

只是沒機會讓他拿出真本事，他當魯德拉的護衛可不是當假的。

而這樣的格拉尼特使出全力，想要擊潰紅丸。

「受死吧，破軍・激震烈衝——！」

雖然用的是跟剛才相同的技巧，但威力不可相提並論。

狂暴的霸氣奔騰，大氣開始出現放電現象，雷光陣陣。

然而這些都從紅丸的身體上通過，僅此而已。

不管面對什麼樣的攻擊，陽焰都不會被打中。

就在這個時候出現巨大的聲響。

不是在這個空間，是別的異界出狀況了。

（卡蕾拉那傢伙，未免也太大手筆了。）

紅丸腦海中清楚映照出卡蕾拉做了什麼。

當然不是透過摩斯。當他獲得究極技能「陽焰之王天照」，就連跟利姆路透過「靈魂迴廊」聯繫的部下們看到什麼也都能「看見」了。

因此紅丸也知道卡蕾拉使出什麼樣的招數。

「就讓你看看我的殺手鐧吧。雖然我也是不久前才見識過，總之就先用用看。」

「什麼——」

格拉尼特來不及反應。

這是因為紅丸突然發動攻勢，釋放出來的招式已經將他粉碎，燃燒殆盡了。

話說回來，紅丸果然有一套。

他的行動就像真正的海市蜃樓。解析維爾格琳的能力反映之後就成了「陽焰之王天照」，其中有個叫做「光熱支配」的能力，可以讓自己加速。

用了這個，雖然比不上「灼熱龍霸超加速激發」，卻能夠出劍神速。

這個堪稱無敵又兼具威力和速度的招式就是——

「這叫做『朧黑焰．百花繚亂』。不過你應該聽不見了吧。」

說到這邊，紅丸帶著暢快的表情轉身。

格拉尼特真的很強。

而且還工於心計、準備萬全，加上狀態良好。

而他還是戰敗了，簡單一句話講就是「運氣太差」。

要說他有哪個部分是需要反省的，那就是沒去管「有機會打倒敵人的時候就該把對方收拾掉」這個不變鐵則吧。

紅丸想到這裡就要自己牢牢記住，別重蹈覆轍。

維爾格琳很焦慮。

因為自己的「別體」被利姆路吃掉了。

魔王利姆路令人畏懼。

她沒辦法跟被吃掉的「別體」溝通。這部分的意念都像石沉大海，毫無反應。

即使灌注能量也只像是丟入無底洞。認為那樣沒意義，維爾格琳咬住下唇。

自己身上的魔素量有大半都沒恢復，全都丟掉了。自認無敵的「並列存在」被人突破，她很難再保持冷靜。

跟萬全的狀態相比，如今維爾格琳身上大概就只有兩成左右的魔素含量。認為這樣沒辦法戰勝利姆路，她才不得不做出抉擇，必須立刻從這邊逃出去。

「不能讓魯德拉——不能讓那個人身陷危險……」

想到這邊，維爾格琳決定放棄守護門。該說她幸運嗎？還沒有任何人打過來，因此她毫不猶豫地來到外面。維爾格琳想說若是這個時候有人過來妨礙，那她就要順便把對方收拾掉。

果不其然，在這個被八扇門圍繞的地方，看到好幾個人影。

「哎呀，為何如此慌張？是有東西忘了嗎，維爾格琳大人？」

有人悠哉喝著紅茶問話，是儼然像現場主宰者的戴絲特蘿莎。

「……白色始祖——」

看著戴絲特蘿莎臉上的笑意更深，維爾格琳不悅地瞪視她。由於她在趕時間，出現棘手的對手才會讓她惱怒。

跟這樣的維爾格琳形成對比，戴絲特蘿莎優雅地微笑著。

「之前不是就跟您說過，要您別這麼叫我嗎？還是說……這是在挑釁？」

雖然臉上還是帶著笑容，但她的眼睛完全沒有笑意。

面對實力比自己強上許多的維爾格琳，她連一步都沒有退讓。

「都已經被我痛宰成那樣了，還想跟我對打？」

「對，請多指教。我沒有獲勝的必要。只要能夠跟妳交手來爭取時間就足夠了。」

戴絲特蘿莎一邊回答一邊站起來，維爾格琳的拳頭逼近。

桌子和椅子都被衝擊波打碎。耶斯普利和祖達不想被波及到，早就去避難了。

戴絲特蘿莎輕輕地舞動。

那些熱量光是碰觸到就能將一切燒成焦炭，速度快到沒辦法看見。但用不著特地去承受這些來自維爾格琳的猛烈攻擊。

技量姑且不論，雙方的魔素含量差距將近十倍。即使維爾格琳身上只剩下兩成左右的魔素，雙方之間還是有那麼大的落差。

然而戴絲特蘿莎不慌不忙。

要贏過對方很困難。這是因為沒有打倒維爾格琳的手段。

若不是要打倒維爾格琳，單純只是爭取時間，靠戴絲特蘿莎的實力是沒問題的。

「你們就是這樣才惹人厭！」

「哎呀，真可惜。您身為維爾德拉大人的姊姊，我可是打從心底尊敬您。」

「真敢說。那就別來妨礙我，給我讓開！」

「關於您的要求，恕我無法辦到。別看我這樣，我可是很輸不起的。所～以～我要趁這次機會好好報一箭之仇！」

那是戴絲特蘿莎的真心話。

雖然跟維爾格琳正面硬碰硬沒辦法贏過她，但只是找碴還沒問題。就算沒辦法撐到其他幹部都過來，再過不久利姆路也會抵達這邊吧。

到時候戴絲特蘿莎就算獲勝。

（啊啊，利姆路大人真是贏得太漂亮了。面對如此強大的維爾格琳大人，就像折斷嬰兒的手一般，恣意玩弄。我也不能輸給他。）

利姆路已經跟戴絲特蘿莎詳細透露維爾格琳的招數了。因此戴絲特蘿莎無論如何都不會放過這個好機會。

一紅一白交錯。

其中一方很激烈，另一方則是很優雅。

用令人畏懼的速度譜出紅與白的花紋，再來就沒有接觸，雙方重新對峙。

「這怎麼可能……跟不久之前簡直判若兩人……」

「就是說啊。連我自己都很驚訝，但我也有試著去獲得究極技能。可能是因為這個緣故吧。」

一副若無其事的樣子，戴絲特蘿莎輕鬆回答。

事實上她利用等待的時間去祈禱，希望能夠獲得新的力量。結果成功讓自己的心靈形象具體化。

那時好像有聽見不可思議的「聲音」，但她認為是自己聽錯了，沒去多想。靠著本能選出正確答案，戴絲特蘿莎就是這樣的惡魔。

至於讓人好奇的能力，名字就叫做究極技能「死界之王彼列」。

跟魯米納斯的「色慾之王阿斯蒙太」一樣，掌管「生與死」。但比較偏向「死亡」這邊，肯定是將戴絲特蘿莎的特質反映出來的關係。

對她而言敗北是絕對無法接受的屈辱。更別說是死亡了，說什麼都不能認同。

惡魔進化的條件是「將力量累積到極限並且持續兩千年以上」。這表示連一次都不能戰敗，這裡所謂的敗北就等同是消滅。

肉體消失返回地獄，這種現象就稱之為戰敗。

因此嚴格說起來，「打成平手」不算是戰敗。

但是逃亡又另當別論。

精神生命體是被自身心靈左右的存在。一但認為自己贏不過對方停止挑戰，那就等同敗北。

雖然世界上還有像迪亞布羅那樣的惡魔，是真正的百戰百勝，腦袋不太正常，但這些都是極少數。

就戴絲特蘿莎所知，人數屈指可數。

只要心靈沒有被擊潰就行了。

因此戴絲特蘿莎才沒有停止挑戰賽奇翁。直到獲勝之前都沒放棄挑戰，那就不算敗北。

這次也一樣。

只要沒有從維爾格琳面前逃開，總有一天就會獲勝——戴絲特蘿莎如此深信。

「妳說自己已經獲得究極技能了？」

「是的。雖然一方面是覺得看迪亞布羅在那炫耀很煩，但最主要的原因在於剛才對戰時深深感受到自己的能力有所不足。既然技能是心靈的寫照，那我們就不需要那些東西。我原本是這麼想的，看樣子那都是太膚淺的想法。」

「……」

「大概是願意正視自己的願望使然，我感覺在力量的使用上變得更加純熟。」

維爾格琳也擁有究極技能「救贖之王拉貴爾」，因此她明白戴絲特蘿莎在說什麼。就是因為那樣，她覺得要從這裡撤退變得更困難了。

「真是討人厭……」

聽到維爾格琳不由得說出這種話，戴絲特蘿莎笑了一下。

「這對我來說是最棒的讚美。」

看對方這種反應，維爾格琳的怒火也即將到達頂點，恰巧就在這時——發生了足以扭曲空間的大規模爆炸。

維爾格琳因此找回理智，驚訝的她回過頭。

其中一個門被人炸飛。

從那裡露臉的是金髮惡魔卡蕾拉。

順便說一下，雷昂的幾個惡名都是卡蕾拉的傑作，但那是題外話。

「嗨，看來我趕上了。我也很討厭一直輸，拜託讓我參加一下。」

「呵呵呵，不行喔，卡蕾拉。雖然我不想說難聽話，但妳渾身都是傷。」

「因為那個叫做近藤的男子太強了。但我打得很盡興，今天就讓給妳吧。」

嘴上這麼笑談，卡蕾拉卻搖搖晃晃站不穩，耶斯普利趕緊跑過來撐住她的身體。祖達細心地準備椅子，將卡蕾拉帶到那裡。

阿格拉也在場，但沒有人管他。

「既然卡蕾拉都能夠忍住，那我也不提出任性要求了。反正有點累了，今天就乖乖觀戰吧。」

不知不覺間就連烏蒂瑪都坐到卡蕾拉旁邊。不知何時，維儂早就細心地把椅子準備好了。

惡魔們陸陸續續聚集。

當然不只有這些。

紫苑、蒼影、紅丸從各扇門之中現身。

看到這樣的情景，維爾格琳就只能擺臭臉。因為她發現自家陣營的強者們全都戰敗了。

戴絲特蘿莎運用戰術贏得勝利。

魯德拉跟維爾格琳的心願在這一刻即將土崩瓦解。

●

視角從空中切換到大地上——

戰場上的對戰熱度急遽下降。

在這之中，拉普拉斯跟威格一起朝著卡嘉麗跑過去。

看樣子禁忌咒法「妖死冥產」已經結束了。說得更正確一點，因為少了維爾格琳的協助，卡嘉麗才會沒辦法繼續控制吧。

雖然不曉得產生出多少個妖死族，但在他們展開活動之前應該還有一些空檔。根據附著在妖死族身上的意志而定，將有可能得到天生的強大戰士。因此要搶先在其他人之前將他們制伏。

既然拉普拉斯都能夠想到這點，當然也會有其他人得到同樣的結論。從儀式之中抽身的近藤中尉不可能沒注意到這點。

「嘖，他果然留一手哩。」

當拉普拉斯抵達現場，帝國的將領士兵們正在用軍用車載運卡嘉麗等人。

「哦，你就是拉普拉斯吧。聽說很厲害，看起來好像無法避免一戰？」

這時有人跟拉普拉斯搭話，是穿著不同色軍裝的斯文男子。近藤中尉的白色禮服很顯眼，但這個男人的紅色軍裝更是散發異樣氣息。

然而看起來一點都不強。

那臉龐就好像人工打造出來的人偶，看起來像男人又像女人，是個不可思議的人。

甚至可以說給人一種平庸的印象，如果沒有穿著那麼醒目的軍服，八成不會記得這個人吧。

——不，或許就是因為注意力都被軍裝吸引，反而對這個男人更沒印象也說不定。像這樣一邊觀察，拉普拉斯慎重應對。

「沒錯，窩就素拉普拉斯，如果你願意放那個人回來，窩們就不用對戰哩。」

「呵呵呵，這是不可能的事情。你看，對面那邊還有人在繼續作戰。可不能只有我一個逃跑。」

這個男人想跟他打。

既然這樣就沒辦法了，拉普拉斯也進入備戰狀態。

「那就沒辦法嘍，話說你素誰呀？」

他只是想說有問有答案算自己賺到，就隨口問了。

「我嗎？這個嘛，也許你不知道也是很正常的吧。我是暫定排行第十的人。支撐著帝國歷史的就是我，『菲德維』喔！」

這個人——菲德維，總是待在帝國中，萬一「個位數」出現人員不足的情形，就會出來遞補。

拉普拉斯也曾經聽說過相關傳聞，但這還是第一次親眼看到這號人物。

「原來素這樣啊。你就素那個被稱為候補成員的男人吧。」

「我不是男人，但也不是女人。」

「好複雜喔。」

一邊對話，拉普拉斯一邊觀察菲德維。他並沒有刻意擺出什麼架式，而是很自然的樣子。沒有擺出對戰姿態，但也沒有要逃跑的跡象。

是個讓人難以捉摸的人物。

這時威格沉不住氣了。

「交給老子吧。這種臭小子，看我把他痛扁一頓。」

他說完就想要上前，拉普拉斯趕緊制止。

「哎呀，先等等，剛才不是叫你別偷跑嗎！對方好像拿會長他們當人質，不能隨便出手啊。」

福特曼跟蒂亞還活著，目前也在跟一大批敵人奮鬥。若是他們被叫過來，就不曉得到時候戰況會如何發展了。

拉普拉斯想要小心刺探出對手的打算，然而這時出現一個意外的人物過來攪局。

「威格，來幫我吧。拉普拉斯是背叛者。我要在這裡把他收拾掉。」

「——！」

那股強烈的殺氣讓拉普拉斯退離現場。傳進他耳朵裡的聲音來自值得仰賴的老大——神樂坂優樹。

然而他說的話，卻不是拉普拉斯想聽見的。

「老大，你快恢復理智啊！被其他人隨意操控，這樣根本不像你！」

就連瑪莉安貝爾的支配，優樹都有辦法抵抗。照理說有那麼強大的精神力，不管碰到什麼樣的精神支配應該都有辦法抵抗。

然而拉普拉斯的聲音沒辦法傳達給他。

優樹二話不說對拉普拉斯出手。

看到這個情景，原本還很困惑的威格也露出扭曲又開心的笑容。

「原來是這樣啊，老大！如果把那傢伙收拾掉，可以讓老子吃掉他嗎？」

「好啊，可以。我很歡迎你變強。」

「不愧是老大，真好講話！」

只會去追隨強者。威格就是這樣的男人。

他欠缺倫理道德這類價值觀，比野生動物更遵循本能過活。

所以他不認為自己的背叛行為很差勁，還開開心心對拉普拉斯展開攻擊。

優樹和威格，若是只有其中一個，自己還能應付吧。但是要同時對付這兩個人，就連拉普拉斯都覺得很吃力。

（嘖，這樣下去就糟哩。別說拯救會長，連窩都可能被殺掉。沒辦法——先暫時離開這裡……）

拉普拉斯會這麼想，就戰略角度而言是正確的選擇。

然而他沒能如願。

「呵呵呵，想逃也沒用。你好像叫做拉普拉斯是吧，不僅很狡猾，還很謹慎。讓你逃走似乎會很麻煩，必須請你先死在這裡了。」

如對方所說，拉普拉斯傳送失敗。

菲德維原本在一旁觀望，因為他對這一塊戰鬥領域都施放「空間支配」，才會有這種結果。

「可惡！」

優樹朝各個方向踢出一陣激烈的踢擊，威格配合時機亂發氣彈。雖然他四肢發達頭腦簡單，但戰鬥上確實很有天分。

逃生路線都被堵住了，勝算渺茫。不，該說只要有優樹在就一點勝算都沒有。

（不行咧，窩該不會到此為止哩——）

即使如此，拉普拉斯還是不想輕易放棄。對解除優樹精神支配這個微小的可能性下賭注，拉普拉斯決定拿出一直以來隱藏的真本事。

「去死！」

「你這白痴！會死的人素你。」

趁著優樹發動完攻擊的空檔，拉普拉斯去踢不經意接近的威格。這樣一來，眼下威格就沒辦法再站起來了。

「哦，挺厲害的嘛。」

「還好啦。雖比不上老大，但窩也很強喔！」

「我知道。所以至少要讓『我』親手殺了你。」

「──！」

有點不對勁。拉普拉斯察覺這點，趕緊觀察優樹的臉。

果然就是他看習慣的那張臉……

結果他因此疏忽。一不小心陷入沉思的拉普拉斯，來不及對優樹的拳頭做出反應。

糟糕啦──他在心中發出慘叫。

不過……疼痛的感覺沒有出現。

在拉普拉斯眼前，優樹的拳頭被某個人擋下。

「咯呵呵呵。真是的，害我被利姆路大人罵。都是你們的錯呢。」

這個人就是迪亞布羅。

什麼意思啊──拉普拉斯下意識想吐嘈，但他想到現在不是時候，就忍住了。

「迪、迪亞布羅先生，你來幫窩嗎？」

「啊？我為什麼要──不對，你說得沒錯。你叫做拉普拉斯是吧？我是來幫助你的喔。所以你要記得跟利姆路大人特別強調，說你是被我救的。」

原本厭惡的表情搖身一變，變得笑臉迎人，迪亞布羅同時如此說道。

（窩還不曾見過這麼可疑的笑容耶。）

拉普拉斯可是大家口中的可疑人物，連他都這麼想了，表示迪亞布羅果然夠可疑。但用不著多說，這當然不是在誇獎人。

「窩、窩知道啦。迪亞布羅先生對窩非常關照──窩會跟利姆路大人這麼說的。」

「太好了！那我就幫你吧。」

其實迪亞布羅被利姆路罵了，罵說：「你跑到這裡來做什麼？」當大家都在努力，卻只有他一個人在欣賞利姆路戰鬥，被罵理所當然。

迪亞布羅有負責保護利姆路這個正當理由，但是面對完全忘記自己下過命令的利姆路，這種話他就是說不出口。

能夠把任意妄為的迪亞布羅耍得團團轉，在這個世界上也就只有利姆路一人。此事在這瞬間再次獲得證明。

因此當利姆路對迪亞布羅下令，要他去工作後，他就趕快跑掉。接著聽來自摩斯的報告，立刻趕到這邊。

他並不是過來幫忙拉普拉斯的，原本打算把所有可疑人物都收拾掉。

（咯呵呵呵呵。能夠在這賣那個男人一個人情，算我走運。這樣利姆路大人對我的評價也會跟著恢復吧。）

大概就是想這些，迪亞布羅儼然一副勝券在握。

「那麼，那邊那個優樹是我們的同盟對象，就放他一馬——嗯？搞什麼，這不是妖魔王嗎？我知道你一直對這個世界虎視眈眈，原來是這樣啊。你已經跟魯德拉聯手了是吧？」

迪亞布羅的目光放在原本帶著淡笑的菲德維身上。他臉上的笑容褪去，面無表情地看著迪亞布羅。

「——我知道了，你是黑暗之王吧？根據近藤的調查指出，有『始祖』成為魔王利姆路的手下，看來是真的。」

「如今我已經有了迪亞布羅這個名字。你想要做什麼跟我無關，但是膽敢妨礙利姆路大人，那就不可饒恕了。既然跟我敵對，那你就覺悟吧。」

「口氣真大！老是來妨礙我們，這個討人厭的惡魔！」

帶著濃濃的憎恨，菲德維瞪視迪亞布羅。光是那股殺氣就能直接讓一般人當場死亡。

然而迪亞布羅不以為意，用從容不迫的表情笑了一下，就像在挑釁菲德維。

「算了。就算在這邊跟你對打，我也沒機會獲勝。」

「敬請放心。想必我也不可能贏。」

稍微互瞪一會兒後，先開口的人是菲德維。

「今天我就先撤退。假如你下次還想來妨礙我，到時就給我小心點，迪亞布羅。」

「嗯。好吧，看在你記得我名字的份上，這次就不跟你計較。但我會先準備能夠殺掉你的手段，你最好記住。」

對著彼此說完這些話後，他們兩個再次互相瞪視。接著就像沒事了一般，開始把對方當空氣。

菲德維對卡嘉麗和優樹等人下令。

「魯德拉陛下很擔心。我們要回去指揮艦了，快點做好準備吧。」

對這句話有反應，原本在一旁觀望的優樹從戰鬥狀態中恢復。威格也搖搖晃晃地站起來，跟隨優樹的腳步，退到卡嘉麗他們那邊。

福特曼跟蒂亞也被叫回來，透過菲德維的「空間支配」，包含剛誕生的妖死族在內，所有人都從這裡傳送到別的地方。

迪亞布羅留在現場，跟摩斯取得聯繫。既然現在知道敵人是妖魔王菲德維，他認為就只有自己能對

付，然後開始心不甘情不願善後。

由於福特曼跟蒂亞撤退，戰場上的爭鬥隨之平息。確認大家都平安無事後，他也下達合適的指令，要大家處置傷患。

摩斯很能幹，而且還有跟紅丸聯繫。迪亞布羅認為自己在這裡的工作已經告一段落了。等到菲德維他們消失，自己也跟著傳送到指揮艦去。

只有拉普拉斯一個人被留下。

「什麼嘛，又只有窩一個人被丟下……」

喃喃自語的他不禁垂頭喪氣。

Regarding Reincarnated to Slime

吃掉維爾格琳之後，我冷靜下來。

也多了能夠觀察周遭的餘力，我把戰場看過一遍。

雖然森林也受到很大的創傷，但首都「利姆路」似乎安然無恙。都市周圍都被夷為平地，看樣子多少受到一些傷害，但好在有蓋德他們防守。

這下暫時可以放心了。

「我說你，在這裡做什麼？」

「原、原來是利姆路大人啊。我在這是為了避免有人來妨礙利姆路大人……」

當我在跟維爾格琳對戰的時候，早就發現有人一直在看這邊。說真的那樣很煩，但我沒空去斥責他。

時間來到現在。

我當然免不了說個幾句。

「給我聽好。其他人都在努力，你也要做些事情。」

「！遵、遵命……」

用悲傷的眼神看著我，迪亞布羅接著離去。

就只有這傢伙在想什麼真心讓人搞不懂。

《他在當護衛，以免有人妨礙主人——大概是拿這個當名目觀戰吧。說真的很多餘。》

看來希爾大師也覺得迪亞布羅很煩。
言詞還是跟之前一樣辛辣。
總之這樣就算告一段落了，可以回去對付維爾格琳。
雖然把解釋跟說服的任務交給維爾德拉了，不過……

聽起來維爾德拉好像把所有的責任都推給我。
喂喂喂，我們家怎麼都是些問題兒童啊——那讓我跟著不爽起來。
他是打算讓我當壞人，這樣維爾格琳的怒火才不會發洩在他身上吧。
『事情就是這樣，我說我很想跟姊姊表示自己平安無事，但是利姆路不准。如今我們算是相同立場，姊姊妳可以理解我所說的吧？』
——內容大概就是這樣。
簡直就像是怕被罵，才把過錯都推給朋友的屁孩。
要維爾德拉過去說服是我不好。
不過，確實也有道理。
姊姊以為自己死掉正情緒激動，就這樣隨隨便便出面不太妙，這我不是不能理解。
雖然明白他的心情，但把過錯都推給我是怎樣？
那單純只是把麻煩事丟給別人吧。
虧我還拜託你去說服，那樣感覺對方更會把矛頭指向我——這樣不行啦！

不能繼續交給維爾德拉辦。

我想要好好跟對方解釋，說現在維爾格琳跟維爾德拉相同立場。

《在那之前，有個消息。》

是什麼啊？

《分析維爾格琳之後發現一件事情，她好像被某個人支配，恐怕是被魯德拉的能力支配。我可以解除她受到的影響，您覺得呢？》

喂喂喂，這可是不得了的震撼發言啊。

我面不改色聽希爾報告，卻不曉得該怎麼回應才好。

我原本就想希爾大師一定會去「解析鑑定」維爾格琳。所以一點都不驚訝，但是聽到維爾格琳被支配，我可沒辦法坐視不管。

也就是說犯人確定是魯德拉？

《幾乎可以確定就是他。他有透過「靈魂迴廊」觀察卡蕾拉跟近藤達也的戰鬥，近藤也被魯德拉支配。推測應該是同樣的情況。》

聽完詳細說明，我才想起紅丸對付的對手好像是個叫做格拉尼特的傢伙，他還很配合地全講了。
這個敵人還真是白痴。
必須把這人當成負面教材，讓大家都學習學習。
但那是回去之後的事了。
眼下的問題是要怎麼處置維爾格琳。
已經證明維爾德拉不可靠。所以我打算親口解釋，但她若是受到魯德拉的精神支配影響，很有可能不會聽我說。
那現在該怎麼辦……
《既然都吸收了，要不要讓維爾格琳變得跟維爾德拉一樣？》
咦？
意思是說可以像維爾德拉那樣，透過「靈魂迴廊」跟我聯繫，把她變成究極技能？
這種事情有可能辦到嗎？
《沒問題。如今利姆路大人跟「龍種」並駕齊驅，甚至是超越他們的存在，魔素含量也很足夠。要徹底吸收維爾格琳也是很有機會辦到的。》
可是這樣一來，會不會……奪走維爾格琳的自由意志？

面對維爾德拉，我並沒有透過什麼手段去強制他。有事情要拜託他的時候也是先獲得他允許，才會讓他去做。

該說維爾德拉幾乎可以說是隨心所欲。

現在也是一樣，為了保全自己，甚至不惜出賣我。

這種時候我就會罰他沒點心吃，仔細想想，我也很辛苦。

假如他做出什麼不利於我的行為，我也沒辦法把他收回來。雖然可以停止能量供給，但是沒辦法讓維爾德拉消失。

而且「龍種」的魔素含量巨大，不會因為一件隨隨便便的小事情就消失。若是維爾德拉沒有自動自發回來，他都能夠自由活動。

也就是說，完全沒有任何強制力存在。基本上將維爾德拉放出去的時候，我沒辦法強制他做任何事情。

想起這件事情的我注意到維爾格琳也會變成這樣。

先讓她變得跟維爾德拉一樣，之後再把她「解放」出來，這樣應該就能立刻證明我是無辜的吧。

我可不能繼續讓她誤解下去，無辜受牽連。

姊弟吵架？

不關我的事。

那些事不在我的監督範圍內。

所以這就快點來讓維爾格琳進入跟維爾德拉一樣的狀態吧。

《如果不放心，要不要對維爾格琳設下限制？》

嗯嗯？

說要設下限制，這有可能辦到嗎……

為了避免對方反抗而設下條件，為了今後著想，或許有這個必要。

可是……這樣好像違反我的個人原則。

假如維爾格琳就是不願意妥協，我還比較想要繼續將她隔離在「虛數空間」之中。

若是去強迫人家，那我就跟魯德拉沒兩樣了。

就算不跟我合作也沒關係。

只要她發誓不會來妨礙我，想去哪自由自在生活都沒問題。

《了解。這樣才像利姆路大人。》

方針已經決定了。

那接下來就來執行吧。

首先從打聲招呼開始。

「嗨，維爾格琳小姐。妳好啊——」

「你是利姆路吧？開什麼玩笑！快把我從這裡放出去！」

我將意識放到自己的「虛數空間」之中，但是維爾格琳一直在大力掙扎。

現場給人的感覺就像有隻可疑史萊姆在逼迫美女。

就像罪犯一樣。

那就是我——對了，變成人的樣子就沒問題。

不對，那樣就像……大概十六歲左右的美少女在逼迫妖豔美女。

眼下氣氛變得非常詭異，但沒辦法。

這都是為了證明我的清白。

我想像自己對維爾格琳伸出手。

然後直接吃掉魯德拉的能力，將之「解除」，順便聯繫上「靈魂迴廊」。由於「門扉」是雙向的，若是維爾格琳沒有敞開心房，似乎就沒辦法跟我對答。

但我起碼可以跟她搭話，應該也不至於完全白費。

這些作業順利結束。

原本在暴動的維爾格琳也跟著安靜下來，變化那麼激烈就連我都嚇到。

「利、利姆路？你該不會對姊姊做了什麼大不敬的事吧……？」

「笨、笨蛋！怎麼可能啦！基本上你若是能夠成功說服對方，我也不用這麼辛苦啦！」

我跟維爾德拉就快要吵起來。

「都住口！」

「啊，好的。」

「非常抱歉！」

突然被人喝斥，我跟維爾德拉同時安分下來。

老實說，讓人好害怕。

怪不得維爾德拉沒辦法應付她。

「這是怎麼一回事，利姆路？」

「問、問我是怎麼一回事，我也……」

其實我自己也不清楚來龍去脈。

「明明可以聽見另一具『別體』的聲音，這邊的聲音卻沒辦法傳達過去？你到底做了什麼？」

被一個超級大美女盯著臉看，害我心跳加速。

她的氣息噴在我臉上，讓我一陣暈眩。

聞起來好香。

可能是因為原本都不需要呼吸的關係，才會覺得維爾格琳的氣息聞起來特別甜美吧。

《現在不是做那種事情的時候。維爾格琳會開始產生這種疑問，都是因為魯德拉的支配解除了。》

希爾大師有點生氣？

《您多心了。》

是、是這樣嗎？

但我沒有繼續深入追究，而是開始聽希爾大師說明。

聽起來事情並不複雜。

那就是我眼前這個維爾格琳雖然沒有受到精神支配，但那邊的「別體」正受到魯德拉支配。因此為了避免情報外流過去，我才會用「無限牢獄」截斷。

截斷這邊傳出去的情報，只獲得另一邊的情報。

這樣一來對面的維爾格琳就會被逼急。在魯德拉的支配之下，沒辦法弄清楚我們現在在想什麼。

這就是所謂的單向溝通。

我知道希爾大師做了很厲害的事情，但已經不太會感到驚訝了。

「簡單講，只要分析妳們之間的意識差異，我想應該就能證明妳受到支配。」

「嗯，真不愧是利姆路。姊姊，這次妳就相信利姆路——」

「給我閉嘴！」

「是！」

亂插嘴的維爾德拉被罵了，讓我感覺有點爽，這是祕密。

對維爾德拉怒吼之後，維爾格琳似乎在想些什麼。大概是在研究我剛剛說的——跟另一邊的「別體」有何差異。

我也透過夥伴們的視線掌握指揮艦上面的情況。

對戰已經來到最後階段。

能夠釐清維爾格琳疑惑的事件就在這一刻上演。

＊

我的夥伴們包圍維爾格琳。

乍看之下感覺有點卑鄙，但不知情的第三者看了才會有這種感覺。

事實上就算維爾格琳變弱了，他們大家一起上還是很難獲勝。

那些姑且不管，維爾格琳創造出來的異界出現裂痕，如今正要崩塌。就在那個時候迪亞布羅過來，一下子就把它弄壞。

「黑暗始祖……」

「他現在叫迪亞布羅。只要不是在我的眼皮子底下，那傢伙做事情就變得很能幹。」

「嘎哈哈哈！那傢伙會給我點心吃，我也很喜歡他。」

這個人根本被收買了吧。

就算維爾德拉誇獎過迪亞布羅，我也不打算全部當真。

我一邊這樣想著，一邊觀望事態進展，結果那邊的維爾格琳為了保護魯德拉退了一步。

情況都變成這樣了，魯德拉依然從容不迫地坐在椅子上。

膽子還真大。或者該說他很有自信？

看到這樣的魯德拉，有人率先展開行動。

是卡蕾拉。

用握在她手裡的黃金手槍，毫不猶豫射擊魯德拉。

而且這個子彈還是——

「我之前會變弱就是被這個打到吧？」

「那是『神滅彈』。近藤一天就只能射出這種最強子彈一次，為什麼黃色始祖會……」

希爾大師已經告訴我了，所以我知道是為什麼。

「她現在不叫黃色始祖，是卡蕾拉。看來她戰勝近藤，近藤把魯德拉託付給她。」

聽我說明完，維爾格琳喃喃自語道：「沒想到連近藤都……」

在維爾格琳感到困惑之餘，情況有所轉變。

『魯德拉！』

另外一邊的維爾格琳大叫，為了保護魯德拉張開雙手擋在前方。

竟然能夠趕上神速的子彈，那身體機能果然是怪物等級。但「神滅彈」的威力可不簡單。被打中之後，維爾格琳右肩以下到整隻手全沒了，威力並沒有減弱，還是打中魯德拉。

然而——

讓人驚訝的是魯德拉毫髮無傷。

他的表情滿是從容，似乎早就知道卡蕾拉的攻擊對自己沒用。

「這是怎麼回事，奇怪？為什麼能夠讓那種攻擊無效？」

「不曉得。剛才好像有稍微看到某種『結界』，但竟然具備可以讓那種攻擊完全無效的性能，真讓人難以置信。」

我跟維爾德拉都對這種景象感到驚訝。

維爾格琳似乎也覺得難以置信，嘴裡說著「為什麼……」，當場攤軟下去，雙手撐在地面上。

「妳、妳怎麼了，姊姊！」

面對慌亂的維爾德拉，維爾格琳小聲回答：

「你朋友說得沒錯。我果然被魯德拉支配了……」

明白這點的維爾格琳開始訴說魯德拉的事情。

說他之所以平安無事是因為有銅牆鐵壁的防守在。

那是絕對防禦，不管是什麼人都無法破壞。

然而有條件。

能量來源就是子民和部下們對皇帝的忠心，若沒有人對皇帝忠心，就沒辦法發動。

而且還有缺點。

雖然這種防禦隨時都在發動，堅不可摧，但聽說限制是在發動的時候沒辦法做其他事情。

這個能力就是究極技能「正義之王米迦勒」引以為傲的能力「王宮城塞(Castle Guard)」。

能夠擋下卡蕾拉的「神滅彈」，說那幾乎等同無敵也不為過。

雖然在使用之中沒辦法攻擊，但把這項任務交給部下就行了。

「都、都有這樣的能力了，姊姊根本沒必要保護他不是嗎！」

嗯，我也這麼想。

維爾格琳接著回應：

「對。所以我原本應該是要假裝保護，然後趁機攻擊才對。可是卻那麼做了，這代表……」

硬是要去保護魯德拉，這讓維爾格琳發現自己也被「思考誘導」了。

而魯德拉為了維持絕對領域「王宮城塞」，沒辦法行動。

原本應該是這樣——

「——什麼！」

此時維爾格琳發出驚呼。

我們也驚訝到說不出話來。

魯德拉在瞬間解除「王宮城塞」，那邊的維爾格琳即使失去右手也趕到魯德拉身邊，而魯德拉將她的胸口貫穿。

這就好像是故意將維爾格琳——

「原來……原來是這樣……那個人……我愛的魯德拉已經不在了……」

維爾格琳眼中的淚水滑落。

像在證明維爾格琳那句哀傷的發言成真，魯德拉高聲大笑。

『哈哈哈哈哈！維爾格琳啊，能夠為寡人效命，妳應該感到光榮。寡人會好好運用妳的力量。』

當魯德拉話一說完，對面那個維爾格琳就神情痛苦地蹲了下去。

「那是優樹的『奪命掌（Steal Life）』。魯德拉——不對，『正義之王米迦勒』還能夠自由自在使用受支配對象的技能。」

這算什麼，太犯規了吧。

聽完維爾格琳的說明，我跟維爾德拉你看我我看你。

「魯德拉就交給你對付了！」

「少在那邊亂講！我是最強的，事到如今已經沒什麼好議論的了，但我不要去對付那麼麻煩的對手！」

「我會弄聖代給你吃。」

「這聽起來很吸引人……咕唔唔。」

看到我們互踢皮球，維爾格琳顯得很傻眼。

可能是因為這樣吧，她的眼淚也止住了。

我自然是感到慶幸。

接下來——

奪走維爾格琳力量的魯德拉……

「魯德拉是『正義之王米迦勒』，這話是什麼意思？」

雖然我已經猜到了，但還是想聽維爾格琳親口說出，所以才那麼問。

「魯德拉早就瀕臨極限了。重複轉生好幾次之後，靈魂已經被磨耗。所以那個既是魯德拉又不是他。很早之前就被『正義之王米迦勒』取代了。」

維爾格琳在回答的時候顯得落寞。

「不不不，那是根據主人願望誕生的技能，怎麼可能去害主人。」

「不，不是的。魯德拉的『正義之王米迦勒』是維爾達納瓦賜予的能力。魯德拉靠自身意志獲得的是『誓約之王烏列爾』，如今我們的哥哥維爾達納瓦沒有復活，那個能力也消失了，不知去向。」

……

在我這邊耶。

眼下這個氣氛不適合說出口，還是別說好了。

維爾格琳繼續解釋。整理起來就是魯德拉不停重複轉生，導致靈魂力量變弱，所以才沒辦法控制「正義之王米迦勒」。

聽完這些，與其說那是技能背叛宿主，倒不如說還有別的解釋。

《——的確。假如我跟「正義之王米迦勒」處在相同立場上，即使支配暫時的宿主，我也會想辦法讓真正的主人利姆路大人復活吧。》

我也這麼覺得。

希爾變成神智核，不管面對多麼困難的挑戰，我想它都絕對不會放棄。

因此我也不是不能理解「正義之王米迦勒」的想法。

不過，話雖如此……

「這下不能坐視不管了。『正義之王米迦勒』恐怕已經進化成具備自由意志的神智核了。那他的行動目的八成跟魯德拉原本的目標不一樣。」

「神智核？這究竟是……對了，等等，先暫停一下！利姆路，你認為『正義之王米迦勒』的企圖是什麼？」

既然有人都這麼問了，我就來回答一下。

「應該是要復活維爾達納瓦吧？為了實現這點，我想他會不惜犧牲一切。」

所以才不能坐視不管，我接著解釋。

這讓維爾格琳面色鐵青。

就在這個時候，另一邊的維爾格琳變成跟魯德拉對峙，有個新加入的人對她發動攻勢。

《他應該是妖魔王菲德維。迪亞布羅認為沒辦法打倒才放走的，看來他丟下夥伴先回來這邊。》

既然連迪亞布羅都無法打倒，可見是非常厲害的強者。但感覺迪亞布羅只是想偷懶，是我想太多了嗎？

算了，先不管這個。

菲德維好像真的很厲害，拿出就連覺醒魔王都很難抵抗的「空間支配」攻擊去襲擊維爾格琳。受了傷又變弱的維爾格琳看起來好像沒足夠力量抵抗。

『哈哈哈！那個維爾格琳因為「時空傳送」的關係，從這個世界上消失了！這樣剩下的「龍種」就只剩兩個。是個不錯的開始呢，魯德拉——不，米迦勒大人。』

只見菲德維改口叫魯德拉「米迦勒」。

這就等同證明維爾格琳的推測是對的。

儘管事出突然，紅丸跟迪亞布羅似乎準備在第一時間做出反應。但我趕緊透過「思念網」阻止他們。

還不知道妖魔王菲德維的實力到底有多少也是原因之一，而且我想知道被稱為米迦勒的魯德拉會有什麼反應。

還有——我看到了。

那就是從魯德拉的身體裡跑出不可思議的物質。那個東西附到被送走的維爾格琳身上。就像是要守護她一樣。

如今魯德拉身體裡那種不可思議的物質似乎全都消失了。

那個反應究竟是……

『嗯，不錯。維爾格琳的力量變成寡人的，魯德拉消失了。再來只要吸收維爾德拉跟維爾薩澤的力量，那位大人應該就能復活。』

被稱作米迦勒的魯德拉把這件事情視為理所當然。

這下確定了。

我的敵人不是魯德拉，而是米迦勒。

他的目的就是讓「星王龍」維爾達納瓦完全復活。

『真是太好了，米迦勒大人。』

『嗯。維爾薩澤還能想辦法解決，比較麻煩的是維爾德拉。』

如此這般，對話持續著。

看他那態度，絲毫沒有把紅丸等人看在眼裡。

但這也理所當然吧。

沒有受到我制止的紫苑和戴絲特蘿莎等人發動攻擊，而那全都被「王宮城塞」封住了。

菲德維理所當然也受到保護，所以毫髮無傷。

真是太難纏了。

但現在比起那些——

「魯德拉，那是魯德拉對吧？還有碎片，那裡還留有靈魂的碎片啊——！」

原本以為只有我看見，但似乎維爾格琳也感受到了。不曉得她是不是真的看見了，但維爾格琳很想追上魯德拉的碎片。

「妳冷靜一點——」

「少囉唆！不快點過去會消失啊！」

就像在鬧脾氣的小孩子，明明臉上表情很生氣，看起來又像在哭喊。

我透過「思考加速」讓時間延長。

然後創造出屬於我跟維爾格琳的世界。

「妳先冷靜一下。如果現在到外面去，又會被魯德拉支配。」

「可是！」

她應該知道自己會被米迦勒傳送到什麼地方吧。

但那是死路一條。

不保證能夠回到這個世界，要去拯救魯德拉更是痴人說夢。恐怕不可能吧。

《如果出去，妳就完蛋了。》

「吵死了！既然這樣……到底要我怎麼辦嘛？要我就這樣放棄魯德拉，我辦不到──！」

這是維爾格琳的真心話。

那不是我的聲音，而是希爾的，可是維爾格琳沒發現，情緒非常激動。

《還是有可能性。》

「──！」

《只要妳願意接受我的「能力改造」。》

這是甜美的誘惑。

答案根本連問都不用問。

「我接受。只要能夠實現願望就好。」

我就猜到維爾格琳一定會這樣回答。

…………………

…………

……

就在維爾格琳應允的瞬間，那個聲音響起。

《已確認維爾格琳的意願。首先要切斷「救贖之王拉貴爾」受到的干涉。》

聽著這句話，維爾格琳的心情跟著冷靜下來。

在那道聲音的引導下，她深入對自己的身體做精密檢查，結果發現確實有那樣東西。

「救贖之王拉貴爾」深深刻印在自己的心核上，有受過某種干涉的痕跡。雖然目前已經被阻斷了，但一直留著這樣東西肯定很危險。

（這就是原因吧——）

維爾格琳恍然大悟。
同時她想起來了。
那就是究極技能「正義之王米迦勒」有個跟王權發動成對的能力。
印象中在很久以前曾經聽說過。
維爾達納瓦催生出的能力，屬於天使系。而那些都不能違抗「正義之王米迦勒」的絕對支配。
而剛剛提到的那個技能就是──「天使長支配」。
維爾格琳的「救贖之王拉貴爾」也不例外。跟「正義之王米迦勒」之間有一個極細的迴廊連繫在一起，沒辦法從其影響力中逃脫。
（──原來是這樣，我怎麼忘了？擁有天使系究極技能的人沒辦法違抗兄長。兄長比任何人都討厭這點，所以才跟魯德拉的「誓約之王烏列爾」交換。）
這下她總算明白自己為什麼會被支配。
既然是哥哥維爾達納瓦打造出來的系統，那幾乎沒辦法抵抗。
（這樣一來我確實會完蛋……）
發現就如利姆路說的那樣，維爾格琳好想哭。
只不過──
就在她差點要放棄的瞬間，不可思議的聲音傳來。
《──「救贖之王拉貴爾」的事前準備已結束。會跟已經不需要的「誓約之王烏列爾」整合。》

啊？

——維爾格琳差點叫出來。

畢竟一直為了魯德拉尋尋覓覓的「誓約之王烏列爾」竟然出現在這種地方，也難怪會有這種反應。

話說，維爾格琳到現在才注意到。

那就是從剛才開始聽見的聲音並非來自利姆路。

那不是幻聽這麼簡單，從聲音中可以聽出清晰又堅定的意志。跟「世界之聲」很像，但柔和成熟，甚至給人一種溫柔的感覺。

雖然有很多事情想問，但現在最該問的還是那句話代表什麼意思。

「等、等等！是要把『誓約之王烏列爾』給我嗎？應該說，整合是什麼意思？」

《若這樣下去只能遵從「正義之王米迦勒」，只要進行改造便可。也有在「誓約之王烏列爾」裡頭發現支配迴路，除了把迴路廢除，還可以順便拿來創造出妳專用的技能。》

真是太亂來了。

回答這種答案讓人好想吐嘈。

然而維爾格琳在意的就只有一個問題。

「只要那麼做就可以去找魯德拉對吧？」

《有這個可能性，答案是肯定的。》

既然有可能性存在，那就不需要猶豫了。

維爾格琳懷抱希望應允。

不，她早就應允過了。

《維爾格琳，已經確認過妳的意願，不需要再應允第二次。接下來要發動「能力改造」。》

這個聲音——希爾並沒有住手的意思。

當希爾發動「能力改造」的瞬間，大到誇張的力量波動開始在維爾格琳身體中遊走。

接著溫和地包住全身。

《「灼熱龍」的「救贖之王拉貴爾」和「誓約之王烏列爾」整合，進化成究極技能「火神之王克圖格亞」……成功。》

用夢幻又莊嚴的語氣，希爾高聲宣布。

就在那個瞬間，維爾格琳掙脫了所有的枷鎖。

…………

……………

……

就在我隨著希爾的話點頭稱是之際，我的「誓約之王烏列爾」被轉讓出去了。
是我這個許可的人不好，但會不禁茫然答應也很理所當然。
雖然跟夥伴之間的羈絆集大成才成就「誓約之王烏列爾」……

《沒問題。跟「救贖之王拉貴爾」整合的不過是「誓約之王烏列爾」的殘渣。其本質會被新的技能「豐饒之王莎布．尼古拉絲」繼承。》

——咦！
我頭上一堆問號。
我有預感，希爾老師會在沒注意到的時候做很多不得了的事情。
甚至讓人連問都不敢問，但現在應該注意維爾格琳才對。
看樣子好像成功了，太好了。
「恭喜妳，維爾格琳小姐。這下子把妳『解放』到外面也沒問題吧。」
當我笑著對維爾格琳這麼說，不知為何她用很恐怖的表情瞪視我。
我不是不知道原因，於是偷偷把目光別開。
「我有很多事情——真的有太多事情想問了，但現在就先算了吧。那麼，接下來可以把我放出去嗎？」
看樣子已經沒問題了，我點點頭。
根據希爾說說，因為給了維爾格琳「誓約之王烏列爾」，因此她似乎能夠感應到魯德拉的「靈

魂」。

這下要找到碎片收回來也不是不可能。

聽到這兒，我突然有個想法。

也許希爾所說的殘渣正是「誓約之王烏列爾」的「核心」，那是魯德拉心靈的體現。

如果是這樣，維爾格琳就能跟魯德拉同在了。

雖然擔心她是否能夠找出四散在世界各地的魯德拉「靈魂」，但我有預感維爾格琳能夠辦到。

「那就先來『解放』吧！」

就這樣，我們三個人從精神世界回到現實世界。

時間延長的感覺還在，我們互相道別。

「謝謝你，利姆路。給你添麻煩了。」

就是說啊。

我也有好多牢騷想對妳發！

可是惹她生氣好可怕，所以我沒說。

「現在應該也能夠跟妳的『並列存在』聯繫了，我想不用擔心迷路問題。之後可能會很辛苦，要加油喔！」

我就只有稍微替她加加油。

不過——

「姊姊，假如快撐不下去了，還有我在喔！所以妳不要氣餒，要帶著樂觀的心情努力喔！」

這時維爾德拉帶著非常燦爛的笑容插話。

果然夠白目。

這下子就連維爾格琳都不曉得該如何反應才好。接著她這麼回答——

「你真的是個笨蛋。是個又笨又可愛的弟弟。幸好你平安無事。」

說完這句話，維爾格琳露出害羞的笑容。

接著不知道為什麼，維爾格琳再次凝視我。

被美女就近觀看，我緊張到整個人動彈不得。

正感到心跳加速，不知為何對方又一副傻眼的樣子，並且搖搖頭。

「那先這樣，再見了。」

接著維爾格琳留下這句話，瀟灑地「傳送」離開。

*

接下來——

要去支援紅丸他們。

「你也要去嗎？」

「當然啦。」

換算成實際時間還不到一分鐘。對米迦勒發動的攻勢依舊持續著。

完全沒辦法突破「王宮城塞」。但這麼做是對的。

因為一旦停止攻擊，敵人就會展開攻勢。

因此就連紅丸和迪亞布羅都沒有去制止紫苑他們，而是在一旁觀看。

敵人只有兩個。

雖然很想直接在這邊打倒他們，但可惜那是不可能的事情。只要有「王宮城塞」，對米迦勒發動的攻擊就不管用。

但就這點而言，條件是相同的——

「哈哈哈哈！真是太貧乏了。你們的攻擊根本傷不了米迦勒大人。」

高聲大笑的菲德維打算抓準攻擊空檔發動他的技能。

看樣子妖魔王的名號並非浪得虛名，他似乎打算將所有在場的我方夥伴統統丟到另一個空間去。

「永別啦，各位。我想應該沒機會再見面了——什麼？」

一直在等敵人發動攻擊的瞬間，這點我也一樣。我一面阻礙菲德維，一面現身。

「魔王利姆路……」

「初次見面。妖魔王菲德維先生。」

我故意用很酸的語氣回應，結果對方臉上的笑容消失了。

「你這個沒禮貌的鄉下土包子。」

「啊？一直很憧憬大都會的侵略種族沒資格說我吧。」

當我更進一步挑釁，他便換上一張撲克臉。

原來是不會激動，會冷靜累積怒火的類型？

這種人最麻煩。

就在這個時候，一直靜靜聽我們對話的米迦勒態度從容地插嘴。

「呵呵呵，你不是一直躲起來觀察寡人嗎？還以為你是要犧牲夥伴找出攻略方法。」

除了我並不想犧牲夥伴這點，其他有一半以上都猜對了。但那些無所謂啦。

「你要怎麼想都無所謂。比起這些，要不要在這一決勝負？」

「呵，夠豪氣，但你以為能贏得了寡人嗎？」

「不確定。不過還是要給你一個忠告。你的能力是能夠徹底支配天使系技能，以及只要你還有信眾，就沒辦法突破『王宮城塞』，這些事情我都清楚。拿這些當前提，若是讓帝國變成一片焦土，把所有生還者全都殺光，不覺得你就沒有任何優勢了？」

這完全是在虛張聲勢。

我可不打算做到那種地步。

只不過若是跟自家夥伴可能出現的犧牲放在一起比，我八成會毫不猶豫執行吧。

我早就有這樣的覺悟了。

「……看來就連寡人也小看你了。似乎不應該跟你敵對。」

「是啊。遠大的理想和崇高的使命跟我都沒有任何關係。對於你的目的，某些部分我也認可。因此只要沒有給我添麻煩，你要幹嘛都行。」

然而，為時已晚。

如今米迦勒開始胡來，對我們來說肯定會是一場災難。

目前還好，但是希爾預言今後肯定會在利害關係上對立。那我就必須相信事情會變成這樣，並且採取行動。

「……」

米迦勒可能在考慮吧，他不發一語。
既然這樣，我決定將自己的想法告知。
「若是你們打算對我和我的夥伴出手，那我會徹底教訓你們，讓你們再也不敢做蠢事。」
緊接著我恐嚇對方。
目前確實找不到能夠破除「王宮城塞」的手段。
但我有可靠的夥伴「希爾」。
它一定會替我找出攻略方法。
還有——
假如他們膽敢對我重要的夥伴們出手，到時候我不會放過他們。
不管用什麼樣的手段，都要打倒米迦勒——我在心裡發誓。
「這樣啊。那現在我們就先撤退吧。」
「——！這樣好嗎，米迦勒大人？」
即使菲德維用驚訝的語氣問他，米迦勒還是大器地點點頭，表示他決定撤退。
「時機未到，這點對我們而言也一樣。若是在這邊對戰，或許會兩敗俱傷。」
我也有同感。
如果真的採用剛才說的那種手段，是有可能獲勝。
但那違反我的原則。
我不否認這是在拖延問題，但說真的眼下這個時候，我比較想要先爭取時間。
「那今天就先解散，沒問題吧？」

「也好。話說回來……今日得以完全復活，原本是個值得慶祝的日子，但卻碰到意想不到的試煉。本以為金．克林姆茲是最大的障礙，沒想到最大障礙竟然是個不值一提的史萊姆……」

最後只說了這麼一句，米迦勒跟菲德維就離開了。

他們去的地方恐怕不是帝國。

因為我的監視魔法「神之眼（Argos）」沒有任何反應。

而且摩斯也回報無任何異常狀況。

「還真是棘手。就連他們要去哪裡都不知道。」

當我下意識發出嘟噥，紅丸笑了一下。

「可是利姆路大人，按照您的命令，大家都平安無事。我們現在應該先回家，為此慶賀才對吧。」

說得也是。

「那我們回去吧！今天已經很累了，肚子也好餓。這就去拜託朱菜準備一些好吃的東西吧！」

「應該是要舉辦宴會吧？」

這提議聽起來也不賴喔。

我對維爾德拉點點頭。

「那我們就趕快回去熱鬧一下吧！」

聽到我這麼說，大家臉上的笑容都回來了。

雖然還有待處理的課題遺留下來，但是大家能一起慶祝全員平安，這點令人心懷感激。

維爾格琳一直在旅行。

不管是昨天、今天，還是明天都一樣。

她沒有停下腳步，一直在前進著。

…………

………

……

當時跟利姆路道別後，維爾格琳飛到超越時間定律的異世界。來到一個不知位在何方的異世界夾縫，她跟被菲德維傳送走的「並列存在」順利重新整合。

別說是大氣了，這個地方連大地都沒有，維爾格琳失去時間感，開始漂流。

假如她不是「龍種」，搞不好早就在這個地方遇難死掉。然而她擁有「空間支配」能力，以及無限的壽命。

在來到可以立足的地帶前，她有一大段時間可供思考。發生在自己身上的事情讓她難以置信，差點害思考停擺。

因為資訊量超過能夠處理的量。

陷入在異空間漂流的緊急狀況中，反而讓她找回冷靜。

維爾格琳在思考。

情報量太龐大而且那情形非比尋常，因此她原本放棄思考，但只要有時間還是會去想。

接著她悟出最重要的事實。

最基本的問題在於為什麼能夠違抗哥哥構築的系統，讓維爾格琳得到自由。

要讓這種現象發生，有這種能耐的就只有一人。

她想起那個隨性的史萊姆。

名字叫做魔王利姆路，是笨蛋弟弟維爾德拉的盟友——

（莫非、莫非！那個史萊姆是……）

就連究極技能都能自由改變，可以讓維爾格琳自由，還讓她的能力大幅度提昇——進化到更高的層級。

這絕對不是一般人可以辦到的事情。

（這麼誇張的事情就只有兄長能夠做到。假如、假如真的有人能夠做到這種程度，那不就……）

那不真實的想像讓維爾格琳渾身一震。

當她回過神，究極技能「火神之王克圖格亞」剛好有了反應。那反應的力度不是「救贖之王拉貴爾」可以比得上的。

最重要的是——

彷彿跟魯德拉的心跳連結在一起，她吸收的碎片也出現反應。

（呵呵，那個史萊姆的真實身分是什麼都好。他是利姆路。維爾德拉的盟友，也是我的恩人。）

最後得到的結論是這樣。

緊接著她終於從無盡的思考之中脫身，意識回到現實。

……………

…………

……

前往好幾個世界，度過好幾個時代，維爾格琳持續蒐集「靈魂」碎片。

（我愛你。真的好愛你——魯德拉！）

維爾格琳一心一意只想見到魯德拉，排除萬難。

最後終於——

在高樓大廈林立的大都會中，她發現那名少年。

維爾格琳感到歡喜，心懷決意。

那個少年擁有欠缺的一切。

除了那些，若是把維爾格琳擁有的剩餘碎片給他……

但這麼做真的好嗎？維爾格琳很苦惱。

如果這麼做，少年的命運會出現巨大轉變吧。

如果是擁有無限壽命的維爾格琳，在那個少年於此壽終正寢前，都能夠一直守望他。

（對，用不著著急。雖然很想快點見到你，但不能操之過急。）

維爾格琳這麼想，正打算對著少年的背影邁開步伐。

卻在那時候——

發光的碎片主動飛向少年。

這個沒人注意到的「靈魂」碎片被吸進去，跟少年融合。而那陣衝擊讓少年從這個世界上消失。

維爾格琳手上只剩下一開始的碎片。

「莫非你也一樣？也很想見到我嗎？」

像是在問這塊碎片，問完之後維爾格琳心想——如果是那樣就太好了。

接著——

為了追上少年的腳步，她發動「火神之王克圖格亞」。

後記

這次也順利推出第十五集。

上次超過截稿日，印象中好像有說過會稍微注意一點，又好像沒講，這次很可惜，又超過大概十天左右。

關於這點我也有大力反省了，下次會再多加注意一下下！

但事實上，其實這次很早就去跟編輯I氏商量。

「可能會有點趕。」

「那就努力吧！」

「應該不能讓故事進展再繼續拖下去吧？」

「因為上次是有留一個尾巴的，所以希望這次能夠俐落結尾。」

「我想也是。可是頁數部分……」

「沒問題啦！不管變成多少頁，我都不在意了！」

怎麼這樣！當時在心裡這樣吐嘈。

這一集裡頭登場的人物是有史以來最多的，甚至還有好幾個角色是初次登場。我知道這樣很犯規，但最後都解釋成不可抗力。

事情就是這樣，因為要把各個場面都描寫出來，所以文章量就愈來愈多。

於是我原本打算在一半中斷，剩下的留到下一集再寫……可是被回絕了，說那樣不行。

「我知道了。既然這樣，也請你們考慮讓發售月分延後一個月。」

「嗯——……那就盡量努力吧！」

就這樣，雙方都不退讓，時光流逝……

我也豁出去趕稿，等到文章量已經超過第十四集的時候——

「情況如何？」

「嗯——果然很勉強。照這樣下去可以確定大概會超過十天左右。」

「我知道了。那我也會做好心理準備。」

「喔喔，也就是說發售日會延到十月分？」

「不是。超過十天的話還有辦法趕上，可以在九月分發售！」

真的假的——當時我確實是這麼想的。

同時還想說那就做好覺悟吧，以這個結論為前提努力。

雖然不保證只會超過十天，但是I氏心意已決。

「我想頁數應該會是目前為止最多的……」

「這就別管了，努力趕上截稿日吧！」

「……了解。」

就這樣，我在角力上輸給對方，最後想辦法趕出來。

結果就讓本書變成有史以來文章量最多的。

*

本書就是這樣交到各位手裡的，很好奇各位的反應。

若是大家覺得有趣，那真是至高無上的喜悅。

內容跟網路版有很大的出入，說是另一部作品也不誇張。下一集的內容也打算從現在開始想，敬請期待！

給支持本作品《關於我轉生變成史萊姆這檔事》的各位，還有所有相關工作人員，對你們獻上最大的感激。

希望下一集也能跟各位再見！

國家圖書館出版品預行編目(CIP)資料

關於我轉生變成史萊姆這檔事/伏瀨作 ; 楊惠琪譯.
-- 初版. -- 臺北市 : 臺灣角川股份有限公司,
2021.10-
冊 ; 公分. -- (Kadokawa fantastic novels)
譯自 : 転生したらスライムだった件
ISBN 978-986-524-881-9(第15冊 : 平裝)

861.57 110013830

Kadokawa Fantastic Novels

關於我轉生變成史萊姆這檔事 15

（原著名：転生したらスライムだった件 15）

2021年10月27日 初版第1刷發行
2024年7月29日 初版第5刷發行

作　者：伏瀬
插　畫：みっつばー
譯　者：楊惠琪

發 行 人：台灣角川股份有限公司
總　　監：呂慧君
總 編 輯：蔡佩芬
主　　編：林秀儒
文字編輯：黃怡珮
設計指導：陳晞叡
美術設計：宋芳茹
印　　務：李明修（主任）、張加恩（主任）、張凱棋、潘尚琪

發 行 所：台灣角川股份有限公司
地　　址：104台北市中山區松江路223號3樓
電　　話：（02）2515-3000
傳　　真：（02）2515-0033
網　　址：www.kadokawa.com.tw
劃撥帳戶：台灣角川股份有限公司
劃撥帳號：19487412
法律顧問：有澤法律事務所
製　　版：尚騰印刷事業有限公司
ＩＳＢＮ：978-986-524-881-9